OS OSSOS SOB A MINHA PELE

Outros livros de TJ Klune publicados pela Morro Branco

Série Green Creek
Wolfsong: O Chamado
Ravensong: Os Laços

As Crônicas Cerúleas
A Casa no Mar Cerúleo
Em Algum Lugar Além do Mar

Livros únicos
Além da Porta Sussurrante
A Vida Entre Marionetes

TJ KLUNE

OS OSSOS SOB A MINHA PELE

Tradução
Ellen Andrade

MORROBRANCO
EDITORA

OS OSSOS SOB A MINHA PELE

MORRO BRANCO é uma editora do Grupo Editorial Alta Books (Starlin Alta Editora e Consultoria Ltda.)

Publicado em comum acordo com o autor e The Knight Agency, através de Yañez, parte da International Editors' Co. S.L. Literary Agency.

ISBN: 978-65-6099-089-0

Translated from original The Bones Beneath my Skin Copyright © 2025 TJ Klune ISBN 978-1-250-89043-6. Published by Tor Publishing Group. PORTUGUESE language edition published by Morro Branco, Copyright © 2025 by STARLIN ALTA EDITORA E CONSULTORIA LTDA.

Impresso no Brasil — 1ª Edição, 2025 — Edição revisada conforme o Acordo Ortográfico da Língua Portuguesa de 2009.

Dados Internacionais de Catalogação na Publicação (CIP)
(BENITEZ Catalogação Ass. Editorial, MS, Brasil)

K63o
1.ed. Klune, TJ
Os ossos sob a minha pele / TJ Klune ; tradução
Ellen Andrade. - 1.ed. - Rio de Janeiro :
Morro Branco, 2025.
448 p.; 14 x 21 cm.

Título original: The bones beneath my skin.
ISBN 978-65-6099-089-0

1. Ficção de fantasia. 2. LGBTQIA - Siglas.
I. Andrade, Ellen. II. Título.

Índice para catálogo sistemático:
1. Ficção de fantasia : Literatura norte-americana 813
Aline Graziele Benitez - Bibliotecária - CRB-1/3129

Produção Editorial: Grupo Editorial Alta Books
Diretor Editorial: Anderson Vieira
Vendas Governamentais: Cristiane Mutüs

Coordenadora Editorial: Illysabelle Trajano
Produtor Editorial: Marlon Souza
Tradução: Ellen Andrade
Copidesque: Paulo Henrique de Aragão
Revisão: Louise Branquinho
Diagramação: Carol Dias
Capa: Red Nose Studio

ALTA BOOKS
GRUPO EDITORIAL

Rua Viúva Cláudio, 291 — Bairro Industrial do Jacaré
CEP: 20.970-031 — Rio de Janeiro (RJ)
Tels.: (21) 3278-8069 / 3278-8419
www.altabooks.com.br — altabooks@altabooks.com.br
Ouvidoria: ouvidoria@altabooks.com.br

Editora
afiliada à:
abdr
ASSOCIADO CBL Câmara Brasileira do Livro

Para aqueles que sonham com estrelas.

Quem somos? Descobrimos que vivemos em um planeta insignificante de uma estrela monótona perdida em uma galáxia enfurnada em algum canto esquecido de um universo onde há muito mais galáxias do que pessoas.

— Carl Sagan, Cosmos

Vocês não vão entender. Pelo menos, não imediatamente. E tudo bem. Podem até pensar que estou mentindo, e tudo bem também. Só peço que ouçam até o final antes de julgar. Tenho uma história para contar. De um lugar sob uma montanha. Das mentes dos homens. Do que significa ser humano, de fazer um lar onde não deveria existir nenhum. E do que o futuro reserva. Para vocês. Para mim. Para todos nós.

UM

Ele cantou com o rádio.

Algo sobre pegar uma música triste e melhorá-la.

Depois, riu até mal conseguir respirar.

Ele entrou no Condado de Douglas pouco antes de mais uma música terminar. Havia um informe de notícias a cada hora em ponto.

Uma cantora chamada Selena fora baleada em um hotel no Texas. Ele nunca tinha ouvido falar dela.

O voo 371 da TAROM, saindo de Bucareste rumo a Bruxelas, tinha caído logo após a decolagem. Todas as sessenta pessoas a bordo morreram. Uma investigação estava em curso. Não havia suspeita de terrorismo até o momento.

O cometa descoberto no ano anterior, Markham-Tripp, se aproximava. Ele já podia ser visto se você soubesse para onde olhar, mas sem preocupação, galera. Só vai passar bem perto de nós antes de voltar para o infinito e além.

E ainda não havia nenhuma informação oficial sobre o helicóptero que caíra semana passada perto do Centro de Treinamento do Corpo de Fuzileiros Navais da Montanha, no norte da Califórnia. A causa da queda seguia sob investigação, embora tenha sido sugerido estar relacionada àquela forte tempestade que atingira a área. As autoridades não revelaram se houve fatalidades.

E agora falando do clima, será um dia lindo, olha só para esse sol, dá para *acreditar*?

Era dia 31 de março de 1995.

Ele continuou para o sul.

O ar lá fora se tornava mais fresco à medida que se aproximava das montanhas. O sol aquecia sua mão pendurada para fora da janela. O céu azul se estendia sem parar. Havia nuvens, mas poucas.

Belo dia, ele pensou. *Claro que sim. É assim que as coisas são.*

Ele chegou à cidade no finzinho da tarde. Havia uma placa, velha e desbotada. Estava lá desde que ele era criança e seus pais o levaram para passar algumas semanas na cabana, durante o verão. Dizia:

> ROSELAND, OREGON
> POP. 827 FUNDADA EM 1851
> ELEVAÇÃO 715 M
> PORTAL PARA AS CASCATAS!

Ele passou por um restaurante. Uma igreja. Lojas de ambos os lados. Algumas delas abertas. A cidade ainda demoraria um ou dois meses para entrar na alta temporada, mas estaria pronta. Pessoas que vinham das cidades maiores em busca de uma fuga do calor e da rotina gastariam seu dinheiro, tirariam suas fotos e então voltariam para onde vieram.

O ar estava tomado pelo aroma de agulhas de pinheiro e terra. Era como se ele tivesse dez anos de novo e sua mãe e seu pai ainda estivessem apaixonados, apaixonados, apaixonados. Eles iriam rir e cantar com o rádio. Jogariam algo para passar o tempo na estrada. Eu vejo com meus olhinhos. Adivinhar a pessoa ou personagem. Aquele jogo em que você tenta achar uma placa de carro de cada um dos cinquenta estados. Desde cedo, havia aprendido que era *impossível.* O máximo que já conseguira tinha sido sete. Aquele havia sido um bom dia. Uma das placas era do Maine, um lugar incrivelmente distante.

Viu a placa do posto de gasolina antes do lugar em si. Ela girava preguiçosamente, mas não antes de ele ler as palavras POSTO E LOJA DE CONVENIÊNCIA DO BIG EDDIE. Soltou um suspiro de alívio. Era bom saber que algumas coisas permaneciam iguais. Mesmo depois de tudo.

Ele entrou no posto, os pneus da caminhonete batendo na mangueira preta. Uma campainha soou em algum lugar lá dentro quando ele parou ao lado da bomba. Desligou o carro, ouvindo o motor estalar.

Ele passou uma mão pelo rosto antes de abrir a porta e pôr os pés no chão. Alongou as costas, ouvindo-as estalar. Tinha apenas vinte e sete anos, mas a época em que conseguia ficar sentado em um carro por horas sem problemas era coisa do passado. Seus músculos se alongaram. A sensação era boa.

A porta de vidro da loja de conveniência se abriu e um homem corpulento saiu, enxugando as mãos em um pano. Se não fosse pelo sorriso em seu rosto, o homem seria assustador. Ele nunca tinha visto ninguém daquele tamanho em nenhum outro lugar. Devia ser o ar das montanhas.

— Ora, ora, olha só quem deu as caras — comentou Big Eddie Green, sua voz grave. — Nate Cartwright, que surpresa.

Nate forçou um sorriso.

— Big Eddie. É bom ver que você ainda está administrando esta espelunca.

— Olha a boca — falou Big Eddie, mas ainda sorrindo de modo carinhoso, seus dentes um pouco tortos.

Ele estendeu uma mão grande com alguns respingos de óleo. Nate não se importou. Também estendeu a sua. O aperto era firme, mas Big Eddie não estava tentando ser um babaca. Ele não era assim, pelo menos, não que Nate soubesse. Não o via desde que tinha vinte e um anos, a última vez que fora até a cabana. E não era como se eles fossem *amigos*, embora Big Eddie pudesse fazer amizade com qualquer um que quisesse. Havia algo no seu jeito de sorrir que deixava Nate à vontade. Era familiar. De um jeito doloroso.

— Subindo a montanha? — Big Eddie já estava indo até a bomba. — Gasolina comum, ok?

— Sim, tudo certo — disse Nate, encostando-se na caminhonete. Ele olhou pela janela da conveniência do posto. Lá dentro, havia um garoto curvado sobre o balcão, rabiscando algo furiosamente, sua língua presa entre os dentes como se estivesse muito concentrado. — Meu Deus, aquele é o Benji?

Big Eddie riu.

— Sim — respondeu, e Nate percebeu em sua voz um carinho puro e doce. — Está crescendo muito rápido. A mãe dele e eu mal conseguimos acompanhá-lo. É bem complicado. Que loucura, né?

— É — falou Nate, porque ele deveria concordar.

Era assim que conversas funcionavam. Era assim que as pessoas falavam umas com as outras. Ele não era muito bom nisso. E agora que estava fugindo para o meio do nada, não achava que teria muito mais prática do que isso.

A bomba de gasolina zumbiu.

Big Eddie assobiou ao olhar para a caçamba da caminhonete.

— Você tem muitos suprimentos aí. Está planejando ficar bastante tempo?

Nate deu de ombros.

— Um tempo, pelo menos.

O sorriso suavizou.

— Sinto muito pelos seus pais. É… bem. Não sei muito o que dizer além disso. Deve ter sido difícil. Não consigo imaginar como é, então não vou insultá-lo fingindo que imagino.

Nate não sabia bem como responder. Difícil, com certeza. Ah, sim, tinha sido difícil. Homicídios seguidos de suicídios geralmente eram. Seu pai tinha ido à casa de sua mãe, sentindo-se magoado e de mau humor, como costumava ficar quando bebia. Houve uma briga. Os vizinhos disseram que ouviram gritos, mas pensaram que era a televisão ou apenas uma briga de casal comum na qual não conseguiam encontrar meios de intervir. Nate não os culpou, particularmente quando seu pai foi até a caminhonete em que Big Eddie e ele estavam encostados agora, pegou sua espingarda, enfiou-a casa adentro e atirou na ex-esposa antes de usá-la contra si mesmo.

Era difícil fazer isso, o detetive lhe dissera, com suavidade e exaustão. Cometer suicídio com uma espingarda. Mas o pai de Nate havia encontrado um jeito. Sentou-se em uma cadeira, apoiou a arma entre as pernas. O cano foi para baixo do queixo, e ele usou o dedão do pé, de todas as opções, para puxar o gatilho. Uma bagunça.

Pelo menos, Nate presumiu que tinha sido. Ele não entrou na casa da mãe depois do ocorrido. Seu irmão havia cuidado de tudo. Existem prestadores de serviços, o irmão lhe informou por telefone. Foi a primeira vez em anos que se falaram. Eles vão até cenas de crime e as limpam. Cobram um rim, mas cuidam do que podem. Não conseguem resolver tudo, é claro, mas é para isso que servem os pedreiros. Consertariam a casa antes que fosse colocada à venda.

Mais tarde, eles se falaram mais uma vez. Papai deixou a caminhonete para você, disse o irmão. E mamãe deixou a cabana.

Ah, foi tudo o que Nate conseguiu responder. Ah.

O que ele *queria* ter dito era: como isso pôde acontecer? Como chegou a esse ponto? Claro que os pais tiveram seus problemas — eles eram divorciados, pelo amor de Deus. Mas seu pai nunca levantou um dedo. Para *ninguém*. Ele não era o cara mais legal do mundo, mas nunca bateu neles. Ou nela. Nem uma vez. Ele não era assim.

— É — disse Nate para Big Eddie. — Difícil.

Big Eddie assentiu.

— Você religou a água?

— Telefonei para eles há alguns dias. Devem vir amanhã. O gerador cuidará do resto. Provavelmente, não estará muito frio. Não por muito tempo.

— Ah, sim. A neve acabou. Este ano tivemos um inverno ameno. No Natal fez uns quinze graus, dá para acreditar? Presumo que você queira que eu encha os galões que trouxe.

— Se puder.

— Posso, sim, Nate. Você esteve lá desde…

— Não.

Big Eddie assentiu devagar enquanto tirava os botijões vazios da caminhonete.

— Sua mãe esteve aqui. Setembro passado, acho. Trouxe uma das amigas dela. Josie? É isso mesmo? Josie?

— Joy.

— Isso aí. Joy. Elas estavam rindo como hienas. Ficaram lá em cima durante algumas semanas. Não as vi quando voltaram. Sua mãe estava feliz, Nate. Caso queira saber.

— Obrigado — Nate conseguiu dizer, afinal, não era *esse* o consolo que ele estava procurando? Ela estava *feliz*. Estava *rindo*. Ele não tinha notícias dela há anos, mas, ei, ela estava se divertindo muito. Bom pra caralho pra ela. — Isso é... bom. Obrigado.

— Ela falou sobre você, sabe — contou Big Eddie, como se não fosse nada de mais, como se estivessem batendo papo sobre nada importante. — Disse que você era bem-sucedido. Morando em Washington, D.C. Repórter ou algo assim.

— Jornalista — corrigiu Nate, por força do hábito.

Big Eddie tirou a bomba da caminhonete e a colocou dentro de um dos botijões.

— Jornalista. Isso mesmo. Um *jornalista*. Trabalhando para o *Post*. Ela parecia extremamente orgulhosa.

Nate queria rir. Queria gritar. Queria esmurrar a caminhonete e *exigir* que Big Eddie calasse a boca sobre assuntos que não entendia. Claro, talvez sua mãe estivesse *orgulhosa*, talvez estivesse falando merda, mas o que lhe dava esse direito? Ela não fez *nada* quando seu pai o mandou dar o fora, que ele não teria filho viado *porra nenhuma*. Ela não falou uma maldita *palavra* em sua defesa enquanto seu pai gritava que Nate pegaria aquela porra de *câncer* de viado, como todas as outras bichas. Não fez nada quando ele olhou para ela, implorando para que dissesse algo, qualquer coisa. Os olhos dela estavam arregalados e chocados, seu lábio inferior tremendo. Mas ela ficou em silêncio, então foi cúmplice.

Eles estavam parados à porta da cabana, certo? Eles nem deveriam estar lá. Os pais tinham dito a ele que estavam se divorciando meses atrás, então o fato de estarem juntos era confuso. Nate tentava freneticamente cobrir a si mesmo e ao seu namorado na época, as peles escorregadias de suor, seu coração acelerado. Ele se sentiu *envergonhado* por razões que não conseguia entender direito. Não estava fazendo nada de errado. Era um adulto. Ele podia ficar na cabana com quem quisesse, mas se sentiu *mal* com a expressão de desgosto no rosto do pai, com a forma como os olhos de sua mãe estavam molhados. Ele se sentiu *péssimo*.

Ele e o cara foram embora depois disso. As malas de viagem foram enchidas rapidamente, mas não fechadas. Seus pais nem sequer olharam para ele de onde estavam, sentados à mesa da cozinha. Ele tinha esquecido uma de suas botas de caminhada. Ele a recebeu pelo correio dois meses depois. Sem bilhete, sem remetente, mas sabia que era coisa da mãe.

Ele as jogou fora.

O namoro não durou muito depois daquele dia. Mais algumas semanas. Não importava. Não era nada sério. Só uma distração.

Ele tinha ficado com a cabana.

Ele tinha ficado com a caminhonete.

Tudo bem. Eles estavam mortos, e ele tinha ficado com duas coisas que eram essencialmente inúteis para ele.

Talvez queimasse ambas. Ele tinha tempo, agora que estava sem emprego.

Que maravilha para ela que tenha ficado orgulhosa. Bom pra *caralho*.

— Ótimo — disse, sua voz calma. — Estou feliz em ouvir isso.

Big Eddie cantarolava baixinho. O primeiro galão encheu, e ele foi para o segundo.

— Tem um telefone instalado lá?

Nate negou com a cabeça.

— Você tem celular?

Ele tinha.

— Por quê?

— Para te dar meu número. Caso precise de alguma coisa. Com você lá em cima sozinho, algo pode acontecer, Nate. Só estou sendo precavido.

— Duvido que tenha sinal lá em cima. — Sua operadora já era irregular normalmente, estando tão isolado nas montanhas então... Provavelmente, não teria sinal quando chegasse à cabana.

— Mesmo assim. Melhor prevenir do que remediar.

Certo. Nate deu a volta até a porta do motorista. O telefone estava no banco, um Nokia vermelho, a tela rachada no meio onde o derrubara na calçada uma vez, enquanto tentava equilibrar alguns copos de café. Big Eddie falou seu número, e Nate obedientemente o anotou, salvando o contato como Eddie.

Big Eddie içou os botijões de volta para a caçamba da caminhonete antes de limpar as mãos no pano que escondia no bolso. Ele olhou para a bomba e informou:

— Fica trinta e seis dólares e cinquenta centavos, a menos que você precise de mais alguma coisa lá de dentro. Última parada antes do nada.

Nate balançou a cabeça, puxando sua carteira e encontrando seu cartão de débito, algo que só tinha adquirido há alguns meses. Era uma novidade, e o deixou um pouco surpreso com o quanto era mais prático do que dinheiro ou cheque.

Big Eddie sorriu para ele outra vez.

— Já volto.

Nate o observou se afastar.

O sol estava baixo a oeste. Levaria poucas horas para anoitecer, e ele estava ansioso para voltar à estrada. Tinha mais uma hora até o destino, a última metade composta por estradas de terra esburacadas que não eram boas para dirigir no escuro. Ele deveria ter partido mais cedo, mas sua ressaca estava forte de manhã, sua língua parecia grossa na boca, que aparentava estar cheia de algodão. Ele ainda tinha resquícios de dor de cabeça, os últimos suspiros de algo que havia se afixado em seu cérebro durante a maior parte da manhã.

Big Eddie estava na conveniência do posto, dizendo algo ao filho. Nate o observou passar a mão na cabeça de Benji. O garoto a afastou com um gesto e Big Eddie riu. Ele falou mais alguma coisa, e Benji olhou pela janela. Nate acenou discretamente. O menino retribuiu, seu braço fino, o corpo inteiro balançando. Big Eddie riu por cima do ombro enquanto voltava e não viu a carranca do filho pelas suas costas.

— Matemática — revelou Big Eddie, aproximando-se. — Não está fácil para ele.

— É uma droga — disse Nate. — Eu mesmo nunca fui muito bom.

Big Eddie lhe entregou o cartão e o recibo.

— Ele não entende por que precisa disso se vai acabar administrando o posto. Eu respondi que precisa mirar um pouco mais alto do que Roseland. Ele não ficou muito feliz.

— Às vezes, você precisa deixá-los fazer o que acham que é certo. — Nate se arrependeu imediatamente das palavras.

— É. — Big Eddie esfregou o queixo, pensativo. — Suponho que sim. Eu só... acho que isso é ser pai. Você quer o melhor para seus filhos, vê-los abrir as asas e voar. Ele vai fazer grandes coisas. Um dia. Só não sei se consegue fazê-las aqui. — Deu de ombros. — Você entenderá um dia. Quando tiver seus próprios filhos.

Isso não aconteceria. Nate não tinha paciência para crianças. Ele não gostava delas, e nem elas dele. Não era provável que acontecesse. Mas disse "Claro", porque era isso que deveria responder.

— É melhor eu te deixar ir, então — falou Big Eddie. — Sei que ainda tem um longo caminho pela frente. Eu poderia ficar aqui conversando o dia todo. É o que minha esposa diz. E as irmãs dela. E Benji. E a maior parte da cidade.

Nate apostava que sim. Big Eddie era exatamente este tipo — amigável e aberto. Nate não era assim. De jeito nenhum. Ele guardou a carteira de volta no bolso.

— Obrigado. Agradeço.

Big Eddie apertou sua mão novamente. Dessa vez, um pouco mais forte, como se estivesse tentando dizer algo a Nate sem realmente pronunciar as palavras.

— Se precisar de alguma coisa, me dê um grito, entendeu? Esses suprimentos não vão durar para sempre. Se precisar de algo, me avise e podemos nos encontrar no meio do caminho. Para te poupar um pouco da viagem.

— Não precisa...

— Nate, simplesmente aceite. Gentileza. Às vezes, as pessoas precisam, mesmo que não saibam como pedir.

Desviando o olhar, Nate pigarreou.

— Obrigado. Vou aceitar. — Ele se virou para sua caminhonete.

Antes de ir, olhou de volta para o posto de gasolina. Big Eddie estava curvado sobre o balcão ao lado do filho, franzindo a testa para o papel. Benji fazia o mesmo. Era estranho ver o quanto era óbvio que eles eram parentes. Tal pai, tal filho.

Nate partiu, deixando Roseland para trás.

Havia uma placa — quase invisível atrás de um emaranhado de vegetação, árvores e arbustos crescendo sem poda. Se você não soubesse que estava lá, nem a veria; tampouco enxergaria a saída. Nate quase passou por ela sem querer, distraído por um cervo que se afastava por entre as árvores à esquerda. Ele pisou no freio um pouco mais forte do que pretendia, o cinto de segurança apertando seus quadris. Os pneus cantaram no asfalto e ele olhou pelo retrovisor para se certificar de que não tinha feito essa idiotice na frente de outro carro.

Não havia nenhum. Ele não tinha visto outro veículo desde que saíra de Roseland.

LAGO HERSCHEL, informava a placa. 24 KM.

Uma seta apontava para uma estrada de terra.

Ele ficou parado ali na estrada, em meio à floresta nas montanhas, por muito mais tempo do que deveria.

E então deu seta e guiou a caminhonete para a estrada de terra.

O caminho estava mais tranquilo do que ele esperava, o que significava que Big Eddie tinha razão sobre o inverno ameno. Se estivesse normal, ainda haveria gelo no chão. Não era surpreendente ver tempestades de neve primaveris vindo com tudo, o ar diferente das rajadas de inverno. Sempre parecia mais elétrico na primavera, a neve caindo sobre flores desabrochando, o vermelho e o violeta quase chocantes contra o branco.

Mas assim era mais fácil. Ele não havia pensado em prender correntes nos pneus quando saiu de Eugene após se encontrar com o advogado do espólio. Ele tinha voado de Washington. O advogado o pegou no aeroporto, já que seu irmão estava ocupado. Ou foi o que ele disse. Nate era mais esperto que isso, e percebia que o advogado queria fazer perguntas (*por que por que por que*), mas, de alguma forma, cuidou da própria vida. Estava ficando careca e era falante, dizendo o quanto lamentava pelos pais de Nate em um segundo, e então comentando sobre os Trail Blazers em seguida.

— Não vi você no funeral — falou em determinado momento.

— Não esperava que tivesse visto mesmo — respondeu Nate, olhando pela janela.

— Nada de dinheiro — disse o advogado mais tarde. — As pessoas sempre querem saber quanto dinheiro receberão. Vou ser direto com você sobre isso. Tudo foi para a família do seu irmão. Para os filhos dele. Faculdades não são baratas.

Ele não queria o dinheiro deles.

Ele nem queria a cabana ou a caminhonete.

Mas ficou com elas de qualquer maneira, porque não havia mais nada para ele.

— Assine aqui — pediu o advogado. — Assine aqui, rubrique aqui, aqui e aqui, e *tcharam*, você é o orgulhoso dono de um Ford F100 1974 e uma cabana em uma terra de 1,600 hectare no meio do nada. Parabéns. Shelly, poderia fazer cópias para o sr. Cartwright?

A secretária dele estourou uma bolha de chiclete de maneira ruidosa e fez exatamente o que lhe fora solicitado.

Ele tinha recebido as chaves. Porta da frente. Porta dos fundos. Galpão. Duas para a caminhonete.

Então recebeu vias de toda a papelada. Foi levado até a porta.

— Me avise se precisar de alguma coisa — disse o advogado, ambos sabendo que aquela seria a última vez que falariam um com o outro.

A caminhonete estava parada no estacionamento, deixada ali por seu irmão, alguns dias antes.

Era branca com detalhes verdes. Os pneus pareciam um pouco carecas. Havia um suporte para armas no vidro traseiro, o mesmo que segurara a espingarda que seu pai havia usado em sua mãe e depois em si mesmo. Nate ficou parado no estacionamento vazio do shopping, olhando para o suporte durante um longo tempo.

Ficou em Eugene por alguns dias, fazendo ligações do quarto que havia alugado no Motel 6. Solicitando o religamento da água. Pagando o depósito em Washington por mais alguns meses. Sua correspondência era entregue em uma caixa postal que ele podia verificar mensalmente.

E esse era o resumo da belíssima vida de Nate Cartwright.

Ele ficou mais uma noite no Motel 6, olhando para o teto, ouvindo os caminhões passando pela rodovia às três da madrugada.

Na manhã seguinte, foi até o Walmart assim que abriu, comprando tudo o que precisava para ficar recluso por um longo tempo. Ele nem sequer estremeceu com a quantia que gastou quando o caixa lhe informou. Não importava.

Ele passou por um buraco.

A carroceria da caminhonete estremeceu.

Desacelerou. Não queria um pneu furado tão longe no caminho para as montanhas. Ele não tinha um estepe.

O lago Herschel já foi um destino turístico popular nas décadas de 1950 e 1960. Onde antes havia apenas um punhado de cabanas, de repente surgiram dezenas. Aluguéis de temporada, casas para passar as férias, todas localizadas longe o suficiente umas das outras para *parecerem* deslocadas do resto do mundo, o lago Herschel e a floresta ao redor ressoando com as pessoas em piqueniques ou as crianças na água, pulando de docas ou de balanços de corda.

Tudo começou a mudar no final dos anos 1970, a empresa que possuía a maioria das cabanas faliu. As coisas desmoronaram. O Departamento de Gestão de Terras se envolveu e comprou a maior parte do lugar, mas nada foi feito com as cabanas alugadas. Elas foram deixadas para trás para apodrecer.

Os pais de Nate vieram em 1980. Eles se apaixonaram pela área e encontraram uma cabana à venda, mais afastada das outras. Os filhos de um idoso o estavam transferindo para uma casa de repouso e queriam vender a propriedade. Alguns meses depois, os Cartwright tinham uma cabana na floresta.

Ele tinha treze anos quando foi ao lago Herschel a primeira vez.

O silêncio o havia assustado.

Tinha se acostumado após a primeira semana.

Voltar para casa depois sempre parecia barulhento demais.

Era o que ele queria agora. Silêncio. Espaço para pensar. Para entender as coisas. Precisava decidir seus próximos passos.

Seu primeiro vislumbre do lago veio vinte minutos depois, um reflexo brilhante do sol na água. Ele piscou para afastar as imagens residuais que queimavam em seus olhos.

Ele pensou em parar. Em tirar seu velho par de All Star e colocar os pés na água. Estaria gelada. O lago era alimentado por riachos que vinham de pontos mais altos das montanhas. O ar já estava consideravelmente mais frio do que em Roseland. Talvez isso lhe causasse um choque. Fizesse seu cérebro reiniciar.

Mas o sol estava ficando mais baixo, e o céu começava a assumir outros tons. Ele queria chegar à cabana antes do anoitecer. Ainda precisava alcançar o outro lado do lago.

Continuou dirigindo.

As primeiras estrelas surgiram lá no alto quando Nate chegou na longa entrada de acesso até a cabana. Ele havia ligado os faróis da caminhonete dez minutos antes, as árvores grossas bloqueando grande parte do sol poente. Também fechou a janela, dizendo a si mesmo que o frio em sua pele tinha a ver apenas com o ar montanhoso.

Deu seta outra vez quando virou na entrada para a cabana. Força do hábito. Não havia mais ninguém ali.

A entrada de acesso era um pouco mais irregular do que a estrada principal. A caminhonete chacoalhava e rangia. O feixe lançado pelos faróis balançava, indo para lá e para cá entre as árvores. Ele manteve a velocidade baixa, ouvindo seus escassos pertences quicando na caçamba, os galões raspando uns nos outros, produzindo um ruído alto.

E lá, do mesmo jeito que há quatorze anos, quando ele a vira pela primeira vez, estava a cabana.

Não era nada de mais. Um andar. Uma varanda pequena. Dois quartos, um ligeiramente maior do que o outro. Dois banheiros, ambos com chuveiros onde a água estava sempre ou escaldante ou gelada. Uma cozinha simples com um fogão e uma geladeira antiga. Uma sala de estar com um sofá que sua mãe insistira em ter, argumentando que eles não viveriam como *selvagens* no meio da floresta, dá para *imaginar*? E *aquilo* tinha sido uma provação, amarrar aquela coisa na traseira da caminhonete com cordas elásticas, trazê-la montanha acima apenas para descobrir que não passava pela porta da frente. Houve um momento de pânico, seus pais com aquelas expressões no rosto, as que diziam que *alguém* ia começar a gritar, mas então o irmão de Nate avisou que a porta de trás era maior, e eles deram um jeito. Uma almofada rasgou e o batente da porta ficou lascado, mas finalmente conseguiram entrar, todos rindo, com suor escorrendo pelos rostos.

A parte favorita de Nate na cabana, no entanto, eram os livros.

Na época, a cabana tinha sido vendida no estado em que se encontrava. Os filhos do idoso levaram tudo de valor sentimental, mas deixaram outras coisas que Nate não conseguia acreditar terem sido abandonadas. A cabeça de um veado — com oito pontas nos chifres — pendurada na parede da sala de estar, os olhos brilhantes e pretos. ("Tire isso", sua mãe exigiu quase imediatamente.) Dezenas de latas de Spam. ("Acho que essas coisas nunca vencem", seu pai murmurou, semicerrando os olhos para a despensa.) Dois maços de cigarros, ambos abertos e faltando alguns. ("Não conte para a mamãe", seu irmão mais velho avisou. "Vou fumar essa porcaria todinha.")

E os livros. Muitos, muitos livros.

Eles se alinhavam nas prateleiras antigas na parede mais distante da sala de estar. Centenas deles, a maioria faroestes de Louis L'Amour (*The Burning Hills*, *High Lonesome*, *Hanging Woman Creek* e *Under the Sweetwater Rim*). Havia alguns livros que ele mal teve a chance de olhar antes que sua mãe os tirasse de seu alcance (*Teacher's Pet*, *Perversity* e *Anything Goes*), as mulheres seminuas nessas capas, posando de forma lasciva; as capas prometendo contar a história de como Judy ficou após as aulas para ganhar seu diploma por meio de uma tutoria especial ou como uma sedutora ávida por amor cedeu a seus desejos insaciáveis. Esses livros sumiram depressa.

Mas o resto era tranquilo. E seus verões se tornaram faroestes, histórias nas fronteiras sobre caubóis, indígenas e planaltos avermelhados sob o sol escaldante. Ele pegava um livro ou dois e desaparecia nas árvores durante o dia todo, comendo amoras como almoço, seus dedos e lábios um roxo pegajoso, as páginas manchadas quando voltava para a cabana.

Ele tinha sido feliz ali. Tinha sido livre.

E talvez por isso ele estava ali de novo. Talvez por isso tivesse voltado. Nate Cartwright não estava feliz há muito tempo. As coisas eram mais simples quando ele tinha treze, quatorze ou quinze anos, seu corpo mudando, espinhas na testa, voz falhando, pelos brotando em lugares onde não havia antes. Ele foi um garoto desajeitado, todo braços e pernas desengonçados, sempre ajeitando os óculos na ponte do nariz. Seu irmão ficava chorando as pitangas sobre estar longe dos amigos e da namorada *de novo*, seus pais já estavam mentalmente esgotados, mas Nate apenas pegava os livros e desaparecia por horas, sentado na base de uma árvore, às vezes lendo, às vezes fingindo ser um colono na fronteira, que estava na natureza selvagem, a cabana que ele construiu em algum lugar atrás dele, e estava sozinho, sozinho de verdade, do jeito que gostava.

Talvez por isso ele tivesse voltado. Para ficar sozinho.

Não porque estava tentando encontrar uma última conexão com as duas pessoas que o cortaram de suas vidas. Claro que não. Ele tinha superado isso há tempos. O fato de terem deixado a cabana e a caminhonete para ele não significava nada. Talvez a culpa os tivesse consumido. Não importava. Não agora. Não mais.

A cabana estava escura.

E ele, exausto.

Se a mãe dele estivera ali em setembro, lá dentro não estaria tão ruim. Ele abriria algumas janelas para arejar, talvez limparia a fina camada de poeira que havia acumulado. Mas não seria muita coisa. Sentiu-se grato por isso.

Desligou a caminhonete. Os faróis se apagaram.

As estrelas piscaram acima quando ele abriu a porta.

O céu tinha tons vermelhos, rosas e laranjas.

A superfície do lago parecia estar pegando fogo.

Ele ouviu pássaros nas árvores, o bater de ondas contra as margens.

Desceu da caminhonete.

O cascalho rangeu sob seus pés.

A porta chiou quando ele a fechou atrás de si, seguindo-se um eco suave.

Ele foi até a traseira da caminhonete e pegou sua mochila. No bolso lateral, havia uma lanterna colocada lá mais cedo, após suas compras. Nate clicou no botão e o feixe se acendeu. Ele iluminou a caçamba da caminhonete até encontrar um dos botijões que Big Eddie havia enchido para ele. Enfiou a mão lá dentro e o pegou também, sua camisa levantando ligeiramente, uma linha de pele encostando no metal frio da lataria. Estremeceu ao puxar o galão.

Ele caminhou em direção à cabana, esforçando-se para não pensar na última vez em que estivera ali. O cara estava beijando seu pescoço enquanto eles tropeçavam em direção à varanda, uma mão no bolso de trás de Nate, a outra sob sua camisa, esfregando-se nos pelos em seu peito. Ele sempre foi magro, mas aos vinte e um anos ia diariamente à academia. Era mais durinho naquela época, mais definido. Seu cabelo escuro recém-cortado, bem rente ao crânio. Ele estava gemendo por causa dos dentes em seu pescoço, da língua que era arrastada ao longo de sua pele. Eles arrancaram a maioria das roupas assim que entraram, o cara de joelhos, as calças de Nate em volta dos tornozelos, seu pau sendo engolido pelo calor úmido enquanto ele se apoiava na porta, a cabeça para trás e os olhos fechados.

Seus pais apareceram de súbito dois dias depois.

— Me dá a chave — surtou seu pai, os olhos em chamas. — Me dá a chave, e não me deixe te ver aqui de novo.

Nate era uma sombra agora. Mais magro, com o cabelo desgrenhado. Seus ombros um pouco ossudos, pontudos. Estava mais flácido também. Não tinha tempo para a academia como antes. Tudo o que fazia era tomar xícaras de café e se sentar na frente de um computador, dar telefonemas ou gritar perguntas para algum senador que tentava andar o mais rápido possível, o sorriso em uma linha fina imutável no rosto, como se pensasse que o caso que tivera ou o dinheiro que desviara simplesmente desapareceriam se ignorasse o garoto exigindo saber o porquê, com um gravador na direção de seu rosto e fotos e mais fotos sendo tiradas.

Nate viu seu reflexo na vitrine de uma loja não muito tempo atrás e se perguntou quem era aquele que o encarava. O homem com maçãs do rosto salientes e bochechas ligeiramente encovadas. Cujos olhos azuis pareciam frios e desbotados. O homem com barba por fazer há três dias que lhe dava uma aparência suja e cansada. Com a camisa amassada e bolsas roxas sob os olhos, e sem emprego, porque tinha ferrado com tudo e feito algo que nunca havia pensado ser capaz, e agora ali estava, com um diploma inútil e seis anos de serviços pelas ruas, indo atrás de histórias que não importavam enquanto sonhava acordado em dar um furo, revelar um escândalo que abalaria as estruturas da cidade. Sonhava em ganhar o Pulitzer com um salário de classe média baixa que mal o sustentava em uma cidade que sangrava vermelho, branco e azul, escorrendo no ritmo das batidas de um coração doente.

Isso vinha matando-o.

Enfim, é. Seu irmão ligou para ele de novo. Ele vinha nadando e morrendo na praia. Ouviu as palavras *cabana* e *caminhonete* e pensou... por que caralhos não? Tinha algumas economias, o suficiente para sobreviver por um tempinho. Então rescindiu o contrato de aluguel do pequeno apartamento, empacotou suas coisas e enviou a maior parte para um depósito, e seguiu para o oeste.

A melhor ideia que teve em muito tempo.

Ele resolveria as coisas. Se daria alguns dias, descansaria a cabeça e então botaria a mão na massa e resolveria as coisas. Sempre fazia isso. Era bom nisso quando se permitia ser.

Nate andou até a lateral da cabana, indo em direção aos fundos, onde o gerador ficava, dentro de um pequeno galpão de armazenamento. Ele se atrapalhou com as chaves, a lanterna escorregando um pouco, o feixe apontando para seus pés. O galão batendo contra sua perna. Seus passos suaves na grama.

Ele encontrou a chave para abrir o galpão, felizmente um *G* fora marcado na fita adesiva que envolvia o topo. Havia *PE* para a porta de entrada, *PF* para a dos fundos. Outra mostrava um *CB* para casa de barcos, a estrutura de madeira perto do cais no lago. Eles nunca tiveram um barco e acabaram usando o lugar apenas como depósito. Precisaria reservar um tempo para limpá-lo em breve. Para ver o que havia sido deixado para trás.

O galpão estava…

Ele parou.

O metal da alça do galão se cravou na pele de seus dedos dobrados.

O cadeado estava pendurado e aberto na porta do galpão.

A porta estava entreaberta. Só um pouquinho de nada, na verdade.

Isso não era…

Ele balançou a cabeça.

Estava tudo bem. A mãe dele tinha se esquecido de trancar tudo quando estivera ali pela última vez. Um erro bobo. Com sorte, nada acontecera com o gerador nesse meio-tempo. O inverno fora ameno, mas *havia* nevado. E chovido.

Ele foi até a porta do galpão, colocando o galão na grama.

Só para ter certeza, fechou o cadeado. Estalou. Trancou. Nate colocou a chave no buraco da fechadura e girou. O cadeado abriu.

Erro bobo. Ela provavelmente estivera distraída. Talvez Joy a tivesse chamado e ela simplesmente não houvesse trancado antes de voltar para a cabana.

Só que quando abriu a porta do galpão, foi atingido por uma onda de ar quente. Como se o gerador tivesse sido ligado. Recentemente.

Franziu a testa.

Entrou no galpão. Estendeu a mão e tocou no gerador. O metal estava quente. Não era coincidência.

Ela o deixara ligado esse tempo todo?

Mas não podia ser. Mesmo se tivesse deixado, o combustível teria acabado meses atrás. Mesmo com todas as luzes apagadas na cabana. Não teria…

Ouviu-se o clique inconfundível de uma arma sendo engatilhada.

Algo duro foi pressionado contra a parte de trás de sua cabeça, cravando-se em seu couro cabeludo.

Uma voz mandou:

— Você vai colocar a lanterna no chão. E depois vai levantar as mãos devagar. Entrelace os dedos na nuca. Se você tentar qualquer coisa, se tentar pegar algo que não consigo ver, ou se não fizer *exatamente* o que eu falei, vou enfiar uma bala na sua cabeça. Sem hesitar.

Tudo ao redor se tornou demais para Nate. Seu campo de visão se estreitou. Seu coração batia sem controle no peito. Havia sangue pulsando em seus ouvidos. Sua mente era um completo vazio, como um lençol todo branco.

Ele foi assaltado uma vez. Em Bethesda, no metrô. Aconteceu com uma faca curta e uma expressão desesperada no rosto do homem, seus olhos para lá e para cá. Ele pediu a carteira de Nate.

— Agora — gritou o homem. — Agora, agora, *agora*, cara. Sério, você precisa se mexer, me passa a carteira *agora*.

A sensação era a mesma. Havia medo, claro, e isso fazia com que seus músculos congelassem, seu cérebro entrasse em curto com um *chiado* que parecia audível. A faca não era inofensiva, uma faca de abate afiada, e de alguma forma — *de alguma forma* —, Nate conseguiu se mexer e entregar a carteira. O homem a arrancou de sua mão e saiu correndo.

As pessoas continuaram passando por ele como se nada tivesse acontecido.

Ele ficou ali por um tempão.

No fim das contas, voltou a se mexer. Ele encontrou um guarda do metrô e fez um boletim de ocorrência.

— Provavelmente, nunca mais a encontrará — disse-lhe o guarda. — É um saco, mas cancele seus cartões e tire outra habilitação. A carteira nunca mais aparecerá.

Nate fez exatamente isso.

Sua carteira nunca foi encontrada.

Era de couro, fora um presente. Nada extravagante. E ele tinha vinte dólares nela. Mas era só isso.

Durante meses, toda vez que pegava o metrô, ele prestava atenção ao redor. Não sabia o que faria se encontrasse o cara de novo, se o visse no vagão. Confrontá-lo? Dizer: ei, lembra quando você colocou uma faca na minha barriga e tirou minha sensação de segurança?

Claro que ele nunca mais viu o cara. Não era assim que essas coisas aconteciam.

Mas era o *mesmo* medo. Como se ele estivesse fora de si. Sentia-se separado do próprio corpo. Mecânico. Sabia que estava frio, porém não sentia mais. Ele sabia que o interior do galpão estava quente, mas isso era coisa do passado.

Agora só existia a arma contra sua cabeça.

A voz profunda e rouca às suas costas.

Ele se curvou devagar, a pressão do cano da arma nunca deixando sua cabeça. Soltou a lanterna. Ela quicou no chão do galpão com um *baque*.

Nate se levantou novamente, movendo-se como se estivesse debaixo d'água. Ele levou as mãos para a nuca como fora instruído, as chaves pressionadas contra seu pescoço.

Elas foram tiradas dele antes que pudesse entrelaçar os dedos.

Tilintaram em algum lugar atrás dele.

O cano da arma nunca oscilou.

Ele agarrou a própria nuca com firmeza.

— Não tenho muito dinheiro. Minha carteira está no meu bolso traseiro direito. Você pode ficar com o que estiver nela.

— Tem mais alguma coisa com você? — perguntou a voz.

— Não.

— Para quem você trabalha?

E essa... essa não era uma pergunta que ele esperava. Não conseguiu processá-la. Não entendeu.

— Eu não trabalho para ninguém.

— Besteira — rosnou o homem, parecendo mais irritado. — Está sozinho? Quem mais está com você?

— Ninguém.

— Quem sabe que você está aqui?

Nate piscou rapidamente.

— Hum... o Big Eddie. Do posto de gasolina em Roseland. Provavelmente, meu irmão. — Ele engoliu em seco. — O advogado que me deu as chaves. E só.

— Do que diabos você está falando?

— Você perguntou quem...

— Você veio da montanha?

— Subi a montanha, sim. Foi como cheguei aqui.

— Você está mentindo. Como nos encontrou?

— Eu não encontrei *ninguém*. — Ele estava começando a soar um pouco histérico. Não conseguia evitar. Sua garganta estava começando a se fechar, e o pânico arranhava seu peito. — *Meus* pais morreram e me deixaram a cabana, e eu dirigi até aqui para fugir, tá bom? É só isso. É isso. Eu não tinha mais nada, e é isso. Esta porra de cabana. Aquela maldita caminhonete. É tudo o que me resta e...

Outra voz. Dessa vez, feminina e mais jovem:

— Acho que ele está falando a verdade.

O cano se afastou um pouco.

— Eu te disse para ficar dentro de casa.

Nate fechou os olhos.

— Eu sei — disse a garota, e meu Deus, ela parecia bem *jovem*. — Mas aqui estou, de qualquer forma.

— Ele está mentindo. — O cano estava de volta. — O que eu te falei sobre isso?

A garota suspirou.

— Que não existe coincidência. Tudo acontece por uma razão.

O homem tossiu. Soou doloroso.

— E agora ele está aqui.

— Talvez ele esteja destinado a estar aqui. Talvez ele esteja...

— Não.

— Você ainda está machucado. Deveria estar descansando.

— Já te falei, estou *bem*. Precisamos descobrir para quem ele trabalha. Eles podem estar...

— Ele vai se mijar? — A garota parecia muito curiosa. — Não é isso que acontece quando se fica apavorado? Li em um livro que a pessoa pode perder o controle dos seus intestinos e...

— Art. Entre. *Agora*.

— Não. Eu não vou te deixar. Você prometeu.

O homem fez um barulho como se sentisse dor.

— Caramba. Eu sei. Tá bom? Sei que prometi, mas não podemos arriscar. Não existe coincidência. Se ele está aqui, é por um motivo. E precisamos...

— Ela tem razão. — Nate se ouviu dizer. — Não estou mentindo. Juro que não estou...

O cano da arma voltou.

— Não fale com ela — rosnou o homem. — *Nunca* fale com ela. Me diga como nos encontrou. Diga quem mais está vindo.

— Ninguém — murmurou Nate. — Não tem mais ninguém. Esta é a cabana dos meus pais. Eles estão mortos. Este é meu único lar agora. Eu não posso...

O cano se afastou.

Nate ouviu o homem recuar.

Ele respirou fundo. Sua garganta doeu.

— Mantenha as mãos onde estão — instruiu o homem. — E vire-se lentamente. Atiro em você se não fizer o que eu mandar.

Nate quase riu histericamente.

Em vez disso, ele se virou.

Ali, no breu, estava um homem apontando uma arma muito grande em sua direção. Ele tinha cabelo preto curto, quase raspado, e olhos escuros que observavam cada movimento de Nate. Ele era mais velho, com linhas de expressão ao redor dos olhos estreitos e da boca. Tinha barba por fazer nas bochechas e no queixo. Sua pele era pálida e sua mão tremia levemente. Um de seus braços envolvia a própria cintura, a mão grande segurando a lateral do corpo. Ele usava jeans e uma camisa de flanela aberta. Nate podia ver a pele e o pelo em seu peito e estômago, e o que parecia ser um curativo grosso na lateral do tronco.

Ao lado dele, uma garotinha.

Ela não estava assustada. Não como o homem dono da perna ao seu lado, uma mão enrolada na bainha da camisa dele. Ela também não estava irritada como ele. Em vez disso, parecia apenas curiosa.

Seu cabelo era loiro e estava preso em um rabo de cavalo frouxo, com mechas soltas caindo ao redor das orelhas. Ela tinha olhos grandes e um narizinho arrebitado. Vestia uma camiseta com um Ursinho Carinhoso estampado. A roupa praticamente engolia seu corpinho.

O homem era grande. Tinha alguns centímetros a mais que Nate. E parecia quase tão largo quanto alto. Fazia a garotinha parecer minúscula, o topo da cabeça dela mal passava da cintura dele.

— E aí, parceiro — cumprimentou a garota. — Meu nome é Artemis Darth Vader. É um prazer conhecê-lo, acho.

— Art — o homem rosnou para ela.

— Você disse que eu preciso agir normalmente, Alex — disse a menina, olhando para o homem. — Pessoas normais se apresentam. Li isso em um livro.

— Que porra é essa? — A voz de Nate quase não saiu.

— Também te disse para não falar com *estranhos* — o homem (Alex?) gritou para ela. A mira da arma foi para a esquerda. Ele parecia estar bambo.

— Ele não é um estranho — argumentou a garota, olhando para baixo de repente. — O nome dele é Nathaniel Cartwright. Mora em Washington, D.C.

— Como diabos você... essa é a minha *carteira*?

Ela o encarou.

— Sim. Esta é a sua carteira. Muito astuto.

— Como você... — Ele nem *sentiu* ela pegando.

— Você disse que poderíamos ficar com ela. Caramba. Você estava certo. Não tem muito dinheiro aqui. Que pena. Gosto de dinheiro. Tem um cheiro esquisito.

— Art! — gritou o homem outra vez. — Entra na casa. *Agora.*

E então, só porque a noite de Nate não podia ficar mais estranha, os olhos do homem reviraram e ele caiu no chão.

A arma caiu de sua mão.

— Avisei para ele não forçar a barra — comentou a garota que se apresentou como Artemis Darth Vader. — Ele precisa me ouvir mais. — Olhou para Nate. — Nathaniel Cartwright, de Washington, D.C., eu ficaria muito grata, camarada, se você pudesse chegar aqui e dar uma mãozinha a uma colega vaqueira. Preciso levar este cara para a cabana logo ali.

Nate fez a única coisa que podia.

Desmaiou também.

DOIS

— ...você deveria tê-lo prendido. Não podemos arriscar.

— Não vou amarrá-lo. Não se amarra *convidados*, Alex.

— Ele não é um convidado. Ele...

— Está nas fotos.

— O quê?

— As fotos. No quarto. No corredor. Acima da lareira. Ele está nas fotografias. Ele está dizendo... Não. Não se *mexa*. Posso te mostrar se quiser. Se confiasse em mim, eu poderia...

— Não é sobre confiança. Já te falei. É sobre sobrevivência. Nós não somos...

Nate gemeu.

— Eita, olha só — comentou a garota. — Ele está acordando.

— Afaste-se dele. Art, só...

Algo cutucou sua bochecha.

Ele abriu os olhos.

A garotinha o encarava. Seus olhos eram do verde mais brilhante que ele já tinha visto na vida. Eram encantadores.

Ele fez um ruído estrangulado baixinho no fundo da garganta ao se levantar.

— E aí, parceiro — disse ela, dando um passo para trás. — Bem-vindo de volta à consciência. Você ficou desacordado por vinte minutos e dezessete segundos. É muito tempo para alguém como você.

Nate estava no sofá. Seus All Stars tinham sido removidos. Uma manta colocada sobre ele, que caiu em seu colo quando se sentou. Sua cabeça parecia pesada, seus músculos rígidos.

O homem estava sentado à sua frente, em uma cadeira de madeira que Nate reconheceu como sendo da cozinha. Sua camisa não estava totalmente abotoada, apenas o suficiente para cobrir o curativo. A arma se encontrava apoiada na coxa grossa, sua mão em volta do cabo. Ele respirava com dificuldade, os olhos nunca desviando de Nate.

— Você não pode me matar — Nate falou a primeira coisa que lhe veio à cabeça.

— Posso, sim — respondeu o homem, com um sorriso de escárnio no rosto. — Com muita facilidade. Você ficaria surpreso com o quão fácil seria.

— Ele não está mentindo — disse a garotinha solenemente. — Ele é um pistoleiro. Um homem solitário com um revólver de seis balas no quadril, o aço ainda quente enquanto ele ajeita a aba do chapéu e cavalga em direção ao pôr do sol na...

— Te falei para não ler aqueles malditos livros — repreendeu o homem.

— Bem, eu até encontrei aqueles outros livros, mas você não me deixou lê-los. Os que você disse que eram inapropriados para alguém da minha idade, mesmo que eu seja...

— Art.

Ela revirou os olhos. Então:

— Eu fiz direito? Pareci exasperada, já que você não me deixou descobrir por que Judy precisava se encontrar com o professor depois da aula para aumentar sua nota? Quero dizer, por que ela não poderia simplesmente fazer trabalhos extras... ah. *Ah.* — Ela franziu a testa. — Não é possível que isso seja ético.

— Quem é você? — perguntou o homem.

— Nathaniel — respondeu ele. Tossiu e sacudiu a cabeça. — Nathaniel Cartwright.

— Uau — comentou a garota. — Exatamente como eu disse antes. Que tal?

— E por que você está aqui?

— Esta é a minha cabana — afirmou Nate, imaginando de onde vinha sua raiva. Porque sim, tinha uma arma apontada para ele. Sim, havia sido ameaçado. Sim, essas pessoas estavam ali, e ele não sabia quem diabos eram. E talvez estivesse um pouco envergonhado também. Tinha desmaiado sem motivo nenhum, pelo amor de Deus. Isso piorava tudo, claro. Seu sangue estava fervendo. Ele se levantou, a manta caindo no chão. Sua mãe a tricotara. Ele a odiava só de olhar.

O homem imediatamente levantou a arma.

A garota deu um passo para trás.

— Esta é a *minha* cabana — repetiu Nate, as palavras saindo com mais força. — Você não tem o direito de me perguntar o que estou fazendo aqui sendo que eu *moro* aqui. Quem diabos é você? Quer saber? Não ligo. Vou chamar a polícia.

O homem engatilhou a arma.

— Não vai fazer merda nenhuma.

— Você já teria atirado em mim se quisesse — constatou Nate, olhando ao redor em busca de seu celular antes de se lembrar que o aparelho ainda estava no banco da caminhonete.

— Eita, camarada — disse a garota. — Você *não* deveria ter dito isso.

O homem disparou a arma. O som foi surdo e agudo no espaço pequeno da sala de estar. Nate jurou sentir o zumbido da bala passando de raspão na bochecha. Ele se virou lentamente para ver um buraco irregular na parede atrás dele. Sua pele parecia estar vibrando.

— Não pense que não vou atirar — avisou o homem friamente. — Porque eu farei o que for preciso para mantê-la... — Ele fez uma careta, inclinando-se para a frente e gemendo.

A garota se posicionou ao seu lado em um instante, as mãos passando pelo seu estômago e peito.

— O que tem de errado com ele? — perguntou Nate, sentindo como se estivesse flutuando acima do próprio corpo, preso por um cordão frágil.

— Nada — respondeu o homem entredentes. — É só que...

— Ele levou um tiro — revelou a garota. — De uma pessoa idiota que não saía do caminho.

— Tiro — Nate repetiu sem muita emoção. — Como se ele quase tivesse atirado em mim.

— Ele errou — falou a garota.

— Eu não *errei* — discordou o homem, uma fina camada de suor em sua testa.

Nate não sabia o que fazer com a informação.

— Por que você não o leva para um hospital?

Ela olhou por cima do ombro.

— Porque não é assim que fugir funciona. Você não sabe disso?

— Art, eu juro por Deus, você vai...

— Ele não sabe como funciona — falou Art, virando-se para o homem. — Só estou contando para que ele saiba. Você precisa parar de falar. Quanto mais fala, mais sofre, e eu não gosto quando você sofre. Preciso que você fique bem de novo para que possamos ficar juntos. Eu chorei, Alex. Você me fez *chorar*. Isso não foi muito legal da sua parte.

E, surpreendentemente, a carranca do homem suavizou.

— Você não precisa chorar. Especialmente por mim.

Ela se agitou sobre ele, puxando sua camisa.

— Você não precisa levar um tiro. Ou ser rude. Não gosto quando nenhuma dessas coisas acontece.

— Você nunca me viu levar um tiro antes.

— Sim, mas já te vi ser rude várias vezes, então...

O homem se recostou com força na cadeira, inclinando a cabeça para trás. Segurava a arma de modo frouxo. Seria tão fácil apenas...

— Aqui — falou Art, pegando a arma do colo do homem e estendendo-a na direção de Nate.

Os olhos do homem se abriram depressa.

— O que está fazendo?

— Ele estava pensando em pegar a arma — explicou Art. A arma parecia enorme em sua mãozinha. — Achei que se eu a entregasse, ele saberia que pode confiar em nós. — Ela franziu a testa. — Ou pelo menos em mim, já que você quase atirou na cabeça dele tentando mostrar o quanto é másculo. — Encarou Nate. — Ele não é másculo? Diga que sim para que ele se sinta melhor.

— Sim — respondeu Nate imediatamente.

Art se virou para o homem.

— Você se sente melhor?

Ele tentou se endireitar.

— Me dá a arma.

— Não. Nathaniel, pegue a arma.

— Nathaniel, *não* toque nessa arma, eu juro que...

Nate deu um passo à frente e pegou o objeto. Ele não fazia ideia de como manuseá-lo, mas o apontou diretamente para eles.

— Nathaniel — falou a garota. — Não seja rude.

O homem se levantou com um gemido e colocou a garota atrás dele. Ela gritou em discordância, mas ficou onde foi posicionada, espiando Nate por trás do quadril do homem.

— Se você apontar essa coisa para mim, é melhor estar pronto para usá-la.

O cano tremeu.

Seus dedos colocaram mais pressão no gatilho.

— Ele parece inseguro — sussurrou a garota. — Não é uma boa aparência para se ter quando se está com uma arma em riste.

Nate piscou. Ela nem ao menos parecia assustada. Ele se sentiu mal, sim, é claro. O que quer que estivesse acontecendo, ela era apenas uma garotinha, nada disso era sua culpa.

— Vou pegar meu telefone. Vou chamar a polícia.

— Você ainda está apontando essa arma para mim — constatou o homem, empurrando a garota ainda mais para trás, o que visivelmente a irritou. — Eu te disse...

Era uma distração, é claro. Mesmo enquanto ainda falava, o homem se mexia. Em um momento, os dois estavam se encarando, a arma na mão de Nate, o homem a vários metros de distância. No outro, o homem se moveu, e a arma agora estava com *ele*. O cérebro de Nate levou alguns segundos para entender o que tinha acabado de acontecer. Seu braço ainda levantado.

Ele o abaixou devagar.

O homem não estava mais apontando a arma. Voltou a se sentar com um gemido.

A garota olhou de um para o outro.

— Agora que resolvemos *essa* questão, acha que podemos resolver isso aqui, caubói?

Sem sinal.

A porra do Nokia estava sem sinal.

Nate estava sentado na caminhonete encarando a tela verde no escuro.

Eles não tentaram impedi-lo quando saiu. Bem, isso não era totalmente verdade. O homem *fez* algum tipo de barulho, tentando se levantar, mas a garota colocou a mão em seu ombro, forçando-o a se sentar. O que era algo bastante notável para uma pessoa tão pequena.

— Ele vai voltar — disse ela, enquanto Nate escapava porta afora.

Que se foda.

Ele levantou o telefone acima da cabeça, batendo-o no topo da cabine da caminhonete.

Sem sinal.

— Ah, qual é — murmurou.

Ele saiu da caminhonete.

O ar estava frio. O sol havia sumido.

Girou em círculos.

Sem sinal.

Subiu na caçamba da caminhonete.

Sem sinal.

Pulou o mais alto que pôde. Ainda sem sinal.

Olhou para o teto da cabana. Provavelmente, não era sua melhor ideia.

Ele deveria simplesmente ir embora. Voltar para a caminhonete e descer a montanha.

Se fosse devagar, estaria de volta a Roseland em algumas horas.

Seu telefone teria sinal.

Ele poderia encontrar um policial. Caramba, poderia ligar para o Big Eddie. Talvez nem precisasse ir até Roseland para conseguir sinal.

Sim. Tinha um plano.

— Certo — murmurou para si mesmo. — Vou fazer isso. É o que vou fazer. É inteligente. É seguro. Um bom plano.

Ele voltou para a caminhonete e se curvou para girar a chave.

Só que não havia nada lá.

Porque ele não estava com as chaves.

— *Puta* merda — rosnou, batendo a mão no volante.

Quando foi a última vez em que esteve com suas chaves? Tinha sido no galpao antes que ele… sim, certo, antes que ele *desmaiasse*. Ele as sentira frias contra seu pescoço, enterradas sob todo o terror de ter a porra de uma arma apontada para sua cabeça. Ou elas ainda estavam no chão do galpão, ou estavam lá dentro depois que o carregaram para a casa…

E isso… trouxe uma sensação estranha. Como uma corrente elétrica suave no fundo de seu cérebro. Era descrença misturada com ???????, porque, afinal, *como* as coisas se desenrolaram exatamente? O homem desmaiara. A garota não poderia tê-lo carregado para dentro sozinha. O homem devia ter acordado e levado Nate para a cabana, mas… ele estava *ferido*. Fora *baleado*. Nate nunca tinha levado um tiro, mas podia imaginar que tipo de dor estaria sentindo. E ele podia até ser magro, mas tinha um pouco mais de um metro e oitenta. Não era *pequeno*. Sim, o homem era muito maior — provavelmente tinha uns bons trinta quilos a mais que Nate —, mas, se estivesse ferido, e se Nate pudesse pegá-lo de surpresa…

A menos que estivessem apenas *fingindo* que o homem fora baleado.

Ou poderia haver outra pessoa na cabana. Alguém que ele ainda não havia visto. Talvez a mãe da garota.

Ele tinha a sensação de que as chaves não estavam perto do galpão.

Saiu da caminhonete.

Virou-se na direção da estrada.

Começou a andar.

Deu três passos antes de parar.

Ele se virou outra vez.

Eles estavam na cabana *dele*.

Não era *ele* quem precisava sair.

Deu um passo à frente, determinado.

Eles tinham uma arma que já havia sido disparada em sua direção.

Seu próximo passo foi menos determinado.

Assim como os seguintes.

Quando chegou aos degraus que levavam à varanda, ele estava suando, apesar do ar frio das montanhas. Suas mãos tremiam e sua cabeça latejava.

Ele conseguiu subir os degraus, a madeira rangendo sob seus pés.

A porta ainda estava parcialmente aberta. Ele não conseguia enxergar muita coisa.

Tomou coragem, respirou fundo e abriu a porta.

O homem ainda estava sentado na cadeira, a cabeça inclinada para trás, os olhos fechados.

A garota estava ao seu lado, com a mão na lateral do corpo dele.

A arma se encontrava sobre a mesinha de centro.

— Falei que ele voltaria — disse ela, sem se virar.

O homem abriu um olho.

— Hum.

— Quem mais está na casa? — quis saber Nate, mirando em um tom de voz firme, mas acertando mais perto de um esganiçado.

O homem fechou o olho.

— O quê?

— Na casa — repetiu Nate. — Quem mais está aqui?

A garota inclinou a cabeça, esperou um pouco, então respondeu:

— Ninguém. Somos só nós três.

Nate assentiu, sacudindo a cabeça para cima e para baixo.

— Certo, então você não levou mesmo um tiro.

O homem bufou.

— Levou, sim. — A menina deu um tapinha no joelho do homem. — Não deveria ter levado, mas ele é um idiota. Você gosta de óculos escuros?

— Art — advertiu o homem.

— O quê? — questionou. — Foi só uma pergunta.

Nate não tinha certeza do que estava acontecendo.

— Eu não *ligo* para óculos escuros...

— Ah — disse ela. — Que pena. — Então, animou-se. — Esses livros são seus, parceiro? Descendo a estrada empoeirada montado em seu cavalo Benny, acompanhado por sua caricatura clichê e quase racista de um companheiro nativo americano que...

— Sim — respondeu Nate. — São meus. Os livros são meus. As cadeiras em que se sentam são minhas. *Tudo o que veem aqui é meu.*

— Certo. Caramba. Não precisa se gabar.

— Meu Jesus, não estou me *gabando* — Nate gaguejou. — O que caralhos há de errado com vocês?

A garota olhou para ele.

— Nada. O que há de errado com você?

— Escuta aqui, garotinha...

— Meu nome é Artemis Darth Vader. Já te falei.

— Esse nome não é real!

— É, sim — insistiu, e pela primeira vez desde que essa loucura toda tinha começado, ela pareceu quase... chateada. — É meu. É meu nome. Ninguém mais pode tê-lo. Pertence a mim. Você não pode tirar ele de...

O homem estremeceu, mas levantou uma mão e a colocou no ombro dela, apertando com gentileza.

A garotinha arfou uma, duas, três vezes antes de suspirar.

— O nome dela é Artemis — falou o homem com calma. — Art, para facilitar. Ela é... bem decidida quanto a isso.

Nate não sabia o que responder.

— Ele é meu Alex — disse Art. — E levou um tiro. Não tem mais ninguém na casa. Não sabíamos quem morava aqui. Não quebramos nada. Li alguns dos seus livros. Comemos um pouco da comida, coisas enlatadas que pareciam que não fariam falta. Dormimos nas camas. Ele precisa se sentir melhor. Certo? É tudo o que quero. Preciso que ele se sinta melhor.

— Onde estão minhas chaves? — perguntou Nate, baixinho.

— Eu as deixei cair — contou Art, olhando para Alex. — Perto do galpão. Não consegui pegar você, elas e Alex ao mesmo tempo...

Alex tossiu.

— *Nós* não conseguimos carregar você e pegar as chaves ao mesmo tempo. Não comigo fraco assim.

— É — concordou Art. — Porque você levou um tiro. Na pele.

Nate atravessou a sala de estar, mantendo-se bastante afastado dos dois estranhos.

Nenhum deles tentou pegar a arma.

Ele saiu pela porta antes que pudessem falar mais alguma coisa.

Lá estavam elas. Simplesmente... caídas na grama ao lado do galpão.

Ele se abaixou e as pegou.

O gerador zumbia.

Ele olhou para as chaves na mão.

Tudo o que precisava fazer era voltar para a caminhonete. Só isso. Já tinha o que precisava. Seu telefone estava no bolso, suas chaves na mão. Ele nem sequer desempacotara nada. Não tivera tempo. Se o homem havia sido baleado *mesmo*, ele não precisava saber como. Não precisava saber do que fugiam. Quem estava atrás deles. Ele não precisava se envolver. Merda, nem precisava contar sobre eles a ninguém. Poderia voltar para a cabana, dizer-lhes que tinham um dia para sair antes que chamasse a polícia, e ele poderia dormir em algum lugar da estrada dentro da caminhonete. Voltaria amanhã e eles teriam ido embora, e poderia fingir que nada disso tinha acontecido. Ele continuaria vivendo sua estranha e isolada existência, onde descobriria o que faria a seguir. Lamentaria a *ausência* de pesar que sentia pela morte dos pais e então seguiria em frente. Ele não teria que se preocupar com um homem perigoso e sua filha de nome estranho.

Sim. Parecia uma boa.

Ele se virou outra vez.

A garota estava ali parada.

Ele pulou e emitiu um som bastante constrangedor.

— E aí — falou, o observando.

— Não *faz* isso — retrucou ele.

— Você se assusta muito.

— Você veio se esgueirando até mim!

— Sim. Sou bem silenciosa. É um dos meus pontos fortes.

O que você está fazendo? Está contemplando? Eu gosto de contemplar. É tão... normal.

Ele a encarou de volta.

Ela sorriu para ele. Se Nate não tivesse sentido uma bala cortando o ar perto de sua orelha há pouco tempo, até poderia tê-la achado bonita.

Mas, na atual situação, ela obviamente era uma fugitiva que, junto com seu pai maluco, de alguma forma, acabara envolvendo Nate nisso tudo.

— Sim, enfim — respondeu rigidamente. — Se não se importa, acho que vou embora...

— Você tem mais comida?

— Sim. Não! Eu não...

— Qual dos dois? — perguntou ela, inclinando a cabeça.

— O quê?

— Eu perguntei se você tinha mais comida. Você respondeu sim e não. Não pode ser os dois ao mesmo tempo. É paradoxal.

— Quantos anos você tem?

— Quantos anos *você* tem?

— Você não... Tenho vinte e sete.

— Ah. O Alex tem quarenta. Ele é mais velho que você. Então, você tem mais comida? Não tinha muita coisa na despensa. E ele precisa comer para recuperar as forças. Eu ia até outra cabana para checar se tinha mais alimentos, mas aí você chegou, e agora estamos aqui com você dizendo sim e não para uma pergunta que só pode ter uma resposta. — Ela fez uma pausa, encarando-o, mal piscando. Então: — Eu gosto de óculos escuros. Alex me deu alguns. Estão lá dentro. Não estou usando agora porque é noite, e o Alex falou que não se pode usar óculos escuros à noite porque isso te faz parecer um idiota.

— Sim, tenho mais comida — afirmou Nate, desesperado para fazer aquela garota estranha parar de falar. — Eu posso...

— Ah, ótimo. — Ela estendeu a mão e pegou a dele. Nate quase não se encolheu. — Vamos lá, então, para aquela carroça na qual você chegou, parceiro. Eu gosto dos seus livros, me fazem feliz. Eles te fazem feliz?

Estavam caminhando em direção à caminhonete. Nate nem havia percebido que estavam se movendo.

— Não sei...

— Ah. Tudo bem. Às vezes, não saber de algo torna isso maravilhoso. Foi o que Alex me falou. Mas acho que ele só diz isso quando eu faço uma pergunta que ele não sabe a resposta. Ele é bem inteligente.

Chegaram à caminhonete. Ela observou com interesse enquanto ele abaixava a tampa da caçamba, como se nunca tivesse visto algo assim pessoalmente antes.

— Você tem sopa? — ela perguntou educadamente. — Li que sopa faz a pessoa se sentir melhor quando está doente.

A garota resmungou baixinho enquanto se enfiava na caçamba da caminhonete e começava a vasculhar as coisas dele.

— Ele não está doente — disse Nate. — Levou um tiro. Não toque nisso.

— Sim. Você tem sopa?

Ele tinha. Era algo barato e fácil. A maioria dos suprimentos que trouxera eram alimentos não perecíveis ou coisas que poderiam ficar no congelador por meses a fio e ainda serem comestíveis após aquecidas no micro-ondas.

— Ele precisa ir ao hospital.

— Não. Eu cuido disso.

— O ferimento pode infeccionar.

Ela olhou para ele.

— É para isso que serve a sopa.

— Olha, eu poderia levar vocês montanha abaixo para...

— Estamos bem aqui.

— Esta cabana é *minha*.

— Sim, mas é só você, e tem muito espaço. Podemos dividir. Olha só. Achei a sopa. Uau, tem um *monte*. — Ela olhou por cima do ombro. — Você também está doente?

Se ele estivesse preso em algum tipo de sonho febril, então tudo estaria explicado. Talvez acordasse logo em seu apartamento em Washington e nada disso seria real.

— Não. Não estou doente.

— Não igual ao Alex. Mas acho que você está doente de alguma forma.

— Pode parar de fuçar... Por que você o chama assim?

Ela tinha empilhado quatro ou cinco latas de sopa nos braços.

— Chamar quem de quê?

— Alex.

— É o nome dele.

— Por que não o chama de... Deixa que eu carrego. Você vai derrubar.

Ela o encarou, um desafio no olhar, o queixo apoiado contra as latas de sopa empilhadas em seus braços.

— Eu consigo carregar.

— Tudo bem, mas como vai descer?

Ela olhou para a tampa da caçamba. E de volta para ele. Então andou em direção à borda da caminhonete, agachou-se e soltou as latas. Elas bateram contra a lataria. Ela ajeitou todas perto da borda. Pulou para o chão. Virou-se de volta para a caminhonete, então pegou as latas e as empilhou de novo nos braços.

— Assim — respondeu simplesmente, antes de se virar para a casa. Ela parou nos degraus da varanda. — Ei — falou, olhando para ele. — Também tem pão? Porque li que sopa combina com torrada, e pão vira torrada quando você o coloca na torradeira.

— Tenho pão — confirmou Nate.

— Eu sei. Eu vi. Só estava vendo se você diria a verdade. Pode trazer, por favor?

Então ela subiu os degraus e entrou.

Nate ficou olhando para ela.

As chaves ainda em mãos.

Ele empurrou a tampa da caçamba para cima e a travou no lugar.

Nate poderia ir embora agora. Tinha tudo de que precisava. Ele os ajudou o máximo que pôde. Não havia mais nada que pudesse fazer. Era só entrar na caminhonete e ir embora.

Ele andou até a porta do motorista.

Esticou a mão para a maçaneta.

Ou pelo menos tentou.

Em vez disso, enfiou a mão em um dos sacos de papel na caçamba da caminhonete. Encontrou o pão integral que comprara no mercado em Eugene.

— Vai embora — sussurrou para si mesmo. — Só vai embora.

Ele andou em direção à casa.

TRÊS

Alex tinha se movido (havia sido movido?) até o sofá. Ele estava coberto com a mesma manta que fora colocada sobre Nate antes. Seus olhos estavam fechados e sua respiração curta. Nate não achava que ele estivesse dormindo.

A arma estava na cadeira em que Alex se sentara anteriormente.

Art estava na cozinha, colocando cuidadosamente as latas no balcão, sua língua entre os dentes, em concentração.

Nate passou a uma boa distância do sofá, perguntando-se se deveria pegar a arma. Mas já a tivera em mãos, e não acabara bem para ele na primeira vez. Havia facas na cozinha. Talvez pegasse uma.

— Nenhuma dessas é sopa de galinha — disse Art, quando ele entrou na cozinha.

— Eu sei.

— Esta aqui diz que é um *chili encorpado*. Isso nem é sopa. A palavra *sopa* não está na embalagem em lugar nenhum.

— Porque não é sopa.

— Foi o que acabei de falar. — Ela olhou para ele. — Sopa te deixa saudável. Nenhuma destas tem galinhas. Como Alex vai se sentir melhor se não comer galinhas?

Nate não sabia como responder. Então falou:

— Esta aqui. — E deu batidinhas na tampa de uma lata.

Art olhou desconfiada.

— Carne com legumes.

— Sim.

— Isso vai fazê-lo melhorar.

— Vai.

— É cientificamente comprovado. Como as galinhas.

— Não é *ciência*... sim. Sim, é cientificamente comprovado. Como as galinhas.

Ela assentiu.

— Ok. Acho que isso vai ser o bastante, parceiro.

Ele a observou se afastar dos enlatados e ir até uma gaveta perto da pia. Art puxou um abridor de latas como se soubesse exatamente onde estava. Como se já tivesse feito isso. O que, segundo ela, tinha mesmo.

Ela deixou o abridor ao lado da lata de carne com legumes e foi até a mesa de jantar. Puxou uma das cadeiras em direção ao balcão. Assim que a posicionou rente aos armários inferiores, subiu em cima dela e depois no balcão.

— Posso te ajudar...

— Eu sei fazer isso — interrompeu ela.

Art abriu o armário e encontrou o que procurava. Tigelas e coisas velhas que estavam lá desde que Nate era criança. Ela puxou três delas, colocando-as no balcão antes de fechar a porta e voltar para cima da cadeira. Pegou as tigelas e as levou para junto do abridor de latas e da sopa. Em seguida, *voltou* até a cadeira e a arrastou para a frente do fogão. E então foi até os armários novamente, dessa vez para um mais baixo. Pegou uma panela e fechou a porta. Voltou para o fogão e subiu na cadeira antes de colocar a panela em uma das bocas. Desceu, cruzou a cozinha até a sopa, pegou o abridor e três latas de vegetais com carne e foi até o fogão mais uma vez.

Nate não se moveu durante todo o processo.

— Você pode transformar o pão em torradas? — pediu ela sem olhar para ele. — Nunca fiz isso antes e não quero estragar tudo.

— O que está acontecendo? — sussurrou Nate.

— Estamos fazendo sopa e torrada, Nathaniel — respondeu Art, grunhindo enquanto usava o abridor de latas. — É óbvio.

Óbvio.

A torradeira estava no mesmo lugar de sempre, ao lado do porta-pães. Parecia que ele se movia em um sonho, conforme atravessava a cozinha com um pacote de pães lacrado na mão. Ele o colocou no balcão enquanto Art despejava a primeira lata de sopa na panela. Ela se inclinou sobre o fogão e girou o botão. Ele pensou em lhe dizer que crianças não deveriam brincar com fogo. Mas não o fez. Não queria ser repreendido por uma garotinha de dez anos. Aquilo já tinha acontecido o bastante por uma noite.

— Não tínhamos pão para fazer torradas — contou ela, despejando a segunda lata. — Procurei, mas não achei. Encontrei biscoitos, mas eles eram duros, e Alex não gostou dos biscoitos duros porque disse que estavam velhos. Não achei que estivessem ruins, mas não queria deixá-lo mais doente, então joguei fora. Desculpa se você gostava deles.

— Tá tudo bem — murmurou Nate, perguntando se o que tinha feito para chegar àquela situação. — Estavam velhos.

— Nem todas as coisas velhas precisam ser jogadas fora.

Nate não sabia o que responder. Então falou:

— Suponho que não.

— E eu também joguei o arroz fora. Porque um rato mastigou o pacote e derramou tudo.

— Não me importo.

— Também limpei a bagunça de arroz.

— Não me importo.

— E coloquei no lixo.

— Por que está me contando isso?

Art o olhou do fogão, já começara a mexer a sopa. Ele não fazia ideia de onde ela tinha tirado a concha.

— Porque essas coisas não eram minhas e precisavam ser resolvidas. Eu queria que você soubesse, caso estivesse preocupado com elas. Alex disse que esta não era nossa casa e que tínhamos que ser respeitosos. Estou mostrando respeito.

— Eu não… é só… — Ele deu de ombros, impotente. — Obrigado.

— De nada. É assim que você faz torrada? Segura o pão nas mãos?

— O quê? — Ele olhou para baixo. Estava segurando duas fatias. — Não. Você coloca na torradeira.

— Ah. Porque você só está aí parado segurando o pão.

Ele olhou para o pão enquanto o enfiava na torradeira, empurrando o botão de ligar.

— Ei, parceiro?

— Meu nome é Nate.

— Pensei que fosse Nathaniel.

— É sim. É uma abreviação de... Seu nome é Artemis, certo?

Ela assentiu.

— Artemis Darth Vader.

Ele não entraria nesse mérito. Porque isso significaria que o pai dela era Alex Darth Vader, e a febre dele devia estar *muito* alta.

— Art é a abreviação de Artemis.

— É o que o Alex diz.

— Nate é a abreviação de Nathaniel.

Ela franziu a testa.

— Ah. — Então: — Por que Dick é a de Richard?

O ar cheirava a torrada e sopa.

— O quê?

— Se Art é abreviação de Artemis, e Nate é a de Nathaniel, por que Dick é a abreviação de Richard? Não é nem parecido!

— Sei... lá?

— Ah. Tudo bem. Você sabe fazer torrada. É o bastante pra mim.

Nate não se lembrava de já ter recebido validação tão simples na vida.

A torrada saltou para fora da torradeira.

— Uau — exclamou Art, olhando para ele. — Então é assim que funciona, hein? Certo. Estou impressionada. Você consegue fazer de novo ou precisa esperar vinte e quatro horas pra recarregar?

— Consigo fazer de novo.

— Legal. Bom trabalho. Por favor, faça de novo. Duas para Alex. Duas para você. E seis para mim.

— Você não pode comer seis torradas.

— Por que não?

— Ninguém come seis torradas.

— Quem disse?

— As mesmas pessoas que dizem que carne com legumes podem substituir galinha.

— Ah. Os cientistas.

— Sim.

Ela estreitou os olhos para ele.

— Às vezes, os cientistas podem se enganar.

— Eu sei. Mas não desta vez. Duas torradas.

— Quatro.

— Duas.

— Três.

— Duas.

— Você é muito bom nisso. Duas, então.

Ele fez mais torradas.

Art desligou o fogão antes de servir a sopa nas tigelas com cuidado, o vapor subindo até seu rosto. Pôs uma mecha de cabelo para trás da orelha. A cadeira balançou um pouco. E antes que ele pudesse impedir, ela apoiou a mão no fogão para se estabilizar, bem ao lado da boca quente.

Ela sibilou, deixando a concha cair na panela, puxando a mão depressa.

Ele entrou em ação antes que pudesse pensar. Já queimara a mão nesse mesmo fogão uma vez, no primeiro verão em que estiveram lá. Havia sido um acidente, a bolha aparecera rápido. Sua mãe lhe instruíra a colocar a mão embaixo da água fria. Tinha ajudado. Um pouco.

Art gritou quando Nate a agarrou e a levou até a pia. Ele pretendia colocar a mão dela debaixo de água corrente, mas nada saiu quando abriu a torneira.

— Merda — murmurou ele. — A água ainda não está ligada. E nem será até…

— Solta ela.

Ele hesitou.

Ela parou de se mexer.

Ele olhou lentamente por cima do ombro.

A arma estava apontada para Nate pela terceira vez em menos de duas horas. O rosto de Alex estava pálido, mas ele se mantinha imóvel, o dedo no gatilho.

— Ela se queimou no fogão — disse Nate, tentando evitar que sua voz vacilasse. — Eu só queria colocar a mão dela debaixo d'água.

— Art.

— Estava quente — falou Art com um suspiro. — Foi um erro.

— Coloque-a no chão.

Ele obedeceu.

— Art, venha aqui.

Ela resmungou baixinho — palavras que Nate não conseguiu entender —, mas fez o que Alex pediu. O homem não abaixou a arma enquanto levantava a mão da menina para averiguá-la.

— Tudo bem? — perguntou ele, olhando para a mão dela.

— Estou *bem*. Olha. Não tem nada aqui.

Nate franziu o cenho.

— O que quer dizer com não tem nada aí? Eu te vi...

— Deve ter sido rápido — interrompeu Alex, deixando a arma pender ao seu lado. — Não deu tempo de queimar. Só ficou um pouco vermelho.

— Posso terminar agora? — perguntou ela, soando irritada. — Você não deveria estar de pé. Estou fazendo sopa. Nate trouxe algumas. Não tinha de galinha, mas ele falou que carne com legumes é a mesma coisa e que torrada também vai te ajudar a se curar.

E Nate percebeu aquilo de novo, brevemente. A expressão de Alex suavizando um pouco, as linhas afiadas em seu rosto relaxando a ponto de ele parecer quase normal. Se não tivesse uma arma enorme na mão, Nate pensaria que ele não era um brutamontes, afinal. Alex grunhiu para ela e se recostou no balcão. Art pareceu prestes a dizer algo, mas desistiu da ideia.

Nate entendeu. Ele não ficaria sozinho com Art novamente. Não quando poderia agarrá-la com tanta facilidade.

Ele se perguntou se conseguiria fazer isso. Em último caso. Não a machucaria, apenas...

Seu estômago se embrulhou com o pensamento.

Art voltou para o fogão e subiu na cadeira outra vez.

Mais torradas saltaram da torradeira.

Ela serviu a última tigela de sopa.

Nate se perguntou o que caralhos estava acontecendo.

Havia uísque no armário acima da geladeira.

Ele o queria desesperadamente.

Em vez disso, permaneceu no canto da cozinha, lutando contra a vontade de sair correndo e gritando com as mãos para o alto.

Art parecia bastante orgulhosa de si mesma, colocando a tigela de sopa na mesa à frente de Alex. Ela correu até a cozinha, pegou uma colher e colocou dois pedaços de torrada em um papel-toalha antes de voltar para ele.

Ela deixou a própria tigela no balcão ao lado da de Nate, escolhendo arrastar sua cadeira de perto do fogão até colocá la bem ao lado da de Alex. Art se sentou, colocou os cotovelos na mesa, o queixo nas mãos e observou o homem.

Nate queria fazer perguntas. De alguma forma, manteve a boca fechada.

Alex pegou a colher e a mergulhou na sopa.

— Você precisa soprar — instruiu ela. — É assim que se toma sopa. Sopramos antes de colocar na boca.

Ele fez exatamente isso.

Ela não desviou o olhar em nenhum momento.

Alex mastigou.

Art estava encantada, inclinando-se para frente.

Alex engoliu.

— Bom? — exigiu saber Art.

— Bem bom — respondeu Alex.

A garota suspirou, afundando na cadeira.

— Que ótimo. — Ela se virou para olhar Nate, ainda de pé na cozinha. — Você tinha razão. Carne com legumes é como galinha.

Nate assentiu, incerto do que fazer a seguir.

Ela se voltou para Alex.

— Está se sentindo melhor?

— Sim. Vou ficar bem.

— Isso se você não for um idiota de novo. É muito sortudo de ter a mim.

Alex tomou mais sopa.

Nate olhou para as tigelas ainda no balcão ao lado da torrada esfriando.

Então de volta para a mesa.

Art observava cada colherada de Alex.

Nate não deveria estar fazendo isso. Deveria estar indo embora. Deveria sumir dali antes que qualquer que fosse a causa da fuga deles os alcançasse. Ele deveria exigir respostas. Deveria estar gritando com eles de novo, mandando-os dar o fora da sua casa. Seus pais estavam nas paredes, sorrisos congelados de anos passados, e ele se perguntou se era essa a sensação de perder a cabeça aos poucos.

Tinha tantas coisas que ele deveria estar fazendo. Para se salvar. Para garantir sua segurança. Havia um homem ferido e maluco com uma arma, e uma garota que às vezes falava como se estivesse presa em um faroeste meia-boca, amava óculos escuros e não se queimava quando encostava em um fogão quente.

Ele pegou uma tigela de sopa.

Duas fatias de pão.

Levou-as até a mesa.

Colocou-as na frente de Art.

Alex observou cada movimento, sua colher parada a meio caminho da boca, o caldo pingando na própria tigela.

Art inclinou a cabeça para trás, para olhá-lo.

Seus dentes eram pequenos, formando um amplo sorriso invertido.

— Valeu, cozinheiro — agradeceu ela, aquele jeito arrastado e lento de falar surgindo novamente. — Acho que tá na hora de botar a mão na massa.

Ele assentiu e voltou para a cozinha.

Nate os observou comer.

Art falava de vez em quando, dizendo coisas estranhas como "Isso não tem o gosto da pasta de vegetais da montanha" e "Eu queria comer seis torradas, mas Nate disse duas, e acho que prefiro pão na forma de torrada."

Alex diminuiu o ritmo no meio da refeição. Suas pálpebras pareciam um pouco mais pesadas.

Ela o obrigou a tomar tudo.

Ele o fez sem reclamar.

Terminou um pouco antes dela.

Ela conferiu a tigela dele para ter certeza de que estava vazia.

Estava.

Isso pareceu deixá-la satisfeita.

— Talvez carne com legumes seja melhor do que galinha, afinal.

Ela levou as duas tigelas para a pia. Nate estremeceu com o tilintar. Art olhou para ele, depois para a tigela cheia de sopa e as torradas, ainda no balcão.

— Você não estava com fome? — perguntou ela.

— Não.

— Ah. — Ela franziu a testa. — Por que não disse? Que desperdício. Você pode fazer torrada do pão, mas não pode fazer pão da torrada. Às vezes, as coisas podem ser transformadas em outras coisas, mas é impossível destransformá-las, não importa o quanto tentemos.

— Por que você se chama Artemis Darth Vader?

— Porque eu gosto — respondeu. — Por que você se chama Nathaniel Cartwright?

— Porque foi o nome que meus pais me deram.

— Seus pais são essas pessoas nas paredes?

Ele assentiu.

— Você gosta do seu nome?

— É o único que tenho.

— Você não é uma torrada.

Ele se sentiu desnorteado.

— O quê?

— Você não é uma torrada — repetiu ela. — Você pode ser Nathaniel Cartwright. Depois pode ser outra pessoa. Então, se você não gostar, pode voltar a ser Nathaniel Cartwright. Você não é uma torrada. Pão não tem escolha. Você tem.

— Jesus Cristo — murmurou ele.

— Exatamente — concordou ela, soando satisfeita. — Tenho certeza de que seus pais não se importariam se você se tornasse alguém de quem gosta em vez da pessoa que é. É melhor ser um pouquinho feliz do que não ser feliz de jeito nenhum.

— Quem são vocês? — questionou ele com a voz rouca.

— Eu sou Artemis Darth Vader — respondeu a garota, enunciando cada palavra bem devagar. — E este aqui é meu Alex Delgado.

Artemis Darth Vader Delgado. Nate não sabia o que fazer com essa informação. Ele não sabia o que fazer com nada disso tudo.

— Art — falou Alex em um tom grave. — Já chega.

— Só estou tentando...

— Chega.

Ela suspirou.

— Você ouviu o chefe — disse ela a Nate. — Vamos acertar o rumo, parceiro.

Talvez ela estivesse mentalmente... doente. Tivesse alguma deficiência? Nate não sabia a terminologia correta. Talvez ela estivesse doente de alguma forma. Da cabeça. E seu pai a havia sequestrado do hospital ou de onde quer que fosse, e alguém tinha atirado nele, e agora estavam ali. Eles eram fugitivos de um hospital psiquiátrico, e acabaram de tomar sua sopa. Ele fez torrada para eles. Isso o tornava cúmplice de... o que quer que aquilo fosse. Ele estava abrigando fugitivos e lhes fazendo torrada. Ele iria para a cadeia.

— Não quero ir para a cadeia — disse.

Alex olhou para ele de maneira incisiva.

— Por que iria para a cadeia?

— Porque você sequestrou sua filha do hospital psiquiátrico, eles atiraram em você e agora eu lhes fiz torrada.

Alex e Art olharam para ele.

Nate não sabia mais o que dizer. Havia colocado tudo para fora.

— Você é muito pão — comentou Art, por fim. — Mal posso esperar para te ver virar torrada.

Nate engoliu em seco.

— Isso foi... isso foi uma ameaça?

Ela negou com a cabeça.

— Soou como uma ameaça? — Ela olhou para Alex. — Essa é uma daquelas frases que parecem uma coisa, mas também podem significar outra?

— Acho que ele está exagerando — opinou Alex.

Ele se levantou, fazendo careta ao se mexer. Os músculos de seus braços se esticavam contra a flanela que vestia, algo que Nate *realmente* não deveria ter notado. Ele tinha outras coisas com que se preocupar. Como uma garotinha o ameaçando de... talvez ser assassinado. De alguma forma.

Em um piscar de olhos, ela se pôs ao lado de Alex, cuidando enquanto ele se afastava da mesa. Ele deu um passo. E então outro. E mais um antes de tropeçar levemente. Ele se segurou antes de cair, mas ela estava lá também, os braços minúsculos em volta de sua cintura, como se isso ajudasse um homem cinco vezes maior que ela, caso ele de fato caísse.

Nate continuou estático.

Alex parou, sua respiração pesada. Ele soltou o ar entre os dentes e foi até o sofá. Sentou-se sem mais incidentes antes de se deitar de costas, um pé pendurado para fora, o outro na almofada. Nate olhou para o buraco na meia perto do dedão do pé. Não era grande, mas estava lá.

— Preciso dar uma olhada. — Nate ouviu Art dizer.

— Agora não.

— Alex.

— Art.

Ela olhou para Nate. Ele não sabia se ela estava pedindo ajuda. E não sabia como *poderia* ajudar.

Ela se voltou para Alex. Inclinou-se para a frente e sussurrou algo para ele. Nate não conseguiu ouvir o que foi dito. Alex suspirou.

— Um pouco.

A arma estava em cima da mesa. Simplesmente ali.

Art desabotoou a camisa do homem, atrapalhando-se um pouco. Ela se abriu.

A atadura era branca, colada à pele. Não havia nem uma gota de sangue. Alex respirava depressa, os músculos do estômago se flexionando sob um emaranhado de pelos escuros. Art puxou o esparadrapo com delicadeza.

— Cuidado — pediu ele, estremecendo quando ela puxou na parte com pelos.

— Quem sabe não fosse mais fácil se você não fosse um monstro peludo.

Alex deixou escapar um suspiro forte, quase como se estivesse rindo.

O esparadrapo descolou.

Nate poderia pegar a arma. Naquela hora mesmo. Poderia pegá-la e manter distância suficiente entre ele e Alex para não ser surpreendido novamente. Então Alex não poderia repetir aqueles movimentos rápidos de ninja. Ele tinha o porte de um defensor de futebol americano, mas Nate nunca tinha visto alguém se mover daquele jeito antes. Ele se perguntou o quão perto havia chegado de ter uma bala na cabeça quando agarrara Art para tentar colocar a mão dela debaixo d'água.

Ele deu um passo em direção à mesa.

Art puxou a gaze.

Nate passou reto pela mesa, deixando a arma onde estava.

Certa vez, quando estava cobrindo um protesto em Columbia Heights, as pessoas ficaram com raiva por causa da morte de um homem negro em situação de rua pelas mãos de um policial. Los Angeles ainda queimava depois de Rodney King, e Nate estava no meio daquilo tudo, do outro lado do país, com os olhos arregalados e sem fôlego. Ele observava a cena, as pessoas gritando, expressões de fúria pura, quando um *bang* alto ecoou ao redor deles. As pessoas se abaixaram e começaram a gritar, empurrando-se enquanto tentavam fugir. Nate ficou lá, sendo jogado de um lado para o outro. Na multidão, ele viu uma mão erguer uma pistola preta, disparando no ar. As pessoas gritaram de novo. Ouviu-se um terceiro tiro. O atirador (mais tarde revelado como Keith Blair, um cara branco que *precisava* se colocar no meio daquilo tudo, que *precisava* causar o máximo de dor possível) foi derrubado um momento depois.

Mas havia outro homem no chão, contorcendo-se, os sapatos raspando no asfalto enquanto ofegava em busca de ar. Suas mãos apertavam a própria barriga, e o sangue que jorrava por entre seus dedos era tão escuro que era quase chocante.

Nate não se moveu. Era uma pauta. Ele não podia se envolver em uma pauta.

Ele se odiou depois disso.

Por muito, muito tempo.

Outras pessoas intervieram. Aproximaram-se e afastaram as mãos do homem. Antes que pudessem cobrir o ferimento com uma camisa que alguém lhes entregara, Nate viu o *ferimento*, o buraco irregular no estômago do homem, a pele rasgada, o sangue jorrando.

O homem morreu no hospital dois dias depois.

Um de seus colegas escreveu uma matéria sobre isso.

Ele sabia reconhecer ferimentos de bala.

O curativo de Alex estava quase todo levantado e, na parte de baixo, havia...

Uma quantidade ínfima de sangue. Apenas um pouco, um respingo de vermelho contra o branco.

Mas não havia ferida aberta.

Nenhum ponto.

Ah, a pele estava vermelha e inflamada, sim. E tinha um hematoma. Havia até uma marca circular que poderia ter sido uma ferida de entrada. Mas parecia que houvera tempo para *cicatrização*. Como se Alex não tivesse levado um tiro recentemente, como havia ficado implícito. Talvez Nate ouvira errado. Talvez entendera errado.

Mas então, por que Alex estava se movendo como se fosse algo recente? Sim, ele até tivera aquele momento surpreendente de ninja, mas...

— Parece melhor — comentou Art, calmamente. Ela olhou para Nate. — Obrigada.

Ele estava na ponta do sofá, olhando para a pele exposta de Alex.

— Por?

— Pela carne com vegetais. Você tinha razão. Ajudou. E pela torrada.

— Quando você disse que levou um tiro mesmo?

Alex olhou para ele friamente.

— Eu não disse.

— Quando você levou um tiro?

Alex não falou nada. Art suspirou.

— Aham. Certo. Tá bom. — Nate deu um passo para trás. — Eu… vou só…

Ele se virou e atravessou o corredor até o quarto.

A cabana estremeceu quando ele bateu a porta atrás de si.

QUATRO

Ele não dormiu.

Não muito, pelo menos.

Quando não estava andando pelo quarto que pertencera aos pais, estava deitado no edredom bolorento, cochilando esporadicamente.

Seu telefone não tinha sinal, não importava onde ele estivesse no quarto ou em qual móvel subisse. Não se surpreendeu.

Por quase uma hora inteira, ficou à porta, com o ouvido pressionado contra ela, ouvindo. Escutou o breve e baixo murmúrio de conversas aqui e ali, mas nada além.

Sua mochila ainda estava na caminhonete.

Ele não se despiu. Precisava estar preparado. Para qualquer coisa. Só por precaução. Não seria bom ser pego de surpresa sem calças.

Havia pasta de dente no banheiro da suíte, enrolada e meio usada. Sua mãe devia tê-la esquecido da última vez em que estivera ali. Não tinha nenhuma escova de dentes. Ele espremeu um pouco da pasta diretamente na boca e fez bochecho. Queimou sua língua e fechou sua garganta. Ele cuspiu na pia. O cara da água só viria no dia seguinte, então limpou tudo com uma velha toalha de mão. Sua mãe sempre odiava quando ele ou o irmão deixavam pedaços de pasta de dente na pia.

Ele levantou a cabeça e se encarou no espelho.

Seus olhos estavam arregalados.

Tinha pasta de dente no queixo.

Limpou.

Saiu do banheiro.

E começou a andar de um lado para o outro.

Por horas.

Nate não era estúpido. Tinha uma mente perspicaz, capaz de fazer conexões que a maioria das pessoas não conseguia enxergar. Por isso era bom em seu trabalho. Ele conseguia encontrar a história que os outros não conseguiam. Era charmoso quando precisava ser. Astuto quando a situação exigia. Também podia ser implacável quando necessário. Era impossível sobreviver em Washington se não fosse assim. Ele teria se ferrado e sido descartado há muito tempo.

Não era prejudicial (até tinha ajudado?) ser jovem. Um repórter escrevendo artigos superficiais beirando o espalhafatoso (Agnes Richards tem oitenta e sete anos e completou sua primeira maratona! Moxie pode ser cega, mas ainda é a melhor amiga do homem, e ah! Olhem só para isso! Ela foi *adotada*!) que, de alguma forma, tinha conseguido subir na hierarquia, pisando em quem precisava, cortando as gargantas daqueles que o consideravam um amigo. Ele não *tinha* amigos. Não podia tê-los e fazer o que fazia.

Não que isso ainda importasse.

Essa fase havia passado.

Ele andava de um lado para o outro naquele quartinho.

Por fim, os pássaros começaram a cantar nas árvores do lado de fora da cabana.

O céu começou a clarear.

Ele se perguntou se deveria simplesmente escapulir pela janela.

Ou talvez ontem tivesse sido um sonho estranho.

Ele abriria a porta e estaria sozinho. Não haveria ninguém com sobrancelhas espessas chamado Alex Delgado, nem uma garotinha estranha de nome Artemis Darth Vader. Ele não teria que se preocupar com armas, ou em se tornar uma torrada, ou como um cadeado de um galpão que abrigava um gerador poderia ter sido destrancado sem usar a chave.

Ele prepararia o café da manhã. Talvez alguns ovos. Nada de torradas. Omelete. Sim, faria omelete e café, e levaria sua refeição para a varanda dos fundos, embrulhado em um casaco e respirando o ar frio, muito frio.

Depois, descarregaria a caminhonete, colocando tudo em seu devido lugar. Ficaria tudo bem. Ficaria muito *bem*.

Sim, ele teria algumas perguntas para mais tarde, por exemplo, como fora capaz de imaginar Alex Delgado, Artemis Darth Vader e ferimentos de bala que não estavam arregaçados. Mas provavelmente poderia atribuir isso à sua dor. Afinal, ele estava lá, na cabana, pela primeira vez desde que seus pais morreram violentamente. Aquele lugar guardava memórias terríveis da intolerância de seu pai e — talvez até pior — do silêncio cúmplice de sua mãe, e ele estava *lidando* com tudo aquilo. Ora, *qualquer um* ficaria um pouco louco, certo? Era surpreendente que tivesse mantido a compostura durante aquele tempo *todo*.

Claro que nada daquilo era real.

Claro que ele tinha inventado tudo em sua cabeça.

Ele se sentiu melhor.

Queria trocar de roupa. Estava usando o mesmo par de jeans por quase vinte e quatro horas. A mesma *cueca*, até.

Ele pegaria sua mochila e tomaria um banho, e *então* teria seu café da manhã nos fundos, com tanto café quanto conseguisse tomar.

Virou o pescoço de um lado para o outro, sentindo-o estralar.

Que sensação boa. Essa, e a de ter um plano.

Ele foi até a porta.

Abriu-a.

E encontrou... silêncio.

Óbvio que sim. Não havia mais ninguém ali. Ele estava sozinho na cabana no meio da floresta na Cordilheira das Cascatas, exatamente como esperava estar quando tomara a decisão de ir até lá, para começo de conversa. Não havia nenhuma arma apontada para ele. Sua imaginação sempre fora fértil. Todos os seus professores diziam isso em suas avaliações. Nate até tinha brincado de escrever um romance — a maioria dos jornalistas o fez em algum ponto da vida. Mas toda vez que se sentava na frente daquele documento do Word, com o cursor piscando, ele *congelava*. Conseguia lidar com fatos. Não entendia de ficção.

Estivera bem cansado no dia anterior. Os eventos dos últimos meses finalmente o atingiram. Tinha chegado à cabana, tropeçado para dentro e sonhado com tudo aquilo.

Sim. Sim, isso parecia razoável.

Havia a porta do outro quarto à sua frente.

Estava fechada.

Ele tentou se lembrar se ela fora fechada na noite anterior.

Não conseguia pensar com clareza.

Estava cansado.

Ainda era muito cedo. Foi por isso que pensou em tomar um banho. Não podia. A água ainda estava desligada.

Ele precisava de café. E de sua escova de dentes.

E de cuecas.

Pensou em abrir aquela porta.

Segurou a maçaneta, mas então uma vozinha no fundo de sua mente sussurrou *e se?*

E *se* ele abrisse a porta do quarto, aquele que ele e seu irmão costumavam dividir, com as duas camas de solteiro, e visse uma garotinha em uma e um homenzarrão na outra? Claro, a cama seria pequena demais para um produto de sua imaginação daquele tamanho, mas e se?

Ele se afastou da porta.

Precisava de café, de uma escova de dentes e de cuecas.

Ele se sentiria melhor depois.

Caminhou pelo corredor em silêncio.

Parecia que se esgueirava pela cabana, o que era *ridículo*, já que estava sozinho.

O piso de madeira rangeu naquele mesmo lugar de sempre. Ele havia se esquecido daquilo.

Nate estremeceu e parou. Ouvindo.

A casa estava silenciosa.

É claro.

Ele conseguia ver o sofá.

A manta estava dobrada com esmero e colocada no encosto.

Não havia pratos na mesa de jantar.

Nem cheirava à sopa ou torrada.

Lá fora, o gerador zumbia.

A luz do sol se infiltrava pelas janelas leste da cabana.

Ele olhou ao redor da sala de estar.

Estava sozinho.

Soltou um suspiro de alívio.

— O que você está fazendo? — perguntou uma voz rouca.

Ele não gritou.

Não gritou.

Foi mais como um arquejo que ele sufocou ao se virar, quase perdendo o equilíbrio. Estendeu a mão e a apoiou contra a parede, o coração batendo forte enquanto lutava para respirar novamente.

De pé na cozinha, encostado no balcão com uma caneca de café na mão, estava o homem que a garota havia chamado de Alex Delgado. Ele usava a mesma calça do dia anterior. A camisa de flanela tinha sumido. Em vez disso, vestia uma camiseta branca. Nate não sabia dizer se o curativo tinha sido removido.

— Por que você se esgueirou até mim desse jeito? — inquiriu Nate, soando mais sem fôlego do que gostaria.

Alex fez uma expressão sarcástica.

— Nem me mexi.

Nate não sabia o que sentir. Vergonha, provavelmente. Irritação, claro. Havia também o desejo de encontrar a maior faca na cozinha e esfaquear o homem bem na cara. Normalmente, ele não era violento, mas imaginou que todos tinham permissão para o serem em algum momento de suas vidas.

Finalmente, era sua vez.

— O que você está fazendo? — perguntou em vez disso.

Alex olhou para sua caneca fumegante, então de volta para Nate.

— O que parece que estou fazendo?

Era muito cedo para estar lidando com estranhos que invadiam casas e eram babacas.

— Estou indo até minha caminhonete — anunciou ele, de forma pomposa.

Alex não disse nada.

Nate esperou.

Alex bebericou seu café.

— Certo — disse Nate. — Você... fique onde está. E não toque em mais nada. Esta é a minha casa, e não quero suas mãos sujas nas minhas coisas.

Alex bufou.

Nate recuou devagar, mantendo os olhos nele.

Alex encarou de volta.

Nate esbarrou na mesa de jantar. Ela se arrastou no chão.

Ele corou.

Alex permaneceu estoico. Com café.

Nate saiu da cozinha e se virou, pronto para correr até a porta da frente quando…

Ele parou.

Ali, na sala de estar, estava tudo o que trouxera consigo.

Bem. Não *tudo*. Todos os alimentos tinham sumido. A água. O cooler.

Mas lá estava sua mochila.

Suas caixas de livros.

Seu PowerBook.

Seu Nokia, em cima da velha mesinha de centro.

Alguém havia descarregado a caminhonete para ele.

Ele se virou devagar.

Alex deu outro gole de café.

— Onde está toda a comida? — quis saber Nate, embora não fosse a pergunta que pretendia fazer.

Alex não falou nada. Em vez disso, apontou com a cabeça em direção à despensa.

Nate não acreditou nele.

Foi até a despensa.

Estava tudo lá. As latas. A farinha. O bicarbonato de sódio. Refeições semiprontas. Caixas e caixas de refeições semiprontas, porque ele era um homem solteiro na casa dos vinte. Pilhas de garrafas de água mineral. Um cooler vazio.

Ele foi até a geladeira. Os ovos estavam na prateleira perto dos pacotes de bacon. Embutidos. Mostarda. Maionese.

O freezer tinha carne de hambúrguer. Frango. Um saco de ervilhas, porque ele se sentira culpado por não ter vegetais. Ele não planejava comê-las nunca. Achava ervilhas nojentas.

— Você descarregou minha caminhonete — comentou ele, olhando para o freezer.

Alex não falou nada. Que surpresa.

Nate fechou a porta do freezer. Respirou fundo.

— Onde está a garotinha? E você está fugindo porque assassinou alguém?

Alex se engasgou com o café.

Nate sentiu grande satisfação com aquilo. Esperava que tivesse queimado.

Alex colocou a caneca no balcão, o líquido preto escorrendo um pouco. Ele murmurou algo baixinho, abrindo a torneira.

— Estamos sem água — informou Nate, com tranquilidade. — Ainda não foi religada. Costumava vir de um poço, mas o fornecimento começou a ser de responsabilidade pública no final dos anos 1980.

Alex pegou um papel-toalha para limpar o rosto. Ele tinha uma barba espessa por fazer nas bochechas e no pescoço que estava maior do que no dia anterior.

Alex jogou o papel-toalha amassado no balcão.

Nate esperou.

Alex o olhou irritado.

Nate esperou mais um pouco. Por fim, o homem respondeu:

— Eu sei que não tem água. Precisei usar uma das garrafas que você trouxe, para o café. É a primeira vez que faço café desde que chegamos aqui.

— Aham. Certo. Tudo bem. Por que você está...

— Eu não... não estou. *Não estamos* fugindo por causa de assassinato.

Nate semicerrou os olhos para ele.

— Mas estão fugindo.

Alex não respondeu.

— Você não é de falar muito, não é?

Alex provou seu ponto não dizendo uma palavra. Em vez disso, pegou a caneca.

Foi quando Nate notou pela primeira vez. A tatuagem no braço direito dele.

A manga da sua camisa cobria a maior parte, mas parecia haver a ponta de uma faca. Garras de algum tipo de pássaro. As curvas inferiores do que pareciam letras. Quando ele levou o café à boca novamente, a manga esticou um *pouquinho* contra seu bíceps, afastando-se ligeiramente. Duas das letras estavam mais claras.

MC.

Nate levou apenas um segundo para entender.

As garras provavelmente pertenciam a uma águia.

A faca deveria ser uma Ka-Bar.

MC de USMC.

United States Marine Corps. Corpo de Fuzileiros Navais dos Estados Unidos.

Um grunhido. O corte de cabelo fazia sentido agora. Mas ele era mais velho, certo? A garota havia dito que ele tinha... o quê? Quarenta? Militar de carreira, então. Ele havia nascido para isso, era óbvio. Braços grandes. Peitoral largo. Coxas grossas que provavelmente eram... Nate tossiu.

— Ovos — ele conseguiu dizer. — Preciso fazer ovos.

Alex não disse nada.

Nate pegou os ovos. Só trouxera uma dúzia, imaginando que durariam até que fosse comprar suprimentos em Roseland. Ele não esperava ter convidados. Certo, eles não eram convidados, e sim invasores, e ele não devia *porcaria* nenhuma a eles. Nate tinha planos — planos *omeléticos* — para o café da manhã nos fundos. Ele raramente tomava café da manhã, não costumava ter tempo para tais indulgências. Em vez disso, bebia um café às pressas no metrô. Às vezes, até comia uma banana. Ou uma maçã.

Normalmente, não tinha tempo para essas coisas. Era um homem muito, muito ocupado.

Ou melhor, costumava ser.

Agora, era um homem desempregado parado em uma cozinha com um fuzileiro naval gigante que poderia ou não ter assassinado alguém e sequestrado uma criança.

Ele fez todos os ovos.

Não era sua intenção.

Ele começou com três para sua omelete.

Acabou fazendo-os mexidos.

E continuou.

Fez a dúzia inteira.

Ele pegou pratos.

Fez mais torradas.

Desejou ter pensado em trazer queijo.

Mas havia bacon. É mesmo. O bacon serviria.

Preparou o bacon também.

— O que é isso?

Ele levou um sustinho.

Parada ao lado dele, bocejando silenciosamente, estava Artemis Darth Vader. Usava um pijama. Era rosa e um pouco pequeno, as mangas não chegavam até seus pulsos. O cabelo dela estava uma bagunça.

Ela também usava um par de óculos escuros verde-neon enormes que escorregavam pelo nariz.

Estava ridícula.

— O quê? — perguntou ele, sem saber o que mais dizer.

— Isto. — Ela apontou para o bacon chiando na frigideira.

— Isto é... bacon.

— Bacon — repetiu ela, devagar. Olhou para Alex. — Eu vou gostar?

Alex deu de ombros.

— De onde vem?

— Do mercado — falou Nate.

Ela resmungou, e isso a fez se parecer tanto com Alex que Nate se perguntou se ele a havia sequestrado ou se era realmente sua filha.

— Não, *de onde* vem?

— Eu não...

— Do porco — rosnou Alex.

Art inclinou a cabeça e olhou para o bacon.

— Eu pensei que a linguiça viesse do porco. Nunca comi, mas li sobre o assunto.

Nate não tinha certeza do que estava acontecendo.

— Sim.

— E costeletas de porco.

— Também. — Ele assentiu.

— E cachorros-quentes.

— Bem, eu não iria *tão* longe...

— E agora o *bacon* também vem dos porcos? — Ela sacudiu a cabeça. — Que criaturas magníficas. Imagino quem olhou para elas pela primeira vez e pensou quantas refeições conseguiria fazer.

Alex fez um barulho que, vindo de qualquer outra pessoa, poderia ser considerado algo próximo de uma risada. Mas vindo *dele* soou como uma lufada monótona de ar.

De repente e de forma bastante cruel, Nate sentiu a necessidade de encontrar uma maneira de parti-lo em dois. Quebrá-lo bem ao meio e ver o que sairia. A curiosidade sempre foi sua ruína. Ele sempre metia o nariz onde não era chamado. E o fato de haver esse... esse *mistério* diante dele lhe agoniava. Ele era pragmático, sim. O mundo tinha uma ordem. Se algo não fizesse sentido, se algo fosse desconhecido, ele fuçaria e cutucaria até encontrar o caminho que levasse à verdade.

Ele estava confuso. Não gostava de ficar confuso.

— Você dormiu bem? — Art perguntou a ele, empurrando os óculos escuros de volta nariz acima.

— Sei lá...?

— Ah. Por que você não sabe?

— Art.

Ela olhou para Alex.

— O quê?

— Deixe-o em paz. Venha aqui.

Ela foi.

Alex colocou uma mão no topo da cabeça dela enquanto a menina se inclinava contra ele. Poderia ter sido cativante se Nate não tivesse pensado que era um gesto protetor. Alex a estava protegendo *dele*. Como se achasse que Nate pegaria uma frigideira escaldante de bacon e bateria na cabeça dela.

O que... ok. Ele não tinha pensado exatamente nisso, mas...

Além do mais, ele não faria isso com a garota.

Com Alex, sim. Claro que sim. Se achasse que Alex iria machucá-lo, queimaria a merda da pele dele e bateria em seu rosto com uma frigideira de bacon, sem dúvida.

Ela se inclinou contra Alex, bocejando.

Os óculos escuros deslizaram pelo nariz outra vez.

Nate se virou para o bacon.

Colocou uma porção em cada prato, ao lado dos ovos.

Desligou o fogão.

Alex e Art nao se moveram enquanto ele colocava a frigideira na pia. Em vez disso, os dois o observaram.

Ele se voltou para os pratos. Talvez estivesse se exibindo um pouco, pois segurou um em cada mão e o terceiro no antebraço. Para se sustentar durante a faculdade, tinha trabalhado servindo comida e atendendo mesas em Tucson, onde a maioria dos funcionários e clientes não falava inglês. Ele aprendera espanhol razoavelmente rápido. O pagamento era uma merda, mas conseguia fazer horas suficientes para ganhar um dinheirinho. Seus pais pagaram as taxas, o dormitório e os livros, assim como fizeram com seu irmão, mas qualquer coisa além disso, ele precisava arcar por conta própria.

Alex nao pareceu impressionado.

Art olhava avidamente.

Não dá pra ganhar todas.

Ele colocou os pratos na mesa. Voltou para pegar garfos. Guardanapos. Também foram postos na mesa.

A cafeteira ainda estava pela metade de café.

Ele se serviu de uma xícara. Havia açúcar em uma lata acima da cafeteira. Estava um pouco empedrado, mas quebrou um pedaço e jogou dentro.

Ele voltou para a mesa, sentou-se em frente a um prato e suspirou.

Não era uma omelete na varanda dos fundos, sozinho.

Mas poderia ser suficiente.

Talvez.

Ele olhou para a cozinha.

Os olhos de Alex estavam ligeiramente cerrados. Art estava inquieta.

— Então? — perguntou Nate.

Alex hesitou. E quando Nate pensou que precisaria comer três pratos sozinho, Alex deu um empurrãozinho na parte de trás da cabeça de Art.

Ela correu até a mesa e subiu na cadeira, as narinas dilatando enquanto mordia o lábio inferior. Os ovos em seu prato refletiam nas lentes de seus óculos escuros.

Alex também se aproximou, embora não corresse com entusiasmo como a menina.

Ele se movia bem mais devagar.

Art não tocou nos talheres até ele se sentar ao lado dela, a cadeira rangendo sob seu peso.

— Você não precisa usar garfo para o bacon — disse o homem.

Ela olhou para ele, então para o prato, depois de volta para ele.

— Dedos?

Ele assentiu.

— Mas não para os ovos.

— Não. Use o garfo para os ovos.

— Já comi ovos antes.

— Eu sei.

— Tive que usar meus dedos.

Alex tensionou a mandíbula enquanto sua boca se tornava uma linha fina.

— Eu sei.

— Tá bom. Foi só para ter certeza. — Ela olhou para o bacon. Então, em um movimento que Nate achou *delicado*, Art se abaixou, pegou um pedaço de bacon entre dois dedos e o levantou até o rosto. Ela o estudou cuidadosamente, virando-o de um lado para o outro. Cheirou. Por fim, colocou a língua para fora e lambeu, um pequeno lampejo de rosa.

Suas sobrancelhas se ergueram atrás dos óculos escuros.

Ela enfiou tudo na boca de uma vez e mastigou ruidosamente.

— Isto é *porco*? — perguntou com a boca cheia de carne. — *Misericórdia*, pelo diabo!

Ela pegou outro pedaço, mas Alex colocou a mão em cima da dela.

— Mastigue esse primeiro. Com cuidado. Engula. E então você pode comer mais.

Ela assentiu, as bochechas estufadas.

Nate a olhou boquiaberto.

— Ela nunca comeu bacon antes — explicou Alex, calmamente.

Nate assentiu, sem saber o que responder.

Ele mal tinha enfiado um pedaço de ovo na boca quando Art arfou para outro pedaço de bacon, fazendo barulhinhos enquanto também o enfiava inteiro na boca.

Alex também comeu, mas não com a mesma empolgação. Ele foi limpo e rápido, mastigava sem muito entusiasmo antes de dar outra mordida comedida.

Foi a refeição mais estranha da qual Nate já participou. Ainda mais do que sopa de carne com legumes e torradas.

Art não estava tão apaixonada pelos ovos quanto pelo bacon, e quase pareceu desamparada quando ele acabou. Ela olhou para o prato de Nate com inveja, o bacon ao lado de seus ovos mal tocados. Nate pensou em dar a ela, mas se perguntou se isso fazia parte do plano deles. Se estavam tentando se tornar queridos por ele (bem, torná-*la* querida, porque Alex era um babaca do caralho) para que pudessem agradá-lo antes que... fizessem o que planejavam fazer com ele. Não tinha certeza se estava sendo mantido refém. Ou sendo roubado. Ou se estava se tornando a terceira pessoa da seita.

A arma ainda não havia aparecido.

Sentiu-se grato por isso.

Ele comeu o próprio bacon desafiadoramente. Não cairia nos truques deles.

Ela não parecia muito feliz com isso.

Ele se sentiu extremamente satisfeito. E estranhamente culpado.

Então mudou de assunto da pior maneira possível:

— Obrigado por servir à pátria.

O garfo de Alex, com um último pedaço de ovo, congelou na metade do caminho para sua boca. O ovo nem sequer se mexeu.

Art o encarava.

Nate pigarreou, perguntando-se como tinha vivido tantos anos sem ser assassinado.

Alex pousou o garfo no prato.

Era provável que pudesse usá-lo como arma se quisesse.

— Perdão? — perguntou Alex, a voz dura.

— Sua tatuagem — respondeu Nate com o máximo de controle que conseguiu. — Fuzileiros navais, certo? *Semper Fi* e tal?

Alex apertou ainda mais o garfo.

Nate não queria morrer. Desejou ter ficado de boca fechada.

— Como sabe disso? — quis saber Alex.

— Hum. Eu morava em Washington. Você acaba aprendendo a identificar soldados. Além disso, vamos combinar, né? Sua tatuagem diz USMC. Não a vemos em alguém que não serviu. — Certo? Ele tinha que estar certo.

Alex assentiu lentamente, embora seu aperto ao redor do garfo não tenha afrouxado.

O café da manhã estava indo tão bem.

Em sua maior parte.

— Caramba — sussurrou Art, olhando de um para o outro.

Nate não sabia o que dizer.

Surpreendentemente, Alex falou:

— Sim.

Nate piscou.

— Sim?

— Sim.

— Certo. Isso é... obrigado. Por isso. Pelo esclarecimento.

Alex assentiu. Levantou o garfo e comeu o que restava dos ovos.

Era como se Art estivesse esperando que ele terminasse. Ela pegou o prato e o garfo dele e os empilhou em cima dos dela. Então olhou para Nate, depois para o prato dele, e novamente para ele.

Ele abaixou o olhar.

Ainda tinha ovos em seu prato.

Ele comeu tudo.

Ela não desviou o olhar.

Alex também não.

Não foi tão ruim.

Assim que ele terminou a refeição, Art pigarreou.

— Posso recolher seu prato, senhor? — perguntou com educação.

Nate assentiu, imaginando de onde aquele *senhor* tinha vindo.

Ela olhou para Alex.

— Fiz direito?

— Fez.

— Legal. — Ela se virou e pegou o prato de Nate. — Espero que tenha gostado da refeição.

— Hum... Gostei? — respondeu Nate. Afinal, o que estava acontecendo?

Art empilhou o prato dele sobre os outros, os garfos no topo. Desceu da cadeira primeiro antes de pegar os pratos novamente. Ela os levou até o balcão e os colocou ao lado da pia.

Nate ficou encarando a garota.

— Ela viu uma garçonete pela primeira vez há alguns dias — explicou Alex, e Nate olhou para ele, incrédulo que o homem tivesse oferecido informações voluntariamente. — Ela gostou da mulher.

Nate não sabia o que responder.

Afinal, como ela nunca havia encontrado uma garçonete em toda a sua vida? Ela tinha uns dez anos de idade, no mínimo.

Ele não disse nada, porque *agora* estava mesmo pensando que esse homem, esse maluco, *havia* sequestrado essa garota quando ela era um *bebê* e a tinha mantido prisioneira por toda a sua vida, e só *agora* a estava deixando conhecer o mundo...

Ela voltou para a mesa e se acomodou na cadeira.

— Obrigada — agradeceu. — Pelo bacon e pelos ovos. Mas principalmente pelo bacon.

— De... nada?

Ela sorriu para Nate.

Então olhou para Alex.

Ele bebericou o café.

Ela pigarreou.

Ele a ignorou.

Ela pigarreou mais alto.

Ele a olhou de soslaio.

Ela cutucou sua bochecha.

Por incrível que pareça, isso não a fez perder o dedo.

— O quê? — perguntou ele.

— Você sabe o quê.

— Você já agradeceu.

— Seja educado, Alex — falou ela. — Você me disse que precisamos ser legais quando possível, porque não sabemos quando isso pode significar tudo para a outra pessoa.

Alex suspirou. Ele murmurou algo bem baixinho.

Art franziu a testa.

— A gente não te ouviu. Tente de novo, melhor.

— Obrigado pelos ovos — murmurou ele.

— E? — incitou Art.

Ele fez uma careta.

— E o bacon.

— *Especialmente* o bacon.

— Não vou dizer isso.

— Vamos trabalhar nisso — concluiu ela, dando um tapinha no antebraço peludo de Alex. Art olhou para Nate com expectativa.

— De nada...

A garota sorriu.

Ouviu-se uma batida à porta.

A arma foi sacada mais rápido que um piscar de olhos. Nate não sabia de onde ela tinha vindo. Em um segundo, não havia arma, e no outro, estava ali *todinha*, aquela coisa enorme que parecia saída de um dos filmes de *Perseguidor Implacável* que ele e seu irmão tinham assistido sem que sua mãe soubesse.

Alex se pôs de pé e pegou Art nos braços. Ela foi em silêncio, as mãos em volta do pescoço dele, o rosto enterrado em sua garganta.

— Quem é? — sussurrou Alex furiosamente. — Quem mais sabe que você está aqui?

A arma não estava apontada para ele, mas para a porta.

— Ninguém — Nate conseguiu dizer. — Ninguém sabe que eu estou... Olha... não é verdade.

Agora a arma estava apontada para ele.

Nate sentiu os olhos se arregalarem.

— Não, não, não *assim*. Não... *o que quer* que você esteja pensando. Meu irmão sabe. Ou, pelo menos, acho que sabe. O Big Eddie do posto de gasolina. O advogado que me deu as chaves. Eu te disse isso ontem à noite. Mas eu juro, só eles. É *isso.*

— Então quem *caralhos* está na porta? — sibilou Alex. Ele estava se afastando da mesa lentamente, o braço envolvendo as costas de Art de modo protetor, segurando-a perto dele. A arma estava novamente apontada para a porta.

— Eu não *sei* — retrucou Nate. — Por que diabos você acha que é algo que eu fiz? Pelo amor de Deus, talvez estejam aqui por causa de *vocês.*

E se sentiu instantaneamente culpado quando Art choramingou contra Alex.

Levantou-se. Ergueu as mãos em um gesto apaziguador.

— Apenas... fique aí. Vou ver quem é. Tudo bem? Prometo que está tudo bem.

Definitivamente, *nada* estava bem se a expressão de Alex significava alguma coisa. Minutos atrás, ele estava agradecendo Nate pelos ovos e bacon, parecendo bastante incomodado por ter que dizer tais palavras.

Agora estava assustadoramente parecido com um assassino.

Nate pensou na pergunta que fizera essa manhã.

Você está fugindo porque assassinou alguém?

Ele se moveu em direção à porta. Ouviu Alex o seguindo de perto.

Não olhou para trás.

Ouviu-se outra batida.

— Já vai — Nate conseguiu dizer.

Ele alcançou a porta.

Inspirou.

Expirou.

Colocou a mão na maçaneta.

Um grunhido veio de trás dele.

Ele olhou por cima do ombro.

Alex balançou a cabeça, erguendo a mão que segurava a arma e levantando um dedo.

Nate esperou.

Alex espiou pela janela ao lado da porta. As persianas de madeira estavam fechadas, e ele levantou uma ripa o mínimo possível. Um movimento de um mero segundo.

— Uma caminhonete — murmurou. — Branca. A sua está na frente. Não consigo ver quem é.

— O que devemos fazer? — questionou Nate.

Alex o encarou.

— O quê?

Ele balançou a cabeça.

— Apenas… abra a porta. Se eu achar que há a *menor* chance de algo estar errado, meto uma bala na cabeça de quem estiver lá fora. Lembre-se disso antes de abrir o bico.

Nate sentiu as mãos tremendo.

Alex pressionou as costas contra a parede, Art ainda em seus braços. Ergueu a arma e acenou com a cabeça para Nate.

Outra batida.

Nate abriu a porta.

CINCO

Havia um homem na varanda.

Nate piscou contra a luz forte do sol. O ar frio fez sua pele se arrepiar.

O homem vestia jeans, botas e uma camisa polo sob uma jaqueta leve. Seu cabelo escuro estava ficando ralo, deixando sua testa cada vez maior, e na ponta de seu nariz, repousavam óculos de armação fina.

Havia um crachá pendurado em sua jaqueta.

— Nathaniel Cartwright — chamou, sua voz um pouco esganiçada.

— Eu? — Nate esperava que o homem não morresse na frente dele.

— Serviços Públicos do Condado de Douglas. — Ele estendeu a mão. — Meu nome é Randy. Você tinha marcado uma visita para religar sua água, certo?

Nate não fazia ideia do que ele estava falando. Então entendeu.

— Certo — disse rapidamente. — Eu não estava... pensei... Você chegou cedo. Deveria vir lá pela tarde.

Randy deu de ombros.

— Você é o mais distante na minha rota hoje. Decidi começar por aqui e ir voltando. Não tem muita gente por essas bandas. Pelo menos, não ainda. Não vejo essas cabanas começando a encher até por volta de junho. Geralmente ainda tem neve no chão. Inverno ameno, sabe.

— Ouvi dizer — falou Nate, a pele formigando levemente.

— Não deve demorar muito não. A válvula deve estar perto do medidor. Sabe onde fica?

Ele assentiu.

— Posso te mostrar.

Nate começou a sair da cabana.

— Epa — disse Randy, levantando a mão.

Nate parou.

— Tá um pouco frio aqui fora. Tem uma jaqueta? Não quero que congele. — Ele sorriu.

— Só um segundo.

— Ah, claro — concordou Randy. — Preciso pegar algumas coisas na caminhonete. Sem pressa.

Ele saiu da varanda, assobiando enquanto o cascalho rangia sob seus sapatos.

Nate fechou a porta.

— Você ligou para ele vir? — rosnou Alex.

Nate assentiu.

— Sim. É... marquei essa visita há dias. Sim... ele deveria vir mesmo.

Art o espiou por cima dos óculos escuros, em segurança nos braços de Alex.

— Não gosto dele.

Alex a encarou.

— Por quê?

Art olhou para Nate, depois de volta para Alex, e disse uma coisa estranha. Bem. *Outra* coisa estranha.

— Ele é o Macho Man?

Até Alex pareceu confuso, arqueando as sobrancelhas. Levou um instante para ele suspirar.

— Não. Não é ele.

— Quem? — perguntou Nate.

— O Macho Man — falou Art. — Randy Savage.

— Eu não... Você está falando do *wrestler*?

Ela assentiu solenemente.

— Ele odeia o Hulk Hogan. E eu gosto do Hulk Hogan.

— Quem diabos *são* vocês, gente? — perguntou Nate, enfaticamente.

— Eu sou Artemis D...

— Darth Vader, sim, eu *sei*. E ele é Alex Delgado. — Nate jogou as mãos para o alto. — Isso não explica... Sabe de uma coisa? Não importa. Vou lá fora com o cara da água, e ele vai reativar a água. E então vou voltar e tomar um *banho* porque ainda estou usando a mesma porcaria de cueca.

— Usamos seu sabonete no lago — contou Art, dando tapinhas nas bochechas de Alex. — Alex disse que dava no mesmo, mas a água estava fria. Você poderia ter pegado uma cueca emprestada dele.

Nate soltou um barulho magoado.

— Eu não... essa não é a *questão*. Meu Jesus, eu não... eu vou lá fora!

Ele colocou a mão na maçaneta e estava prestes a abri-la de forma dramática.

— Não se esqueça da jaqueta — lembrou Art.

Nate quase gritou.

Em vez disso, virou-se e foi até sua mochila. Ele a abriu e encontrou um suéter com zíper. Dava pro gasto. Vestiu o braço esquerdo e depois o direito, o tempo todo olhando feio para as duas pessoas que conhecia há menos de um *dia* e que já tinham virado sua vida de cabeça para baixo.

Ele pisou duro até a porta.

— Se ele disser *oh yeah* — começou Art, enquanto Nate abria a porta —, você precisa tomar cuidado com o golpe especial dele. O nome é Savage Elbow e vai te *derrubar*.

Ele bateu a porta atrás de si, a madeira chacoalhando na moldura.

Uma cabeça apareceu perto da caminhonete branca.

— Tudo bem aí?

Nate forçou um sorriso. Saiu com mais facilidade do que ele esperava.

— Sim. Tudo certo.

— Ótimo, ótimo. Vamos deixar tudo certinho, e as coisas voltarão aos eixos por aqui.

Nate suspirou. Ele duvidava muito disso.

— Lá está — disse Randy, apontando para o hidrômetro na lateral da casa.

O céu já tinha um tom azul profundo e maravilhoso, com apenas vestígios de nuvens. Fazia frio, e Nate conseguia ver seu hálito a cada expiração. O lago estava plano, quase imóvel.

Randy colocou sua caixa de ferramentas no chão, perto de uma pequena grade de metal. Ele se ajoelhou, então abriu a caixa, olhando para o hidrômetro.

— Afinal, o que te traz aqui?

Nate percebeu um movimento pelo canto do olho. Olhou para cima. Uma janela, com as cortinas fechadas. Era no segundo quarto. A princípio, nada aconteceu. E então as cortinas se moveram ligeiramente de novo, um dedo as afastando.

Nate lançou um olhar irritado.

As cortinas se fecharam outra vez.

Randy se virou para mirá-lo.

— Desculpe. Hum. Qual foi a pergunta? — falou Nate.

Randy riu.

— É meio cedo para você, não é?

— Sim. Tipo isso.

— Sou matinal. Sempre fui. Deus ajuda quem cedo madruga, como minha mãe costumava dizer. Tem mais coisas para ver durante o dia, acho.

— Ah. Sim. Claro.

Nate olhou para cima de novo a tempo de ver as cortinas balançando muito. Ele não sabia o que diabos estava acontecendo, até que Art enfiou a cabeça pelas cortinas, óculos escuros tortos, falando com ele e apontando para o cotovelo, depois para o homem. *Savage Elbow*, ela formou com os lábios, de forma exagerada.

Nate engasgou.

Randy o mirou novamente.

Ele coçou a nuca para disfarçar.

Não foi muito convincente.

— Você está bem?

Nate assentiu.

— Sim. Estou... está cedo. Como você disse.

Randy moveu a grade. Ele tirou uma chave inglesa, longa e fina, da caixa de ferramentas.

— Segure isso para mim? — pediu, entregando uma lanterna a Nate. — Mantenha-a apontada para baixo, se não se importar.

Nate fez exatamente isso.

O feixe estava tremendo.

Ele a firmou com a outra mão.

Randy se inclinou em direção à abertura.

— Como eu estava dizendo: o que te traz aqui?

— Ah. Hum... é... é minha cabana. Eu acho.

— Acha? Ou é ou não é.

— Verdade. Sim. É. Eu... herdei. Recentemente. Dos meus pais.

— Eles faleceram? — perguntou Randy, grunhindo ao se inclinar mais para baixo.

— Sim.

— Lamento muito. Eles estão com o Senhor agora, tendo conquistado sua justa recompensa.

Nate não era religioso. Nunca foi. Ele nem sabia no que acreditava. A ideia de um deus supremo, céu, inferno e julgamento parecia quase um conto de fadas. Mas ele tinha aprendido cedo que não se diz essas coisas em voz alta para os religiosos, então soltou um "Claro". Era mais fácil assim.

Ele olhou para cima novamente.

O rosto de Art estava pressionado contra o vidro. Quando ela notou que ele observava, soprou com toda a força, os lábios se abrindo, os olhos se esbugalhando.

Nate tossiu com violência.

Art pareceu furiosa quando uma mãozorra a puxou para trás, as cortinas se fechando.

Ele olhou para baixo de novo.

Randy o encarava.

— Engoli um inseto — Nate conseguiu dizer. — Merdinha gigante.

Randy assentiu, esfregando o queixo.

— Ah, claro. Eles ficam enormes perto do lago. Porém, geralmente no verão. Seria útil ter repelente se vai ficar na região por muito tempo.

Aquilo tudo parecia uma pergunta para a qual ele não sabia a resposta.

— Talvez.

Randy se abaixou outra vez.

— O que você faz para poder ficar aqui, se não se importa que eu pergunte? Escreve livros? Parece o tipo.

Nate não sabia se aquilo era uma ofensa ou não.

— Não. Não sou escritor. Bem. Não de livros, de qualquer maneira.

— Há outros tipos?

— Sim. Eu era... eu *sou* jornalista.

— Um repórter?

Isso irritou Nate um pouco. Seu velho orgulho ressurgindo.

— Um *jornalista*.

— No noticiário? Você em frente às câmeras? Parece chique.

— Impresso.

— Ah! Bacana. Não leio jornal. Não leio muito no geral, para ser sincero. Nunca tive paciência. É para isso que serve a TV. Além do mais, tem muita coisa ruim no mundo, sabe? Quero ouvir as histórias felizes. No verão passado, tinha um esquilo por aqui que conseguia praticar esqui aquático, dá pra acreditar? Esse é o tipo de história que gosto de ouvir. A coisinha mais danada. Um filho da putinha atrás de um barco de controle remoto. Estranho demais. Já tem bastante coisa ruim no mundo. Vamos simplesmente observar esquilos esquiando.

— Eu não... não sei nada sobre isso.

— Não cobre esquilos praticando esqui aquático?

— Não. Minha área era... Washington. Algo mais... político. Havia esquilos, mas eles não esquiavam.

Randy fez uma careta.

— Não sei como você suporta. Todos aqueles figurões em Washington. O que diabos *eles* sabem sobre o trabalhador? Não confio em uma única palavra que sai da boca daquele velho evasivo do

Clinton. Já Reagan... Quer falar sobre um homem bom? Fale sobre Ronald Reagan. Ele sabia como cuidar dos negócios, sim, *senhor*.

Acima dele, havia um homem armado segurando a criança mais estranha que Nate já tinha visto, enquanto embaixo outro homem falava um monte de baboseiras sobre política e crença em Deus.

Ele deveria ter ficado em Washington.

Pelo menos estava acostumado com o tipo de loucura de lá.

— E... prontinho — disse Randy. Ele voltou a se sentar, olhando para o medidor, observando-o começar a tiquetaquear lentamente. — Parece que está tudo certo e funcionando. Verifiquei a papelada do condado. Aparentemente, os canos daqui foram substituídos em 1987, então deve estar tudo nos trinques. Qualquer problema, tenho um amigo que pode te ajudar por uma pechincha. É só me avisar. Às vezes essas construções se mexem um pouco. Os canos se movem com isso. Podem quebrar, especialmente com o inverno já tendo passado. Os canos podem ter congelado.

Nate franziu a testa.

— Pensei que o inverno tinha sido ameno por aqui este ano.

Randy riu.

— Ah, sim. Acertou em cheio. Às vezes não sei onde estou com a cabeça. — Ele se levantou e foi até uma torneira na lateral da casa. A mãe de Nate a tinha instalado para seus canteiros de flores. Ele a abriu. Ela engasgou e cuspiu por um momento antes que a água limpa saísse.

Randy desligou a torneira e sorriu para ele.

— Prontinho...

Um baque alto veio da casa, seguido por um estrondo.

Randy se virou para olhar para a janela.

— Tem alguém com você aí?

— Hum. Não. Só... devem ser os canos.

Randy assentiu devagar.

— Os canos. Certo. Não sei se já ouvi canos assim antes. Mas há uma primeira vez para tudo.

— Ou pode ter sido meu cachorro — acrescentou Nate, depressa. — Ele é... grande. E bravo. E vive se metendo nas coisas. Provavelmente, só encontrou os restos do café da manhã.

Randy abriu um sorrisão para ele.

— Amo cachorros. Qual o nome dele?

— Fido — deixou escapar antes de se encolher. — Hum. É. Fido.

— Qual a raça?

— Ah, sabe... Só um vira-lata sarnento. De todas as raças, acho.

— Bravo, você tinha dito?

— O mais bravo. Não gosta de estranhos. Costuma latir para eles sem motivo nenhum, mesmo quando é ele que está errado.

Randy começou a guardar suas ferramentas.

— Engraçado, não o ouvi latir quando bati à porta.

— Ele estava... se escondendo.

Randy arqueou uma sobrancelha.

— Cachorro bravo que se esconde? Que estranho.

— Você não faz ideia — disse Nate com sinceridade.

Randy pediu que ele assinasse uma fatura antes de apertar sua mão e desejar um bom dia.

— Me avise se tiver problemas com os canos! — gritou enquanto começava a subir em sua caminhonete. — Não se esqueça: conheço um cara. Vai te ajudar por pouco. Ele me deve uns favores.

Nate acenou em resposta. Percebeu que o encanamento era o menor dos seus problemas.

Randy inclinou a cabeça em despedida, então ligou a caminhonete. Ele deu ré lentamente antes de seguir pela estrada de terra.

Nate soltou um suspiro de alívio.

Ele se virou para voltar para dentro da cabana, e viu Alex parado na varanda, olhando-o com uma careta. Art estava na frente dele, os óculos escuros no topo da cabeça.

— Você chamou o Alex de cachorro bravo — falou ela. — Mesmo que tenha dito Fido, quis dizer Alex. Eu sei o que é implicância, mesmo que Alex diga que não sei.

Nate olhou para o céu, implorando silenciosamente por forças. Era hipócrita, mas ele não conhecia outra maneira de fazer isso.

— Foi a primeira coisa em que consegui pensar, já que aparentemente nenhum de vocês sabe como ficar em silêncio.

— Derrubei um abajur por acidente — contou Art. — Quebrou. Eu deveria me sentir mal porque ele não era meu, mas eu o achei feio e ia quebrar ontem, porém esqueci. Então, acidentalmente fiz isso hoje.

Nate apenas deixou para lá. Não tinha outra opção.

— É claro.

Alex passou por ela e desceu as escadas. Seus pés grandes estavam descalços, tufinhos de pelos pretos nos dedões. Nate não sabia por que notou isso. Não deveria ter importância.

Ele também portava a arma.

Não foi até Nate.

Em vez disso, deu a volta pela lateral da casa.

— Ele precisa checar — explicou Art.

— Checar o quê?

— Caso o Macho Man Randy Savage seja um espião.

Ele abriu a boca para falar *algo*, mas, por mais que tentasse, não sabia como interpretar aquela frase, então balançou a cabeça e seguiu Alex.

O homem estava de joelhos na frente do hidrômetro, a arma repousando na grama ao seu lado. Ele tateou ao longo do medidor, as mãos passando pela cobertura de plástico e alcançando a parte de trás, como se procurasse algo.

Como não encontrou nada, moveu a grade que cobria a válvula e se abaixou, enfiando-se lá até o ombro, os olhos semicerrados.

— Sabe — começou Nate. — Para alguém que ontem mesmo estava com dificuldade para se mover porque levou um tiro, você parece estar indo bem.

Alex não respondeu.

— É claro, o ferimento parecia antigo, mas ainda assim. Acabado ontem, resplandecente e ágil hoje. Foi o café? De nada por isso, a propósito. Obrigado por descarregar a caminhonete e depois se servir.

Nem uma palavra.

— Provavelmente foi o bacon — disse Art, aparecendo de repente ao lado dele, como se tivesse saído do além. Ele não a ouviu chegando. — Bacon deixa tudo melhor.

— É — falou Nate lentamente. — Até porque você nunca tinha comido bacon antes. Nem conhecido uma garçonete.

— Ela foi tão gentil — contou Art. — Trouxe suco quando pedi. E sorvete. E bolo de carne. E cenouras. E purê de batatas.

— Isso é…

— E manteiga para o meu pão que não era torrada.

Ele esperou.

Ela sorriu para ele.

— Você é um repórter — resmungou Alex, enquanto se sentava outra vez, como se mudar de assunto tão bruscamente assim fosse algo que faziam sempre.

— Perdão? Eu sou *jornalista*…

— Você deveria ter dito.

— Ah. *Claaaro*. Porque você já compartilhou tanta coisa comigo. Como pude ser tão rude e não te contar sobre minha carreira, cara que invadiu minha casa? Você tem minhas mais sinceras desculpas. Por favor, considere a opção de me perdoar.

— Ele vai — disse Art. — Ele está começando a gostar de você, mesmo que normalmente não goste de ninguém além de mim. Dá pra notar pelo jeito como ele não apontou a arma para você nos últimos dez minutos.

Nate sentiu-se corar. Não sabia o porquê. Ele não dava a *mínima* se esse homem gostava um pouquinho dele. Ele ainda não estava convencido de que não havia um crime acontecendo ali, e se envolvesse a garota, faria de tudo para afastá-la de Alex. O que Alex pensava sobre ele não deveria importar.

Não deveria.

— Não é de se espantar que você faça tantas perguntas — murmurou Alex, limpando a mão na perna. — Repórteres não sabem quando cuidar da própria vida. Sempre metendo o nariz onde não são…

— Vim pra cá para fazer exatamente isso — retrucou Nate. Normalmente, não dava a mínima para o que os outros pensavam sobre o que ele fazia em seu emprego. Ou melhor, costumava fazer. Seu trabalho era importante, e ele não estava no ramo pela fama. Mas até ele podia admitir para si mesmo que o desprezo de Alex tinha machucado um pouquinho. — Cuidar da minha própria vida. Mas caso você não tenha percebido, *alguém* invadiu minha cabana e se sentiu em casa. O que é *ilegal.*

Alex se levantou, as costas eretas em toda a sua altura.

Nate não estava intimidado. Bom, *estava*, sim, mas ele já tinha enfrentado idiotas antes. Este era só mais um.

Ele ficou um pouco aliviado pela arma ter permanecido no chão.

— Tá bom — disse Alex com uma carranca. — Há muitas cabanas por aqui. Encontraremos outra.

— Mas elas não têm água — argumentou Art. Ambos a olharam. — Esta tem. E o lago é frio, e eu gosto da minha cama, e só li quinze livros, o que significa que ainda faltam trezentos e sessenta e dois. — Ela assentiu, os óculos escuros deslizando do topo de sua cabeça para seu rosto. — Além disso, o Nate vai ficar triste se formos embora. Ele gosta da gente.

— Não gosto de nenhum de vocês — discordou Nate.

— Você preparou bacon para nós.

— Isso não significa que gosto de vocês.

— Com certeza parecia que sim — falou ela. — Se você dá algo tão bom para alguém, tem que significar *alguma coisa*. Você não pode simplesmente dar um presente sem ter sentimentos por trás.

— Foi só um *café da manhã*.

Alex se agachou diante dela.

— Vai ficar tudo bem — afirmou, sem olhar para Nate. — Nós vamos encontrar outro lugar. E eu sei que a água é fria, mas se formos rápidos, acaba logo e podemos nos aquecer de novo. E pode até ter mais livros lá. De tipos diferentes. Vai ficar tudo bem. Prometo.

Nate nunca o ouvira falar tanto.

Ele se perguntou se estava sendo manipulado.

Sentiu como se estivesse sendo manipulado.

Art o encarou, tirando os óculos devagar. Seus olhos estavam arregalados, como se ela fosse a porcaria de uma princesinha de algum anime.

Estava definitivamente sendo manipulado. Mas achou que fosse só por ela. Alex não parecia esse tipo. Ele era o lado dos punhos, das armas e da violência. Ele não entendia de sutilezas.

Mas Artemis Darth Vader?

Ela era *toda* manipulações.

E estava *funcionando*.

— Amanhã — disse Nate entredentes. — Vocês podem ir embora amanhã. Pelo menos vamos deixá-la tomar um banho quente. Você também. Mas, porra, eu vou primeiro porque esta ainda é a porcaria da *minha* cabana. Ouviram? O primeiro banho é meu, e vou ficar lá o tempo que quiser, então nem adianta reclamar.

Art parecia satisfeita.

Alex fez uma careta.

Nate quase quebrou a cara dele.

Em vez disso, virou-se e voltou para a casa.

Pensou ter ouvido uma certa garotinha rindo.

SEIS

Nate manteve sua palavra.

Tomou o primeiro banho.

A água era gelada ou escaldante. Não havia meio termo.

Não importava.

Era maravilhoso.

Ele se encostou na parede de azulejos verdes cor de espuma do mar, sentindo sua pele começar a ficar avermelhada.

O chuveiro era o lugar de suas melhores reflexões.

No subúrbio de Washington, ele passava trinta minutos no chuveiro todas as manhãs, o som da água caindo ao seu redor o acalmava. Ele morava em um apartamento no oitavo andar, caro demais (era Washington, então, a menos que escolhesse morar a uma hora de distância, *tudo* era caro demais), em Chevy Chase, com um quarto e pouquíssima mobília. Ele não dispunha de *tempo* para ter coisas, não tinha o tipo de pessoa que chamaria de amiga, que viria e sentaria no sofá, jogaria conversa fora e assistiria a programas ruins de TV. Ele trabalhava demais. Gostava assim. Era mais fácil depender de si mesmo do que dos outros.

Às vezes era solitário?

Claro.

Mas ele nunca se permitia pensar muito nisso. Não havia tempo.

Seu alarme tocava às quatro e meia, e ele se arrastava até a academia do primeiro andar, onde corria em uma esteira, com o Discman preso ao quadril, fones nos ouvidos, tocando *Dangerous*, do Michael Jackson. Ele obedientemente fazia seus cinco quilômetros e então voltava para o apartamento.

Certa vez, pensou em adotar um gato. Mas então se lembrou de que odiava gatos.

Ele não ficava em casa por tempo suficiente para ter um cachorro.

Às cinco, ele estava no chuveiro.

E lá ficava por trinta minutos.

Pensando.

Isso o ajudava a ter foco.

Perto do fim de sua carreira ilustre no *Post*, Nate também começou a tomar banho à noite.

Não ajudou.

Então, sim, ali estava, em um chuveiro quente demais, com o vapor denso e pesado, pois havia se esquecido de ligar o exaustor. O ladrilho estava frio contra suas costas, a água queimando a parte da frente do corpo.

Não conseguia respirar fundo.

Ele precisava que eles fossem embora.

Precisava.

Eles precisavam ir. Como Alex dissera, havia outras cabanas. Muitas, na verdade. Ele não estava defendendo arrombamento e invasão, mas... eles não deveriam estar ali. Eram complicados. Os dois. Nate não precisava de complicações. A razão pela qual viera pro Oregon era para *des*complicar as coisas.

Ele tinha perguntas?

Claro que sim.

Eles *destruíram* sua mente. Nate sempre foi curioso. Sempre. Desde criança. Queria saber sobre tudo, até mesmo sobre as coisas que não deveria. Sua mãe o chamava de intrometido. Ela o flagrara uma vez tentando ouvir uma conversa entre ela e seu pai, e a mãe lhe dissera que ele precisava cuidar da própria vida. Que um dia isso o colocaria em apuros.

Ela tinha razão, é claro.

Nate estava nessa agora por causa disso.

Ele insistira em algo quando não deveria.

Havia diretrizes éticas quando se tratava de jornalismo. Especialmente em um jornal renomado como o *Post*.

Eles precisavam ir.

E daí se uma garotinha tivesse que tomar banho em um lago frio?

Havia pessoas no mundo que nem água para se banhar *tinham*.

E quanto menos ele soubesse, menor seria a chance de ser chamado para testemunhar contra... o que quer que estivesse acontecendo.

Mas, *porra*, os dois o intrigavam.

Ele grunhiu.

Não.

De jeito nenhum.

Ele não faria uma única pergunta.

E ponto-final.

Alex estava tomando banho quando Nate perguntou:

— Por que você se chama Artemis Darth Vader?

Art estava sentada no sofá em uma posição estranha, curvada ao máximo, seus pés com meias balançando em direção ao chão, mas sem alcançá-lo. Ela tinha outro livro de Louis L'Amour em mãos. *The Tall Stranger*. Ned Bannon contra seu irmão pelo controle do vale Bishop. O vilão morre, e Ned fica com a garota.

— O que foi, parceiro? — falou Art devagar, sem levantar o olhar. Ela usava seus óculos escuros. Ele se perguntou de onde ela os tirara. Se tinham sido roubados.

— Artemis Darth Vader.

Ela abaixou o livro ligeiramente.

— É meu nome, não o use à toa. — Ela riu baixinho. — Agora entendi por que isso é engraçado. Interessante. Gostei.

— Por que você...

— Nós já não discutimos isso?

Nate olhou na direção do corredor, ouvindo o chuveiro ligado. Depois que tinha saído do banho, fora a vez de Art. Ela havia sido rápida, muito mais rápida do que ele esperaria para alguém como ela. Art levara apenas dez minutos, saindo do banheiro com uma toalha habilmente enrolada na cabeça, vestindo jeans que pareciam um pouco grandes, meias roxas e uma camiseta do Chicago Bulls que pendia de um ombro.

Alex, por sua vez, parecia estar em conflito com a ideia de deixá-la sozinha com Nate. Art dissera para ele parar de ser bobo. Ele tinha rosnado para ela antes de encarar Nate por pelo menos um minuto.

A ameaça ali era evidente. Nenhuma palavra foi necessária.

Nate não ia perguntar porcaria nenhuma. Não *ia*.

Não ficou muito surpreso quando, assim que o chuveiro religou, ele abriu a boca:

— Você nunca respondeu.

— Respondi — disse Art, virando uma página do livro. — Falei que gosto. E você disse que é Nathaniel Cartwright porque é o nome que seus pais lhe deram. Mas você não gosta muito dos seus pais.

Ele pestanejou.

— Do que diabos você tá falando?

— Eles estão mortos, certo?

— Como você...

— Foi o que você disse pro Macho Man. Mas você não pareceu muito triste quando contou. Estava bravo, acho. Ou algo assim.

Merda. Ela tinha razão. E eles entreouviram a conversa.

— Esse não é o ponto. Não importa.

— Ah. Certo. É só que, se você não gosta muito deles, e eles te deram um nome, por que não escolheu outro?

Nate se sentiu impotente. As coisas não estavam indo como o esperado.

— Não é assim que funciona.

Ela empurrou os óculos escuros para cima até que repousassem na toalha em sua cabeça.

— Quem disse?

Ele não sabia como responder.

— *Todo mundo.*

— O Alex não.

— O quê?

— Alex disse que eu poderia ser quem eu quisesse. Que ninguém poderia me dizer o que fazer se eu não quisesse. Eu poderia escolher meu próprio nome. Então escolhi.

— Mas e sua mãe?

— O que você quer dizer?

— Que nome ela te deu?

Ela revirou os olhos.

— Um que você não seria capaz de pronunciar, acredite.

Aquilo... não parecia certo.

— Mas por que...

Ela sorriu.

— Você conhece *Star Wars*?

— Todo mundo conhece *Star Wars*.

— Ok, ótimo. Então você sabe que tem o tal Darth Vader.

— Sei.

— Ele é, tipo, parte máquina e parte homem e carrega um sabre...

— Eu sei quem ele é!

— Bem, eu gosto dele.

— Você gosta dele — repetiu Nate devagar. — Por quê?

Ela deu de ombros.

— Porque ele era malvado, mas não de verdade. Além disso, conseguia levantar a mão e estrangular as pessoas. Claro, todo o universo de *Star Wars* é um pouco irreal, porque não é assim que... — ela se interrompeu. Inclinou a cabeça para ele. A toalha tombou. — Enfim. Darth Vader.

— E Artemis?

— Era a deusa da caça. Da natureza. Ela protegia as garotas.

— E você gostou disso.

Ela assentiu.

— Mais do que dos outros. Você acha que eles eram reais?

— Eu não... Você está me perguntando se acho que os deuses da Grécia Antiga são reais?

— Sim.

— Não, não acho que os deuses da Grécia são reais.

— Que pena. — Ela se recostou no sofá e abriu o livro de novo.

Nate não tinha certeza de como chegaram naquele assunto.

O chuveiro ainda estava ligado.

Será que ele seria capaz de fazer isso?

— Art, escuta.

— Escutando.

— Preciso que você seja honesta comigo.

— Posso fazer isso, Nate.

— Ótimo. Isso é ótimo. Você poderia olhar para mim, por favor?

— Posso fazer várias tarefas ao mesmo tempo. Na verdade, sou muito boa nisso. E Ned Bannon está prestes a...

— Por mim. Por favor.

Ela soltou um suspiro alto e cansado, mas fechou o livro e olhou para ele.

— Obrigado. Então. Preciso que você pense na sua resposta. Certo? *Pense de verdade*. Consegue fazer isso por mim?

— Claro.

— O Alex te sequestrou? Ele está te machucando? Você precisa que eu te ajude a se afastar dele?

Ela não respondeu.

— Art?

Ela o encarou.

Ele se inclinou para a frente.

— Você está bem?

Ela assentiu.

— Estou demostrando pensar de verdade, como você me pediu. Quando alguém realmente reflete sobre algo, não responde imediatamente.

— Isso...

— Ok, terminei de pensar. Não. O Alex não está me machucando. Eu não preciso me afastar dele. Ele é meu Alex. Não há mais ninguém neste mundo com quem eu queira estar.

Nate não sabia se ela estava dizendo a verdade ou se era alguma forma de síndrome de Estocolmo. Ele precisava insistir.

— Ele já te machucou?

Ela semicerrou os olhos na direção dele.

— Não de propósito. Uma vez ele agarrou meu pulso com muita força, mas foi só porque estávamos correndo bem rápido e ele não sabia que estava apertando assim. Minhas pernas não são tão longas quanto as dele.

Nate sentiu um arrepio percorrer sua espinha.

— Do que estavam fugindo?

— Dos homens.

— Que homens?

— Os homens com armas.

— Tipo... a polícia?

— Não.

Um pensamento terrível lhe ocorreu.

— Vocês estão fugindo da máfia?

Ela riu com divertimento.

— Ah, Nate. Gosto de você. Fico feliz que escolhemos invadir sua cabana. Você é muito estranho.

— O que está acontecendo?

Nate se sobressaltou.

Alex estava parado no corredor, com água escorrendo pelo peito nu, segurando uma toalha que mal parecia envolver sua cintura. A tatuagem estava bem visível agora. A Ka-Bar. A águia. USMC. Um fitilho tatuado com as palavras DEATH BEFORE DISHONOR, antes a morte que a desonra, ao redor do pássaro e da lâmina. Os pelos escuros em seu peito e barriga estavam emaranhados e molhados. O hematoma no estômago, que ontem mesmo era azul, roxo e vívido, agora estava verde e *desbotando*.

— O Nate estava me perguntando se estávamos fugindo da máfia — respondeu Art com alegria. — Ele não é engraçado?

— Hilário — disse Alex, encarando Nate.

Mas Nate não se deixaria intimidar. Não por uma garotinha. Não por um homem molhado e precariamente coberto.

— Então — retomou. — Não é a máfia. Mas ela contou que eram homens com armas.

— Foi, é?

— Foi, sim — afirmou Art, passando para a próxima página do livro. — Ah, Ned Bannon. Ela é boa demais para você. Seu coração almeja vingança. Ei, Alex. Sabia que Nate já assistiu *Star Wars*?

— É mesmo? — falou Alex, de tal forma que Nate teve certeza de que quase significava: *eu sou a morte, o destruidor de mundos.*

— Sim. Ele também perguntou se você me sequestrou.

— Traidora — murmurou Nate.

— E o que você disse?

Ela olhou para ele.

— Você está molhando o chão. Por que não está usando roupas? Está tentando se exibir? — Ela relanceou Nate, então Alex. — Acho que está funcionando.

Nate desviou o olhar, seu rosto esquentando.

— Art, fique de boca fechada — avisou Alex. — E *você*…

Nate engoliu em seco.

— Você… — O homem fez um barulho irritado antes de girar nos calcanhares e pisar forte corredor adentro. Uma porta bateu um momento depois.

Art o mirou com olhos arregalados.

— Você está ferrado — sussurrou.

Ele não gostou do sorriso que ela lhe lançou.

Nate Cartwright não era um idiota.

Não era.

Ele tinha um forte senso de autopreservação.

É por isso que imediatamente pegou suas chaves e telefone e desceu a encosta da montanha o mais rápido que sua coragem permitiu.

Ele observou pelo espelho retrovisor, certo de que veria Alex correndo atrás dele, meio vestido (e por que ele tinha que acrescentar *esse* pequeno detalhe?), arma em riste, pronto para estourar seus miolos.

Mas não havia nada além de poeira sendo levantada pela caminhonete enquanto a cabana se tornava cada vez menor lá atrás.

Ele esperou até chegar à estrada principal antes de olhar para seu telefone.

Tinha sinal. Oscilava, mas estava ali.

Ele parou no acostamento.

Deixou a caminhonete ligada.

Começou a discar 190.

Ele baixou o olhar, o polegar pairando sobre o botão de chamar.

Seu coração martelava contra o peito.

Em vez de completar a chamada, ele apagou o 1, o 9 e o 0.

Abriu sua lista de contatos. Clicou em quem estava procurando. Apertou o botão de chamar.

Tocou três vezes antes de…

— Alô?

— Big Eddie?

— Nate! — exclamou Big Eddie, naquela voz profunda dele. — Não esperava notícias suas tão rápido. Está tudo bem?

— Sim. Não. Não sei.

— Você está bem?

— Estou. É só que… — O quê? Era só que… *o quê?* — Você viu… Tem alguma coisa? No noticiário?

— Tem muita coisa no noticiário — respondeu Big Eddie lentamente. — Não tem TV na cabana, não é?

— É. Minha mãe, ela… era muito caro. E, de qualquer forma, ela não queria que a gente assistisse à TV durante o verão.

— Faz sentido. Você tá parecendo… não sei explicar. O que está acontecendo?

— Uma garota. Um homem.

— Que garota? Que homem?

— Alguma coisa no noticiário? Sobre pessoas… desaparecidas? Ou algo do tipo?

— Não — disse Big Eddie. — Não que eu tenha visto. Eu não… espera um segundinho. Abe. Ei, Abe!

Uma resposta abafada.

— Você ouviu alguma coisa sobre uma menina desaparecida? Só… não sei. Uma menina desaparecida. Pequena, Nate?

— Sim.

— É, tipo... ok. Certo. Certo. Já tô indo, seu velhote. — Big Eddie suspirou. — Não tem nada rolando, Nate. Por que a pergunta? Viu alguma coisa?

Ele pensou rápido.

— Não, é só... um homem e uma garota perto do lago. Só uma sensação estranha, sabe?

Big Eddie fez um barulhinho de concordância.

— Ah, claro. Não podemos ignorar nosso instinto, né? Especialmente você, que provavelmente saberia melhor do que ninguém. Tem certeza de que não é alguém hospedado em uma das outras cabanas? Só porque é baixa temporada, não significa que algumas não estejam alugadas.

— Eu sei. Eu...

Big Eddie abaixou o tom de voz.

— Talvez você tenha visto algo? Posso ligar para o xerife se quiser. Acho que Griggs está no plantão agora se precisar que eu...

— Não — negou Nate depressa. — Não. Nada de xerife. Provavelmente estou apenas exagerando. Ando cansado, sabe?

— Claro — disse Big Eddie. — E estar aí em cima pela primeira vez provavelmente está trazendo de volta todos os tipos de memórias. Difícil. Eu sei.

— Não é nada demais — falou Nate, fechando os olhos.

— Se você diz.

— É.

— Religue a água aí, ok?

Nate suspirou.

— Sim. O cara veio bem cedo esta manhã.

Big Eddie riu.

— O Jimmy não faz nada bem cedo.

— Não. Não o Jimmy. Um cara chamado Randy.

— Olha só. Quando a gente acha que conhece todo mundo. Que bom. Nate, se acomode bem, certo? E se mais alguma coisa acontecer, me liga, ok? Pode não ser nada, mas...

— Sim. Eu ligo. Obrigado, Big Eddie. Desculpe incomodar.

— Sem problemas, amigo. Se cuida.

— Tchau.

O telefone apitou em sua orelha.

Usou o aparelho para dar batidinhas contra a própria testa.

Roseland era uma cidade pequena. Todo mundo sabia da vida

de todo mundo. Era uma realidade da vida rural. Mas isso não significava que as pessoas tinham nascido em Roseland. Poderiam ser de qualquer lugar. Ele deveria ter informado um nome a Big Eddie. Não Artemis Darth Vader. Não. Sem chance que esse nome era real. Mas Alex Delgado? Poderia ser...

Ele teve uma ideia.

Uma ótima.

Ele mexeu de novo nos contatos do telefone.

Checou o relógio.

Eram apenas dez da manhã.

O que significava que seria uma na Costa Leste.

Ele encontrou o nome que estava procurando.

Ligou.

Tocou uma vez.

— Davis falando — disse uma voz.

— Ruth. Sou eu.

Uma pausa. Então, com incredulidade:

— *Nate?*

— Sim.

— Puta *merda*. Sabe quantas mensagens deixei pra você? Seu babaca, seu... espera um segundo. Juro por Deus, se você desligar, eu *acabo* com sua raça. — Ruth Davis abafou o telefone. Ele ouviu sons bem baixinhos vindos do outro lado, o tom dela, grave e rouco por causa do cigarro, sendo o mais alto entre eles. Nate fechou os olhos, imaginando-a sentada na redação, as pessoas correndo ao seu redor, as mesas alinhadas entupidas de papéis, arquivos e monitores gigantes de computador. Ele sentiu uma pontada dolorida no peito ao pensar nisso. Ficara com os olhos tão arregalados na primeira vez que entrara lá, para uma entrevista para um estágio que não pagava nada, mas que ele queria mais do que tudo.

Ruth já estava lá, mesmo naquela época.

Ela estava lá havia décadas. Era uma senhora durona que ainda usava máquina de escrever e lamentava sobre a época em que podia fumar um cigarro atrás do outro em sua mesa em vez de ter que pegar o maldito elevador até o pátio. Caso perguntassem, ninguém saberia dizer *exatamente* qual era o cargo de Ruth, mas ela fazia um pouco de tudo e estava mais do que disposta a ajudar se você pedisse — mas só se ela gostasse de você. E *gostasse* pode ter sido uma palavra meio forte. Se Ruth Davis tolerasse sua existência, haveria chances de que você ter um futuro ali. Se te odiasse, provavelmente estaria trabalhando em outro lugar em seis meses. Ninguém mexia com Ruth. Um cara tinha tentado reclamar dela para os superiores. Fora demitido três dias depois.

Por algum motivo, ela gostava de Nate. Não apenas tolerava, mas *gostava*. Claro, ela já o fizera passar por maus bocados em inúmeras ocasiões, porém essa era a única razão pela qual ele se tornara melhor no que fazia. Ela era severa, mas apenas porque se importava. Ou era o que dizia.

Ela era uma pequeneza só, negra com um afro branco e anéis — que não seriam repetidos durante um mês — em cada dedo. Nate sempre se perguntava quantas joias ela tinha, mas não queria arriscar perguntar e enfrentar sua ira.

Ele a adorava.

Ele não havia se despedido dela quando fora escoltado pela segurança, seus escassos pertences em uma caixa, sua pele vibrando, o pânico ainda começando a fervilhar porque aquilo não podia ser real, aquilo não podia *ser real*...

Então ele já esperava o que viria a seguir. Não tinha falado com ela nas semanas seguintes.

— Nate — disse ela, voltando ao telefone. Sua voz era um rosnado, não muito diferente de Alex, para ser sincero. Ele nunca diria a nenhum deles que pensou isso, é claro. Um tinha uma arma. A outra carregava um taser. — Onde diabos você está?

Ele pensou em mentir. Em vez disso, revelou:

— Oregon.

— Oregon — soltou ela. — *Oregon*. Tipo o *estado*?

— Eu não sabia que havia outro Ore...

— Você está me provocando, garoto?

— Não, senhora.

— Deixe-me te contar como faremos — começou ela, e ele podia ouvir o *tec-tec* furioso da sua máquina de escrever ao fundo. —

Vou lhe fazer perguntas. Você vai responder a essas perguntas. Se em algum momento eu sentir que não está sendo sincero em suas respostas para as tais perguntas, vou encontrar uma maneira de arrancar seus intestinos pela sua bunda. Estamos entendidos?

Ele sentia bastante falta dela.

— Sim.

— Ótimo. Agora. Primeira pergunta. Por que Oregon?

— Meus pais tinham uma cabana aqui. Eles a deixaram para mim.

— E quando você descobriu isso?

— Algumas semanas atrás.

— Em que parte do Oregon?

— Nos arredores de Roseland. Perto do lago Herschel.

— Parece pitoresco e absolutamente terrível. Estou anotando tudo. Minha memória não é mais o que costumava ser. Não quero esquecer, caso precise sentar minha bunda gorda em um avião para te caçar.

Ele sabiamente não respondeu.

— Lago... Herschel. Agora, já que não sei nada sobre o Oregon, presumo que isso seja no meio do nada e você esteja cercado por árvores, natureza, pássaros e essa merda toda.

— Isso é... acurado. — Porque sim, ele estava no meio do nada cercado por árvores naquele exato momento.

— Você tá virando hippie? Entrando em harmonia com a natureza? Trabalhando em alguma fazenda secreta de maconha e tentando se encontrar novamente porque está perdido?

Ele sorriu sem querer.

— Não, Ruth.

— Você sabe minha opinião sobre hippies cultivadores de maconha.

— Sei.

— Malditos desertores.

— Lembro de você falar isso. — Muitas vezes. Mesmo sem ninguém puxar o assunto.

— Você está seguro?

E que pergunta *estranha* para ela fazer, considerando tudo o que estava acontecendo. Mesmo assim, ele hesitou.

— Sim.

Claro que ela percebeu.

— Tem certeza?

— Acho... que sim. É... complicado.

— Pois descomplique.

— Preciso que você pesquise sobre alguém para mim.

— Precisa, é?

— É.

— Manda.

— Alex Delgado. Ele tem... quarenta anos. Fuzileiro naval. Talvez veterano. Mas você sabe o que dizem, uma vez fuzileiro naval...

— Sempre fuzileiro naval — concordou ela. — Por favor, me diga que não estou pesquisando alguém com quem você quer transar.

— Ai, meu Deus.

Ruth o ignorou.

— Porque, se eu *estiver*, devo dizer que é muito inteligente usar seus recursos desse jeito. Talvez seja um pouco repreensível, mas prevenir nunca é demais.

— Pelo *amor* de Deus, Ruth!

— Eu precisava confirmar. Então você não quer transar com ele?

— Não!

— Hum. Vou deixar isso pra lá. Por enquanto. Por que estou pesquisando sobre esse homem?

— É só que... ele está por aqui. Nas cabanas. E ele é... diferente. Tem alguma coisa errada. E não consigo descobrir o quê. Tem uma garotinha com ele. Acho que é filha dele, mas...

— Mas...

— Eu não sei! — exclamou, exasperado. — *Nada* sobre eles faz sentido. E isso está me irritando.

— Então, em vez de perguntar diretamente, você está agindo pelas costas deles e vindo até mim para fazer a pesquisa no seu lugar.

— Sim. Exatamente. Isso.

— Aprovado — disse ela. — Mas se você acha que aquela garotinha está em perigo, precisa chamar a polícia. É melhor errar fazendo a coisa certa. Sempre pode se desculpar depois. Você não arrisca, não quando há crianças envolvidas.

Ele é meu Alex. Não há mais ninguém neste mundo com quem eu queira estar.

— Não acho que seja nada nesse sentido — admitiu Nate. — Mas se algo mudar, farei o que estiver ao meu alcance. Prometo.

— Ótimo. A pesquisa vai levar alguns dias. Não posso simplesmente largar tudo porque você finalmente decidiu me ligar de volta.

— Eu sei. Sinto muito. É que… eu precisei sair daí. Tive que ir embora.

— É… — Ela suspirou. — Há rumores, sabia?

— Sim.

— São verdadeiros?

— Depende do que estão dizendo, acho.

— A sauna — falou ela, seca como pó. — Um senador novato casado. Você o usou como fonte e ainda transou com ele.

— Bem, então os rumores são verdadeiros.

Ela assobiou.

— Danadinho.

— Não é algo de que eu tenha orgulho.

— Supus que não. A esposa conseguiu fotos, é?

— Um detetive particular. Não sabíamos que estávamos sendo seguidos.

— Quanto tempo durou?

É claro que ela perguntaria isso.

— Três meses.

— Caramba, Nate.

— Pois é.

— Eu também teria te demitido.

— Depois de me dar uma surra.

— Isso mesmo. Tem sorte de eu não ter descoberto antes de você deixar Washington. O que vai fazer agora?

Ele deu de ombros, mesmo que ela não pudesse ver.

— Não sei. É pra isso que vim até o Oregon. Para clarear minha mente.

— E agora você está me ligando para falar sobre um fuzileiro naval imponente e intimidador chamado Alex Delgado.

— Não é bem assim.

— Tá bom, garoto. Se você diz.

— *Não* é.

— Eu não dou a mínima se você mente para si mesmo. Porém, não minta para mim. Esse é seu único aviso. Não vou insistir, mas eu não mereço isso, Nathaniel.

Ele soltou um suspiro.

— Certo.

— Eu te ligo de volta quando puder.

— Se eu não atender, é porque o sinal é ruim aqui nas montanhas. Deixe uma mensagem e eu te retorno.

— Assim como me ligou de volta nas últimas oito mensagens que deixei, né?

— Você sabe que é a única garota para mim, Ruth.

Ela bufou.

— Nem tente jogar esse charminho pra mim, Nate. Deixe isso pros seus senadores casados. — Ela fez uma pausa, pensando. — Ou pros seus fuzileiros.

— Ele não é *meu*...

— Te ligo de volta quando tiver alguma informação. Mas lembre-se, se aquela garotinha precisar de ajuda, você a ajuda. Não deixe nada te impedir. Crianças são a coisa mais preciosa deste mundo. Elas precisam de alguém para lutar por elas quando não podem lutar por si mesmas. Entendeu?

A floresta parecia viva ao redor dele.

— Sim, senhora.

— Ótimo. — A voz dela se tornou mais suave. — Se cuida, tá bom?

Os olhos dele ardiam um pouco. Sentia muita falta dela.

— Obrigado, Ruth. Você também.

O telefone apitou em sua orelha.

Ele ficou sentado em sua caminhonete na beira da estrada por mais vinte minutos antes de tomar uma decisão. Deu meia-volta e dirigiu montanha acima.

SETE

Ele se arrependeu quase imediatamente.

Alex estava esperando na varanda, observando a caminhonete.

Ele tinha se vestido. Jeans e camisa de flanela de novo — graças a Deus, aliás. Nate não precisava de distrações. Sim, Alex era... atraente. Mas Nate não *queria* pensar nisso. Principalmente porque desconhecia tantas coisas nessa história. Tudo, na verdade. Adicione isso ao fato de que Alex era mais propenso a assassiná-lo do que olhar para ele como algo além de um incômodo. Os tempos, ah, eles estavam mudando, mas Nate já tinha sido alvo de caras que se pareciam com Alex algumas vezes. Eles ficavam do lado de fora dos bares gays em Washington e gritavam insultos para as divas, que lançavam beijinhos como forma de desafio. Eles eram agressivos, e todos sabiam que não se podia sair sozinho. Você tinha um amigo. Um sistema. Carregava spray de pimenta. Você queria viver sua vida da forma como aqueles que vieram antes lutaram para que você pudesse, mas era preciso ter cuidado. Havia pessoas lá fora que queriam machucar o que não entendiam.

Ele em si nunca *tinha apanhado*, nunca havia sido atacado. Não fisicamente. Mas estivera na Parada do Orgulho no ano anterior, com milhares de outros. Ele fora até a Freedom Plaza para o festival. Havia visto os homens e mulheres com suas Bíblias, seus rostos vermelhos, gritando sobre Sodoma e Gomorra, sobre como os viados e as lésbicas estavam trazendo o Fim dos Tempos, que Deus os considerava um pecado, uma *blasfêmia* contra a natureza. Ele tinha visto a indiferença dos policiais fardados. Tinha visto militares fardados os olhando com desdém, mesmo enquanto alguns de seus irmãos e irmãs marchavam, sabendo que com a recém-aprovada *Don't Ask, Don't Tell*, eles poderiam ser dispensados, mesmo que essa política tecnicamente fosse para *protegê-los* de certa forma.

Ele não conhecia Alex. Mas conhecia o tipo.

Ou talvez ele fosse o tipo que transaria contigo para se divertir, mas cuspiria em você quando passasse por ele na rua. Nate conhecia esse tipo também. Eles eram piores. Mais raivosos.

Não importava.

Nate não pensaria nisso. Em nada disso.

Ele desligou a caminhonete. Abriu a porta.

Ele não se intimidaria. Aquela era sua casa.

Alex não falou nada enquanto Nate caminhava até a cabana. Não havia sinal de Art em lugar nenhum. Ela provavelmente ainda estava lá dentro. Nate não achava que Alex a deixaria sair sozinha.

Ele chegou à varanda e, antes de colocar o pé no primeiro degrau, Alex questionou:

— Para onde você foi?

— Por aí.

Aparentemente, foi a resposta errada.

— Para onde?

— Fui dar uma volta, cara — respondeu Nate, mantendo o tom de voz calmo. — Você não é meu dono. Posso fazer o que eu quiser. — Ele não tinha certeza de onde vinha essa bravata toda, mas com certeza não questionaria.

— Você levou seu telefone.

— Sim, levei. Porque é meu.

— Para quem ligou?

Ele não era burro. Nate não podia se esquecer disso.

— Se eu liguei para alguém, não vejo como isso é da sua conta.

— Você ligou pra polícia?

— Não.

Não era mentira.

— Precisamos fugir?

Isso assustou Nate. Foi uma pergunta tão… direta.

— Por que vocês precisariam fugir?

Alex permaneceu tão estoico como de costume. Ele era bom nisso.

— Caso tenha chamado alguém para nos perseguir.

Nate riu um pouco sem controle.

— Quem diabos eu mandaria te perseguir?

— Você é um repórter. Provavelmente tem contatos.

— Sou um *jornalista.* — Nate foi ríspido, nervoso com a proximidade de Alex. — E eu trabalhava para um jornal do outro lado do país. Do qual fui *demitido.* Você acha mesmo que *alguém* lá estaria disposto a me ajudar?

— Por que você foi demitido?

Nate fez uma carranca.

— Não te devo merda nenhuma. Não chamei a polícia. Ninguém está vindo atrás de vocês. Pelo menos, não por *minha* causa. Obviamente, não posso dizer o mesmo de *você*...

Alex assentiu com rigidez.

— Precisamos conversar.

Aquilo... foi surpreendente.

— Você está terminando comigo? — perguntou Nate, antes que pudesse se conter. Ele se encolheu. — Hum. Finja que eu não falei nada.

— Não sei se sou capaz disso.

Nate ficou boquiaberto.

— Você acabou de... fazer uma piadinha?

— Eu não faço piadas — disse Alex. — Se vamos ficar aqui, você precisa saber de algumas coisas.

— O que você quer dizer com se vão ficar aqui... Não se afaste quando eu estiver falando com... droga.

Ele suspirou antes de subir os degraus e seguir Alex para dentro da cabana.

Art não estava sentada no sofá. Em vez disso, havia puxado uma cadeira da cozinha para a sala de estar. Acomodada, ela balançava as pernas. Os óculos escuros tinham sumido, assim como a toalha. Seu cabelo estava seco e parecia um tanto macio. Ela sorriu quando viu Nate.

— E aí.

— E aí — cumprimentou Nate. — Oi.

— Falei que ele voltaria — disse a garota, olhando para Alex quando ele passou por ela.

Ele lhe lançou um resmungo enquanto caminhava pelo corredor. Ela revirou os olhos com carinho.

Nate não tinha certeza se deveria segui-lo. Alex disse que queria conversar, mas Nate não se sentia confortável em estar em um quarto com ele. Queria ser capaz de correr se Alex sacasse a arma outra vez.

— Ele já volta — falou Art. — Ele vai pegar as xuxinhas.

— As... xuxinhas?

— É.

Mais uma vez, Nate não sabia o que fazer com aquela informação.

— Ele disse que precisávamos conversar...

Ela suspirou.

— O que ele está fazendo, tentando terminar com você?

— Foi o que *eu* disse!

— Eu sei. Ouvi vocês conversando. A porta estava aberta.

— Meu Jesus.

— Você diz muito o nome dele. Sabia que ele andava com mendigos e prostitutas? — Ela franziu a testa. — Embora "prostituta" não seja uma palavra muito legal para usar com alguém. Enfim. É estranho, não é? Ele tinha todos aqueles amigos, coisa que não era para alguém como ele ter, mas tinha mesmo assim. A maioria das pessoas não fala sobre isso quando rezam para ele. Estão todos tão concentrados em sua morte. É simplesmente mórbido.

Ele sentiu como se o mundo estivesse de cabeça para baixo.

— Não faço ideia do que você está falando.

Ela fez um gesto com a mão.

— Não importa. Só acho que às vezes é importante ser lembrado pelo modo como você viveu, e não como morreu.

O piso rangeu quando Alex reapareceu no corredor. Nate percebeu que ele precisava abaixar um pouco a cabeça para não bater no lintel. Até seus ombros pareciam correr o risco de esbarrar nas paredes de ambos os lados.

Nate soltou um grunhido interno. Não era hora. Não era hora. Não era...

— Você trouxe as xuxinhas? — Art quis saber.

— Sim — disse Alex.

E trouxe *mesmo*. Em sua mão havia um saquinho cheio de prendedores de cabelo coloridos. Alguns eram finos, como elásticos, outros eram maiores e cobertos de bolinhas. Ela esticou as mãos para agarrar o saquinho, e Alex o entregou.

Ela cantarolou baixinho enquanto vasculhava o saquinho antes de, por fim, separar alguns dos prendedores. Eram azul-petróleo.

— Uma ou duas? — perguntou Alex a ela, de pé atrás da cadeira.

— Duas, por favor. — Então: — Ah! Dois rabicós. Será que vem do porco também? Porque bacon deixa tudo melhor. Agora entendi.

Mais uma vez, Nate se perguntou se estava preso em um sonho.

Alex assentiu e então fez a coisa mais extraordinária possível.

Abaixou aquelas mãozorras — a pele calejada, os dedos grossos — e começou a passá-las pelo cabelo dela, focado, separando-o bem no meio. Art continuou a cantarolar baixinho durante o processo.

Nate observou, incapaz de fazer algo além disso. Ele não conseguia desviar o olhar.

Alex, o gigantescamente intimidador e assustador Alex, começou a trançar o cabelo da menina.

— Estou mantendo Art segura — contou, sem olhar para Nate.

Nate lutou para encontrar sua voz, encantado com a visão à frente.

— Eu... foi o que ela disse.

— Não posso te contar tudo — continuou, os dedos se movendo com habilidade. — Não porque eu não confio em você, mas...

— Não mesmo. Não confia em mim, quero dizer.

Ele nem hesitou.

— E nem posso. Não te conheço. Ela é... se houver uma chance, mesmo que ínfima, de algo escapar da sua boca, de você dizer algo a alguém sem querer, pode resultar em algo... ruim.

— Para quem?

Ele deu de ombros.

— Nós. Você. Você pode ser brutalmente assassinado ou…

Art tossiu com veemência.

Ele puxou o cabelo dela um pouco mais forte do que o necessário.

Ela inclinou a cabeça para trás lentamente, encarando-o.

Alex suspirou antes de colocar a cabeça dela para a frente novamente.

— Você tem sido… legal.

— Uau — disse Nate. — Falar isso pareceu doloroso para você. Parabéns por conseguir fazer isso sozinho.

— E doeu — falou Art. — Demonstrar sentimentos o machuca toda hora.

— Não estou *demonstrando sentimentos* — discordou Alex. — Você me disse que eu deveria falar isso.

— Bem, *sim*. Mas eu não disse para falar que ele tem sido *legal*. — Ela olhou para Nate. — Pedi para dizer que ele tem sido hospitaleiro. Há uma diferença. Você não tem sido legal. Não de verdade.

— Valeu…?

Ela abriu um sorrisão para ele.

— De nada. — Ela tentou olhar para Alex novamente. — Viu como foi fácil?

Ele virou a cabeça dela para a frente.

— É um sinônimo.

— Bem, isso é só uma desculpa preguiçosa. Tente de novo, melhor.

A boca dele virou uma linha fina.

— Você tem sido hospitaleiro. E não precisava ser.

— Você apontou uma arma para mim — relembrou Nate. — Várias vezes. Acho que não tive escolha. Hospitalidade forçada não é hospitalidade. É como ser um refém.

— Você foi embora — comentou Art. — Poderia ter ficado por lá. Mas voltou.

O que… sim, era verdade. Ele não fazia ideia do porquê.

— Voltei.

Ela começou a cantarolar de novo.

— Ela é minha responsabilidade — afirmou Alex, já tinha feito metade da trança esquerda. — E levo isso muito a sério.

— Você não é o pai dela. É?

Ele olhou para cima, o olhar cravado em Nate. Ele se manteve imóvel, esperando Alex encontrar o que quer que estivesse buscando. Finalmente, o homem balançou a cabeça com sutileza.

— Sou o guarda-costas dela.

— Meu protetor — acrescentou ela, estalando um prendedor contra os dedos. — Meu grande e corajoso Alex.

— Do que você a está protegendo?

Alex terminou uma trança e estalou os dedos perto da orelha dela. Art lhe entregou um elástico azul-petróleo por cima do ombro. Ele o amarrou na parte inferior da trança com um giro experiente dos dedos.

— Ela é importante.

Era como tentar encontrar uma agulha no palheiro.

— Para?

— Mim. Outros.

— Apropriadamente vago. Que surpresa.

Alex não achou graça.

— Falei que não podia te contar tudo.

— Você não está me contando *nada* que eu não conseguisse descobrir sozinho...

— Você sugeriu que era a máfia — comentou Art. — Isso não estava nem um pouco certo.

— Foi um *palpite*.

— Um palpite péssimo. Talvez eu seja uma princesa do espaço.

Nate grunhiu.

— *Star Wars*.

O sorriso dela foi resplandecente.

— Eu amo mesmo esses filmes.

— Então por que você é Artemis Darth Vader, e não Princesa Leia?

— É... Isso é um pouco óbvio... *ai*! Não precisava puxar com tanta força!

Alex fez uma careta para ela.

— Talvez você devesse parar de falar.

— Talvez você devesse... ah. Certo. Entendido. Vamos seguir

por essa velha estrada empoeirada então, parceiro. Você tá começando a caminhar devagar.

— Olha — começou Alex. — Tudo o que você precisa saber é que estou fazendo todo o possível para protegê-la de pessoas que querem machucá-la, e ponto-final. Eu não a sequestrei, não estou abusando dela…

— Eu nunca disse…

Alex levantou a cabeça bruscamente.

— Você pensou. Sei que pensou.

Nate não podia negar.

— E não te culpo por isso — prosseguiu Alex. — Sei que parece estranho. Sei o que… você deve estar pensando. Um cara como eu. Ela… do jeito que é. Mas você tem que entender. Tem que acreditar em mim quando digo que prefiro morrer a ver algo acontecer com ela. Estou fazendo tudo que posso para ajudá-la. Tudo.

— Você não vai morrer — disse Art, franzindo o cenho. — Não gosto quando fala assim. Não diga isso de novo.

— Há quanto tempo? — perguntou Nate a ele.

— Há quanto tempo o quê?

— Há quanto tempo você a conhece?

— Há muito tempo — respondeu Alex, quase terminando de fazer a segunda trança. — Mais do que parece.

— E os pais dela?

A pele sob seu olho deu um espasmo.

— São… quem estamos tentando encontrar. Para quem estamos tentando devolvê-la.

Um pensamento atingiu Nate. Um pensamento terrível.

— Você não a sequestrou. Ela já tinha sido sequestrada.

— Sim. — Alex pareceu aliviado. — Isso. É exatamente isso.

A mente de Nate já estava em movimento, conectando as peças.

— Foi… — Ah, merda, que coisa horrível. — Um… esquema? Tipo… escravidão?

Alex pareceu confuso por uma fração de segundo antes de entender. Seus olhos se arregalaram.

— Não, não. Não… assim. Nada desse tipo. Foi…

Art revirou os olhos.

— Eu sei do que estão falando. Não, Nate. Eu não fui traficada.

Ele a encarou.

— Quantos anos você *tem*?

— Dez — respondeu ela. — Por aí.

— E você está fugindo. Escondida. Aqui. Na minha cabana.

— Era a mais distante — murmurou Alex. — Parecia não ser usada há muito tempo. — Ele estalou os dedos de novo, e ela lhe entregou o outro elástico.

— É quase como o destino — disse Art, séria. — Você acredita em destino, menino? — Ela enrugou o nariz. — Isso rimou. Não gosto muito de rimas.

— Eu não... não. Não acredito em destino.

— Sorte? Predestinação? Nada?

— Não.

— Ahn. — Ela cerrou os olhos para ele. — Então, em que você *acredita*?

— Não sei.

— Fantasmas? — Ela bateu palmas. — Eu gosto de fantasmas. Você já viu um?

— Não.

— Nem eu — falou, soando estranhamente desapontada.

— Pronto — avisou Alex. Ele pegou as pontas das duas tranças. — Estão um pouco descentralizadas.

Art estendeu a mão e passou os dedos pelo topo da própria cabeça e pelo penteado.

— Ainda assim, você está melhorando. Lembra da primeira vez que tentou? Você rosnou para mim o tempo todo, e acabou parecendo que eu tinha sido atacada por uma coruja.

Nate riu. Pareceu um pouco histérico, mas não conseguiu evitar. Art e Alex pareceram surpresos.

— Você está simplesmente... como vou acreditar nisso tudo? Estão me pedindo para acreditar na sua palavra. Para confiar em vocês. Como posso fazer isso se não confiam em mim?

— Vamos chegar lá — disse Art, guardando as xuxinhas

restantes de volta no saquinho. — Sei que sim. Vai levar tempo, mas a maioria das coisas leva.

Alex a olhava, uma expressão indecifrável em seu rosto.

— Quanto tempo vão ficar aqui? — perguntou Nate baixinho.

Alex coçou a nuca.

— Não sei. É... complicado.

— Ainda não é hora de ir embora — falou Art, pulando da cadeira. Suas tranças balançaram atrás da cabeça. Nate não sabia nada sobre como fazer esses penteados, mas, ainda assim, ficava bonito. Ela era dolorosamente bela. — Eu saberei quando for a hora.

— Como...

Ela caminhou até ele, parando com as pontas dos dedos envoltos nas meias encostando nas pontas do All Star dele. Ela gesticulou para que se inclinasse. Ele olhou para Alex. O homem observava Art, aquela mesma expressão estranha.

Nate fez a única coisa possível.

Agachou-se até ficar na mesma altura dela.

Ela inclinou a cabeça para ele enquanto o estudava. Os olhos dela estavam brilhantes e sábios. Ele não vacilou quando Art estendeu a mão e segurou seu rosto. Suas mãos estavam quentes.

— Às vezes, é preciso ter fé nas coisas — disse ela com calma. — Mesmo que você pense que não tem mais fé, prometo que tem. Todos vocês têm. É mais fácil ficar perdido, suponho. Mas quando você se encontra, quando abre os olhos, finalmente consegue enxergar a verdade como ela é.

Ele não entendeu. Ela não fez sentido. Mas havia um nó na garganta que ele não conseguia engolir.

Ela se inclinou para a frente e beijou seu nariz com um estalo alto.

Ele se sentiu atordoado.

— Estou feliz que nos encontrou — sussurrou ela, sua respiração no rosto dele. — Acho que precisávamos de você.

Então, ela *sorriu*.

Ele estava sem palavras quando ela o soltou. Art se afastou, já exigindo que Alex lhe desse um espelho para que pudesse ver o quão bonitas suas tranças ficaram. Alex olhou para Nate, e quase havia uma *rachadura* naquela máscara estoica que ele usava, algo que parecia estranhamente vulnerável, mas que desapareceu em alguns instantes.

Art o pegou pela mão e o guiou pelo corredor até o segundo banheiro.

Nate podia ouvir seus gritinhos de alegria, dizendo a Alex o quanto ele estava melhorando naquilo, que em uma semana seria *perfeito* na tarefa, e será que ele gostava de como o penteado ficou nela? Ela era a Artemis Darth Vader mais bonita do mundo todo?

Ele não ouviu o que Alex respondeu, mas dava para ter uma boa ideia.

Nate ainda estava agachado, piscando lentamente, quando os dois voltaram.

— Hora do almoço, hein? — comentou ela. — Na minha opinião, provavelmente deveríamos comer mais bacon, só para ter certeza de que essa manhã não foi puro acaso.

Ela estava parada na varanda dos fundos, olhando para o céu. Alex e Nate a observavam. Nate tinha passado as últimas horas tentando organizar seus pensamentos, buscando colocar tudo em ordem para que fizesse algum sentido. Faltavam algumas peças grandes, peças que ele provavelmente nunca tomaria conhecimento. Pelo menos, não com as coisas como estavam agora. Ele não se arrependia de ter ligado para Ruth. Tampouco contaria isso a Alex.

Se Alex estivesse falando a verdade, *se* o que Art estava dizendo fosse possível, então haveria um rastro. De alguma forma. Quem quer que fossem seus pais. Quem quer que Alex fosse. Quem quer que *ela* fosse.

— Seu sobrenome não é Delgado, é? — murmurou ele, sem olhar para o homem parado a apenas alguns metros de distância.

— Não.

— Seu nome é mesmo Alex?

Houve um breve momento de hesitação, então:

— Sim. — E: — O nome dela não é Artemis Darth Vader de verdade. Caso você esteja se perguntando.

Nate se virou lentamente para encará-lo boquiaberto.

— Você acabou de fazer outra piada?

— Claro que não.

— Isso... quase se pareceu com uma piada.

— Eu te disse, não faço piadas.

— Ele é engraçado só de vez em quando! — gritou Art para eles. — E geralmente nem quer ser.

— Viu? *Nisso* consigo acreditar.

Alex fez uma careta. Isso estava começando a se tornar familiar. E não deveria se tornar. Nada disso deveria parecer familiar. Era aí que morava o perigo. Era temporário. Tudo isso era temporário.

No dia anterior, à mesma hora, ele estava nos arredores de Roseland, imaginando se o Posto e Loja de Conveniência do Big Eddie ainda existia. Dirigia em direção às montanhas, preparando-se para se recolher e se recuperar do que acontecera, para lidar com tudo o que tinha feito até chegar a esse ponto. Ele se afundaria na bebida por alguns dias, sentiria um pouco de pena de si mesmo. E quando terminasse, iria se recompor e juntar todos os pedaços que tinham quebrado, tentar ver se havia alguma maneira de encaixá-los novamente.

Estas pessoas, este homem e esta garota, não se encaixavam em nada disso.

E como isso o *consumia*. Havia uma comichão enlouquecedora logo abaixo de sua pele que implorava para ser coçada, para exigir a verdade. Ah, ele tinha acreditado no que Alex dissera enquanto trançava o cabelo de Art. Em sua maior parte. Nate era bom em discernir baboseiras, separando a verdade das mentiras. Mas a *imprecisão* de tudo aquilo o estava enlouquecendo. Ele tinha certeza de que as possibilidades que cruzavam sua mente eram muito mais estranhas do que a realidade. Mistérios, quando resolvidos, geralmente acabavam decepcionando. Quando os holofotes iluminam a coisa, quando todas as sombras se dissolvem, o que resta não é tão impressionante quanto o segredo fazia parecer. Ele já havia passado por isso vez ou outra. Sempre se forçara a permanecer pragmático, mesmo quando era criança.

Ainda assim. E se...

— Há quanto tempo?

— Há quanto tempo o quê?

Ele não olhou para Alex, tentando soar desinteressado.

— Há quanto tempo você está fugindo?

— Por quê?

— Estou tentando te conhecer, cara.

— Por quê? — E isso soou infinitamente mais suspeito.

— Você está ficando na minha cabana — respondeu Nate, irritado. — Acho que posso fazer perguntas.

— Existe alguma situação em que você não faz perguntas?

— Não. Nunca.

Art se abaixou, pegando uma pedra e olhando para ela enquanto a fazia quicar na palma da mão.

— Uma semana — Alex finalmente disse.

Aquilo... não parecia certo para Nate.

— E há quanto tempo você está aqui?

— Aqui...

— Sim. *Aqui*. No lago. Na minha cabana.

— Malditos repórteres — murmurou Alex.

— Eu ouvi isso.

— *Era* para ouvir mesmo.

— Seja legal! — exclamou Art, sem olhá-los. Ela se abaixou e pegou outra pedra. As ondas batiam na margem. O sol estava brilhando. Quase não havia nuvens no céu. Era um dia perfeitamente normal.

— Cinco dias — disse Alex.

Nate finalmente cedeu e olhou para ele.

Ele observava Art. Seus braços estavam cruzados sobre o peito, as mangas de sua camisa se esticando contra os bíceps. Ele fazia uma carranca, é claro, porque essa era provavelmente a sua expressão padrão. A barba por fazer em suas bochechas e pescoço estava um pouco mais espessa do que no dia anterior. Alex não parecia do tipo que deixava a barba crescer. Nate imaginou que ele se barbearia todos os dias como parte de uma rotina rigorosa e regimentada. Ele acordaria ainda mais cedo do que Nate estava acostumado. Faria dezesseis mil flexões. Comeria trinta ovos cozidos. Tomaria um café tão preto quanto sua alma. Olharia com fúria para tudo enquanto observava o nascer do sol, contemplando o que quer que homens do seu calibre contemplassem. Depois, tomaria banho, usando xampu que provavelmente cheirava a remédio. E quando terminasse, passaria fio dental e escovaria os dentes. Por fim, se barbearia. Qualquer vestígio de pelos faciais teria desaparecido até as seis da manhã.

Mas ali estava ele, uma barba por fazer a caminho de evoluir para a próxima etapa. Nate nunca conseguia deixar a barba crescer. Ela sempre nascia falha e áspera. Ele tivera um cavanhaque na faculdade, algo de que se orgulhava na época. Em retrospecto, era um milagre que tivesse conseguido transar com aquela coisa no rosto.

Mas não importava. Ele não conhecia este homem. Ele não conhecia esta garota. E eles não confiavam nele. Alex havia dito isso. Não que Nate tivesse dado a eles qualquer razão para tal, mas ainda assim. Art não era... normal. Pelo menos, não como qualquer outra criança de dez anos que ele já tivesse visto. Talvez ela fosse mais velha do que dizia ser. Talvez fosse a jovem noiva adolescente de Alex, e eles estivessem fugindo de pais irados que...

— Como você levou um tiro? — ele deixou escapar.

A carranca ficou mais carrancuda.

— Foi um engano.

— Como alguém leva um tiro por engano? Você atirou em si mesmo?

Alex se virou lentamente para encará-lo.

— Certo — disse Nate apressadamente. — Pergunta idiota. Claro que você não atirou em si mesmo. O que eu estava pensando? Já te vi manusear uma arma.

Alex voltou a olhar para onde Art continuava a pegar pedras.

— Então, acho que não vamos responder a essa pergunta, hein? — questionou Nate.

— Eu te disse. Foi um engano.

— Sim. Foi o que você falou. O que... não responde nada. Deve ter acontecido há um tempo, no entanto.

— Por quê?

— Porque a ferida está curada.

— Bala de borracha.

Nate pestanejou.

— Ah. Certo. Acho que… aham. Então você levou um tiro por engano enquanto resgatava Art de pessoas que queriam pegá-la de volta, e elas carregavam armas com balas de borracha em vez de munição de verdade porque…

Alex não mordeu a isca.

— Deve ter doído.

Alex resmungou.

— Alguém já lhe disse que você é irritante?

— Não — respondeu Alex. — Ninguém. Nunca. — Então desceu os degraus da varanda.

Nate o encarou.

— Isso foi outra piada? Porque se foi, você tem um péssimo senso de humor.

Alex não lhe deu atenção. Nate achou isso rude. Ele observou Alex ir até Art. Ela não o olhou, mas Nate suspeitou que ela sabia de sua aproximação. Quando ele chegou ao lado dela, a garota mostrou as pedras que tinha nas mãos.

— Quais? — perguntou ela. — Porque algumas são melhores do que outras, mas gosto desta aqui porque é bonita.

Ele se abaixou.

— Esta. E esta.

— Mas não a bonita?

— Não. Não quicaria direito.

— Ah. Porque não é plana o suficiente?

— Isso.

— Então isso significa que posso ficar com ela.

Alex suspirou.

— Quantas pedras você já guardou?

— Hoje? Ou desde que chegamos aqui?

— Art.

Ela fez uma careta.

— Dezessete.

— Você não pode ficar com todas.

— Dezessete não são todas as pedras, Alex.

— Você entendeu. Se precisarmos ir, não poderemos levar tudo. Haverá algumas coisas que teremos que deixar para trás.

Art relanceou Nate. Os pelos da nuca dele se arrepiaram.

— Talvez. Mas não agora. Ainda não.

— Ainda não — concordou Alex, calmamente.

— Ok. Agora me mostra. Você prometeu.

— Prometi?

— Alex! Não seja malvado.

— Nunca — disse ele. E por algum motivo, Nate acreditou nele.

Eles se aproximaram da água. A margem era rochosa, tufos de grama crescendo entre as pedras. Alex pairou logo atrás dela enquanto ela pisava cuidadosamente nas rochas, mãos prontas para o caso de Art escorregar. Ela não escorregou. Ele a parou antes que ela pudesse avançar mais, dizendo que não queria que molhasse os sapatos.

— Porque o mundo acabaria se isso acontecesse, certo? — perguntou ela.

— Quer que eu te mostre como se faz ou não?

— Quero.

Ele pegou uma pedra da mão dela.

— Viu como estou segurando? Você precisa apoiá-la contra seu polegar e indicador.

— Assim?

— Quase. — Ele se abaixou e arrumou a pegada dela na pedra. — Pronto. Assim é melhor.

— É um pouco estranho.

— É?

— Sim. Pedras são esquisitas.

— Você não tem… está tudo bem. A pegada está firme?

— Está.

— Certo. Observe. Observe meu braço.

Ela o fez.

Ele trouxe o braço para trás, então o balançou reto paralelamente ao corpo. Soltou a pedra. Ela saltitou pela superfície do lago.

Nate contou. Claro que contou. Era o que você deveria fazer ao lançar pedras. Um. Dois. Três. Quatro, cinco *seisseteoito*...

Saltitou e afundou.

— Uau — disse Art, parecendo adequadamente impressionada. — Essa foi boa.

E foi mesmo. Nate se lembrava de estar quase naquele mesmo lugar, fazendo exatamente a mesma coisa com o irmão. Eles lançavam pedras até seus braços doerem, tornando aquilo uma competição, tentando superar o outro por horas. Seu irmão sempre ganhava. Sempre. Ah, claro, Nate fazia alguns bons arremessos, mas Ricky era melhor. Ele nunca fora maldoso sobre o assunto, não de verdade, mas se gabava, é claro. Eles eram crianças. Era isso que crianças faziam.

Depois — quando o encontraram, quando seus pais entraram na cabana e pegaram Nate e seu namorado no flagra, ele voltou para casa em Washington, o rabo entre as pernas, a ferroada das palavras de seu pai e o silêncio de sua mãe ainda perfurando sua pele sem parar. Nate ouviu a raiva na voz ácida de seu pai. Viu o olhar de choque e horror no rosto de sua mãe.

Tinha pensado em contar a eles antes. Tinha mesmo. De verdade. Mas ele estava morando do outro lado do país, e esse assunto havia simplesmente... lhe escapado. Mas quando *pensava* sobre isso, sentia-se incomodado. Um pouco enjoado. Ele não sabia como eles reagiriam. Os pais não eram religiosos. Ah, meu Deus, não eram. Eles só foram à igreja uma vez, para uma missa na meia-noite de Natal a qual nunca mais foram porque era tarde e chata. Até seu pai concordara.

E, se ele *realmente* pensasse sobre o assunto, já ouvira seus pais comentarem algo sobre gays? Não tinha certeza. Claro, isso não significava absolutamente nada. Não a longo prazo.

Eles o pegaram, porém, e ainda no pior momento possível. Ele sentiu o estômago se retorcer de forma nauseante e escorregadia quando os pais entraram na cabana pela primeira vez, e apenas se *encararam* por um longo minuto. Ele foi o primeiro a reencontrar a voz, dizendo a eles que não era o que estavam pensando (era), e se apenas o deixassem explicar (não deixaram), tudo ficaria bem.

Seu pai começou a gritar.

Sua mãe não disse uma palavra.

Ele fugiu.

Três dias depois de voar de volta para Washington, seu irmão telefonou.

— É verdade? — perguntou.

— Sim — confirmou Nate, porque não havia como disfarçar. E ele estava cansado. Estava tão cansado, e não conseguia encontrar um motivo para mentir.

— Por quê?

— Por que não te contei?

— Não. — Seu irmão praticamente cuspiu. — Por que você é *assim*?

Nate fechou os olhos.

Ele desligou na cara do irmão alguns minutos depois, interrompendo-o no meio do surto.

Nate falou com ele outras duas vezes. A primeira foi quando seu irmão contou que seus pais estavam mortos e que havia *serviços* disponíveis para limpar cenas de crime, enquanto Nate se esforçava para não hiperventilar. A segunda vez, é claro, foi alguns meses depois.

— A cabana — falou ele, o mesmo irmão que tinha rido quando, no passado, Nate fizera uma pedra saltitar seis vezes na água, dizendo que ele estava melhorando naquilo. — A caminhonete. São suas. Nada mais.

— Ah — respondeu Nate. — Ah.

— Você não vai conseguir mais nada. Nem tente brigar comigo.

— Não vou.

Rick deu as informações do advogado e desligou sem se despedir. Ele não repreendeu Nate por não ter ido ao funeral. Nate não esperava isso. Ele estivera *aguardando* por algum sinal de que as coisas poderiam ser diferentes agora que os pais haviam partido, que talvez Rick pudesse pensar por si mesmo, que pudesse…

Mas só havia o bipe da linha em seu ouvido.

Ele observou enquanto Alex reposicionava o braço de Art, ajeitando seu cotovelo só um pouquinho para baixo. Ela assentiu, os olhos estreitados ligeiramente graças à concentração. Ela ouviu cada palavra dita. Nate não conseguia tirar os olhos deles.

— Ok — falou Alex. — Tudo certo. Pode jogar.

Ele deu um passo para trás.

E ela atirou a pedra.

Um. Dois. *Trêsquatrocinco...*

— Uau — exclamou ela enquanto a pedra desaparecia no lago. — Isso. Foi. *Incrível.* — Jogou as mãos para o alto, as marias-chiquinhas balançando conforme pulava. — Você *viu* isso? Alex! Você... Nate! Nate, você viu o que eu acabei de fazer? — Art olhou para ele, ainda de pé na varanda. Ela sorria.

Alex também o encarou. Ele não sorria, mas também não estava carrancudo. Havia algo... diferente. Por um instante.

— Sim — respondeu Nate, a voz rouca. — Aham. Vi sim. Você... Foi um bom arremesso.

Ela imediatamente exigiu que eles jogassem de novo.

E assim fizeram. Por mais duas horas.

Nate os observou o tempo todo.

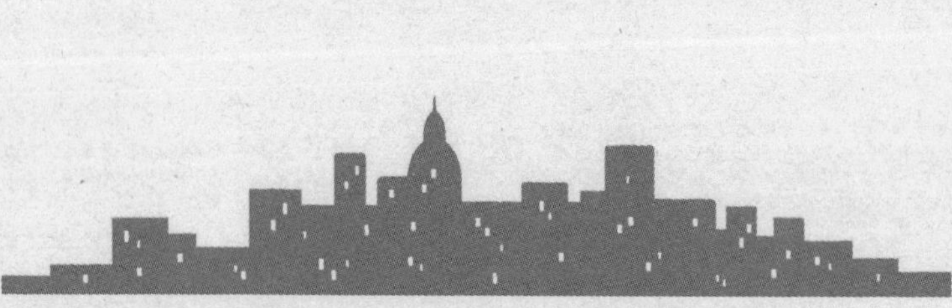

OITO

Três dias depois, nada havia mudado.

Bem.

Talvez isso não fosse totalmente verdade.

Eles existiam ali na cabana, apenas os três.

Nate acordava cedo, sem conseguir dormir, não importava o quanto tentasse. Seu corpo havia sido treinado para acordar no máximo às cinco. Ele não tinha nenhum motivo real para acordar antes do sol, mas lá estava ele, piscando lentamente no escuro, a única luz vindo do rádio-relógio na mesa de cabeceira ao lado, a hora brilhando em um verde fraco, mudando de cinco e um para cinco e dois enquanto ele observava.

E ele permanecia deitado ali, olhando para o teto, ouvindo a estrutura da cabana se mexer silenciosamente ao seu redor. Ele tinha os pensamentos confusos de quem ainda estava despertando: *O que tenho que fazer hoje?* e *Onde estou?* e *Ah, isso mesmo, isso mesmo, tudo está estranho e diferente. Estou no Oregon. Estou em uma cabana na floresta com pessoas que não conheço, que estão fugindo de algo que não estão me contando...*

Tudo se tornava surpreendentemente claro então.

Alex sempre estava acordado e já na cozinha antes dele.

Na segunda manhã depois que Nate havia chegado à cabana, Alex não disse nada quando ele entrou na cozinha. Estava tomando café perto da janela, olhando para o céu que começava a clarear.

Nate preparou seu próprio café, tirando a caneca do armário e colocando duas colheres de açúcar. Eles ficaram ali, sem falar nada, até Art se levantar uma hora depois, piscando os olhos turvos.

Na terceira manhã, Alex resmungou algo que poderia ter sido um *olá*, mas Nate estava no meio de um bocejo quando aconteceu, então não ouviu o que foi dito. Ele murmurou algo em troca e foi até a cafeteira.

Sua caneca já estava no balcão ao lado do açucareiro.

Hesitou. Então balançou a cabeça e começou a preparar seu café.

Na quarta manhã, a caneca estava com café esperando por ele, ainda fumegando, já adoçado.

— Obrigado — agradeceu.

Alex resmungou como resposta.

Art lia os livros mais depressa do que Nate esperava. Ela não parecia exigente, não necessariamente analisando com minúcia até que algo chamasse sua atenção. Em vez disso, terminava um livro e colocava-o de volta na estante, cantarolando baixinho antes de escolher o próximo. Não estavam em nenhuma ordem; sua mãe dissera que iria organizá-los um dia, talvez por autor ou assunto ou *algo assim*, para dar algum sentido. Ela nunca o fizera. Os livros de L'Amour estavam sempre juntos, no entanto. Eram de Nate, e sua mãe não entendia muito bem seu fascínio por eles. Ele ficou surpreso que ela não tivesse se livrado deles depois que os pais o encontraram na cabana.

Era apenas mais uma coisa para a qual ele nunca teria resposta.

Art e Alex estavam lá fora novamente, arremessando pedras no lago, quando Nate tomou uma decisão.

Era capaz de ouvi-los pela janela aberta. Art ria, e Alex estava sendo Alex e falando o mínimo possível.

Nate foi até o quarto deles.

Seu quarto, lembrou-se, porque esta era *sua* cabana.

Ele ignorou a pontadinha de culpa.

A porta estava fechada. Por um momento, Nate se perguntou se estaria trancada, o que era ridículo, é claro, porque as portas dos quartos não *tinham* trancas. Seu pai dizia que não precisavam delas, que nada de bom acontecia atrás de uma porta trancada.

E Nate, curioso que só ele, tendia a concordar com isso, para seu desgosto.

Ele parou em frente à porta, inclinando a cabeça. Ouvindo.

Conseguia ouvir Art.

Eles ainda estavam perto do lago.

Abriu a porta.

O quarto era escassamente mobiliado. Havia duas camas de solteiro separadas por um pequeno baú de madeira. As camas estavam impecavelmente feitas, os edredons verdes combinando, lisinhos, e as laterais enfiadas sob o colchão. Nate e Rick dividiam esse quarto quando vinham durante os verões, Nate sempre ficava na cama mais perto da janela. Art caberia perfeitamente. Para Alex, por outro lado, as camas seriam muito pequenas.

Nate não se permitiu pensar muito nisso. Ali que morava o perigo.

Havia uma cômoda velha encostada na parede mais distante, perto do pequeno armário. Era a mesma que estava lá desde que Nate era criança. A grande fotografia na parede era novidade, uma foto emoldurada de um farol tirada em preto-e-branco. O abajur no baú entre as camas também era novo.

Fora isso, não havia mais nada no quarto.

Além de duas mochilas verdes, uma ao pé de cada cama.

Eram idênticas, um verde-floresta profundo com um zíper prateado correndo pelo meio. Pareciam vindas do exército, algo que Nate esperava.

Ele foi até a mais próxima primeiro, ao pé da cama mais perto da porta.

Abriu o zíper.

Era de Alex.

Três pares de jeans dobrados minuciosamente. Algumas camisas. Camisetas. Meias. Cuecas.

Nada mais.

Nate se sentiu quase culpado.

Quase.

Ele fechou o zíper da bolsa.

O conteúdo da segunda bolsa era mais... colorido.

Roupas de uma garotinha.

Uma sacola de xuxinhas.

Havia um bolso lateral cheio de pedras de diferentes formas e tamanhos.

E era só isso.

Quase doía ver. Ele não sabia o que esperava encontrar. Algo, talvez. Algo que pudesse lhe dar uma pista adicional sobre com o que estava lidando. De onde eles tinham vindo. De quem ou do que estavam fugindo. *Algo*.

Em vez disso, eram os pertences mais básicos.

No banheiro do corredor, havia duas escovas de dentes lado a lado, perto de um tubo meio vazio de pasta de dente barata.

No chuveiro, tinha um frasco de xampu rosa-choque com flores no rótulo. Uma barra de sabonete verde na saboneteira.

Era como se eles mal existissem.

— E a escola? — perguntou Nate.

Alex o encarou.

— Escola?

— Ela estava... ela não deveria estar na escola?

Ele estava se embananando com as palavras. Mas precisava insistir. Precisava. O xampu rosa o obrigava a fazê-lo. Pois significava que Alex tinha comprado para ela. Era o tipo de xampu que um pai comprava para a filha quando ela o visitava depois de um divórcio. Como se ele não soubesse o que mais comprar e só o tivesse escolhido porque parecia coisa de menina.

Mas não havia outro xampu no banheiro, o que significava que Alex também o usava.

Ele precisava perguntar.

Quando Alex não respondeu, continuou:

— Você a está levando de volta para os pais dela.

Alex não disse nada.

— Onde eles estão?

— Já te disse — falou Alex com firmeza. — Eu não posso... você precisa parar. Não vai conseguir as respostas que quer.

Nate recuou.

Por enquanto.

Eles faziam todas as refeições juntos.

Art era bem categórica quanto a isso.

— As pessoas precisam comer juntas — dissera a Nate na segunda noite, quando ele havia tentado levar sua refeição para o quarto. — Você não precisa ficar sozinho quando tem gente por perto.

Ele pensou em contra-argumentar.

Mas ela tinha olhos grandes, muito grandes, e sabia como usá-los.

Era injusto, na verdade.

Então ele colocou o prato de volta na mesa e puxou a cadeira.

Alex não disse nada.

Mas Nate percebeu que ele não começou a comer sua própria refeição até que o fizesse primeiro.

Ruth não ligou de volta.

Nate conferiu.

Ele pensou em descer a montanha na caminhonete. Só para garantir.

Não o fez.

O clima se manteve agradável. Os dias seguiram claros e ensolarados, embora ainda frios. Às vezes, Art levava seu livro para o cais e deitava de costas, segurando-o acima do rosto, seus óculos escuros enormes bloqueando o sol. Ela folheava página após página.

Alex sempre a seguia quando ela saía.

Ele ficava no começo do cais, os olhos examinando a linha das árvores.

Nate conseguia ver o contorno da arma enfiada na parte de trás de sua calça jeans.

— Deixa eu ver. — Nate ouviu Art dizer ao sair do quarto na tarde do seu quinto dia na cabana. Ele tinha acabado de acordar de um cochilo que não pretendia tirar, sentindo-se particularmente autoindulgente. Lembrou-se de que estava em uma espécie de férias, embora não estivesse saindo como planejada.

— Está tudo bem — disse Alex.

Alex estava sentado à mesa da cozinha. Art, de pé ao lado da sua cadeira, com as mãos nos quadris, olhando para ele. Sua barba estava mais cheia agora, quase dando-lhe um visual selvagem. Ele precisaria apará-la logo ou ficaria fora de controle.

— Eu *sei* que está tudo bem — falou Art. — Mas ainda é bom examinar e ter certeza.

— Eu já examinei.

— Não acredito em você.

Ele arqueou uma sobrancelha para a garota.

Ela sorriu com doçura. Então:

— Nate, você poderia, por favor, pedir ao Alex para tirar a camisa?

Nate cambaleou.

Ambos se viraram para olhá-lo.

Ele os ignorou, certo de que seu rosto estava vermelho-vivo.

— Viu? — disse Art. — Até o Nate acha que você deveria tirar.

— Deixe-me fora disso — Nate conseguiu falar. — Seja lá o que estiver acontecendo, eu não quero saber.

— Preciso ter certeza de que o tronco dele está melhor — explicou Art. — E ele não me deixa checar.

— Se ele falou que está bem, então está bem.

— Uau — comentou Art, o olhar se voltando para Nate. — Não sabia que seria *você* quem me trairia. Agora sei o que o velho Brannagan sentiu quando o próprio sobrinho o entregou ao xerife. Mandou mal, camarada. Parece que o vento se virou contra mim.

— Você precisa parar de ler esses livros.

Ela deu de ombros.

— Gosto deles. As coisas fazem sentido nessas histórias. Os mocinhos são mocinhos. Os vilões são vilões. E os mocinhos sempre vencem.

— Vencem, sim — concordou Alex calmamente, e foi uma daquelas frases que significavam mais do que Nate conseguia entender.

Art ficou um pouco menos tensa.

— Eu sei. Mas isso ainda não vai te livrar de ser examinado. Vamos, parceiro. Tire a camisa.

— Por que esperou até este momento para pedir isso? — Alex perguntou a ela, olhando para Nate por algum motivo.

— Não faço ideia do que você está falando — respondeu Art com doçura. — Vai colaborar? Ou teremos que fazer do jeito difícil?

Nate não queria descobrir o que aquilo significava.

Alex suspirou.

— Tudo bem. Mas esta é a última vez.

E ele passou a camiseta branca sobre a cabeça.

Nate deveria ter desviado o olhar. Deveria. Era a coisa certa a se fazer.

Sabia disso.

Mas.

Ele olhou. Por razões estritamente profissionais. Só por isso. Ele só queria ver a cicatrização de Alex. Não tinha absolutamente nada a ver com os quilômetros de pele, músculos e pelos em seu peito e estômago. De jeito nenhum. Ele não via as coisas assim.

Não via.

Quase não havia mais hematoma. Tinha uma coloração suave contrastando com sua pele, mas era só isso.

Até a cicatriz havia desaparecido. Ou a marca. O que quer que fosse aquilo.

Art parecia satisfeita.

— Parece ótimo. Nate? O que acha?

— É — concordou Nate. — É.

Alex resmungou para os dois e vestiu sua camisa.

— Você está ficando desleixado — comentou ela, erguendo os braços, as pontas dos dedos desaparecendo nos pelos do queixo de Alex. — Mal consigo ver seu rosto. O que é uma pena. É um belo rosto.

Alex quase pareceu envergonhado.

— Eu não... não é. — Ele suspirou. — Não tenho barbeador.

Isso atingiu Nate por razões que não conseguia explicar.

— Por que não disse nada?

Alex não olhou para ele. Encarou a mesa.

— Não tem importância.

— Ele não gosta de barba — Art contou a Nate. — Gosta de estar sempre barbeado.

Nate disse a única coisa de que foi capaz:

— Eu tenho... um barbeador. Uma lâmina extra. Espuma de barbear. Você pode... pode usar. Se quiser.

Alex colocou as mãos sobre a mesa. Flexionou os dedos contra a madeira. Sua testa estava franzida. Parecia irritado.

Ele era irritante pra caralho.

Art limpou a garganta com ênfase.

— Tudo bem — cedeu Alex.

Ela tossiu alto.

Ele cerrou as mãos.

— Obrigado.

Depois que a porta do outro quarto se fechou para irem dormir, Nate foi até o banheiro do corredor e deixou o barbeador e a espuma perto da pia.

Como sempre acontecia logo cedo, Alex estava na cozinha com uma xícara de café em mãos.

Uma segunda caneca estava cheia ao lado da cafeteira.

Ele tinha se barbeado.

Seu rosto tinha um formato quase quadrado, bruto e firme. Seu maxilar era bem marcado, o pescoço grosso. Tinha uma covinha no queixo.

Nate o encarou.

Alex bufou.

— Está se sentindo melhor? — quis saber Nate, por fim.

Alex deu de ombros. Inclinou a cabeça em direção ao café que tinha preparado para Nate.

Eles beberam em silêncio.

Art deu gritinhos quando viu Alex, exigindo que ele se abaixasse na sua altura.

Ele o fez.

Ela passou os dedos pelo rosto dele.

— Aí está você — falou a garota. — Estou te vendo.

Uma das primeiras coisas que ele aprendeu quando começou seu estágio no *Post* foi que um bom jornalista sabia quais perguntas fazer, mas também quando calar a boca e observar.

— Você consegue ver coisas que não seria capaz de enxergar se perdesse tempo tagarelando — havia dito Ruth, rispidamente. — Você não precisa falar sempre. Deixe os outros à vontade e se adapte a partir daí.

Artemis Darth Vader não ia a lugar nenhum sem que Alex Delgado fosse atrás.

Ele era seu protetor, ela dissera.

Um guarda-costas, ele dissera.

Ela queria sair da cabana?

Sem problemas. Alex estaria na cola dela.

Ela queria ler no sofá?

Sem problemas também. Alex estaria de pé na sala de estar, perto da janela.

Ela ia ao banheiro?

Alex estaria na cozinha.

Dormindo no quarto?

Alex abriria a porta silenciosamente, enfiando a cabeça cômodo adentro como se para garantir que ela não desaparecera nos últimos quinze minutos.

Ele se certificava de que ela comia. Às vezes, Nate preparava as refeições. Outras vezes, Alex o fazia. Quando era Alex, eram sempre enlatados. Ele colocava a tigela na frente dela e se assegurava de que ela desse pelo menos a primeira mordida antes de voltar para a cozinha.

Ele sempre se servia por último.

Ela tinha sua atenção. Sempre.

— Você pode perguntar para ele — sussurrava Art. — Ele gosta da gente. Não vai dizer não.

Alex murmurou algo em resposta, mas Nate não conseguiu entender o quê.

— Certo. — Art suspirou. — Eu pergunto. Você é tão estranho. Nate. Ei, Nate!

Ele ergueu os olhos do notebook, onde estava lendo notas de histórias que nunca seriam escritas. Não era capaz de se forçar a deletá-las, embora por pouco.

— Sim?

— Podemos usar sua lava e seca? Não temos muitas roupas. Precisamos lavá-las.

Alex não olhou para ele.

— Sim — respondeu Nate. — Merda, foi mal. Nem pensei nisso. É claro que podem. A lavanderia fica embaixo...

— Eu sei onde fica — disse Art. — Quando chegamos aqui, olhei todos os cômodos da casa. Alex falou que eu estava sendo intrometida, mas eu só estava tentando ter certeza de que nenhum urso tinha entrado. Não entraram. O que é bom. Eu nunca vi ursos pessoalmente, mas imagino que sejam bem grandes.

Nate apenas assentiu — esta estava começando a ser sua reação padrão quando Art dizia algo esquisito.

Ela sorriu com alegria para ele.

— Obrigada! Alex. *Alex*. Ele deixou. Vamos. *Levanta*. Você é tão *pesado*, nossa, levanta, *levanta*! Você prometeu que me ensinaria como lavar roupa!

Alex se levantou.

Art correu pelo corredor em direção ao quarto deles.

Alex a seguiu, embora bem mais devagar.

Ele parou perto da mesa.

Nate o olhou.

— Obrigado — agradeceu o homem.

— Uau — disse Nate. — Você está melhorando nisso. Estou orgulhoso.

Alex fez uma careta para ele antes de seguir Art.

Chovia.

A superfície do lago estava escura.

Art olhou pela janela e suspirou, seu livro esquecido no sofá.

— Você tem um baralho? — perguntou Alex.

Era a primeira vez que alguém falava em quase uma hora. Nate levantou os olhos do próprio livro para encarar o homem, que estava perto da mesa da cozinha.

— O quê?

— Um baralho de cartas — repetiu ele. — Você tem?

— Ah. Sim. Deve estar... espera só um pouquinho.

— Você não precisa...

Nate o ignorou, levantando-se do sofá. Sentiu Alex observando-o enquanto ia pelo corredor até o armário em frente ao banheiro. Abriu a porta e puxou a cordinha de metal que ligava a luz acima.

Havia quatro prateleiras no armário. A de baixo continha toalhas velhas. A próxima, lençóis extras para as camas. A terceira, lâmpadas, pilhas e algumas lanternas. E a prateleira de cima, pilhas de jogos de tabuleiro.

Chispa! Banco Imobiliário. Jogos de Trivia. Adivinha Quem?, que era seu favorito, embora ninguém além dele gostasse muito. Ele odiava *Trivia* desde a edição dos anos 1970. Seu pai sempre ganhava quando jogavam.

Quando ele conseguia convencer Rick a jogar *Adivinha Quem?*, geralmente durava apenas alguns minutos antes que o irmão ficasse entediado e começasse a trapacear.

Ao lado dos jogos de tabuleiro havia alguns baralhos.

Ele pegou o de cima e fechou a porta do armário.

Alex continuava de pé no mesmo lugar.

Art estava olhando pela janela. A chuva escorria pelo vidro.

— Aqui — disse Nate.

Alex olhou para a mão estendida do rapaz.

— Obrigado — agradeceu. — É... eu sei que é...

Nate deu de ombros.

— Sem problemas. De nada.

Alex assentiu. Então:

— Artemis.

Ela olhou para ele.

Ele levantou o baralho de cartas, sacudindo-o com suavidade.

Os olhos dela brilharam.

— Onde você conseguiu isso?

— É do Nate.

— Temos que jogar!

Ele indicou a mesa da cozinha com a cabeça.

Um trovão retumbou lá no céu quando ela puxou uma cadeira e subiu nela. Alex se acomodou de frente para a garota.

— Você vai jogar? — perguntou ela, olhando para Nate.

Ele balançou a cabeça, sem entender muito bem o que estava acontecendo.

Alex tirou as cartas da embalagem.

Ele não separou o Coringa.

Embaralhou com habilidade. O barulho das cartas foi semelhante ao da chuva no telhado.

Distribuiu duas mãos até acabar.

Esperou enquanto Art pegava suas cartas. Ela franziu a testa, concentrada, o número de cartas era grande demais para o tamanho de suas mãos.

— Tapa os olhos — ela pediu a Alex.

E surpreendentemente, ele o fez. Levantou uma mão e a colocou sobre os olhos.

Art se ajoelhou na cadeira, esticando-se sobre a mesa e balançando a mão na frente do rosto dele.

Nate jurou que os lábios de Alex se contraíram.

Quando ela pareceu convencida de que ele não conseguia ver, espalhou as próprias cartas na mesa. Pegou todos os pares e os deixou de lado.

Nate conhecia esse jogo. Não conseguia se lembrar do nome, mas conhecia.

A garota tinha o Coringa.

Olhou para Nate.

— Não o ajude — ordenou ela.

Nate não conseguiu fazer nada além de concordar com a cabeça.

Ela pegou as cartas restantes e as segurou na frente do rosto, espiando por cima.

— Ok — disse. — Pode olhar agora.

Alex tirou a mão da frente dos olhos. Pegou suas próprias cartas e colocou seus pares na mesa.

— Pode escolher primeiro — afirmou Art. — Já que eu escolhi da última vez.

— Como você é generosa — comentou Alex, de modo enfadonho. Ele esticou a mão e pegou uma carta dela, a que se destacava acima de todas as outras, a que Art obviamente queria que pegasse.

Era o Coringa.

Ela gargalhou.

Solteirona. Aquelas duas pessoas com quem Nathaniel Cartwright estava morando há uma semana, que fugiam de algo desconhecido, estavam sentadas em sua cozinha, em uma cabana no meio do nada, jogando *Solteirona.*

Art venceu a primeira partida.

E a segunda.

E a terceira.

Quando terminaram, a chuva tinha parado, e ela disse que precisavam ir lá fora porque não havia nada como o cheiro que ficava no ar depois da chuva.

Quando estava parada à porta, a mão de Alex na dela, Art se virou para Nate.

— Você vem?

Alex também o encarava, esperando sua resposta.

Por fim, Nate assentiu.

Eles saíram.

Art estava certa. Não havia nada como o cheiro que ficava no ar depois da chuva.

Sua pele estava fria quando tornaram a entrar. Nate informou que ia tomar um banho para se aquecer.

Demorou-se bastante debaixo d'água.

Ele se perguntou quanto tempo eles ainda ficariam lá.

A sensação da água em sua pele era boa.

Art tinha se trocado e vestido um conjunto de moletom que parecia de um tamanho maior que o dela. As barras tinham sido dobradas várias vezes. A parte de cima do casaco dizia DIVA. Ela parecia ridícula.

Art estava parada no corredor, olhando para as fotos nas paredes. Ele podia ouvir Alex saindo da cozinha.

Nate hesitou.

Ela sabia que ele estava lá.

— Quais os nomes deles? — perguntou ela.

— Art — falou Alex em tom de aviso.

— Só estou *perguntando*.

— Tá tudo bem — disse Nate, surpreso por ser verdade.

Alex resmungou, como costumava fazer.

— Linda — informou Nate, parando ao lado de Art. — Minha mãe. E meu pai era Mitchell.

Ela estendeu a mão e ajeitou uma moldura que estava um pouco torta. A fotografia era do Nate de quatorze anos parado com seus pais no cais perto da cabana. Rick a havia tirado. Nate segurava uma vara de pescar cuja ponta estava dobrada, a linha esticada na água. Seu pai estava ao lado dele, uma rede na mão, pronto para pegar o peixe preso no anzol. Sua mãe ria, a cabeça para trás, o sorriso largo, os dentes brilhantes, os olhos fechados.

— E eles estão mortos.

— Sim — concordou Nate.

Ela o encarou com a cabeça inclinada.

— Ainda assim, você não parece triste. Apenas bravo. Achei que quando alguém morria, deveríamos ficar tristes.

— Não é bem assim. Nem sempre.

— Ah. Por quê?

Ele não deveria estar falando sobre o assunto. Não com uma garotinha. Nem com *ninguém*, na verdade. Não desejou isso. Ele foi para a cabana querendo ficar sozinho, lidar com sua dor que era mais raiva do que qualquer outra coisa. Ele deveria ter dito a ela para parar de fazer perguntas. Para cuidar da própria vida, o que, sinceramente, era *hilário*, considerando todas as perguntas que tinha para *os dois*.

Em vez disso, falou:

— Porque, às vezes, as pessoas não merecem que se fique triste por elas.

— Mas você sente alguma coisa.

— Sinto.

Ela assentiu como se entendesse. Ele não sabia se era o caso.

— E ele? — Ela apontou para outra foto. O primeiro verão na cabana. Rick estava com o braço em volta dos ombros de Nate. Ambos usavam shorts e regatas. Estavam descalços na varanda. Havia uma pequena estátua de troll que sua mãe comprara em Roseland, aos pés dos degraus. Ela seria quebrada alguns anos depois, assim que uma tempestade forte atingisse as montanhas no outono. Sua mãe ficara estranhamente triste com aquilo quando eles foram até lá para inspecionar os danos durante um fim de semana. Estava tudo certo com a cabana, apenas algumas persianas saíram dos trilhos. Mas aquele maldito troll tinha sido derrubado e se quebrado em vários pedaços, e ela ficara *chateada*.

— Rick — respondeu Nate. — Meu irmão.

— Ele não se parece com você. Não muito.

E sim, ele já tinha ouvido *aquilo* antes, não tinha? Rick era o bonito, o *descolado*, o irmão que jogava futebol no outono e basquete na primavera. Ele era o popular, sempre com uma garota ao seu lado e um brilho travesso no olhar.

Nate fizera parte da banda marcial. Tocava trombone. Não era muito bom naquilo. Ele também trabalhara para o *Shout*, o boletim quinzenal que saía na Northwest High. Ele era repórter investigativo, perseguindo pistas até achar histórias fascinantes, como a grama nova sendo colocada no campo de futebol e a aposentadoria do sr. Harrison após lecionar história por trinta e nove anos ("Estou velho, garoto, não sei o que mais você precisa que eu diga"). Ele *amava*, administrara tudo quase sozinho. E sim, era algo *ótimo* para usar nas inscrições para faculdade, mas ele não era o Rick. Ah, meu Deus, não era. Claro, Rick fora um fracasso jogando basquete na Universidade Estadual do Arizona. Tinha rompido o ligamento cruzado anterior no segundo ano. Agora era corretor imobiliário. Tinha uma esposa.

Uma casa tradicional com cerca branca. Três filhos. Nate só havia conhecido um deles. Os outros, vira em um cartão de Natal que imaginava ter sido enviado a ele por engano.

— Ele puxou ao meu pai — explicou, mantendo a voz calma.

— Ah — disse Art. — Acho que consigo ver a semelhança. Ele também morreu?

— Não.

Ele sabia qual seria a próxima pergunta. Podia vê-la atravessando a mente dela e chegando aos lábios.

— Como...

— Art. Já chega.

Ela tinha uma expressão irritada quando olhou por cima do ombro para Alex.

— Só estou perguntando.

— Eu sei disso. Mas não é educado. Nem sempre.

— Como podemos aprender alguma coisa se não fizermos perguntas?

— Você tem que respeitar os limites.

Art voltou o olhar para Nate.

— Não estou respeitando seus limites?

Nate... não sabia o que responder.

— Não é... não vejo nenhum deles há muito tempo. É que... não gosto de falar sobre isso.

Ela assentiu, estendendo a mão e agarrando alguns dos dedos dele, apertando-os com gentileza. Por um instante, Nate pensou ter sentido um *tipo* de pulsação quente percorrer sua pele, mas então a sensação desapareceu.

— Sinto muito.

— Por?

Ela deu de ombros.

— Isso.

Ele não sabia o que *isso* era.

— Tá tudo bem.

— Você quer tirar as fotos das paredes?

Sim. Ele queria. Mas falou:

— Não... está tudo bem.

— Certo. Mas se mudar de ideia, me avise. Posso ajudar. Você terá que pegar as que não consigo alcançar, mas não vai demorar muito. — Ela franziu a testa. — É como um curativo, certo? Só precisa arrancar de uma vez.

— Você é muito estranha.

O sorriso dela era ofuscante.

— Você não faz ideia.

Nate ficou surpreso quando foi Alex quem perguntou.

Mais tarde naquela noite, Nate estava no sofá, um livro no colo e uma garotinha aconchegada contra ele, roncando alto. As pernas de Art estavam dobradas embaixo dela. A cabeça no ombro dele, a boca aberta. Eles liam *The Ferguson Rifle*. A esposa e o filho de Ronan Chantry morreram em um incêndio pelo qual ele foi culpado, e ele estava indo para o oeste a fim de tentar uma nova vida. Art ficara encantada. Ela tinha aguentado a história por dez minutos antes que seus olhos se fechassem e um som alto que nenhuma garotinha deveria ser capaz de produzir começasse a sair de sua boca.

Ela estava usando seus óculos escuros — é claro que estava. Eles se acomodavam no seu rosto em um ângulo estranho. Nate cogitou tirá-los.

— O que aconteceu? — perguntou Alex. Ele estava sentado à mesa da cozinha, com um copo de água pela metade perto de sua mão. Nate imaginou que ele portava a arma, mas estava fora de vista. Alex nunca ia a lugar algum sem ela.

— O quê?

Alex franziu a sobrancelha. Parecia irritado, cauteloso e confuso ao mesmo tempo. Indicou as fotos na parede com a cabeça.

— Mas e os limites?

Alex baixou os olhos para a mesa.

— Tem razão. Não é da minha conta.

Nate suspirou.

— Tá tudo bem. É... complicado.

— Eles estão mortos.

— Sim.

— Quão complicado pode ser?

Ele se sentiu irracionalmente raivoso.

— Minha mãe foi assassinada.

Alex não se mexeu.

— Que dureza.

Nate bufou.

— É um jeito de encarar a situação.

— Quando aconteceu?

— Logo depois do Natal.

— Sinto muito.

— Obrigado, acho.

Alex parecia frustrado.

— É-é... Eu tenho dificuldade. Às vezes. Para me... expressar.

— Uau. Isso foi sucinto como sempre.

— Nate.

— Tá bom. Tá bom. Foi mal. Isso foi desnecessário.

— Estou tentando.

— Está? — Nate quis saber. — Por quê?

— Art disse que eu precisava. — Ele pareceu um pouco envergonhado.

— Isso foi... direto. Você costuma fazer o que ela te pede?

— Só as coisas que não vão machucá-la.

Art soltou um suspiro, estalando os lábios. Nate e Alex esperaram, mas ela voltou a roncar em um instante, uma motosserra infantil roncando contra o ombro de Nate.

— Ah.

— Ela não estava errada.

— Sobre?

— Me esforçar mais. Não sou... bom nessas coisas.

— Que coisas?

Alex fez uma careta.

— Você está dificultando.

— Talvez um pouco — admitiu Nate. — Mas isso é estranho. Tudo sobre essa situação é estranho.

— Eu sei.

— Sabe? Porque não sei se você sabe de fato.

— Você não faz ideia.

Ele encarou Alex por um tempo. Alex não desviou o olhar. Nate queria conseguir uma reação dele. Algo. Qualquer coisa.

— Meus pais me pegaram no flagra com alguém que eles não esperavam, quando eu tinha vinte e um anos. As coisas não correram bem. Foi a última vez que os vi.

Os ombros de Alex se tencionaram um pouco, mas só.

— E seu irmão?

— Não quer papo comigo.

Alex se remexeu desajeitadamente em seu assento.

—Por causa do…

— Sim. Por causa disso.

— Ok.

— Ok?

Alex deu de ombros.

— Ok.

— Isso não é… meu Deus. Você é tão…

— Tão o quê?

— Frustrante.

— Você não é a primeira pessoa que comenta isso.

— Não te entendo.

— Não há nada pra entender.

Nate revirou os olhos.

— Você está fugindo com uma garotinha a quem está protegendo de pessoas que não me conta quem são. Tenho certeza de que há algo.

— Não faz isso.

— Não estou fazendo.

— *Está* — retrucou Alex. — Está… forçando a barra.

— Ou talvez eu esteja tentando. Assim como Art falou que você precisava tentar.

— Não é a mesma coisa

— Que seja.

Alex fez um som baixo e gutural, como se estivesse rosnando.

— Você é irritante.

— O sujo falando do mal lavado.

— Você não sabe quando calar a boca.

— Não é a primeira pessoa que me diz isso. Não será a última.

— Não te entendo.

— Não há nada pra entender — disse Nate, irreverente e um pouco cruel. Ele não pôde evitar. Estava se sentindo encurralado e não sabia como tinham chegado ali.

— Por que você está aqui? — perguntou Alex.

— Não sei — respondeu honestamente. — Já não sei muito sobre nada. Achei... — Balançou a cabeça. — Achei que uma mudança cairia bem. Que algo aconteceria se eu viesse até aqui. Perdi meu emprego e eu... sei lá. Achei que este lugar serviria para clarear minha mente.

— Mas nós estávamos aqui.

— É. Tem isso.

— Eu me ofereci para irmos embora — Alex o lembrou.

— Eu sei.

— Ainda podemos ir.

— Podem mesmo? — questionou Nate. — Para onde iriam? Você tem um plano? Dinheiro? Algum outro lugar para ficar?

Alex pareceu desconfortável.

— Eu daria um jeito.

— Por causa dela.

— Sim.

— Porque é seu trabalho protegê-la.

— Sim.

— Levá-la de volta para casa.

— *Sim.*

Estava quase lá. Aquela *coisa* acontecendo ao redor dele, acontecendo *com* ele, estava quase ao seu alcance. Havia coisas que não estavam sendo contadas a ele. Sabia disso. Era óbvio. Mas tudo o que lhe *tinham* dito parecia plausível, independentemente do quão ridículo fosse. Ainda assim, havia algo estranho. Ele não tinha a visão completa da situação. Não achava que estava sequer perto dela.

— Você pode confiar em mim. Sabe disso, certo?

Alex negou com a cabeça lentamente. Não deveria ter doído tanto quanto doeu.

— Não é... não é *você*. É... ela. Ela é especial. Mais do que você poderia imaginar. E eu... não posso correr riscos. Não com ela. Não é você.

Nate deu uma risadinha.

— Parece que você está terminando comigo de novo.

Ele jurou que viu o menor dos sorrisos no rosto de Alex, mas sumiu depressa.

— Eu faria isso, sabe.

— Faria o quê?

— Confiaria em você. Se eu pudesse.

Eles não conversaram muito depois disso.

Ela é especial.

Nate se lembraria daquilo. Durante muito tempo. Daquele momento. Daquelas palavras.

Ele não entendeu. Não naquele momento. A complexidade daquilo. O quão complexo poderia ser. Havia uma garota, e havia sua sombra gigante. Ela usava óculos escuros enormes e meias rosas e dizia coisas como: "Ei, parceiro, que tal a gente dar uma caminhada e ver o que encontramos naquela estrada empoeirada?" com um sotaque ridículo que teria sido irritante vindo de qualquer outra pessoa. Mas dela, era estranhamente charmoso de jeitos que Nate não conseguia identificar.

Ele não entendeu, não, mas os seguiu conforme faziam o que ela pedira. Foram caminhar para ver o que podiam achar naquela estrada empoeirada. Nate se perguntou se seria capaz de encontrar um chapéu de caubói para ela em Roseland. Imaginou que ela adoraria.

Ele não a entendia. Ou a sua sombra. Não sabia de onde eles tinham vindo, para onde estavam indo, o que aconteceria em seguida.

Mas ele os seguiu mesmo assim.

Ela é especial, dissera Alex.

Ela saltitava às vezes, conforme caminhavam pela trilha quase imperceptível que saía do lago. Cantarolava baixinho também, músicas que quase soavam familiares. De vez em quando, Art se abaixava e pegava uma pedra, inspecionando-a de perto antes de descartá-la ou entregá-la a Alex, que a guardava no bolso sem questionar.

Nate conseguia ver a protuberância da arma enfiada na parte de trás de sua calça.

Ainda assim, ele os seguiu.

Pensou em seu telefone, desligado há dias.

Ele o ligaria. Uma hora ou outra.

Havia uma clareira a oitocentos metros de distância da cabana. Um campo, na verdade, onde no final da primavera e no início do verão flores silvestres desabrochavam em cores brilhantes, estendendo-se além do que os olhos podiam ver. Nos meses mais quentes, as pessoas traziam cobertores e cestas de piquenique, comiam sanduíches de presunto e salada de batata e bebiam refrigerante e limonada.

O campo estava parcialmente florido conforme se aproximavam. Tulipas, principalmente — vermelhas, amarelas, brancas e roxas tão escuras que quase pareciam pretas.

— Uau — exclamou Art. — Olha só isso.

Nate franziu a testa.

— Normalmente, há mais nesta época do ano. Sei que o clima anda mais seco do que o normal, mas ainda assim. Ou talvez já tenha passado do auge do desabrochar e isso é tudo o que resta.

Mas não parecia certo. Aproximando-se, parecia que muitas das flores ainda não tinham aberto. Talvez, se tivessem tempo, pudessem voltar ali em uma ou duas semanas para ver se algo havia mudado. Ele queria que ela — eles — vissem como era quando todas desabrochavam. Quando o campo inteiro estava preenchido com quase todas as cores imagináveis.

Ele costumava ir ali com a mãe. Alguém em Roseland lhe contara sobre as flores. Era verão quando visitaram, então não era como se fosse o auge da primavera. Mas ela quisera ver de qualquer maneira. Rick não tivera vontade de ir, alegando que não queria ver *flores*. Seu pai estava no cais, com a vara de pescar na mão, cervejas em um cooler, enterradas no gelo que derretia.

Então ele fora com ela.

Ele sempre se lembraria do olhar no rosto dela quando viu o campo. Como alguém vendo cores pela primeira vez e não tendo certeza de como processá-las. Seus olhos se arregalaram, sua mão chegando à garganta. Ela não falou por um tempão, e Nate ficou ao seu lado, imaginando o que lhe tirara o fôlego.

Ele não tinha entendido naquela época.

Não sabia se entendia agora.

Mas ele queria. Queria que Art visse. Para ver se *ela* enxergaria como sua mãe o fizera. E então talvez pudesse explicar a ele.

Nate caminhou por entre as flores.

Alex não adentrou o campo.

Ele escutou Art logo atrás dele, cantarolando sua música baixinho.

Nate não ouviu quando aconteceu. Estava muito concentrado em cada passo que dava, tomando cuidado para não esmagar nenhuma flor sob seus pés.

— É diferente. Mais tarde, quando todas as flores estiverem abertas. Todas as suas cores. Quando o vento sopra através delas. Farfalha. Como ossos. Mas ossos brilhantes, se faz sentido — disse ele.

— Art. — Ele ouviu Alex dizer. — Isso não é...

— É — falou Art. — É, sim.

Nate não se virou.

— Vale a pena ver. Eles não têm esse tipo de coisa em Washington. Não de verdade. É tudo aço, pedra e plantas em vasos que você se esquece de regar em sacadas minúsculas. É uma vida pela metade. Uma prestidigitação. Uma ilusão.

— Mas aqui é real — disse Art.

Ele assentiu, fechando os olhos e inspirando. Sua alergia provavelmente o torturaria por esse gesto mais tarde, mas agora não se importava.

— Aqui é real.

— É por isso que você voltou para cá? — Art perguntou a ele. — Para se sentir real?

— Não sei.

— Tá tudo bem não saber.

— Tá?

— Não sei.

Ele riu, o emaranhado de nós em seu peito se afrouxando pela primeira vez em muito tempo. Virou-se.

— É...

E foi tudo o que saiu.

Foi tudo o que conseguiu dizer.

Alex estava do outro lado do campo, observando ambos.

Art, a apenas alguns metros de distância, sorria silenciosamente para Nate.

Atrás dele, as flores tinham desabrochado.

Cada uma delas.

A porcaria do campo inteirinho.

Em questão de *minutos*.

Arrepios percorreram seus braços. Seu peito. Seu pescoço. Ele sentiu calor e frio ao mesmo tempo.

— O quê?

— Elas deviam estar te ouvindo — falou Art, dando de ombros com suavidade. — O sol está brilhando, e talvez elas só precisassem de um incentivo. A terra é assim, sabe. Precisa ouvir que alguém está esperando por ela. As pessoas também são assim, acho.

Ela é especial, dissera Alex.

Ele não entendeu. Não naquele momento.

Ele se permitiu acreditar que ela tinha razão. Que era só isso. O sol. O fato de ser primavera. Era racional. Lógico... em sua maior parte. Era assim que sua mente funcionava. Lidava com fatos. Verdades discerníveis. Não havia espaço para fantasias. Para besteiras esotéricas sobre a terra *ouvindo*. Eles simplesmente escolheram o dia exato, a hora exata, o *minuto* exato para caminhar por aquele campo em uma manhã brilhante e ensolarada quando as flores desabrocharam.

Era isso.

Alex o encarava com uma expressão indecifrável.

Art empurrou os óculos escuros nariz acima.

— Você tem razão — disse ela. — Realmente vale a pena ver.

E não pela primeira vez, em um campo de flores, Nate se perguntou se algo daquilo era real.

NOVE

O bacon tinha acabado.

Era o fim do mundo.

— Você não entende — lamentou Art, jogando-se no sofá. — O que faremos? Vamos *morrer de fome*?

— Tem muita comida — lembrou Alex.

Nate não disse nada. Não havia falado muito desde a situação com as flores no dia anterior.

— *Sei* disso, Alex — respondeu Art. — Mas nada é tão bom quanto bacon. Por que não consegue entender isso? É como se você estivesse sendo difícil de propósito.

— Não sou difícil.

— É um pouco.

— Art.

— Alex.

— Se você estiver com fome, tem muitas outras coisas pra comer.

— Mas eu não *quero* outras coisas. Quero *bacon*.

— Posso ir até a cidade. Comprar alguns suprimentos — ofereceu Nate.

Eles se viraram devagar para olhá-lo. Era provavelmente a primeira vez que ele falava, e já era quase meio-dia.

— Ela não precisa de nada — falou Alex com calma.

— É o que *você* diz. — Art se levantou do sofá. — Se o Nate precisa fugir... quero dizer, se ele está se *voluntariando*, então devemos deixá-lo ir.

Ele não estava fugindo. Flores desabrochavam o tempo todo. Era um fato. Era como elas funcionavam.

— Sim — disse ele. — Estou me voluntariando.

Alex o olhou desconfiado.

— Você está…

— Você também precisa de algumas coisas — Nate o lembrou. — Tem que se barbear diariamente, por causa dessa sua coisa toda de homem da montanha *uga buga*.

— Não tenho coisa *nenhuma*…

— Você se barbeou esta manhã e já está com a barba aparente de novo — argumentou Nate. — Vai cegar minhas lâminas.

Alex fez uma careta. Mas tudo bem, Nate estava acostumado com isso. Conseguia *lidar* com isso.

— Além disso, será uma chance de respirar um pouco. Eu não esperava morar com ninguém, afinal.

— É — disse Art. — Não esperava. Provavelmente estamos atormentando suas ideias.

— Exatamente — concordou Nate. Então: — Espera. Não. Não desse jeito.

— Ela não precisa de bacon — insistiu Alex.

— Pegue o máximo que puder — falou Art, alegremente. — Não tenho dinheiro, mas com certeza posso te pagar de alguma forma.

Nate não queria saber o significado daquilo.

Alex se levantou da mesa da cozinha, a cadeira arrastando no chão.

Ele ainda estava com a arma.

Desapareceu pelo corredor.

Nate se perguntou se tinha feito algo de errado. Olhou para Art, que apenas deu de ombros.

Alex voltou um momento depois — ainda carrancudo, é claro. Esticou a mão para Nate.

Nela havia duas notas de vinte dólares.

Nate as encarou.

— Só aceita — pediu Alex, suspirando.

Art tossiu.

— Seria *legal* da sua parte aceitar — acrescentou Alex.

— Eeee?

Ele lançou um olhar furioso para Art.

— E se você pudesse pegar algumas coisas para nós… uma lâmina de barbear seria útil.

— Quer xampu? — soltou Nate. — Porque sei que você usa o rosinha.

Alex deu um passo para trás.

— O quê?

— O xampu. No banheiro. É rosa.

— Muito de menininha — concordou Art.

— Ótimo — disse Alex, entredentes. — Xampu. Bacon. Uma lâmina de barbear.

— E uvas — acrescentou Art. — Eu gostaria de algumas uvas. Nunca experimentei antes, e li em um livro, há muito tempo, que as verdes são melhores do que as vermelhas.

— Você nunca comeu uvas — repetiu Nate fracamente.

Ela balançou a cabeça.

— Sempre quis experimentá-las.

Se ele pegasse o dinheiro e fugisse da cabana…

Não seria da conta de ninguém, a não ser dele.

Havia uma merceariazinha em Roscland. Nada demais. Mas tinha lâminas de barbear, bacon, xampu e uvas.

Ele ficou parado na frente das uvas por bastante tempo.

— Decisão difícil?

Nate pestanejou.

Um homem estava ao lado dele, parecia familiar. Carregava uma cesta de plástico no braço. Estava vazia.

— Perdão?

O homem acenou com a cabeça em direção às frutas.

— Você as está encarando há alguns minutos.

— Ah. Certo. Desculpe. É só… muita coisa na cabeça.

O homem sorriu.

— Ah, entendi. Tudo bem com os canos?

Nate piscou.

— Os canos...? *Ah*. Desculpe, não consigo me lembrar do seu nome. Foi... uma semana longa.

O homem riu.

— Sem problemas. — Estendeu a mão. Nate a pegou, balançando-a para cima e para baixo algumas vezes. — Randy. Serviços Públicos do Condado de Douglas.

— Certo — disse Nate. — Desculpe. Nate. Nate Cartwright.

— Eu me lembro — falou Randy. — Como está seu cachorro?

— Cachorro?

— Aquele que está com você na cabana.

— Eu não... — Ele pigarreou. — Certo. O cachorro. Ele está, hum... ele está bem. Tudo ótimo.

— Qual era o nome dele mesmo?

— Fido.

— Isso aí. Fido. Nome engraçado para um cachorro.

— É mesmo? Achei que fosse normal.

Randy deu de ombros.

— Nunca tinha ouvido falar de um cachorro chamado Fido antes.

— Sei lá.

— Não até...

— Nate! Você desceu pra cá mais rápido do que eu esperava.

Ele se virou. Big Eddie Green caminhava em sua direção com um sorriso tranquilo no rosto. Ele tocou o ombro de Nate, apertando gentilmente.

— Ah, é — disse Nate. — Eu, hum, precisava de algumas coisas.

— Tudo certo lá na cabana?

Bem, não. Havia um homem com uma arma e uma garota que possivelmente fazia flores desabrocharem. Mas isso não era algo que poderia dizer em voz alta, porque era *loucura*, certo? Ele nem sequer se permitiu *pensar* no assunto, muito menos falar em voz alta. Ah, claro, ele tinha aceitado o lance da arma e tal. Alex era assim. Tudo bem. Nate não se importava mais com isso. Afinal, ela não era apontada para ele há dias.

Já a coisa da flor...

Aquilo era outra história.

— Tudo certo. Tudo certo. Está tudo bem.

— Ótimo — disse Big Eddie. E olhou para Randy. — Ah, perdão. Não queria interromper. E aí. Sou Eddie Green, mas todos me chamam de Big Eddie.

— Randy — apresentou-se o outro homem, embora parecesse um pouco irritado.

Trocaram um aperto de mãos.

— Você é amigo do Nate? — perguntou Big Eddie.

— Não — respondeu Nate. — Ele é o cara da água.

— O cara da água — repetiu Big Eddie. — É mesmo? Não acredito, prazer te conhecer. Você trabalha para o condado? Achei que eu conhecia todo mundo dos serviços públicos. Sei que o Jimmy andava reclamando sobre a necessidade de outra pessoa ajudando por aqui. O condado é bem grande para uma pessoa só. Eles conseguiram te encaixar no orçamento, então?

— É — falou Randy, embora sua boca formasse uma linha fina. — Não estou aqui há muito tempo.

— Como o Jimmy está? Pensando bem, não vejo aquele velho ranzinza há algumas semanas.

— Está de férias — contou Randy. — Longe daqui.

Big Eddie franziu a testa.

— Sério? Ele normalmente me pede para regar suas plantas quando viaja. Mas não me disse nada.

— Outra pessoa provavelmente está fazendo isso pra ele.

— Provavelmente — disse Big Eddie. — Vou dar uma passadinha lá, só para ter certeza. Ele me deu uma cópia das chaves anos atrás. É melhor prevenir do que remediar.

— Isso aí — concordou Randy com frieza. — Tenho certeza de que ele ficará grato.

Big Eddie assentiu devagar.

— Tenho certeza que sim. Nate, tudo bem?

Nate estava convicto de que Big Eddie queria saber mais do que apenas se estava *tudo bem*, mas não conseguiu entender direito onde o homem queria chegar com a pergunta. Não tinha como ele saber sobre os dois esperando por Nate na cabana, certo? A menos que houvessem passado por Roseland antes. Alex tinha dito há alguns dias que abandonaram o carro que usavam, mas não havia contado onde. Ou como. Se o veículo fora encontrado, não poderia levar até Alex de alguma forma?

— Sim — respondeu Nate. — Tudo bem. — Não era *verdade*. Não exatamente. Mas não sabia o que mais poderia falar. Não para Big Eddie. E não na frente de Randy, um completo desconhecido. Ele era o cara da água. Só isso. Nate lançou um sorriso amarelo para Randy. — Desculpe. O que você estava dizendo?

— Você estava falando do seu cachorro — lembrou Randy.

— Cachorro? — questionou Big Eddie. — Eu não vi...

Nate deu um empurrãozinho no homem com sua cesta de plástico com quatro pacotes de bacon, uma lâmina de barbear e o xampu mais másculo que conseguiu encontrar. Não sabia como tinha chegado naquela situação.

Big Eddie pareceu entender.

— É. O cachorro. Grandão, né?

— Sim — disse Nate, dando de ombros sem jeito. — Sabe como ele é.

— Verdade — concordou Big Eddie. Balançou a cabeça. — Bem, deu minha hora. Minha esposa está no posto de gasolina, mas ela tem outras coisas para fazer. Se eu quiser dar uma olhada no Jimmy, preciso ir antes que a patroa mande um grupo de busca atrás de mim. Nate, mantenha contato, ouviu? Me avise se precisar de qualquer coisa. Qualquer coisa mesmo.

Nate assentiu.

— Randy, é mesmo um prazer te conhecer. Espero que ame esta cidade tanto quanto nós. Há algo em Roseland que não encontramos em nenhum outro lugar.

— Ah, tenho certeza que sim — falou Randy. Não pareceu muito impressionado.

Big Eddie apertou o ombro de Nate mais uma vez antes de partir.

— Sujeito bacana — comentou Randy, quando Big Eddie já não conseguia mais ouvir.

— O melhor, de verdade — afirmou Nate, e o clima se tornara *esquisito*, e ele não sabia o porquê. Seu primeiro pensamento foi que Randy talvez estivesse tentando dar em cima dele, por mais absurdo que parecesse. Se fosse o caso, sentia-se lisonjeado, mas nem um pouco interessado. Tinha preocupações maiores no momento. — Bem, foi bom te ver de novo...

— Eu entendo — recomeçou Randy, dando um passo para mais perto. — Deve ser difícil ficar lá em cima sozinho.

Hum... ele não sabia como reagir.

— Tá tudo certo. Estou bem.

— Está?

— Sim. — Nate inclinou a cabeça. — Por quê?

— Só estou pensando alto, só isso. É bem distante. Os celulares não têm sinal. Isolado de praticamente todo mundo, sabe?

— Suponho que sim...

— Você viu mais alguém lá em cima?

— Não.

— Tem certeza?

— Por quê?

Randy sorriu. Mas o sorriso não chegou aos olhos.

— Só estou batendo papo. Tenha cuidado lá em cima, sr. Cartwright. Provavelmente, há coisas inesperadas naquela floresta.

Ele passou por Nate, deixando-o parado no meio da mercearia.

Nate estava na metade do caminho de volta quando se lembrou do telefone.

Tirou-o do bolso e o ligou. Ele desligara o aparelho, pois era praticamente inútil lá na montanha. Pretendia ligar para Ruth na ida à cidade, mas tinha se distraído. Foi idiotice da parte dele. Deveria ter sido sua prioridade número um.

O Nokia ligou.

Um momento depois, o ícone do correio de voz apareceu na tela. Foi o que checou primeiro.

— Você tem... seis... novas mensagens.

Franziu a testa.

A primeira mensagem era de três dias atrás.

— Nate, é a Ruth. Preciso que me ligue quando receber isso. É... Só me liga de volta. Tenho informações pra você.

A segunda mensagem era de dois dias atrás. Ruth novamente.

— Nate. Seu telefone está indo direto para a caixa postal. Sabe que eu odeio quando você desliga o telefone. É melhor me ligar de volta. Imediatamente.

A terceira mensagem era de algumas horas depois.

— Nate, juro por Deus, se não me ligar de volta, você tá ferrado. Em que diabos você se meteu? Encontrei algumas coisas, ok? Fontes antigas me disseram coisas que não deveriam e... me liga. Você precisa saber disso.

A quarta mensagem era de ontem de manhã.

— Nate. Você... Jesus Cristo. Garoto, se me fizer entrar em um avião, vou chutar suas *bolas*, tá me ouvindo? E vou te obrigar a me reembolsar uma passagem de primeira classe porque sem chance que vou de econômica.

A quinta mensagem era de ontem à tarde.

— Acho que eles sabem que ando fazendo perguntas. Nate, isso não é normal. Preciso de notícias suas. Por favor. Depressa.

A última mensagem era daquela manhã cedinho. Teria chegado enquanto Nate discutia com Alex sobre ir ao mercado. Ruth sussurrava furiosamente.

— Nate. Não sei o que aconteceu. Tem homens aqui. Do governo. Eles se acham espertos nesses ternos caros e óculos escuros ridículos. Estão fazendo perguntas. Não acho que eles saibam que sou eu. Não... *merda*.

Fim das mensagens.

Nate afastou lentamente o telefone da orelha.

Sua cabeça latejava.

Sua pele estava escorregadia de suor.

Inspirou e expirou.

Ele clicou no nome de Ruth. Ligou.

Tocou uma vez. Duas vezes. Três vezes. Quatro e cinco e...

— Você ligou para Ruth Davis do *Post*. Se tem este número, sabe quem eu sou. Se for importante, deixe uma mensagem. Decidirei se é *de fato* importante o suficiente para retornar sua ligação.

Ele não deixou mensagem.

Ligou de novo. Um toque. Dois. Três...

— Davis.

— Ruth.

— *Nate*, por que diabos... espera um minuto. Não saia daí, ouviu?

— Sim, eu...

Ele foi colocado em espera. Uma musiquinha invadiu a linha. Parecia que ela se estendia por infinitas horas. Então, pouco antes de achar que enlouqueceria, um bipe soou acima da música. Um número que não reconheceu. Atendeu.

— Alô?

— Sou eu.

— Ruth? Por que está me ligando de outro número?

— Vim para um escritório vazio. Estou usando uma linha telefônica diferente. Eu não podia arriscar. Acho que eles não sabem desta aqui.

— Do que você está *falando*?

Ela resmungou.

— Garoto, você está em uma baita enrascada. Sabe onde diabos se meteu?

— Eu não... o que está acontecendo? O que aconteceu? Quem eram os homens que...

— Agência de Segurança Nacional — disparou ela. — Ou foi o que alegaram. Mentira, se quer minha opinião. Estou no ramo há tempo suficiente para reconhecer uma cortina de fumaça quando vejo uma. Você me ligou falando sobre um *homem* aleatório na sua casa, um fuzileiro naval com uma garotinha. Então *eu* comecei a pesquisar, sondando um tal de Alex Delgado, e eles apareceram aqui.

— Sabem que foi você?

Ela fez um barulho de desdém.

— Garoto, sei cobrir meus rastros. Estavam procurando por um homem chamado Hank Williams.

Nate não conseguiu impedir o sorriso de surgir em seu rosto.

— Mamãe sempre gostou dele.

— Aposto que sim. Eles queriam ver os computadores e tal. Vieram até minha mesa, e apontei para minha máquina de escrever. Não ficaram felizes.

— Lá se vai a liberdade de imprensa.

— É, nós dois sabemos que isso é uma ilusão se você investigar o suficiente. E eu *investiguei*. Nate, não existe Alex Delgado.

Ele fechou os olhos.

— Eu imaginei.

— O nome dele é Alex Weir. Ele partiu sem permissão, há duas semanas, de uma base no norte da Califórnia. O Centro de Treinamento do Corpo de Fuzileiros Navais da Montanha.

Nate abriu os olhos e franziu a testa.

— Por que esse lugar soa familiar?

— Você não anda ouvindo as notícias?

— Não. Não desde que cheguei à cabana.

— Um helicóptero caiu lá algumas semanas atrás. Mais ou menos na época em que seu Alex Weir desapareceu.

— Isso... ouvi isso no rádio. Logo antes de eu chegar em Roseland. Informaram que fazia parte do treinamento.

— Foi o que eles *disseram*. Assim como *disseram* que a base não é nada além do que seu nome indica. Um centro de treinamento.

— Ruth — falou Nate devagar. — O que está tentando me dizer?

Ela suspirou.

— Não consegui checar a fundo, Nate. Eu tentei. Juro por Deus. Mas quanto mais eu investigava, mais portas se fechavam. Eu tenho... *tinha*... algumas pessoas de confiança. Velhos amigos. Mas nem eles conseguiram ir muito longe. Não consegui entrar em contato com eles, embora tenha ligado sem parar.

— O que você descobriu?

— Não é um centro de treinamento. Algo importante acontece lá, Nate. Algo que ninguém de fora deveria saber. Alex Weir era militar de carreira. Merecidamente, era excepcional. Algumas missões de alto nível. Condecorado. Até que desapareceu completamente há dez anos. E não estamos falando de se ausentar sem licença. Não. Ele simplesmente *se foi*. Tudo simplesmente *parou* para ele. Alex não era mais uma pessoa. E ele só reapareceu duas semanas atrás, quando foi listado como ausente sem licença, mas não pelos meios usuais. Tudo aconteceu no escuro total. E estão procurando por ele.

— Não estou entendendo — disse Nate, sua voz rouca.

— Aquela garotinha. Nate, ela é...?

— Ela é o quê?

— Não consegui descobrir muita coisa. Eles chamaram de Montanha. É o nome do lugar. O centro de treinamento é apenas fachada.

— Mas é...

O primeiro dia.

Alex, com a arma.

Você veio da Montanha?

Nate pensou que ele estava... maluco. Ele tinha *subido* a montanha, sim. Mas... não foi isso que Alex quis dizer, foi?

Montanha. Com letra maiúscula.

E então.

Art.

Artemis Darth Vader.

Isso não tem o gosto da pasta de vegetais da Montanha.

Ele não perguntara o que aquilo significava. Não *perguntara*.

— O que tem ela? — perguntou Nate bruscamente. — O que tem a garota?

— Não houve nenhuma menção a uma garota — disse Ruth. — Sempre chamavam de Sétimo Céu. C-É-U, tipo lá em cima. Seja lá o que for, é o Sétimo Céu. E eles estão *procurando*, Nate, entendeu? Estão procurando. Seja lá o que for, eles querem de volta.

— Não estou entendendo.

Ela riu de maneira desenfreada.

— Então somos dois, garoto. Olhe só você. Demitido por *transar*, e agora bem no meio de uma história onde provavelmente há pessoas sendo mortas. Não percebe? Nate, eles estão *chegando*. Você precisa se apressar e *fugir*.

Havia um turbilhão em sua mente. Nada parecia real.

— Eu tenho que ir.

— Maldito seja, Nate. Você precisa ficar seguro. O mais longe possível daquele fuzileiro e da garota. Não sei o que está acontecendo, mas você não pode se envolver nisso…

— Mais do que já me envolvi?

— Nate. Por favor. Estou te pedindo para fazer isso. Por mim. Por favor. Só… dirija. O mais rápido que puder. Vá para o leste. Esconda-se em algum lugar até que tudo isso passe. Use dinheiro. Nada de cartões. Você não precisa se envolver nessa situação. Isso não tem nada a ver com você. Vá embora, Nate. Faça isso agora.

Ele se lembrou do modo como Alex havia trançado o cabelo de Art, com gentileza e delicadeza, estalando os dedos perto da orelha dela para pedir a xuxinha.

Como os óculos escuros ficavam grandes no rosto dela.

Como Alex ficara envergonhado por pedir uma lâmina de barbear.

Ele é meu protetor.

Tem que acreditar em mim quando digo que prefiro morrer a ver algo acontecer com ela. Estou fazendo tudo que posso para ajudá-la. Tudo.

O jeito que ambos o olharam após uma partida de *Solteirona*, perguntando se ele iria lá fora com eles, porque nada cheirava tão bem quanto o ar depois da chuva.

O jeito que as flores desabrocharam.

Meu Deus, o campo parecera *vivo* pra caralho.

— Não posso — sussurrou ele.

— Ah. Nate. Não. Não. Por favor. Por favor, não faça isso.

— Preciso contar pra eles. Preciso…

— Você *não* precisa. Não deve *porcaria* nenhuma a eles!

Ruth não era capaz de entender. Ela não vira como Alex havia ensinado Art a lançar pedras. Ela não tinha uma xícara de café esperando por ela, feita do jeitinho certo por um homem que não sabia sorrir.

— Acho que devo.

— Se alguma coisa acontecer com você, vou te *matar*, entendeu?

Ele riu. A risada falhou bem no meio.

— Sim. Meu Deus, sim. Entendi. Fique segura, ok? Não deixe os homens te pegarem.

— Garoto, lido com esse tipinho há mais tempo do que você está vivo. Eles não sabem com quem estão se metendo. Me ligue se puder, entendeu? Não seja alguém que só desaparece. Ok?

— Sim, Ruth. Obrigado. Eu... obrigado.

— Tá, tá, tá. Dá o fora daqui.

Mas ele podia ouvi-la sorrir.

O telefone apitou em seu ouvido.

Ele o jogou no banco.

E foi em direção à cabana, acelerando a caminhonete o máximo possível.

Ele estava quase na saída para o lago quando seu telefone tocou outra vez.

Pensou em ignorar.

Olhou para baixo.

Eddie aparecia na tela.

Ele atendeu.

A linha chiou.

— Alô?

— ...ate, você... me ouvindo?

— Big Eddie? Sim, estou aqui. O sinal está ruim. Estou quase...

— ...immy. Ele... do cara. Eles... quem ele é.

— O quê? Eddie, está cortando. Não consigo ouvir...

De repente, o sinal melhorou.

— O Jimmy. Nate, o Jimmy está *morto*.

— Quem diabos é Ji... o cara da *água*?

— Sim. Ele levou um tiro. Já faz *dias*. Liguei... e eles não...

— Não consigo te ouvir! O que disse?

— *Randy*. Não tem *nenhum funcionário dos serviços públicos chamado Randy*.

O estômago de Nate se revirou.

— Como você sabe? — perguntou ele, sem ânimo.

— Liguei lá. Falei com o chefão. Nate, quem é ele? De onde veio? Ele te falou o sobrenome? Eles vão querer saber. A polícia. É...

— Não — respondeu Nate, sua voz soando distante. — Não. Ele nunca… disse… Eddie, preciso ir. Eu tenho que…

— Nate, não faça isso, ok? Só… fica… nós o encontraremos… não se *mova*…

Nate largou o telefone e pisou no acelerador.

Um minuto depois, viu a placa do lago Herschel.

Ele subiu a montanha o mais rápido que pôde, deixando grandes nuvens de poeira para trás. A caminhonete velha chacoalhava e rangia enquanto os pneus pulavam nos buracos. Ele bateu a cabeça no teto da cabine. Seu telefone voou do assento. As compras chacoalharam no chão do lado do passageiro.

Ele cerrou os dentes, pisando mais no acelerador. O velocímetro se aproximou dos sessenta.

Nate exalou com força quando sua cabana finalmente apareceu à vista. Começou a buzinar freneticamente, o som baixo e fraco.

Alex devia ter ouvido, porque a porta da frente se abriu e ele saiu para a varanda, arma em punho. Art espiou por trás dele, seus olhos arregalados.

Nate pisou no freio, a traseira da caminhonete derrapou de leve quando ele parou. Colocou-a em ponto-morto antes de abrir a porta.

— O que há de errado? — perguntou Alex, a voz indecifrável.

— Sétimo Céu — ofegou Nate. — É sobre o Sétimo Céu.

A expressão de Alex endureceu quase de imediato. A arma foi apontada para Nate mais uma vez.

— Ei! — gritou Nate, levantando as mãos e dando um passo para trás. — Droga, Alex, não sou…

— Como você conhece esse nome? — perguntou Alex, sua voz fria.

— Eu tenho um contato, tá bom? Lá em Washington. No primeiro dia em que saí daqui, quando você perguntou se eu tinha ligado para alguém… Eu menti, ok? Liguei pro meu contato. Fiz perguntas. Pedi para ela procurar por um Alex Delgado.

— Ops — soltou Art.

A arma não vacilou.

Nate deu um passo em direção à varanda, as mãos ainda levantadas.

— Não estou aqui para machucar vocês. Juro. Eu nunca faria isso. Com você. Com ela. Vocês dois são meus...

— Não — cortou Alex. — Não fala porra nenhuma.

— Vocês são meus *amigos* — disse Nate, ignorando o aviso. — O cara da água.

Os olhos de Alex se estreitaram.

— O cara que veio aqui? O que tem ele?

— Não acho que ele seja quem diz ser. Ele estava na cidade, e havia... não importa. Um homem está morto, e não sei o que está acontecendo.

— Para quem você ligou? — Alex exigiu saber. — O que diabos você fez?

— Fiz perguntas. Desculpa. Eu não... eu tive que fazer isso. Não é...

— Alex — chamou Art, puxando a perna da calça dele.

— Eu te *disse* — rosnou Alex. — Eu te *disse* que você não podia fazer perguntas. Que precisava simplesmente aceitar tudo isso. Que você poderia se machucar. Que poderia *machucá-la.*

— Eu sei — falou Nate fracamente, dando outro passo. — Eu não estava... não pensei. Não era para ser assim. Eu não sabia.

— Alex — Art chamou outra vez.

— Estou fazendo isso por um *motivo* — disse Alex. — Por que você achou que eu estava...

— *Alex.*

— *O quê,* Art? Estou tentando...

— Precisamos ir.

O cano da arma tremeu.

— Certeza?

Ela assentiu.

— Precisamos nos apressar.

— Vá pro quarto. Pegue o que conseguir. Agora.

Ela mirou Nate antes de desaparecer cabana adentro.

Alex o olhou mais uma vez antes de segui-la.

Nate congelou por um momento. Seu coração batia forte no peito. Sua garganta estava apertada. Mal conseguia respirar.

Ele subiu os degraus e entrou na cabana antes mesmo de perceber que estava se movendo.

Alex estava na cozinha, pegando latas de comida da despensa, alinhando-as no balcão. Ignorou Nate, abaixando-se e pegando o engradado de garrafas de água.

Art estava no quarto, sua mochila e a de Alex abertas na cama. Ela enfiava as roupas lá dentro em grandes punhados.

Nate foi para seu próprio quarto. Não sabia o que fazer. Deveria estar fazendo as malas também? Deveria tentar falar com Alex? Deveria simplesmente se arrastar para a cama e puxar o edredom sobre sua cabeça até que todo o barulho ao seu redor desaparecesse e ele pudesse fingir que esses últimos dias não tinham acontecido?

Em vez disso, pegou sua própria mochila e começou a arrumá-la.

Não havia ordem. Ele pegou tudo. Jeans, cuecas e botas. A escova de dentes. Suas mãos tremiam, e o aperto em seu peito dificultava a respiração. Seus movimentos eram bruscos, quase mecânicos. Ele só conseguia ouvir o aviso de Ruth em sua cabeça, dizendo-lhe para fugir, que ele precisava *fugir*.

Ele ouviu Art grunhindo no corredor. Fechou o zíper da mochila, pendurou-a no ombro e saiu pela porta do quarto.

Art estava tentando arrastar as duas mochilas. Nate afastou a mão dela de uma e a levantou para ela. Seu sorriso vacilava um pouco, mas ela conseguiu carregar a outra mochila com muito mais facilidade.

A cozinha estava vazia.

A porta da frente ainda estava escancarada.

Por um instante, Nate se perguntou se Alex havia deixado os dois para trás.

Ele voltou porta adentro com um olhar sombrio no rosto. A arma fora guardada outra vez. Ele avistou Art.

— Pegou tudo?

— Sim — respondeu ela. — Acho que sim.

— Vai ter que bastar. Chaves.

Nate piscou, incerto do que acontecia.

— Nate — disparou Alex, estendendo a mão. — Me dá as malditas chaves.

Nate enfiou a mão no bolso. As chaves pressionaram dolorosamente sua pele, mas ele conseguiu puxá-las. Alex as arrancou de sua mão antes de pegar sua mochila com Nate. Ele se abaixou para pegar a de Art também.

— Precisamos ir — disse a ela. — Você fica atrás de mim. Segure a parte de trás da minha camisa. Não solte. É como na Montanha, ok? A gente se move rápido. A gente se move em silêncio. E não olha para trás.

— Ok — concordou ela em voz baixa.

— Ótimo. Vamos.

— Vamos, Nate — chamou ela, dando uma olhadela para ele.

E Alex parou.

— O quê?

— O Nate também vai.

— Não — discordou Alex. — Ele não vai. Isso é...

— Não vamos deixá-lo — insistiu Art. — Nós precisamos dele, Alex. Ele faz parte disso.

— Você não tem como saber...

— Confia em mim?

— Isso não é justo — retrucou, e pela primeira vez desde que Nate o conhecia, ele tinha uma expressão de *medo* de partir o coração. De desespero. Era puro e feroz, e Nate quase não conseguiu suportar. — Sabe que confio em você mais do que qualquer coisa neste mundo.

— E você me fez uma promessa.

— Eu sei.

— Então precisa confiar em mim agora — disse ela. — Nós precisamos dele. *Você* precisa dele.

Nate pensou que Alex fosse discutir. O homem o encarou, a carranca imutável, mas ele estava *em pânico*. Nate não imaginava que ser algo além de estoico era possível para Alex, mas ali estava ele, os olhos arregalados, procurando *algo* no rosto de Nate. Era uma dissonância para a qual ele não tinha se preparado. Já vira Alex ameaçar. Já o vira fazer tranças como se fosse a coisa mais fácil do mundo.

Ele não deveria estar com medo.

Nenhum dos dois deveria.

— Tudo bem — cedeu Alex, balançando a cabeça. — Nate, você fará o que eu mandar, quando eu mandar. Se eu achar que você não está seguindo as ordens por um *segundo* sequer, estouro sua cabeça e deixo seu corpo para trás. Entendeu?

— Sim. — Nate mal conseguia respirar.

— Ele não vai atirar em você. — Art deu um tapinha na mão de Nate. — Ele gosta muito de você pra...

— Art — ladrou Alex.

Ela revirou os olhos.

— Tá, tá. Não é a hora. Entendi. *Nunca* é a hora.

— Art, atrás de mim. Nate, atrás dela. Vamos nos mover rápido. Não vamos parar. Chegaremos à caminhonete. Eu dirijo.

— Ele é muito bom na direção — disse Art, olhando para Nate. — Especialmente quando as pessoas estão atirando na gente.

— Isso não é tão reconfortante quanto você pensa que é — comentou Nate com a voz fraca.

— Eu sei. Mas precisava ser dito.

Alex estava na porta, examinando lentamente a linha das árvores. Sua postura era rígida, uma mochila em cada ombro. Art foi atrás dele e agarrou a ponta de sua camisa de flanela. Ela relanceou Nate.

— Fique perto — avisou ela. — Vai ser rápido.

— O que vai ser rá...

— Agora — disse Alex. — Mexam-se. Agora.

Nate fez a única coisa de que era capaz.

Ele os seguiu.

Foram até a varanda, a madeira rangendo abaixo deles. Alex parou no patamar por um momento, olhando ao redor outra vez. E então desceu os degraus e pisou no cascalho, as pedras estalando sob seus pés. Art era sua sombra, segurando firmemente sua camisa. Nate sentiu como se estivesse se movendo debaixo d'água.

Alex jogou as mochilas na caçamba da caminhonete. Gesticulou para Nate imitá-lo. Já havia sacos de lixo brancos lá. Pareciam estar cheios com as latas que Alex tinha pegado da despensa. A água também estava lá. Alguns cobertores. Nate largou sua mochila ao lado da deles. Virou-se a tempo de ver Alex colocando Art dentro da caminhonete. Então se virou para ir até o lado do passageiro quando...

Parou.

Um pouco mais adiante na estrada de terra, havia um homem.

— Hum — disse Nate. — Alex?

— O quê?

— Acho que o cara da água está aqui de novo.

— Do que diabos você está...

Nate foi empurrado para trás de Alex, a arma já sacada e apontada para Randy.

Art choramingou dentro da caminhonete.

— Primeiro-sargento Weir — cumprimentou Randy alegremente. — Que prazer finalmente conhecê-lo.

— Quem diabos é você? — questionou Alex, a voz baixa e perigosa. Uma de suas mãos estava para trás, segurando o braço de Nate, mantendo-o no lugar. Levou um segundo para Nate perceber que Alex o estava *protegendo*. Espiou por cima do ombro dele para ver que Randy não havia se mexido. Encontrava-se a cerca de vinte metros de distância. Parecia desarmado.

— Quem eu sou não importa — respondeu Randy. — Você está com algo que não lhe pertence. Gostaria que devolvesse imediatamente. Acho que esse testezinho já durou tempo demais.

— Que teste?

Randy sorriu.

— Realmente achou que não sabíamos onde você estava? Poderíamos ter vindo a qualquer momento, Weir. Na verdade, esse era o plano inicial. Mas os poderosos decidiram que um teste de campo era necessário. Para ver como o Sétimo Céu reagiria a... estímulos externos. Alguns de nós discordaram, mas sabe como é. Somos apenas soldados. Seguimos ordens. — Seu sorriso se alargou. — Bem, pelo menos a maioria de nós. Você certamente causou um alvoroço, não é? Eles não esperavam por isso. Embora eu deva elogiá-lo, pois definitivamente apontou as falhas em nosso sistema de segurança. Tenho certeza de que os responsáveis levarão isso em consideração ao decidir seu destino. Afinal, você nos ajudou.

— Você não vai ficar com ela.

Randy riu.

— Ela? *Ela?* Weir, nunca houve uma *ela*. Sabe disso tão bem quanto eu. E você não decide o que acontece com *isso*. Essa coisa não lhe pertence, não importa o que seu instinto paterno equivocado esteja lhe dizendo. É trágico, não acha?

Alex enrijeceu.

Randy percebeu quase de imediato.

— Ah, sim. Sei tudo sobre você, Alex Weir. Sua história. De onde veio. Seu arquivo é bastante... detalhado. Você já se perguntou por que escolheram você? Entre todos? Você era um *mero soldado*. Uma máquina. Força bruta sem cérebro. Era uma arma e ia para onde apontado. Mas você nunca parou para perguntar o *porquê*. Por que escolheram você. Por que eles lhe deram o acesso à coisa.

— Para — interrompeu Alex com uma voz estrondosa.

Os olhos de Randy se estreitaram.

— Eles te escolheram porque você estava quebrado. Te escolheram porque queriam ver se a coisa se apegaria a você. Como um hospedeiro. Simbiótico. Queriam ver do que isso era capaz diante da dor humana. Acho que até eles ficaram surpresos com o quão longe as coisas chegaram. Você pensou que era uma babá honrada. Não sabia que fazia parte do teste.

— Não me importo. Você não vai ficar com ela. Porque ela não pertence a você.

— E acha que isso pertence a *você*? — perguntou Randy, parecendo incrédulo. — Alex. *Alex*. Não é real. Nada do que está sentindo é real. Isso está te usando. Isso te *manipulou*. Essa coisa não é uma garotinha. É um monstro. Não dá a mínima para você. Nunca deu. Em meio a sua tristeza, você simplesmente não conseguiu perceber a diferença. E por isso, lamento muito.

— Para quem você trabalha? — quis saber Alex.

Randy deu de ombros.

— Faz diferença? Provavelmente, não é uma divisão da qual você já tenha ouvido falar. Digamos que sou eu quem eles chamam quando algo foi levado e precisa ser devolvido.

— Você é um Executor.

Randy arqueou uma sobrancelha.

— Ok, então você *já* ouviu falar da gente antes. Interessante. E eu aqui pensando que você era apenas um coitado sem sorte. Não vou cometer esse erro de novo. Eu teria tirado isso de você antes, mas... bem. Os últimos dias foram esclarecedores, e eu tinha minhas ordens a seguir. — Ele olhou por cima do ombro de Alex. — Sr. Cartwright. A máfia. Sério? Foi o que você pensou. Foi para onde sua imaginação te levou?

— Como você...

— Você nos grampeou quando veio aqui — rosnou Alex.

— Grampeei. Só não foi perto do hidrômetro. Ótimo da sua parte verificar depois que fui embora. Precaução nunca é demais, tenho certeza. Não nos dias de hoje, quando a paranoia pode salvar sua vida. Mas receio que estejamos sem tempo. Eu não esperava que aquele civil se envolvesse. Cidades pequenas, certo, sr. Cartwright?

— Big Eddie. — Nate soltou o ar. — Deixa ele em paz. Ele tem *família*...

Randy acenou com a mão, indiferente.

— Não ligo pra ele. Nós todos já estaremos bem longe quando ele pensar em você outra vez. Sr. Cartwright, é hora de me escutar. Você está atrás de um homem procurado pelos Estados Unidos da América pelo crime de traição. Ele desertou e, no processo, pegou algo que não lhe pertencia. Se o senhor não se render imediatamente, será considerado cúmplice. Não vai gostar do que acontece depois disso. No entanto, se ceder, eu mesmo cuidarei para que você seja tratado de forma justa. Tem trinta segundos para se decidir. Começando agora.

Nate não sabia o que fazer. Não sabia do que eles estavam falando. Isso não tinha nada a ver com ele. Viera para lamentar uma vida perdida. Os erros que cometera. Para curar suas feridas e descobrir o que fazer depois. Ele não pediu por isso. Não pediu por nada disso.

— Se você fizer isso — começou Alex calmamente, ainda olhando para a frente. — Se... eu não vou te culpar. Mas você não pode me impedir. Eles não podem ficar com ela. De novo, não. Preciso levá-la para casa. Por favor, Nate.

— Tique-taque, sr. Cartwright — avisou Randy. — Vinte segundos.

Nate pressionou a testa contra as costas de Alex.

— Eles vão machucá-la?

— Sim.

— E vão nos matar de qualquer maneira.

— Talvez. Ou morremos aqui, ou nunca mais veremos a luz do dia.

— Ele não está sozinho, não é?

Alex bufou.

— Você é mais esperto do que parece.

— Babaca. Você consegue nos tirar daqui?

— Não sei. Mas farei o possível.

— Cinco segundos, sr. Cartwright.

Ele lançou um olhar para a caminhonete. Art o observava, a cabeça apoiada nas mãos contra o encosto do banco. Ele não sabia o que estava acontecendo. Não sabia quem ela era ou o que deveria ser. Mas não conseguia suportar a maneira como o homem na rua falara que ela não era uma pessoa. Que era uma *coisa*.

Então disse a única coisa que conseguiu:

— Estou com vocês. Com vocês dois.

Ela sorriu.

— Sr. Cartwright. Seu tempo acabou. Tem uma resposta?

— Sim — disse Nate, elevando a voz. — Na verdade, tenho. Aqui está: vai se foder.

O sorriso desapareceu do rosto de Randy.

— Essa não é uma boa decisão, sr. Cartwright.

— Isso me deixa de coração partido, de verdade. Não sei como vou viver assim.

— Já chega — sibilou Alex, enquanto Art ria, cobrindo a boca.

— Lembre-se — começou Randy, com a voz fria — que eu te dei uma chance.

Ele girou nos calcanhares, levantando poeira ao seu redor, e começou a caminhar em direção às árvores.

— Para onde raios ele está indo? — perguntou Nate.

— Entra na caminhonete — mandou Alex. — Agora. Temos que...

Ao longe, ouviu-se um *tec-tec-tec* distante.

— Merda — exalou Alex. — Agora. Temos que dar o fora *agora*.

— De novo, não — murmurou Art. — Eles não aprenderam depois do que aconteceu da última vez?

— O que é isso? — questionou Nate, enquanto Alex se virava e o empurrava em direção à caminhonete. — Que barulho é esse? Parece... — Ele soltou um resmungo quando se estatelou na cabine. Sentiu Alex empurrando suas pernas agitadas mais para dentro. Art se levantou e passou por cima de suas costas conforme Nate se enfiava no veículo. Sentou-se e arrumou a postura contra a porta do passageiro, virando-se para encarar Alex. — Consigo entrar *sozinho*, muito obrigado...

O *tec-tec-tec* se tornou mais alto. Ele se virou lentamente e olhou pela janela traseira. Art estava de joelhos, o queixo apoiado no encosto do banco.

À distância, acima das árvores, havia duas manchas pretas contra o céu azul límpido.

— Aquilo são...

— Helicópteros — completou Art, um quê ameaçador na voz, enquanto Alex subia na caminhonete e batia a porta. — Black Hawks.

— Ah — Nate conseguiu dizer. — Isso... não é bom.

— Não mesmo. Eles são muito grandes. E velozes.

— Você não está fazendo eu me sentir melhor.

— Segurem-se — rosnou Alex.

A caminhonete rugiu ao ser ligada e deu um solavanco quase imediato quando Alex deu marcha à ré. Cascalho foi levantado ao redor do veículo enquanto as rodas giravam em falso por um instante antes de pegarem tração. A caminhonete gemeu ao disparar para trás. Alex girou o volante habilmente, deixando-a de frente para a estrada de terra que levava à rodovia. Ele mudou a marcha e, assim que pararam de dar ré, começaram a avançar.

— Cuidado — disparou Nate, enquanto Art soltava um gritinho, caindo sobre ele. Ajeitou a garota, segurando-a firme contra si. — Não é como se esta coisa tivesse um santantônio.

— Eu sei o que estou fazendo — garantiu Alex, as mãos firmes no volante.

— Ele diz isso mesmo quando não é verdade — falou Art. — É pra fazer a gente se sentir melhor em relação às nossas chances de sobrevivência. Você se sente melhor? Não parece se sentir melhor. Seu rosto está meio verde.

— Este é um dia muito estranho — murmurou Nate, as árvores passando voando pela janela.

— Terá um bloqueio na estrada — disse Alex.

Art olhou para ele.

— Eu sei.

— Não importa em qual direção formos.

— Eu *sei*, Alex.

— Para qual lado?

Ela hesitou.

— Art. — Alex parecia frustrado. — Fiz você estudar aqueles mapas por um motivo. Nós planejamos isso. Preciso que me diga *para qual lado*.

— Leste. Acho... acho que devemos ir para o leste.

— Tem certeza?

— Não.

— Porra — resmungou ele.

— Não gosto quando você xinga.

— Agora não é hora, Artemis.

— Ele fala um monte de palavrões quando está ansioso — Art disse a Nate.

As mãos de Nate tremiam.

— Não o culpo nem um pouco.

Eles chegaram à linha das árvores, as copas espessas acima deles. Mesmo de dentro da cabine, ele ainda conseguia ouvir o som de pás girando em algum lugar lá em cima. Alex se inclinou para a frente, o rosto quase contra o volante, dando uma olhada para o alto.

— Essa cobertura não vai durar muito.

— Você tem um plano? — perguntou Nate.

Alex olhou para ele.

— Mais ou menos.

— *Mais ou menos?* O que diabos *isso* quer dizer... Puta merda, *cuidado*!

À frente, na estrada de terra, havia uma fileira de homens fardados, rifles apontados na direção deles.

Alex não diminuiu a velocidade. Na verdade, pisou mais fundo no acelerador.

A cabine chacoalhou.

— O que você tá fazendo? — berrou Nate. — Eles estão armados, Jesus Cristo, estão...

Nate viu o momento exato em que os soldados à frente perceberam que eles não iriam parar. Tudo desacelerou ao redor quando um homem grande na ponta da formação levantou o braço e o abaixou em um movimento cortante. Rajadas de fogo voaram dos rifles.

Eles não sobreviveriam.

Pelo canto do olho, viu Art avançar a mão levantada em direção ao para-brisa, os dedos esticados.

O ar foi sugado da cabine.

Nate pensou que seus olhos estavam lhe pregando peças. Viu as línguas de fogo saindo dos rifles automáticos. O para-brisa deveria ter se estilhaçado. A caminhonete deveria estar crivada de balas. Eles deveriam estar mortos.

Em vez disso, houve sons agudos na frente da caminhonete, e ele viu *faíscas* logo além do para-brisa, como se as balas estivessem *ricocheteando* em algum tipo de parede invisível. Ele se encolheu com o barulho, certo de que o que via não era real, que a qualquer momento o para-brisa se estilhaçaria ao redor deles e as balas se alojariam em suas cabeças, pedaços de crânio e cérebro respingando na janela traseira.

Nada disso aconteceu.

Os homens à frente começaram a gritar, abaixando seus rifles.

Alex pisou ainda mais fundo no acelerador.

Os soldados começaram a sair do caminho, empurrando uns aos outros para o lado.

Os últimos conseguiram pular para longe, bem a tempo de evitar que a caminhonete os atingisse.

Alex segurou firme o volante conforme faziam uma curva suave a uma velocidade que poderia ter capotado o veículo.

Art suspirou e voltou ao seu assento, abaixando a mão.

— O quê... eu não... o que é... não consigo — gaguejou Nate.

— Você está bem? — perguntou Alex.

— Não sei — respondeu, a voz aguda e frenética.

— Eu não estava falando com você. Art?

— Estou — disse ela, concordando com a cabeça. — Mas esses não são todos.

— Ah — falou Alex. — Era o que eu esperava.

Nate encarou os dois.

Art deu um tapinha no joelho dele.

— Então, mais tarde, depois que escaparmos dos homens malvados com armas e helicópteros, provavelmente deveríamos te contar que eu não sou daqui. E com aqui, quero dizer deste planeta. — Ela fez uma pausa, refletindo. — Nem mesmo desta galáxia, se formos especificar.

— *Art* — rosnou Alex.

Ela estremeceu.

— Ops. Não saiu como eu planejava. Foi mal. Realmente preciso trabalhar o meu timing.

— Princesa do espaço — exalou Nate.

Ela sorriu para ele.

— Você se lembrou! Que legal.

Ele conseguiu abaixar a janela antes de vomitar.

Eles não conversaram muito até se aproximarem da rodovia. Os sons dos helicópteros nunca cessaram, embora parecessem manter distância.

— Virar à esquerda nos levará à cidade — disse Art, olhando para Nate com cautela, como se achasse que ele fosse vomitar de novo. Segundo seu olhar, ela não parecia gostar muito da ideia. — Provavelmente poderíamos evitar esse caminho e contornar.

— E à direita? — perguntou Alex.

— Nos levará mais para as montanhas. Para o norte. Mas eventualmente poderemos ir para o leste. Não há muito por ali.

— Menos pessoas.

Ela fez um barulho de concordância.

— Menos testemunhas.

— Eles estarão esperando por nós.

— Eu sei.

— Você é capaz de lidar com isso?

— Andei descansando. Vou ficar bem.

— As flores.

Ela suspirou.

— Não foi minha intenção. Eu só queria ver o Nate sorrir.

Ambos lhe lançaram uma olhadela.

Ele estava o mais afastado possível deles, mas ainda dentro da caminhonete. Estava grudado à porta do passageiro, os olhos arregalados. Sua boca tinha um gosto nojento, e ele tinha certeza de que havia um fio de bile secando em seu queixo. Mas essa era a menor de suas preocupações. Todo o resto tinha ficado em segundo plano. Seu único foco eram as duas pessoas ali com ele.

— Você está bem? — perguntou Art.

Ele assentiu uma vez.

— Você não parece bem.

Isso provavelmente era um eufemismo.

— Acho que o quebrei — disse ela com uma carranca.

— Você fez de propósito — falou Alex entredentes.

— Só impedi que a caminhonete ficasse coberta de balas. Eu precisava dizer *alguma coisa* pra ele.

— Meu Deus — murmurou Alex. — Olha, nós estamos…

As árvores nas laterais do veículo se tornaram esparsas.

Eles estavam quase na rodovia.

— Direita? — questionou Alex.

— Direita — confirmou Art.

Eles mantiveram a velocidade na estrada. Nate tentou emitir um som — *qualquer coisa* para lembrá-los de que a rodovia não era *tão* larga assim e, além do guarda-corpo de metal, havia apenas a queda para o *nada* —, mas a única coisa que saiu foi uma lufada de ar tímida. Alex alternou o volante de uma mão para a outra, e a caminhonete pareceu se *inclinar* para a esquerda. Nate teve certeza de que, por um momento, nem todas as quatro rodas tocavam o chão. De alguma forma, Alex conseguiu manter o controle do veículo e endireitá-lo, a traseira derrapando ligeiramente antes de cruzar a faixa de trânsito de volta para o lado direito da estrada.

Nate sabia que não havia muita coisa montanha acima. Algumas cidades, embora devessem estar a uma hora ou mais de distância. Achava que uma delas se chamava Green Creek, na verdade, não passava de um vilarejo. Já estivera lá uma vez quando sua mãe e seu pai tiveram vontade de explorar mais das montanhas. A estrada que levava para cima era sinuosa, com saídas a cada poucos quilômetros para os turistas.

E atualmente, estava vazia.

Nenhum bloqueio. Pelo menos, nenhum que pudesse ver.

Como se fosse capaz de ler sua mente, Art disse:

— Ah, eles estarão lá. Pode contar com isso, parceiro. Nós somos os colonos das fronteiras tentando salvar nossa terra da grande e maléfica gangue de bandidos que quer tomá-la.

Nate ficou boquiaberto.

Ela piscou para ele.

— Não está ajudando — falou Alex.

— Estou tentando mantê-lo *calmo*...

Um rugido alto balançou a cabine enquanto dois Black Hawks voavam acima deles, tão baixo que Nate achou que conseguiriam arranhar o teto da caminhonete. Ele gritou ao vê-los, sua cabeça batendo na janela antes de se afastar. Uma pontada de dor atravessou seu crânio, os olhos estreitos, observando os helicópteros voarem à frente.

Ele achou que Alex fosse diminuir a velocidade. Fosse parar. Fosse manobrar a porcaria da caminhonete e dirigir na direção oposta dos helicópteros que surgiam na curva à frente.

Alex não fez isso.

Na verdade, acelerou.

— Vocês dois são insanos pra caralho — Nate conseguiu dizer.

— Ainda bem que você não é médico, porque insanidade não é um diagnóstico clínico — disse Art. — Você deveria falar do que entende.

Eles fizeram a curva.

A seguir na estrada, talvez em meio quilômetro, estava o bloqueio.

A rodovia não era grande. Uma faixa em cada direção. Na maioria das vezes, durante o inverno, as estradas ficavam fechadas para todos, exceto para os moradores. Elas eram limpas quando o condado conseguia chegar até lá. Às vezes, as cidades mais elevadas ficavam isoladas por algumas semanas antes que os caminhos se tornassem transitáveis novamente. Mas as pessoas estavam acostumadas. Sabiam dos riscos de se viver tão longe nas Cascatas.

Ambos os lados da estrada estavam bloqueados. Quatro Humvees — dois de cada lado — encontravam-se virados para eles, os faróis acesos. Além de mais soldados à frente, rifles em riste. O lado esquerdo dava para o nada, para um declive de pelo menos cento e cinquenta metros até a floresta lá embaixo. O lado direito era uma parede rochosa afiada. Nao havia como prosseguirem.

Os helicópteros fizeram um amplo arco no ar, dando uma volta e pairando dez metros acima dos Humvees. Arbustos atrofiados na rocha balançavam para lá e para cá com a força das pás giratórias.

Não havia como passar.

— Vamos morrer — disse Nate. — Definitivamente vamos morrer.

— Não vamos morrer — retrucou Alex.

Ele não diminuiu a velocidade.

Acelerou.

Em choque, Nate olhou para o velocímetro passando de sessenta.

— Art — chamou Alex. — Só temos uma chance.

— Eu sei — respondeu a garota, a voz calma e suave. Ela se ajoelhou, inclinando-se para a frente, as mãos apoiadas no painel.

— Aguenta. — Alex olhou para Nate, uma fina camada de suor na testa.

— Aguentar o *quê*? — Nate exigiu saber. — Do que estão...

A caminhonete começou a vibrar.

A sensação ia até os ossos de Nate. Parecia que sua pele estava se arrepiando.

Havia uma pulsação de *algo* emanando da garotinha sentada ao seu lado. Ele pensou ter visto o ar ondular na frente da caminhonete, disparando em direção ao bloqueio. Eles estavam tão perto que Nate podia ver o branco dos olhos dos soldados. Tentou desviar o olhar, se preparar para o impacto e...

A ondulação de ar atingiu os soldados em frente aos Humvees. Eles foram derrubados, girando no ar, os rifles caindo de suas mãos. Parecia que estavam *flutuando* quando o *ar* ondulante atingiu dois dos Humvees atrás deles. Os capôs amassaram com um guincho metálico audível de dentro da cabine da caminhonete. Os para-brisas racharam, então se estilhaçaram, pedaços de vidro espiralando, refletindo na luz do sol.

Eles estavam tão *perto e...*

Os dois Humvees dispararam pelo ar, atingindo a parte de baixo dos helicópteros, fazendo-os se aproximar perigosamente um do outro. As pás dos rotores começaram a se roçar, disparando faíscas.

Eles chegaram ao bloqueio uma fração de segundo depois.

Nate olhou pela janela.

Foi uma tempestade de aço e fogo. O retrovisor do lado do passageiro espatifou quando atingiu um dos Humvees restantes. Houve o rangido de metal contra metal. Nate afastou a cabeça da porta, certo de que a janela estilhaçaria.

Não estilhaçou.

Em um instante estavam no meio do bloqueio, cercados por fogo e homens girando no ar, e no momento seguinte já tinham passado por tudo.

Ele se virou para olhar pela janela traseira a tempo de ver os Humvees que haviam colidido contra os helicópteros caírem no chão e explodirem com um *estouro* surdo, estilhaços voando, fumaça preta espiralando. Os helicópteros giravam sem controle, parecendo prestes a colidir um com o outro.

E então, a caminhonete fez outra curva e a destruição atrás deles desapareceu.

Nate se virou devagar.

Art rotacionou os ombros com suavidade, relaxando, enquanto se afastava do painel.

Alex disse algo a ela, e ela respondeu, mas, por mais que tentasse, Nate não conseguia distinguir uma única palavra do que diziam.

Só pensava nas duas marquinhas perfeitas de mãos no painel.

Seguiram em frente.

DEZ

Era noite quando ele recuperou a voz.

Eles estavam na estrada há horas, a maior parte do tempo em silêncio. Passaram por Green Creek sem parar. Havia uma saída para outra cidade chamada Abby, mas ficava a quase cinquenta quilômetros a leste. Fazia um bom tempo que não viam outro carro.

Em dado momento — e Nate não tinha certeza de quando, pois o tempo havia perdido todo o significado para ele —, Alex exigiu que lhe entregasse seu celular. Ele não discutiu. Nem *pensou* em discutir. Assim que o homem pegou o aparelho, abaixou o vidro e o jogou para fora.

Nate pensou em discutir com ele, exigindo saber por que raios tinha feito aquilo. Porque Nate *precisava* do telefone, certo? De que outra forma Ruth saberia que estava vivo? De que outra maneira Big Eddie ligaria para ele depois de saber da confusão na montanha?

Mas ele não conseguiu nem ao menos encontrar forças para brigar, porque lhe ocorreu que aquelas eram as únicas duas pessoas no mundo que saberiam que ele desaparecera. Ninguém mais se importaria. Aquilo… não doeu tanto quanto deveria. Supôs que era porque estava entorpecido.

Provavelmente não ajudou o fato de que Art estivesse sentada entre eles, encarando-o, mal piscando.

Às vezes ele olhava de volta, tentando ver algo, *qualquer coisa* que lhe mostrasse o quão mentirosa ela era. O quão mentirosos *ambos* eram. Mas não conseguiu encontrar nada. Não que soubesse o que estava procurando.

Outras vezes ele a ignorava completamente, os nós dos dedos brancos enquanto segurava os próprios joelhos, sabendo que provavelmente ficaria com hematomas, mas não se importando nem um pouco. Precisava se segurar a algo para não surtar.

Ele tentou formar pensamentos. Algo lógico. Mas apenas fragmentos lhe ocorriam, cacos de um todo que não conseguia juntar. Ele sabia como o mundo funcionava. Tinha visto seus dentes, suas garras afiadas, porém havia *lógica* nele. Havia *razão*. Talvez ele nem sempre soubesse a tal razão, mas pelo menos havia o conforto de saber que ela estava presente. Tudo o que tinha que fazer era escavar atrás dela. Fazer as perguntas que precisavam ser feitas. Pressionar as pessoas que precisavam ser pressionadas.

Já aquilo.

Aquilo ia além da lógica que Nathaniel Cartwright conhecia.

Aquilo era um reino de caos, e ele não conseguia encontrar uma saída.

Art ainda o encarava.

Ele não sabia se ela estava lendo sua mente.

Ele não sabia se ela *conseguia* ler sua mente.

Não sabia o que ela era capaz de fazer.

Alex olhava para a frente, a carranca imutável em seu rosto.

Nate percebeu que não dava a mínima naquele momento.

Então foi *surpreendente* quando ele finalmente conseguiu recuperar sua voz. Não esperava por isso. Ainda estava perdido no turbilhão de pensamentos. Mas abriu a boca e disse:

— Encosta.

Alex pareceu surpreso.

— Não temos tempo…

— Encosta.

— Nate, não posso…

— *Encosta!* — berrou ele, batendo as mãos no painel, os dedos esbarrando nas marcas deixadas pela garota sentada ao seu lado. — *Encosta! Encosta! Enco…*

— Para o carro — pediu Art, inclinando a cabeça para Nate. — Por favor.

Alex rosnou para ela, mas obedeceu. O acostamento ficava à direita, um alargamento da estrada para veículos mais lentos pararem e deixarem os outros ultrapassarem. Nate saiu da caminhonete antes mesmo que ela parasse de se mover, tropeçando um pouco quando seus pés tocaram o pavimento. Suas pernas estavam dormentes — que merda, seu *corpo* inteiro estava dormente — e ele tinha certeza de que cairia. De alguma forma, conseguiu permanecer de pé. Deu grandes inspiradas de ar, tentando encher os pulmões o máximo possível, seu peito se expandindo tanto que quase *doeu.*

— Acho que ele está hiperventilando. — Ouviu Art dizer na caminhonete, e Nate se esforçou para não começar a rir histericamente. Se o fizesse, provavelmente nunca pararia. — Vi isso acontecer com alguém uma vez. Foi antes de te encontrar.

Ele não ouviu a resposta de Alex porque estava dando a volta por trás da caminhonete, apertando os olhos contra o brilho das luzes traseiras. Nate atravessou para o outro lado da rodovia até chegar ao guarda-corpo oposto. Colocou as mãos nele. O metal estava frio contra sua pele. Era quase chocante, e o trouxe de volta à realidade.

Ele inspirou pelo nariz e expirou pela boca.

Abaixo dele, podia ver a floresta se estendendo, as copas bloqueando sua visão do solo. O sol já tinha se posto quase por completo, o céu laranja desbotando rumo ao azul mais escuro. Estrelas começavam a aparecer no alto e...

Então, mais tarde, depois que escaparmos dos homens malvados com armas e helicópteros, provavelmente deveríamos te contar que eu não sou daqui. E com aqui, quero dizer deste planeta.

Aquilo o fez surtar outra vez.

Ele não tinha certeza de há quanto tempo já estava curvado, engasgando mesmo sem nada sair de seu estômago, quando sentiu uma mão em suas costas. Encolheu-se contra o toque, mas era firme e quente, afagando-o em um círculo lento.

Não era a mão de uma garotinha.

Ele abriu os olhos.

Alex estava ao seu lado, um olhar cauteloso no rosto. Uma mão nas costas de Nate, a outra segurando uma garrafa de água.

— Isto é pra mim? — perguntou Nate roucamente.

— Imaginei que precisaria. Gosto ruim na boca e tal.

Nate assentiu. Pegou a garrafa de água, mas não a abriu.

— E a Art?

— Na caminhonete. Ela... Ela não queria piorar a situação.

Nate gostou do gesto.

— Você é apegado à caminhonete?

Nate não entendeu a pergunta.

— O quê?

— A caminhonete. Você disse... seus pais. Eles deixaram para você. Depois que morreram.

— Sim. Certo. Eu não...

— Precisamos nos livrar dela.

— Não entendi. — Ele respirava de maneira uniforme agora, mas o mundo ainda estava borrado nas extremidades do seu campo de visão, como se estivesse preso em um sonho.

— Eles sabem pelo que procurar. As placas. A marca e o modelo. Vai ser fácil nos rastrearem. Eles vão emitir um comunicado para a polícia local.

Aquilo... não estava ajudando Nate a se sentir melhor.

— Você está dizendo que precisamos abandoná-la.

— Sim.

— E então... o quê?

— Encontrar outro carro.

— Roubar um, você quer dizer.

— É.

Nate se afastou dele. A mão de Alex caiu ao lado do próprio corpo.

— Mas isso é *ilegal*.

Alex o mirou.

— Isso não é uma prioridade agora.

— Certo — disse Nate, sentindo o pânico começando a voltar. — Foi mal. Esqueci. O que é roubo de carro diante de uma garotinha levantando veículos de quase uma tonelada e meia e jogando-os contra helicópteros?

— Exatamente. Fico feliz que estamos na mesma página. Você deveria beber a água.

Por uma fração de segundo, Nate pensou em jogar a garrafa de água na cabeça de Alex, só para desafiá-lo. Foi por pouco.

Em vez disso, abriu a garrafa.

A sensação da água na garganta foi boa.

Sua boca ainda tinha um gosto amargo, mas não havia muito o que pudesse fazer sobre aquilo no momento.

Nate tinha perguntas. Claro que tinha. Várias. Não sabia por onde começar. Precisava de respostas. Ele era racional. Gostava das coisas em ordem. Se houvesse um mistério, poderia resolvê-lo, porque *tudo* poderia ser resolvido se você investigasse por tempo suficiente. Ele era tenaz. Uma vez que sentia aquela coceira na pele, ele a cutucava até sangrar só para ver aonde ia.

Mas, por mais que tentasse, não conseguia encontrar as palavras.

— Não. A caminhonete. Não é... não significa nada.

— Ótimo — falou Alex.

— E se eu tivesse dito que sim? Que significava alguma coisa?

Alex deu de ombros.

— Eu teria dito que você precisava superar.

— Você é um babaca.

— Eu sei.

Ele tinha que perguntar *algo*.

— O que é...

Alex negou com a cabeça.

— Agora não. Temos que continuar nos movendo. Mais tarde. Ok?

Não. Não estava ok. Nada nessa situação era ok. Mas Nate assentiu.

Alex voltou para a caminhonete. Nate podia ver Art observando-o pelo para-brisa.

Ele podia correr. Ali mesmo. Enquanto Alex estava distraído, ele podia correr. Não estava em seu auge físico, mas podia ser rápido quando necessário. Voltar de onde vieram. Voltar para os soldados. Porque soldados eram bons, certo? Eram pessoas boas que faziam coisas corajosas, e Nate podia confiar neles. O acolheriam, e tudo faria sentido novamente.

Olhou para trás em direção à estrada.

Ele se perguntou o que tinha acontecido com os helicópteros. Se haviam caído.

Como aquele helicóptero na Califórnia. Durante o treinamento que não era um treinamento.

Algo importante acontece lá, Ruth sussurrou em seu ouvido. *Algo que ninguém de fora deveria saber.*

Tantas perguntas.

Um mistério.

Uma coceira sob sua pele.

Ele não correu de volta pela estrada.

Foi até a caminhonete.

Art sorria para Nate enquanto ele abria a porta do passageiro.

— Você fez a escolha certa.

Ele não sabia o que responder.

Havia um bar no meio do nada. Nate não sabia onde estavam. O sol já tinha se posto há muito tempo.

Um grupo de motocicletas estava estacionado do lado de fora. Algumas caminhonetes. Letreiros velhos de neon pendurados em madeira lascada, zumbindo com intensidade no escuro. Música alta vinha de dentro, percussão e violões.

— Que pitoresco — comentou Art. — Talvez devêssemos entrar. Estamos na estrada há muito tempo. Uma salsaparrilha certamente seria bem-vinda agora.

— Não vamos entrar — disse Alex.

Ela cruzou os braços e fez bico.

— Você nunca me deixa fazer nada divertido.

Ele a ignorou.

— Aquele — apontou ele. — Perto dos fundos. O Chevrolet C/K.

— Por que aquele? — perguntou Nate, tentando enxergar no escuro. A caminhonete parecia velha. Sua pintura preta já tinha visto dias melhores. O capô estava enferrujado. Os pneus aparentavam estar um pouco murchos. Havia uma bandeira confederada no vidro traseiro. Era tudo o que imaginava que encontraria em um bar no meio das montanhas.

— Poeira no para-brisa.

— E?

— Ninguém mexe nela há alguns dias.

— Talvez porque não funcione.

— Vamos descobrir.

— Nós nem temos as *chaves*.

— Você nunca roubou um carro antes? — perguntou Art, cerrando os olhos para ele.

— Não — disse Nate. — Nunca surgiu a oportunidade.

— Ah. Bem. Não vamos precisar das chaves. Consigo fazer uma ligação direta. Alex me ensinou.

Nate não sabia o que fazer com a informação. Então não fez nada.

Alex dirigiu a caminhonete até o estacionamento de cascalho, desligando os faróis. Não havia ninguém do lado de fora do bar. Foram para os fundos e pararam quando chegaram ao lado do C/K. Alex estacionou.

— Art e eu vamos pegar o Chevrolet. Nate, você dirige sua caminhonete. Siga-nos para fora daqui, e nós pararemos mais adiante na estrada e passaremos tudo de um veículo para o outro.

— Não fuja — disse Art, os olhos arregalados enquanto encarava Nate. — Se fizer isso, não há lugar para onde possa ir que eu não consiga te encontrar.

Nate ficou boquiaberto.

— Para com isso — repreendeu Alex, dando um tapinha na nuca dela.

— Eu estava só brincando!

— Parece que ele sabe disso?

— Não é *minha* culpa que a mente de Nate esteja se expandindo de maneiras nunca antes esperadas. A mesma coisa aconteceu com você quando...

— Vamos.

Art resmungou baixinho ao seguir Alex para fora da caminhonete, deslizando pelo assento. Ele a ajudou a descer, e ela foi em direção ao Chevrolet. Antes de fechar a porta, Alex olhou para Nate.

— Ela só está brincando.

Nate assentiu de maneira abobalhada.

— Mas não fuja. Porque eu vou te encontrar.

Nate assentiu outra vez.

Alex fechou a porta.

Nate se arrastou pelo banco até o lugar do motorista. Colocou as mãos no volante.

Ele quase fugiu.

Em vez disso, observou Alex e Art pelo para-brisa. Eles estavam do lado do motorista do Chevrolet. Alex mexeu na maçaneta. Trancada. Disse algo a Art, mas Nate não conseguiu ouvir o quê. O homem a pegou no colo, levando-a até a porta. Art colocou a mão na maçaneta. Ela não se moveu por um instante, e então puxou.

A porta se abriu.

Ela sorriu para Alex.

Nate quase fugiu de novo.

Art subiu na caminhonete pela porta do motorista, toda desajeitada enquanto ia de um assento para o outro. Alex a seguiu, fechando a porta do veículo. Ele quase parecia grande demais para caber na cabine. Art e Alex se curvaram sobre o painel dianteiro, os braços para lá e para cá.

Um momento depois, a caminhonete rugiu, voltando à vida.

Art ajeitou a postura e fez um joinha para Nate pela janela.

Nate não retribuiu o gesto. Ele não sabia como agir com uma garota que conseguia parar balas no ar.

E ainda assim, quando eles saíram do estacionamento de cascalho, Nate seguiu as luzes traseiras à frente.

Sua pele coçava de maneira terrível.

— Deveríamos dizer alguma coisa? — perguntou Art.

Ela estava parada ao lado de Nate, que encarava a caminhonete do pai. Alex estava transferindo tudo para o Chevrolet. O bar a quilômetros dali. Eles pararam do lado de fora de uma cidade chamada

Mason's Corner. Havia uma ponte que cruzava um rio. As margens eram íngremes.

Art deu um puxãozinho na mão dele.

Ele a olhou.

— Deveríamos dizer alguma coisa? — repetiu.

— Sobre o quê?

— Sua caminhonete.

— Por quê?

Ela franziu a testa.

— Porque temos que deixá-la para trás. Como deixamos a cabana.

— Não entendi.

— Essas coisas eram suas coisas. Que foram dadas a você. E agora estão sendo tiradas de você.

Ele lutou para encontrar as palavras certas. E se perguntou se sequer deveria estar falando com ela.

— Não é... não é isso que... — Ele suspirou. — Não importa.

— Por quê?

— São apenas... coisas. Não sei se eu as teria guardado de qualquer forma.

— Aquelas fotografias na parede. Você não sente falta?

Ele balançou a cabeça.

— Era... uma vida antiga. Uma que não é minha, não mais. Não... não sei se alguma vez me pertenceu. Não era real.

— Porque são apenas... coisas.

— Sim.

Ela assentiu lentamente.

— Acho que entendi. — Art olhou para Alex. — Ele não é apenas uma coisa. Não é uma fotografia. Ele é real. É meu. É por isso que o levo comigo. — Ela puxou a mão dele novamente, a dela muito pequena contra a sua. — E é por isso que levamos você conosco. Posso te contar um segredo?

Nate não sabia se conseguiria assimilar outro segredo. Ainda tinha dificuldades para lidar com o último.

— Hum...

— Peguei alguns dos seus livros.

— Tá bom...

— Coloquei-os na minha bolsa.

— Tudo... bem.

— Eu me senti mal por isso.

— Você... consegue se sentir mal?

Ela sorriu para ele.

— Ah, claro. Consigo sentir muitas coisas. Me sinto bem mal agora. Mas eu realmente queria aqueles livros, e eu sabia que se precisássemos fugir depressa, não daria tempo de guardá-los, então fui colocando livros na mochila que Alex me deu. Desculpe. Uau. Me sinto melhor. Obrigada.

— De nada?

Alex terminou de transferir tudo o que eles tinham para o Chevrolet. Ele lhes instruiu a entrar, mas Art balançou a cabeça.

— Temos que dizer algo.

— Sobre o quê? — A carranca tinha voltado.

— Sobre a caminhonete. Nate está triste porque temos que deixá-la para trás, e ele não tem mais nada além de nós.

Uma expressão estranha cruzou o rosto de Alex.

— Não estou *triste* — contestou Nate, puxando sua mão da de Art.

— Meio triste — disse Art. — Se você não quiser fazer, eu faço. Querida caminhonete, obrigada por nos ajudar a escapar dos bandidos que tentaram tomar nossa terra...

— É o bastante — interrompeu Alex. — Precisamos ir. Nate, coloque a caminhonete em ponto morto.

— Por quê? — perguntou Nate. — Não vamos simplesmente deixá-la...

— Vamos derrubá-la — informou Art alegremente.

E foi exatamente o que fizeram. Nate, contra o próprio bom senso, colocou o veículo em ponto morto. Empurrou a caminhonete pela porta aberta. Alex estava atrás, com as mãos espalmadas contra a porta traseira. Art ajudou empurrando as pernas de Alex.

A caminhonete rolou para frente.

Foi mais fácil do que Nate esperava. Em um momento ela começou a rolar e, no outro, havia caído do abismo. Eles observaram enquanto quicava colina abaixo, derrubando árvores jovens. De alguma forma, não capotou. Acabou com a dianteira enfiada no rio abaixo.

— Achei que haveria uma explosão — comentou Art, com tristeza. — Coloquei expectativas demais.

— Você está bem? — Alex perguntou a ele.

— Não faço ideia — respondeu Nate, olhando para a caminhonete do pai.

Eles não pararam até o céu começar a clarear na manhã seguinte. E mesmo assim, foi só porque Art disse a Alex que se ele dormisse ao volante e matasse os três, meio que acabaria com o propósito de fugir dos soldados e dos helicópteros. Alex fez menção de argumentar, mas acabou bocejando.

— Viu só? — falou Art. — Nate também não quer morrer. Certo, Nate?

— Certo.

— Tudo bem — murmurou Alex. — Vou encontrar uma parada.

Passaram por um velho hotel de beira de estrada que já tivera dias muito melhores, mas a placa QUARTOS DISPONÍVEIS estava acesa, e os olhos de Nate pareciam cheios de areia. Ele duvidava que conseguisse dormir, mas precisava sair da caminhonete por um tempinho antes que desmoronasse.

Alex pediu que esperassem no veículo.

— Você ao menos tem dinheiro? — Nate deixou escapar. — Pode simplesmente pegar meu cartão e...

Alex bufou.

— Você não pode usar seus cartões. Nunca. Na verdade, precisa se livrar deles. Só use dinheiro a partir de agora.

Nate pestanejou.

— Por quê?

— Porque um cartão de crédito pode ser rastreado — explicou Alex lentamente, como se achasse Nate um idiota. — E o objetivo disso tudo é *não* ser rastreado. Eu tenho dinheiro. É o suficiente. Por enquanto.

Ele fechou a porta atrás de si, deixando Art e Nate no semibreu.

O que aconteceria quando tudo isso acabasse? Ele poderia voltar para... seja lá qual vida tinha antes, certo? Sim, andava vivendo uma vida pela metade nos últimos meses. Mas a merda do objetivo de vir pro Oregon era justamente se encontrar outra vez. Durante seus últimos dias em Washington, quando não conseguia dormir, imaginava as possibilidades. Ele se mudaria para a cabana no lago Herschel e encontraria um jeito de passar pelo luto. Por ele, seus pais, os restos de uma carreira outrora promissora. E quando se recuperasse, talvez voltasse para Roseland. Encontraria um emprego em uma das lojas. Ele se tornaria um local. Ou talvez se mudasse para uma das cidades vizinhas a fim de trabalhar no jornal local, um semanário cujas maiores histórias eram sobre Roseland recebendo um semáforo novo ou um morador membro de alguma ONG criando uma cabra que se destacou em alguma exposição do Condado de Douglas.

Eram sonhos pequenos. Eram os sonhos de um homem que não conseguia dormir e imaginava o melhor final possível para si mesmo, depois de tudo o que acontecera.

— Ele é muito bom nisso — comentou Art após alguns minutos de silêncio. — Então não precisa se preocupar.

— Não estou preocupado.

— Um pouco preocupado. Você continua se remexendo.

— Não estou... está tudo bem.

— Eu gosto de hotéis em beira de estradas.

— Que ótimo. Maravilhoso.

— Acha que alguém já cometeu suicídio aqui?

Nate fechou os olhos e se perguntou se havia como voltar atrás.

O quarto era... bem... A coisa mais legal que Nate conseguiu formular foi que o lugar tinha quatro paredes e um teto. Havia duas camas de solteiro, uma das quais tinha uma abertura de metal para moedas e uma placa que prometia MASSAGEM RELAXANTE por vinte e cinco centavos. Havia uma pintura sem graça de uma tigela com frutas na parede, uma TV com uma camada de poeira na tela e um carpete azul brilhante com uma manchona no canto mais distante que Nate decidiu ignorar durante a estadia.

Art escolheu a cama que massageava. Ela pediu vinte e cinco centavos para Alex. Alex disse que não tinha vinte e cinco centavos. Art colocou a mão espalmada sobre a abertura para moedas. Um momento depois, a cama começou a tremer.

— Uaaaaau — exclamou ela. — Não esperava isso.

Nate estava parado à porta, segurando sua mochila contra o peito como se ela pudesse protegê-lo.

— Pode ficar na outra cama — disse Alex, de maneira áspera. — Você precisa dormir um pouco.

— Então — começou Nate. — Quer saber? De repente, não estou muito cansado. Na verdade, não sei bem como estou agora, mas definitivamente não cansado.

— Pode sentar na cama comigo — falou Art. — Essa massagem é mágica. Talvez faça você se sentir... uuuh, uma TV! Amo TV.

— Eu sei que você tem perguntas — afirmou Alex, afastando Art em direção à beira da cama enquanto se sentava pesadamente. Ela pegou o controle remoto da mesa de cabeceira entre as camas e começou a apertar os botões. — Mas elas vão ter que esperar. Preciso dormir algumas horas antes de voltarmos para a estrada.

— Claro — concordou Nate, um pouco exagerado. — Está tudo bem. Tudo certo. Na verdade, não tenho nenhuma pergunta.

Alex bufou.

— Claro.

Ele usou os pés para tirar as botas antes de pegar a arma em suas costas. Levantou o travesseiro e a colocou ali embaixo. Passou uma mão no rosto ao se deitar. Ele era grande demais para a cama, seus pés ficaram para fora. Art sentou-se entre as pernas dele, sua atenção na TV. Alex fechou os olhos e respirou pelo nariz.

Ele estava dormindo em um instante.

Nate o encarou, incrédulo.

— Ele faz isso — comentou Art, sem desviar os olhos da TV. — É parte do treinamento dele. Consegue dormir em qualquer lugar. Leva apenas alguns segundos. É um truque bem legal, na minha opinião.

Nate apenas assentiu.

— Mas ele tem razão — falou ela, olhando para Nate. — Você deveria dormir.

Ela estava certa. Ele precisava dormir. Em vez disso, perguntou:

— O que você é?

Ela sorriu.

— Sou sua amiga. — Ela se voltou outra vez para a TV. — Que programa é esse? Nunca vi antes. Por que essa mulher está chupando o pênis do mecânico? Não é assim que se paga por consertos de carros, é? Com certeza uma transação estranha. Por que ela simplesmente não dá dinheiro a ele? Não é para isso que serve a moeda?

De fato, uma mulher de seios fartos estava engasgando com o pau de um homem com macacão manchado de óleo. Isso acabou com a determinação de Nate de ficar exatamente onde estava. Ele deu três passos à frente, soltando sua mochila antes de arrancar o controle remoto das mãos de Art. Ela soltou um grasnado raivoso, mas ele a ignorou, tentando freneticamente encontrar o botão certo. O mecânico abriu a boca para acrescentar mais horror à cena, então a tela escureceu.

Nate soltou um suspiro de alívio.

Art olhou para ele.

— Eu estava *assistindo*.

— Não é programa pra... garotinhas. Ou o que quer que você seja. Precisa... esperar. Até ficar mais velha.

Ela revirou os olhos.

— Sou mais velha que você — murmurou baixinho.

Nate temeu que seus olhos saltassem das órbitas.

— O que você acabou de dizer?

Ela sorriu para ele com doçura.

— Nada. Nossa, estou cansada de repente. Vou dormir também. Boa noite!

Ele a observou se acomodar nas pernas de Alex, sua cabeça descansando contra a coxa dele. Art fechou os olhos e, em um instante, também estava dormindo.

— Mas que porra é essa? — sussurrou Nate.

Ele não pretendia dormir. Seus pensamentos estavam agitados demais para que sequer *considerasse* dormir.

Por isso ficou surpreso quando foi arrancado de um sono profundo por uma mão em seu ombro. Ele se levantou, ofegante, se afastando do toque. Caiu da cama de cara no carpete azul.

O cheiro era medicinal.

Nate gemeu enquanto rolava até ficar de barriga para cima.

Alex olhou para ele. Seu cabelo estava molhado e ele usava o mesmo jeans de antes, mas com uma regata preta justa dessa vez.

Nate não estava preparado para tal visão logo cedo pela manhã. Ele fechou os olhos.

— O quê?

— Você caiu da cama.

— Percebi. Que horas são?

— Duas.

— Da tarde?

Alex parecia entretido quando respondeu:

— Sim. Da tarde. Precisamos seguir em frente. Você deveria tomar banho antes de irmos. Não sei quando será a próxima vez que vai conseguir tomar.

— Ótimo — murmurou Nate. — Fantástico. Artemis estava assistindo pornô.

— Ela me contou. Me perguntou por que o mecânico simplesmente não aceitava dinheiro.

— Eu a fiz desligar a TV.

— Ela também me contou isso. Não ficou contente.

— Ela tem *dez* anos.

Alex não respondeu.

Nate abriu os olhos. Alex ainda o encarava, mas havia uma expressão cautelosa em seu rosto.

Nate suspirou.

— Ela não tem dez anos.

Alex não respondeu.

— Existe alguma chance de eu ter sonhado com tudo aquilo? Os helicópteros, as armas, as explosões e tal?

— Não foi um sonho.

— Droga.

— Precisamos conversar.

— Da última vez que me disse isso, você me contou que estava fugindo para tentar devolver uma garotinha aos pais.

Alex se mexeu sem jeito.

— Não foi... completamente mentira.

— Ah, ótimo. Desde que não seja *completamente* mentira.

— Você não teria acreditado em mim, em nós, naquela hora.

— Eu não vou gostar do que vou ouvir, né?

— Não sei. É... muita coisa para assimilar no começo.

— Cadê ela?

— Terminando de se arrumar no banheiro.

Nate assentiu. Pensou em não se mexer, mas de alguma forma conseguiu se sentar no carpete. Ficou surpreso quando Alex se abaixou para ajudá-lo a se levantar. Olhou para a mão dele por um momento antes de pegá-la. A pele de Alex era quente. Seu aperto era firme. Ele içou Nate rapidamente. Nate não conseguiu parar e perdeu o equilíbrio. Caiu sobre o outro. Um braço passou por suas costas. As mãos de Nate estavam no peito de Alex. Nate engoliu em seco enquanto olhava para ele e...

— Vocês estão se abraçando? — perguntou Art. — Que legal. Eu também gosto de abraços. Mas não tenho certeza de que estão fazendo direito.

Alex fez uma careta e se afastou.

Art estava parada à porta, as tranças úmidas, a pele meio rosada. Sua blusa vermelha e grande demais para ela tinha letras brancas. Dizia A VIDA SERIA TRÁGICA SE NÃO FOSSE CÔMICA.

— Acho que deveríamos comer panquecas — sugeriu. — É o que se come quando se está na correria. Li isso uma vez.

Nate pegou sua mochila e passou por ela sem dizer uma palavra. O chuveiro deveria ser seu espaço seguro. Era onde ele pensava. Era onde descobria as coisas.

Exceto pelo fato de que parecia haver o começo de um foco de mofo em um dos cantos dos ladrilhos, e a água estava morninha na melhor das hipóteses, e o *único* pensamento que passava por sua cabeça eram palavras que ele nunca esperava ouvir.

E com aqui, quero dizer deste planeta.

Foi, sem dúvida, um dos banhos mais frustrantes da sua vida.

— Uau — falou Art, olhando para a garçonete. Ela estava sentada perto da janela. Alex ao seu lado. Nate, na frente deles. — Você é uma garçonete, certo?

A mulher sorriu para ela. Era jovem e bonita, levantando a mão para enrolar uma mecha de cabelo loiro atrás da orelha. Seu crachá dizia PEGGY, e ela tinha um sorriso que iluminava o ambiente.

— Sou — respondeu, ficando um pouco perto demais de Alex, na opinião de Nate. Não que isso o incomodasse, é claro. Afinal, isso não era importante diante de tantas outras coisas. Como o fato de que havia uma garotinha que aparentemente tinha superpoderes sentada do outro lado da mesa.

Art se inclinou para a frente.

— Você é a típica garota de cidade pequena que serve mesas, mas que sonha em chegar à cidade grande e assinar com uma gravadora ou dançar por dinheiro?

O sorriso de Peggy vacilou.

Nate se engasgou.

Alex abriu um sorriso tenso.

— Ela assiste muita TV. Art, o que falamos sobre garçonetes?

— Para não fazer perguntas — respondeu ela, suspirando enquanto cutucava um guardanapo de papel. — Porque não é da minha conta se elas querem dançar por dinheiro.

Nate sentiu dificuldade para respirar.

O sorriso de Peggy retornou com força total. Uma mão repousou no ombro de Alex.

— Está tudo bem. Coisinha curiosa, não é?

Art franziu a testa.

— Não sou uma *coisa*. Sou uma *pessoa*.

— É claro — disse Peggy. — Café?

— Dois cafés — pediu Nate. — E um suco de laranja. — Todos o encararam. Ele percebeu que soara muito exigente. Acrescentou: — Por favor.

Peggy assentiu.

— Já volto com os pedidos. Avisem se precisarem de alguma coisa. Qualquer coisa. — Ela se afastou, balançando os quadris de um lado para o outro.

— O que há de errado com ela? — perguntou Art, encarando Peggy com a testa franzida.

— Ela é tipo a mulher com o mecânico — disse Nate. Então: — Hum, quero dizer, o quê?

Alex lançou um olhar feio para ele.

— Não há nada de errado com a moça. Ela só está sendo legal.

— Aham — falou Art. — A outra garçonete era legal, mas não *tão* legal assim. Achei que todas as garçonetes deveriam sonhar em se mudar para a cidade grande. Ela quer chupar seu...

— Mas e as garçonetes que já estão nas cidades grandes? — perguntou Nate, tentando mudar o rumo da conversa.

Art estreitou os olhou.

— Não sei. Nunca estive em uma cidade grande. Eu não sabia que eles também tinham garçonetes lá. Vou ter que repensar tudo o que aprendi. Nate, você pode ter acabado de condenar seu planeta.

Nate sentiu-se empalidecer quase imediatamente.

— Ela está brincando — resmungou Alex.

— Que expressão é essa no seu rosto? — perguntou Art. — Essa é a aparência do puro terror? Quero dizer, ontem você parecia assustado por causa das armas e dos helicópteros, mas com certeza é *diferente*. Não sei se já vi alguém tão pálido antes.

— Respostas — falou Nate. — Agora. Agorinha. Respostas para todas as minhas perguntas. Imediatamente.

— Aqui está — disse Peggy, surgindo do nada. Em uma mão, carregava um copo pequeno de suco. Na outra, uma cafeteira. Nate queria perguntar se ela sabia que seu timing era terrível, mas conseguiu manter a boca fechada. Ela colocou o suco na frente de Art, que começou a observá-lo com desconfiança. A mulher serviu o café de Alex primeiro, inclinando-se um pouco sobre a mesa.

Alex não mordeu a isca. Ele mirava Nate diretamente.

Peggy não pareceu dissuadida.

Ela serviu o café de Nate com menos decote.

— Já decidiram o que querem pedir?

— Panquecas — respondeu Art, enfiando o dedo no suco. — E bacon. Na verdade, cubra minhas panquecas com bacon, por favor. Não quero nem *ver* as panquecas de tanto bacon.

— Ovos — resmungou Alex. — Mexidos. Torradas. Salsicha. Batatas hash brown.

A mão de Peggy encontrou o ombro de Alex novamente. Nate estava grato por Alex ter colocado uma camisa xadrez por cima da regata. Ele provavelmente teria se esticado e quebrado os dedos dela se tivessem tocado na pele.

Ela se virou para ele e arqueou uma sobrancelha.

— Só o café — disse o mais educadamente possível.

— Ele vai querer o mesmo que eu — disse Alex a ela.

Nate lhe lançou um olhar feio.

— Não estou com fome.

— Você precisa comer — falou Alex, com a mandíbula cerrada.

— Só o café — repetiu Nate.

— O mesmo que eu — insistiu Alex.

A mão de Nate apertou sua xícara de café.

Peggy olhava de um para o outro.

— Tudo bem. Eu vou... anotar o pedido. Me avisem se precisarem de *mais* alguma coisa.

Dessa vez, ninguém a observou enquanto se afastava.

— Você acha que é seguro beber este suco? — questionou Art, observando-o pingar de seu dedo. — Não sei se ainda consigo confiar em garçonetes.

— Sim — respondeu Alex, pegando a tigela de cerâmica que continha pacotinhos de creme em pó e açúcar. — Beba.

— Senhor, sim, senhor — murmurou ela, mas apenas observou outra gota cair do dedo de volta para o suco.

Nate se encolheu quando Alex arrancou a caneca de café das suas mãos. Ele abriu dois pacotes de açúcar e os despejou no café. Pegou uma colher e misturou o líquido antes de empurrá-lo de volta para Nate.

— Você vai comer.

Nate não sabia como reagir.

— Você não pode me dizer o que fazer.

— Ele é um sargento — Art lhe disse. — É nosso superior. Temos que fazer o que ele diz, ou seremos jogados numa cela. — Ela franziu a testa. — Ou mortos. Não sei qual é pior.

— O que diabos está acontecendo? — Nate exigiu em um sussurro áspero. Inclinou-se para a frente. Provavelmente, estava se parecendo um pouco maníaco, mas tinha permissão para tal, considerando o que passara. — O que é isso tudo? Jesus *Cristo*, vocês têm noção do quão doida é essa situação?

— Tenho — concordou Alex lentamente. — Mas não é...

— Eu só queria ir para minha maldita *cabana*, e agora fui *sequestrado*. Por intrusos. Por que me sequestraram?

Os olhos de Alex se estreitaram.

— Não te sequestrei. Você poderia ter ficado lá, se quisesse de verdade.

— É. E então teria sido preso pelo cara da água!

— Não era um cara da água — ressaltou Art. — Ele estava mentindo. Não percebeu? — Ela olhou para Alex. — Por que o Nate ainda acha que aquele era o cara da água?

— Eu te dei uma escolha — falou Alex, calmamente. — Eu não... você nos deixou ficar. Disse que poderíamos ficar.

— Ah, claro — ironizou Nate, arrepios atravessando seu corpo. — Culpabilizando a vítima. Claro. Maravilhoso. De todas as cabanas do *mundo*, calhou de escolheram a minha. Claro que é assim que minha vida funciona.

— Ele não acredita em destino — Art lembrou a Alex. — Acho que não acredita em muita coisa.

Alex parecia não saber se deveria ficar bravo ou não.

— Eu... não é como... *sinto muito*, ok? Não é como se você...

— Você *sente muito*? Como é que isso deveria ajudar de *algum* jeito...

— Eu sou o que sua espécie chama de extraterrestre — revelou Art. Ela tinha encontrado um canudo em algum lugar, mas em vez de batê-lo contra a mesa para tirá-lo da embalagem, o descascava lentamente pelas laterais. — Tipo, não sou da Terra. E fui mantida prisioneira na Montanha por trinta anos até que Alex me libertou uma semana antes de conhecermos você. — Ela terminou o relato balançando as mãos abertas perto do rosto, de maneira teatral.

Nate ouvira as palavras. Individualmente, sabia o que cada uma delas significava. Entendia as frases. Sabia onde elas começavam e onde terminavam. Mas, por mais que tentasse, não conseguia *processá-las*, não conseguia encaixá-las na forma de algo que pudesse compreender.

Sua boca se abriu uma, duas vezes, mas nenhum som saiu.

— Sobre o que conversamos? — perguntou Alex a ela.

— Conversamos sobre muitas coisas, Alex.

— Art.

Ela suspirou.

— Você me disse que eu não podia simplesmente falar coisas assim porque eu poderia quebrar o Nate.

— E o que você acabou de fazer?

— Quebrei o Nate. Para ser *justa*, você falou, mas eu nunca concordei com isso.

— Art.

— É pela *ciência*, Alex. Veja o que estamos aprendendo. Se, digamos, o teste fosse para ver o quanto Nate aguentaria, teríamos nossa resposta: não muito. Que decepção.

Nate tomou um longo gole de café. Estava quente. Queimou sua língua. Ele estremeceu.

— Só... agora não — pediu Alex. — Ainda não. Espera até voltarmos para a estrada.

— Você realmente acha que ficarmos enclausurados em um lugar como a caminhonete e ter essa conversa vai ser uma boa ideia? — perguntou Art. Ela inclinou a cabeça. — Embora eu saiba que ele já vomitou pela janela uma vez. Já teria costume, se precisasse fazer isso de novo.

Nate tentou falar outra vez. Falhou miseravelmente.

Art finalmente terminou de descascar o canudo. Ela o depositou no suco, olhou para a bebida por um momento e então se inclinou para a frente devagar. Colocou os lábios em volta do canudo, sugou as bochechas para dentro e bebeu. Ela se recostou enquanto engolia.

— Ok. Nada dói. Não foi envenenado.

Peggy escolheu aquele momento exato para reaparecer. Parecia ter retocado a maquiagem desde a última vez. Nate não sabia como dizer a ela que toda a sua visão de mundo havia mudado nos poucos minutos em que a mulher se ausentara. Ela serviu o prato de Art primeiro, antes do de Nate. Alex foi o último, é claro.

— Prontinho — disse. — Não parece uma delícia?

— Bacon. — Art suspirou. — Tanto bacon.

— Obrigado — agradeceu Alex, com a voz rouca. — Chamaremos se precisarmos de mais alguma coisa.

— Certo, benzinho — falou Peggy, lançando uma piscadela para o homem. — Estou à sua disposição.

— Você gosta mesmo de batom, hein? — comentou Art.

— Perdão?

Art deu de ombros.

— Batom. Você deve gostar. Quero dizer, está usando muito. Tentou comê-lo também? Porque tem um monte nos seus dentes. Eu nunca usei batom antes, mas acho que não é de comer.

Peggy empalideceu.

— Eu... não. Bom apetite. — Ela saiu correndo.

— Isso foi rude — repreendeu Alex, mas até Nate podia ver a forma como os lábios dele estavam se contraindo.

— Eu estava apenas constatando que ela tinha batom nos dentes — explicou Art. — Era a coisa educada a se fazer. Só porque você não sabe ser educado, não significa que eu também não saiba. Vou gostar de salsicha? — Ela estava bisbilhotando o prato dele.

— Você tem bacon — lembrou Alex. — Coma.

— Mas acho que eu gostaria de salsicha.

— Me dá um pedaço do seu bacon. Podemos trocar.

— Você está *louco*? Isso não é… parceiro, você tem sorte de estarmos nessa juntos. Caso contrário, eu ficaria tentada a desafiá-lo para um duelo ao amanhecer.

Nate tentou falar. Não conseguia formular palavras.

Alex olhou para ele cautelosamente.

— Coma sua refeição. Você vai precisar.

Art abriu um sorrisão cheio de bacon para ele.

De alguma forma, Nate conseguiu se alimentar.

Mas é claro que não sentiu o gosto de nada.

ONZE

Tentaram se manter em estradas secundárias o máximo possível, conforme seguiam para o norte. Alex disse que não queria arriscar ir pelas rotas principais, embora pudesse ser mais rápido. Antes de saírem da lanchonete, trocou a placa do Chevrolet pela de outra caminhonete no estacionamento. Art ficou de guarda, assoviando uma melodia alegre. Nate permaneceu no veículo, tentando evitar o ressurgimento do seu café da manhã.

Ele precisava fazer mais perguntas. Para onde estavam indo. Qual era o plano. Por que precisavam ir para o leste. De que planeta Artemis Darth Vader viera, e como fora capturada trinta anos antes e ainda conseguia ter a mesma aparência. Sabe, perguntas bobas.

Ele se perguntou se a cabana ainda estava de pé ou se tinha sido destruída pelo cara da água (que não era um cara da água).

Nate nem sabia o que significava o fato de que tal pensamento lhe era possível.

Alex ligou o rádio uma hora depois que saíram da lanchonete. Ele sintonizou em uma estação de notícias. Falavam sobre beisebol. Sobre o clima. Sobre o Markham-Tripp, o cometa que se aproximava cada vez mais, e cara, aquelas pessoas nas montanhas teriam uma *baita* visão, longe da poluição luminosa das cidades grandes. Em três semanas estará mais brilhante do que *nunca*, que tal? E agora, uma música que foi lançada já há *cinco anos*, dá pra acreditar *nisso*?; Garth Brooks e sua canção sobre trovões rugindo e relâmpagos cruzando os céus começaram a tocar.

Nada foi dito sobre soldados nos arredores de Roseland. Sobre a queda de helicópteros. Sobre dois homens e uma garotinha em fuga. Nem uma única palavra.

Era como se nada daquilo tivesse acontecido.

Como se eles nem existissem.

Nate olhou pela janela, observando as árvores passarem.

Vez ou outra, Art cantava junto com o rádio enquanto lia um livro que Alex tirara de sua mochila. O escolhido da vez era *Silver Canyon*. Um pistoleiro chamado Matt Brennan se apaixona pela filha de um fazendeiro. Não era o favorito de Nate. Art usava seus óculos escuros, ajeitando-os a cada poucas páginas. Uma das lentes parecia arranhada. Provavelmente acontecera durante a fuga deles.

Anoitecia quando cruzaram a Floresta Nacional de Willamette. Havia cada vez mais nuvens no céu. Se continuassem na estrada, alcançariam a chuva mais cedo ou mais tarde.

Nate saiu do estupor quando sentiu a caminhonete desacelerar. Piscou, olhando para Alex. Ele tinha uma carranca no rosto, o que não era nada incomum. Mas era a expressão mais carrancuda que Nate já tinha visto.

— Qual o problema? — perguntou, era a primeira vez que falava desde que saíram da lanchonete.

Alex balançou a cabeça.

Art cantarolava ao dobrar o canto da página e fechar o livro.

— Ele está se preparando mentalmente.

Nate não gostou da implicação daquilo.

— Para?

Ela o fitou. Ele mal conseguia distinguir os olhos dela por trás das lentes escuras.

— A conversa que estamos prestes a ter. Ele está preocupado se você vai acreditar em nós. Ou se vai fazer algo para me machucar. Ou nos abandonar.

— Art — repreendeu Alex entredentes.

— O quê? É verdade.

— Talvez devêssemos simplesmente continuar dirigindo — sugeriu Nate, remexendo-se no assento. — Não precisamos falar sobre nada disso. Podemos fingir que nada aconteceu.

Alex resmungou. Nate não considerava que isso fosse bem uma resposta.

Aproximaram-se de um estacionamento à frente, à direita. Havia três mesas de piquenique de madeira sobre a grama ao lado de uma lixeira preta de metal. Pinheiros balançavam na brisa. A grama era do verde mais brilhante que Nate já vira. Não tinha mais ninguém ali.

Alex parou a caminhonete ao lado das mesas. Um copo de papel vazio estava em uma delas. Vermelho e branco, com a palavra COCA estampada na lateral.

— Saia.

Nate balançou a cabeça furiosamente.

— Não. Estou bem aqui, obrigado.

— Nate. Saia da caminhonete. Agora.

— Ou *o quê*? Vai atirar em mim e... meu Deus, por favor, não atire em mim.

Alex revirou os olhos.

— Não vou atirar em você.

— Ele não vai atirar em você — garantiu Art, dando um tapinha no joelho de Nate. — Gostamos muito de você para te machucar. Além disso, se fosse baleado, isso só nos atrasaria.

— Já tive muitas chances de atirar em você antes — lembrou Alex. — Não preciso fazê-lo agora.

— Isso não é tão reconfortante quanto você pensa que é — murmurou Nate. — Certo. *Se* eu sair da caminhonete, promete não me deixar aqui?

— Só se você quiser ficar aqui — respondeu Alex. Ele não parecia feliz.

— Certo. Hum. Tudo bem... Vou sair então. — Ele abriu a porta. O ar estava pesado. Respirou fundo.

— Caramba — disse Art. — Será que você poderia ser mais lento? Meu Deus.

Ele saiu do veículo. O chão duro sob seus pés. Podia ver esquilos escalando os troncos das árvores. Pássaros cantavam. Ele quase conseguia se convencer de que estava tudo normal. De que estava tudo bem.

Art pegou sua mão.

Ele a olhou.

— Vai ficar tudo bem — garantiu ela. — Você vai ver. Só precisa ouvir, e prometo que vai ficar tudo bem. Não vou te machucar. Não *quero* te machucar. E eu sei que você não quer me machucar. Você é diferente. É como o Alex. Ele é especial.

Nate não sabia o que responder.

Permitiu que Art o guiasse até uma das mesas de piquenique. Ela o fez se sentar antes de ir para o outro lado da mesa. Subiu no tampo e se acomodou na frente de Nate, com as pernas cruzadas, os cotovelos apoiados nos joelhos e o queixo entre as mãos.

— Oi — falou ela, encarando-o.

— Oi — Nate conseguiu responder. Ele tentou desviar o olhar, mas era quase impossível.

— Então. Que loucura, né? Essas últimas semanas.

— Podemos dizer que sim.

Art sorriu para ele.

— Eu sei. Só estou tentando puxar assunto para você se sentir melhor.

— Não está dando certo.

— É, não sou muito boa nisso. Existem... nuances que ainda não domino. É bem complexo de conversar.

Nate deu uma risadinha fraca.

— Comigo não, na verdade.

— Ah, eu não estava falando de você especificamente. Quis dizer humanos em geral.

Nate sentiu como se tivesse levado um soco no estômago.

— Isso é... eu...

Ela levantou os óculos escuros e os apoiou no topo da cabeça.

— Mas você também é complexo, Nate. Mais do que pensa. — Os olhos dela eram como a grama, de um verde muito brilhante.

— Consegue ler minha mente? — Nate deixou escapar.

— Não — respondeu Alex bruscamente, parando na beirada da mesa, ainda examinando a linha das árvores. — Ela não consegue.

— Mas sou telecinética — acrescentou Art com alegria.

Nate arquejou.

Alex suspirou.

— Ela é…

— Sétimo Céu — disse Art. — Você se lembra de ter falado disso na cabana?

Nate não foi capaz de fazer nada além de assentir.

— Sabe o que isso significa?

— Não.

— É um código — explicou Alex. — Céu. Começa com a letra C. Como a palavra *contato*. Havia um homem chamado Hynek nos anos 1970. Ele publicou um livro onde descrevia uma escala de contato entre nós e… outros. Inicialmente, propôs três tipos de contato. — Seus ombros estavam rígidos. Ele parecia preferir fazer qualquer outra coisa a falar. Era uma visão familiar, mas não fez Nate se sentir melhor. — O primeiro grau é ver um objeto não identificado a menos de cento e cinquenta metros de distância, o suficiente para distinguir detalhes.

— Isso é divertido — comentou Art. — Estou me divertindo.

Alex a ignorou.

— O segundo é onde os efeitos físicos são sentidos. Animais tendo reações. Carros com defeito. Rádios falhando. Evidências deixadas para trás. Marcas de queimado. Vestígios químicos. — Ele olhou para Nate. — Às vezes, o segundo nível afeta as pessoas. Paralisia. Desconforto.

Art balançou os dedos para Nate.

— Está sentindo algum desconforto agora?

— Sim — respondeu Nate.

Ela franziu a testa para os próprios dedos.

— Hum. Eu não sabia que era capaz disso. Será que devemos testar se eu conseguiria te paralisar?

Alex nem ligou.

— O terceiro grau é quando há… seres presentes. Aqueles que parecem estar pilotando os objetos vistos no primeiro grau. Também é chamado de primeiro contato.

Art suspirou.

— Contato de primeiro grau é ver objetos, mas o do terceiro grau é ver algo *vivo*, o que também é primeiro contato. Que desnecessário.

— Meu Jesus — disse Nate, sua voz falhando. — Você tá falando sério.

— Sim — concordou Alex sem rodeios. — Estou. Expansões da escala vieram depois de Hynek. Esclarecimentos. Aprofundando o assunto. O quarto grau é abdução. O quinto, comunicação. O sexto é a morte de um humano ou animal por causa do contato.

Nate fechou os olhos.

— E o sétimo? — Afinal, o que poderia ser pior do que abdução e morte?

— O sétimo sou eu — revelou Art, calmamente. — Embora não se encaixe muito bem.

— Contato de sétimo grau é um ser híbrido — explicou Alex. — Produzido sexualmente ou por métodos artificiais. Mas... *ela* não é híbrida. Não é assim com ela. É algo mais... simbiótico.

— Nate — chamou Art.

Ele abriu os olhos. Uma garotinha estava sentada à sua frente. Havia um homem perto dela. Eles falavam de coisas que deveriam ser impossíveis. Coisas que não deveriam existir. Nate... ele nunca havia realmente pensado nessas coisas. Ah, ele conhecia Roswell e as histórias por trás daquilo. Já ouvira falar sobre luzes no céu. Até tinha visto alguns episódios daquele seriado novo, um tal de *Arquivo X*. Porra, passara *anos* em Washington e *conhecia* vários segredos. Mas esse não era um tópico em que pensava. Por quê? Porque era *besteira*. Se fosse pressionado, Nate teria dito que os humanos estavam sozinhos. Que *se* tais coisas existissem, *se* houvesse vida fora da Terra, seriam organismos unicelulares em planetas muito, muito distantes, em oceanos ácidos ou escondidos sob rochas ígneas. Nada inteligente. E *se*, na mais remota hipótese, *houvesse* vida inteligente em algum lugar lá fora, ele não achava que viriam para *cá*. Qual seria o sentido?

Ele não acreditava em seções secretas do governo. Em homens de preto. Na Área 51. O mundo já era sinistro o bastante sem essas coisas. E não havia provas. Nunca houvera nenhuma prova concreta. Apenas histórias. Só isso. Histórias. Sim, alguns mistérios precisavam ser resolvidos, perguntas precisavam ser feitas, mas tudo isso estava ligado ao planeta Terra com explicações lógicas.

Até agora.

Se fosse acreditar neles.

Art inclinou a cabeça.

— Está pensando demais, Nate.

— Você não consegue ler minha mente.

— Não. Mas não é tão difícil adivinhar. Sua testa está franzida. Sempre faz isso quando está pensando.

— Não é... você realmente espera que eu aceite isso? Que *acredite* em você. Na sua *existência*. Nisso.

— Você conhece Cisco Grove? — perguntou Art, e Alex abaixou a cabeça.

— Não.

— Fica no norte da Califórnia.

— Eu não...

— É um acampamento. Lá, havia um homem.

— Oren Schraeder — contou Alex.

— Isso — disse Art. — Oren Schraeder. Que nome lindo. Simplesmente... faz nossa boca se mexer, não é? Oren *Schraeder*. Enfim. Ele era um caçador em um acampamento. Encontrou algo que não esperava ver. — Apontou para o próprio peito. — Eu.

— Você — falou Nate estupidamente. — Assim... Como você é. Agora.

Ela riu.

— Não. É claro que não. Isso seria ridículo. Como eu poderia ter a aparência de agora se nunca estive aqui antes? Sinceramente, Nate. Isso é loucura.

Nate não sabia como responder, então não disse nada.

— Ele se assustou, é claro. Estava escuro, e ele tinha se afastado do acampamento. Pensou em caçar um pouquinho à noite. Tinha um arco e flecha e uma lanterna amarrada à cabeça, e então me encontrou. Eu não ia machucá-lo. Eu nem ia tentar me comunicar com ele. Mas eu estava curiosa. Nunca tinha visto um de perto antes. — Ela mal piscava. — Um humano.

— Meu Deus — disse Nate, cravando as unhas na madeira da mesa. — Meu Deus.

Ela riu.

— Ele disse a mesma coisa. Nós... não somos como vocês. Como nada, na verdade. Somos... fluidos. A descrição mais próxima dentro da sua compreensão é "gasoso". Quase como fumaça líquida.

— Ela não teve a intenção desse contato — explicou Alex, baixinho. — Estavam apenas averiguando a região. Nada mais. Havia outros, mas ela acabou ficando sozinha.

— Eles me deixaram — falou Art, simplesmente. — Mas foi falha minha, não posso culpá-los. Eu me perdi. Não deveria estar onde estava. Sou jovem, mais jovem do que você imagina. Eu não deveria estar lá sozinha. Mas eu... eu precisava ver por conta própria. Quem vocês eram. Do que eram feitos. O que poderiam ser.

— Isso não é real. — Nate passou uma mão no rosto. — Nada disso é real.

— Ele tentou correr — continuou Art, como se ele não tivesse dito nada. — E mesmo sabendo que era errado, eu o persegui. Ele era muito rápido. Mas fui mais rápida. Foi... instinto, acho. Ou uma palavra parecida que não existe na sua língua. Eu senti a necessidade de perseguir.

— É uma relação simbiótica — comentou Alex, do outro lado da mesa. — Como um parasita. Ela... — Ele relanceou Art.

— Está tudo bem — afirmou a garota, tocando as costas da mão dele. — Eu sei a impressão que dá. Meio assustador.

Ele assentiu devagar.

— Ela o infectou. O dominou. Você já ouviu falar de cordyceps?

— Não. — Nate tinha a impressão de estar flutuando.

— É um fungo na natureza. Existe um tipo chamado *ophiocordyceps unilateralis*. É um entomopatógeno. Infecta insetos, alterando seu comportamento.

— Faz os insetos ficarem um pouco maluquinhos — concordou Art, girando um dedo na lateral da cabeça e ficando vesga. Era tão estranhamente fofo que Nate sentiu vontade de gritar.

— É parecido com o que Art é. Era. Só que ela não causa efeitos danosos ao hospedeiro, como é o caso do fungo. Ela não está aqui para ferir. Não está aqui para machucar.

— Não gosto de machucar nada — disse ela. — Não faz eu me sentir bem. Eu estava curiosa, só isso. Como você está.

— Ah — falou Nate, os olhos arregalados. — Isso é... isso é ótimo. Simplesmente... ótimo.

— Luzes foram vistas naquela noite — prosseguiu Alex. — Acima de Cisco Grove. Fica a apenas algumas horas de distância da Montanha.

Art fez uma careta.

— Tipo, escolhi o pior lugar possível para ir...

— A Montanha já existia antes dela. Foi criada no final dos anos quarenta, após o fim da Segunda Guerra Mundial. A ideia original era estudar e aperfeiçoar a guerra biológica. Os japoneses planejavam usar uma peste como arma biológica contra civis em San Diego, em setembro de 1945. Mas eles se renderam antes disso, e o plano nunca foi executado. As autoridades queriam estar na vanguarda do movimento, para que eles nunca pudessem ser pegos desprevenidos. Havia esperança de que, ao aperfeiçoar tais armas, também pudessem criar curas. Uma base foi montada como fachada em Maryland, com o início das operações em 1943, conhecida como "Laboratórios de Guerra Biológica do Exército dos Estados Unidos". — Alex olhou para as próprias mãos. — A Montanha era secreta. Era para fazer as mesmas coisas que a base em Maryland, mas sem supervisão. Eles transformaram o antraz em uma arma. A tularemia. A brucelose. A febre Q. Mas tudo mudou em 5 de setembro de 1964.

— Por causa de Art — adivinhou Nate. Sua cabeça girava.

— Estranho, né? — comentou ela, cutucando a madeira lascada da mesa. — Bastou eu vir para cá que tudo mudou. É quase lisonjeiro. Quero dizer, se pensarmos por esse lado.

— Oren Schraeder estava designado para a Montanha. — Alex foi categórico. — De todas as pessoas para ela infectar, escolheu a única que não deveria.

Art revirou os olhos.

— Como raios eu poderia saber? Não era como se ele estivesse fardado ou algo do tipo. Ele usava uma touca com *orelhinhas*. Não é como se isso gritasse: *por favor, não me possua*.

Nate ficou boquiaberto.

Ela lhe lançou uma piscadela.

— A Montanha enviou um comboio — contou Alex. — Encontraram Oren. Ele não estava agindo… normalmente.

— Eu não sabia como usar as pernas dele — disse Art, com uma careta. — Nem os braços. Nem a boca. Nem qualquer outra parte, sendo sincera. Bem. Exceto os intestinos, o que era *extremamente* desconfortável. Eu nem sabia como sair dele. Não na época. Quando nos encontraram, estávamos deitados no chão. Oren estava babando e emitindo barulhos estranhos, e eu não conseguia descobrir como fazê-lo parar. Pensaram que ele tinha sido atacado de alguma forma. Ou infectado na base. Eles o colocaram em quarentena. E nos levaram para a Montanha.

— Só a viram quando fizeram uma tomografia por emissão de pósitrons — continuou Alex. — Ela parecia um fantasma preso dentro dele. Incorporada ao cérebro. Gavinhas na massa cinzenta. Eles não sabiam como lidar com isso. Com ele. Com o que viam. Disseram que era câncer. Ou uma infecção. Mas nada na Montanha poderia causar o que estavam vendo.

— Levei dois anos para conseguir descobrir como controlá-lo — falou Art. — Então comecei a falar e…

— Eles *acreditaram* em você? — perguntou Nate, incrédulo.

— O quê? Não. Claro que não. Isso seria ridículo. Eles pensaram que algo tinha acontecido com o cérebro dele. Só quando fritei as máquinas na sala ao lado é que começaram a me levar a sério. — Ela riu. — Você deveria ter visto as caras deles. Foi bem engraçado, lembro bem. Principalmente quando comecei a falar.

— O que você disse? — sussurrou Nate.

Ela virou o rosto para o céu.

— Falei que tinha vindo de um lugar distante. Que eles não estavam sozinhos. Que o universo era muito maior do que qualquer um deles poderia imaginar. — Suspirou. — E que eu estava pronta para ir para casa. Se lhes fosse conveniente me deixar sair, eu iria embora e fim da história.

— Eles não deixaram — disse Alex, com as mãos cerradas ao lado do corpo. — Acreditaram nela. Depois de um tempo. Mas não a deixaram ir embora.

— Perguntas — lembrou Art. — Tantas perguntas. Como, por quê, onde e o que tudo isso *significa*? Eles quiseram saber quantos de nós estávamos na Terra. De onde eu tinha vindo. Quais eram nossos planos. Se éramos hostis. Se íamos dominar seu planeta e escravizar a raça humana. — Ela estufou as bochechas. — *Leve-me ao seu líder.*

Nate pensou que o som que emitiu era uma risada, mas estava mais para um soluço.

— E tinha também os *testes*. — Art jogou as mãos para o alto. — Um montão de testes. Eles cutucaram, furaram e *inseriram*. Eles me mostraram imagens de água, fogo e terra. De pessoas ajudando outras. De mulheres em vestidos bonitos e homens de cartola, andando sorrindo de braços dados pelas ruas. De átomos se dividindo, causando morte e destruição. De armas, doenças e homens marchando de braços erguidos. De pessoas dançando. Essa... acho que foi minha parte favorita. Eu gostava quando via as pessoas dançando. Fazia eu me sentir feliz. — Desviou o olhar. — Acho que nunca tinha sentido a tal felicidade antes disso.

— Eles não têm... emoções — explicou Alex. — Não como nós. Não de uma forma que ela pudesse definir para que eles entendessem. Foi por causa de Oren que ela começou a sentir coisas. Ele era um hospedeiro, e ela o parasita, mas em vez de transformá-lo nela, Art começou a se transformar nele.

— O que aconteceu com ele? — questionou Nate, atordoado. — O homem. Oren. Ele estava... lá dentro? Com você?

Ela estremeceu.

— Eu não estava... muito bem. Levei bastante tempo para aprender. Por um tempo, conseguia ouvi-lo. Mas ele não estava sofrendo. Nem estava de fato acordado. Era tipo... Você sonha, Nate?

Ele assentiu devagar.

— Todo mundo sonha.

— Os sonhos estão ligados à forma como você forma memórias. Elas são... as coisas que você aprende. Coisas que te aconteceram. As pessoas que conheceu. Experiências que teve. Elas ficam guardadas na sua cabeça, e você sonha com elas. Às vezes, sonha com o fantástico. Às vezes, tem pesadelos. Mas então acorda e *respira*, e tudo volta a ficar bem. Foi assim com Oren. Ele estava... sonhando. Eu podia sentir de vez em quando. Ele sonhava com pescaria. Com uma linda mulher sussurrando em seu ouvido. Com um monstro o perseguindo pela floresta. — Ela pigarreou. — Esse era minha culpa. Mas... a gente conversava. Ele estava ciente. Depois de um tempo, acabou sabendo o que estava acontecendo. Era estranho, na verdade. Ele só... *aceitou*. Começou a ficar curioso. Sobre mim.

— O que aconteceu com ele? — insistiu Nate, um calafrio percorrendo sua espinha.

— Ele ficou do mesmo jeito por anos — respondeu Alex. — Ele não... envelheceu. Ele permaneceu com vinte e quatro anos durante vinte anos.

Era como se todas as sinapses de Nate acontecessem ao mesmo tempo. Sua mente parecia em branco. Vazia. Não conseguia formar um único pensamento coerente.

— Era outro teste — disse Art. E pela primeira vez, Nate teve a impressão de que ela estava *brava*. De todas as coisas que foram ditas, de todas as coisas que ele viu e ouviu, a *raiva* em sua voz foi o que mais o assustou. Havia amargura impregnada ali, suas palavras mais curtas e duras. — Eu não sabia disso. Achei que podia confiar neles. Não deveria, mas achei que podia. O tempo passava de forma diferente na Montanha. Passa de forma diferente em *todos os lugares* aqui. Nós não... marcamos a passagem do tempo. Não como vocês. Não com aniversários, festas, balões ou bolo. Tem um significado diferente. É... fluido. Pode ser dobrado. Não é a linha reta e rígida que vocês pensam que é. Tempo e espaço nunca são. E... — Ela balançou a cabeça e desviou o olhar.

Nate observou enquanto Alex levantava a mão e a colocava em sua cabeça. Art se inclinou e fechou os olhos. Ele a estava confortando. Como se já tivesse feito isso antes. Como se soubesse do que ela precisava.

Os olhos de Nate ardiam.

O ar cheirava à chuva.

— Foi antes de mim — disse Alex. — Um ano antes. Ela... Eles chamaram de transferência. Havia uma menina. O nome dela era Emily. Quando ela tinha nove anos, desenvolveu encefalite. Nada poderia ser feito. Ela estava em coma há três meses. Seus pais, eles... foram informados de que ela não acordaria. Mas eles persistiram. Incansavelmente. Continuaram. Eles a mantiveram viva. Até que um dia morreram, quando um caminhão acertou a lateral do carro deles em um cruzamento, a quatro quarteirões do hospital.

— Eles morreram na hora — relatou Art, em um tom apático. — Não sentiram dor.

Alex assentiu.

— Não restou ninguém. Emily não tinha mais família. Ninguém para se preocupar com ela. Para se importar com o que ela... — Alex tossiu. — Eles a encontraram. Acho que estavam procurando por alguém assim. Alguém que não faria falta. Foi... muito oficial, me disseram. Tiraram Emily do hospital em Pasadena e a levaram para a Montanha.

— Eles me disseram que queriam ver se eu poderia ajudá-la — sussurrou Art. Uma gota de chuva caiu na lente esquerda de seus óculos escuros. — Porque eu era capaz de... curar. Às vezes, conseguia enganar o corpo e fazê-lo pensar que estava se curando mais rápido do que realmente estava. — Deu de ombros. — É o lance do tempo de novo. Funciona de forma diferente.

Ele levou um tiro. De uma pessoa idiota que não saía do caminho.

— Meu Deus — disse Nate roucamente. Olhou para Alex. — Você *de fato* levou um tiro. Seu bastardo de merda. Bala de borracha é um *cacete*.

Alex fez uma careta para ele.

— Eu não te conhecia. Você realmente acreditaria que uma garotinha tinha me curado se eu tivesse contado naquele momento?

— Não sei se acredito em você *agora*.

— Acredita — confirmou Art, observando o. — É difícil repensar o que vocês têm como verdade absoluta, eu sei. São programados assim. Alguns mais do que outros. Mas você acredita, Nate. Sabe que tudo o que dissemos é verdade.

Nate balançou a cabeça furiosamente.

— Não. Não, eu *não*...

— Eu tentei curá-la — prosseguiu Art, a voz impassível. —

Tentei fazer o que me pediram, mas eles *mentiram* pra mim. Não se importavam com a garota. Com a Emily. Não davam a *mínima* pra ela. Não se importavam que ela não tivesse ninguém. Que eles a tivessem *roubado*. Eles só queriam ver o que poderiam fazer. Se poderiam me fazer... se eu poderia... — Seu peito arfava.

— Impulsos elétricos — falou Alex — nos neurônios. Através das sinapses. Descobriram que se os sobrecarregassem, se essencialmente fritassem o cérebro, isso a forçaria a sair. E foi o que fizeram. Foi um teste. Um experimento. Uma maneira de revidar caso os outros retornassem por ela. Se outras pessoas fossem... possuídas.

— Era só nisso que pensavam — disse Art, franzindo a testa. — Em *revidar*. Como se fôssemos algo a ser temido. Eles não sabiam que já era tarde demais pra mim aqui. Muitas coisas tinham mudado.

— Ela se agarrou a Emily — relatou Alex, e Nate pensou que se conseguisse fazer suas pernas funcionarem, correria o mais rápido possível. — Era o único lugar pra ela ir. Art não teria sobrevivido por muito tempo. Muito dela se misturara em nossa composição genética. Ela não era... a mesma de antes. Então fez a única coisa que podia.

— Não era como Oren — comentou Art, baixinho. — A Emily não estava sonhando. Só existiu frio, escuro e vazio por um bom tempo. Eu quase não conseguia encontrar uma maneira de... fazer aquilo. Mas havia impulsos elétricos suficientes, apenas um indício de uma faísca, para me deixar possuí-la. Oren sonhava. Emily já tinha ido embora. Levei quase um ano para abrir meus olhos por conta própria. Mas eu consegui. Consegui. Eles não achavam que eu conseguiria. Eles não achavam que eu o *faria*. Mas fiz. Eu provei que estavam todos errados. E os *assustei* por causa disso, ainda mais do que antes. E *gostei* disso. *Gostei* mais do que deveria, e isso me deixou feliz. Eu queria ver mais. Queria que *todos* tivessem medo de mim. E então ele apareceu.

— Alex — falou Nate. — Alex apareceu.

Ela assentiu.

— E as coisas... mudaram. Depois disso. Foi um teste, claro. Era sempre um teste, mas eu sabia disso. E quando você sabe, você tem poder sobre a situação. Pode mudar o resultado. Fazer do jeito que quiser. Mas Alex... ele era... diferente de todos os outros.

— Você não gostou de mim no começo — lembrou Alex, e Nate jurou que ele estava quase sorrindo.

— Você não gostou de *mim* — retrucou Art. — Era bravo e malvado, e disse que não queria ter nada a ver comigo. Mas ainda assim voltou.

— Voltei.

— Por quê? — perguntou Nate.

Alex piscou.

— Por que o quê?

— Por que você continuou voltando?

Alex balançou a cabeça e, antes mesmo de falar outra vez, Nate pôde ver as muralhas do homem se levantando.

— Não importa — disse rispidamente. — Não é sobre mim. É sobre ela. É sobre levá-la pra casa.

— Como? — perguntou Nate, de repente se sentindo pequeno como nunca. Se isso fosse real, se tudo isso fosse verdade, nada jamais seria igual. Ele queria pensar que eles eram loucos. Que eram mentirosos. Mas já tinha visto coisas que não conseguia explicar quando se tratava de Artemis Darth Vader. E não importava o quanto tentasse se afastar, algo ainda o dominava, fazendo-o ficar.

— Ainda não sei bem — admitiu Art. — Mas eles estão voltando por minha causa. Consigo sentir. — Sua voz assumiu um tom sonhador. — É tipo… uma música na minha cabeça. Posso ouvi-los cantando e sei que retornarão. Só preciso esperar.

Então, ela ficou em silêncio. Nate sentiu gotas de chuva na cabeça e nos ombros. A tempestade logo chegaria. Eles estavam esperando que ele dissesse algo. Mas Nate simplesmente não sabia o que falar.

Por fim, disse a única coisa que conseguiu:

— Por quê?

Ela arqueou uma sobrancelha.

— Isso é meio vago. Por que o quê?

Ele se sentiu oco e vazio.

— Por que aqui? Por que nós? Por que você veio pra cá? — Ele enxugou uma lágrima que escorreu pela bochecha.

E quando ela se inclinou para a frente, quando colocou suas mãozinhas no rosto dele, Nate não se afastou.

— Vocês acham que estão sozinhos. Perdidos. Queríamos mostrar que há muito mais do que este lugar. Não viemos para machucá-los. Não viemos para salvá-los. Só vocês podem fazer isso. Viemos pra nos tornar seus amigos. Para fazer vocês entenderem que, no fim das contas, nunca estão sozinhos.

Depois disso, Nate se deixou levar.

Outro hotelzinho sem nome no meio do nada. Tinham entrado no estado de Washington tarde da noite. Nate não achava que eles sabiam para onde estavam indo exatamente, mas não questionou. Não sabia como fazê-lo.

Eles o deixaram sozinho no quarto enquanto foram buscar comida. Nate sentou-se na beirada de uma das camas, olhando para as mãos. Sob a carne pálida de suas palmas, podia ver o formato retorcido das veias. Virou as mãos e viu os ossos sob sua pele enquanto movia os dedos para cima e para baixo.

Os dois estavam lhe dando tempo. Dando espaço para ele ver o que faria. Se estaria ali quando retornassem. Seria fácil, não seria? Levantar e pegar sua mochila. Caminhar até a recepção e pedir para usar o telefone. Ele poderia ligar para a polícia. Eles não acreditariam nele logo de cara. Quem acreditaria? Talvez nem precisasse contar a eles. Não tudo. Ele poderia dizer que o tiraram de sua casa. Certamente as pessoas estavam procurando por eles. Talvez Alex fosse o sequestrador. Um homem que havia sequestrado uma criança de sua casa, e será que alguém não poderia, *por favor*, ajudar a encontrar essa garotinha? Conseguiria fazer isso. Com facilidade. E então, se tivesse sorte, poderia retornar para a cabana, se ela ainda estivesse de pé, fechar a porta atrás de si e nunca mais pensar em Artemis Darth Vader ou Alex Weir.

Houve um momento em que sentiu suas pernas ficarem tensas, como se estivesse se preparando para ficar de pé.

Ele não o fez.

Eles trouxeram frango frito. Purê de batata. Milho. Biscoitos.

O Coronel Sanders sorria sabiamente da lateral do balde vermelho e branco. Art pareceu aliviada quando viu Nate onde o haviam deixado. Alex pareceu... o Alex, embora seus olhos tenham se arregalado por um segundo. Art disse que trouxera comida para Nate porque ela o estava *sustentando*. Ela tinha saído e matado o bicho por conta própria, parceiro, e ela o limpou, eviscerou e cozinhou em uma fogueira sob uma cascata de estrelas no céu noturno. Ela ouviu um coiote solitário uivar enquanto tocava sua gaita, camarada, e esperava que ele estivesse com muita fome.

Ele piscou devagar.

Ela suspirou alto quando mordeu seu primeiro pedaço de frango frito, revirando os olhos. Exaltou que aquilo estava no mesmo nível do bacon. Quando terminou, tinha purê de batata na bochecha e os lábios brilhavam por causa da gordura. Seus olhos estavam baixos e ela se recostou na cama, dando tapinhas na barriga alegremente.

— Que maravilha — comentou Art. — Independentemente do que acontece por aqui, vocês se saíram bem no quesito comida.

Nate não comeu muito. Até beliscou, mas teve dificuldade em engolir.

Alex comeu rápido e sem dar muita atenção ao alimento. Ficava olhando para Nate, mas não disse uma palavra.

Nate pensou em se enrolar na cama, afastado deles, e tentar dormir. Não sabia se conseguiria.

Art foi a primeira a dormir. Escovou os dentes e Alex desfez suas tranças. Seu cabelo estava frisado e ondulado enquanto ela o balançava. Havia colocado seu pijama, o mesmo que usava todas as noites desde que Nate a conhecera pela primeira vez. Estava dormindo antes mesmo da cabeça encostar no travesseiro.

Nate nunca se sentiu mais acordado na vida.

Alex se moveu em silêncio pelo quarto, juntando os restos do jantar.

Nate não tinha nada a dizer a ele. Não achava que queria ouvir novamente a voz de nenhum dos dois pelo resto da noite.

É por isso que ficou surpreso quando ele mesmo falou.

— Você a tirou de lá.

Alex ficou tenso, as mãos congelando sobre o isopor vazio que contivera purê antes de Artemis atacá-lo. Seus dedos tremeram.

— Você a tirou da Montanha.

— Sim.

— Por quê?

Alex olhou de relance para ele, parecendo se preparar para uma luta. Seu tom era desafiador quando respondeu:

— Eu faria tudo de novo.

— Não estou...

— Se eu tivesse que fazer tudo de novo, faria.

E Nate acreditou nele.

— Eles estavam machucando ela — explicou Alex, colocando os recipientes vazios em sacos de papel. — Eles não estavam... não era... não se *importavam* com ela. Não com quem ela era.

— Mas você, sim — disse Nate, baixinho.

Alex não respondeu. Em vez disso, jogou os sacos na lixeira plástica em um dos cantos. O quarto cheirava à fritura velha e produtos de limpeza ruins. Nate estava ficando com dor de cabeça.

— Eu entendo, ok? Eu...

— Não — interrompeu Alex com frieza. — Você não entende. Não entende nada sobre ela. Sobre mim.

— Estou tentando.

— Por que ainda está aqui? — perguntou Alex, virando-se e olhando para ele. — Poderia ter ido embora enquanto estávamos fora. Poderia ter nos deixado para trás e ido *embora*.

— Mas não fui.

— Eu *sei* — retrucou Alex, lançando um olhar para Art. Ela estava roncando baixinho. Quando ele falou de novo, sua voz estava mais baixa, mas ainda carregada. — Sei que não foi. Não entendo o *porquê*.

— Por que você me contou sobre ela? — rebateu Nate.

Alex parecia frustrado. Passou a mão pelo cabelo curto. A máscara que usava — do homem, do soldado — estava caindo de novo, mais do que Nate já tinha visto. Ele se perguntou se Alex sequer sabia que isso estava acontecendo.

— Porque você... você simplesmente... teria feito *perguntas*. E não teria parado.

— Você poderia ter inventado outra coisa — argumentou Nate. — Como fez da primeira vez.

Alex balançou a cabeça.

— Você não teria acreditado em mim.

— E o que te faz pensar que acredito agora?

— Você acredita.

— Como pode saber disso?

— Por causa da sua expressão. Pálida e de olhos arregalados. Eu a conheço. Já a vi antes. No espelho depois que me mostraram quem ela era pela primeira vez. Depois que me explicaram o que eu estava vendo. Eu fiquei igual a você. Você acredita.

Nate engoliu em seco.

— Não sei no que acreditar.

Alex sentou na beirada da cama, tomando cuidado para evitar que o colchão se movesse e perturbasse Art. Abaixou-se e começou a desamarrar as botas.

— Eu pensei em ir.

Alex hesitou, então levantou o pé e tirou a bota direita.

— Sei que sim.

— Pensei em sair por aquela porta.

— Eu sei.

— Em encontrar um telefone e chamar a polícia.

Alex tirou a bota esquerda.

— Mas não fiz isso — continuou Nate. — Porque eu não conseguia me mover. Não importava o quanto eu tentasse.

— Devemos.

Nate se virou lentamente para encará-lo. O quarto estava escuro. Pela janela, o neon vermelho da placa QUARTOS DISPONÍVEIS delineava Alex.

— O quê?

— Lá na cabana — disse Alex, abaixando a cabeça. — Quando ele apareceu pela primeira vez. O Executor.

— O cara da água.

Alex deu uma risadinha de desdém.

— É. Ele. Eu deveria ter previsto aquilo. Eu... — Ele esfregou a mão no rosto. — Quando vi a caminhonete dele, você me fez uma pergunta: o que devemos fazer?

Nate esperou.

— Não disse *deve*. Não disse o que *devo* fazer. Você disse *devemos*. Nós. Você nem sabia quem éramos. Nós invadimos sua cabana. Eu tinha uma arma. Até onde você sabia, eu poderia ser um... algum tipo de *pervertido*. Levando uma garotinha para o meio do nada.

— Esse pensamento cruzou minha mente. — Nate estremeceu. — Hum. Quero dizer...

Alex suspirou.

— Eu sei. Não te culpo. Não por isso. Eu... não importa. Mas você disse *devemos*.

— Não me lembro.

— Eu sei. É... você ficou.

— Fiquei.

— Mesmo depois de tudo. Mesmo com toda a loucura da situação.

— Sim.

— Por quê?

— Não sei.

Alex não pareceu muito feliz com a resposta.

— Como você soube? Quando voltou para a cabana, você disse "Sétimo Céu". Como soube disso?

Isso surpreendeu Nate.

— Ruth.

Alex o encarou de maneira afiada.

— Quem?

— Ruth. Ela é... uma velha amiga. — Nate sentiu seu rosto esquentar. — Posso ter pedido para ela fazer uma pesquisa sobre você.

Alex apenas o encarou.

— Em minha *defesa*, sua história sobre ser um guarda-costas parecia baboseira, então...

— Isso foi ideia da Art — murmurou Alex. — A segunda. Na primeira ideia, ela queria te contar que tinha sido sequestrada por bandidos e que eu havia chegado em um cavalo branco e a resgatado.

Nate segurou uma risada.

— Ela é…

— É — concordou Alex, cansado. — Ela é. O que Ruth te contou?

— Algo sobre o Sétimo Céu. Sobre… você. Que você tinha desaparecido há dez anos. Virado um fantasma. Homens apareceram lá. Alegavam ser da Agência de Segurança Nacional.

— Não são.

— Eu sei. E Ruth também. Cobriu os próprios rastros. Ela vai ficar bem. Já enfrentou coisas muito piores do que paus-mandados do governo.

— Eles já sabiam sobre nós. Sobre você.

— Foi o que o cara da água disse. Ele estava nos observando, né? O tempo todo.

— Acho que sim.

— Por quê?

— Outro teste — rosnou Alex. — É tudo o que isso sempre foi. Para ver o que ela faria. Com você. No mundo real.

— Você a tirou de lá — repetiu Nate. — Daquele lugar. Da Montanha.

— Eu precisava.

— Você desistiu de tudo. Da sua vida. Do seu trabalho. Para tirá-la de lá.

— Sim.

— Por quê?

— Não importa. Precisamos dormir.

Nate não gostou daquilo.

— Isso não é justo.

— Não ligo — disse Alex, levantando-se da cama.

— Você não pode ficar escondendo essas merdas de mim. Não mais.

— Posso fazer a porra que eu quiser.

— Mas é claro — comentou Nate com amargura.

— O que raios isso quer dizer?

— O que acontece depois?

— Depois do quê?

— Depois *disso*. Depois que você a levar para onde ela precisa ir. O que acontece então? Eu simplesmente… volto pra minha vida do jeito que era antes? Volto para... — Nada, na realidade. Nate não tinha absolutamente nada. A cabana fora sua última posse. E a caminhonete, mas ela estava no fundo de uma ravina. — E meu irmão?

— O que tem ele?

— Ele tem família. Se eles sabem quem eu sou, então também sabem quem ele é.

Alex não respondeu.

— Você se preocupa com ela — falou Nate, a voz baixa. — Eu entendo. Mesmo. De verdade. Mas você já parou pra pensar no que fez comigo?

Silêncio.

— Nunca parou, não é? Porque você faz a porra que quiser. Não importa quem fica no seu caminho. Você me colocou nisso. Me tornou parte disso. Tudo o que aconteceu desde então é por sua causa. E talvez a mesma coisa tenha acontecido com você. Talvez não tenha pedido nada disso. Não tenha pedido por ela. Mas você precisa se lembrar...

E lá estava. Aquele detalhe do qual tinha se esquecido em meio ao caos. Randy. O cara da água que não era um cara da água. Ele sabia mais sobre Alex. O que ele tinha dito? O arquivo. O arquivo de Alex. Era detalhado e...

Você já se perguntou por que escolheram você? Entre todos? Por que escolheram você. Eles te escolheram porque você estava quebrado.

Te escolheram porque queriam ver se a coisa se apegaria a você. Como um hospedeiro. Simbiótico.

Queriam ver do que isso era capaz diante da dor humana. Acho que até eles ficaram surpresos com o quão longe as coisas chegaram. Você pensou que era uma babá honrada. Não sabia que fazia parte do teste.

— Quem era? — sussurrou Nate. — Por quem você estava de luto...

— Não.

Era uma palavra. Uma única sílaba. Mas Nate ouviu tudo o que Alex não disse. Era um aviso. Uma ameaça. Ele podia insistir, de fato podia, mas não terminaria bem. Para nenhum deles.

Nate se deitou na cama e encarou o teto, os pés pendurados na beirada.

Sombras se estendiam pelas paredes.

Ele sabia que Alex não estava dormindo, mesmo com o passar do tempo.

Nate estava exausto, mas não conseguia fechar os olhos. Então:

— Eu fiz o que tinha que fazer. — Foi dito baixinho. Um pouco mais alto que um sussurro.

Nate não respondeu.

— Ela... Ninguém merece ficar em uma gaiola. Ninguém.

Alex caiu no sono um segundo depois.

Nate ficou acordado até tarde da noite.

Perto do amanhecer, ele saiu do quarto, deixando Art e Alex dormindo.

O ar da montanha estava frio. Ele podia ver sua respiração ao redor do rosto. Puxou a gola do casaco para cima e esfregou os braços.

Um caminhão carregando toras de madeira passou sem diminuir a velocidade.

A recepção do hotelzinho estava escura.

Não havia outros carros no estacionamento. A caminhonete deles estava parada na frente do quarto. Ante a recepção, que ficava perto da rua, havia um grande poste elétrico de madeira.

E ao lado do poste havia uma cabine telefônica.

Nate olhou de volta para a porta do quarto que tinha fechado atrás de si.

Pensou em voltar lá para dentro. Em tirar o casaco e subir na cama, puxando o edredom fino e áspero sobre a cabeça. Em esperar até que Alex se levantasse e murmurasse que precisavam voltar para a estrada.

Posso fazer a porra que eu quiser.

Nate foi até a cabine telefônica.

A porta de metal rangeu nas dobradiças ao ser aberta.

Procurou no bolso da calça jeans as moedas que encontrara no fundo da mochila.

Colocou-as na fenda para moedas.

Ele pegou o fone.

Pressionou-o contra a testa e respirou fundo.

E então discou o número de cor.

Nem sabia que dia era, conforme a ligação era completada e começava a tocar, a linha chiando.

Em sua cabeça, conseguia ver a casa para a qual ligava. Estivera lá apenas uma vez. Tinha sido... antes. Antes de seus pais o flagrarem na cabana. Antes de tudo ter ido por água abaixo.

Tocou sete vezes antes que alguém atendesse, uma única palavra carregada de sono.

— Alô.

Nate não conseguiu encontrar a própria voz.

— Alô — repetiu a voz, soando um pouco mais acordada. Um pouco mais irritada. — Quem é? Sabe que horas...

— Ricky.

Um momento de silêncio. Então:

— Nate? Isso é... que raios?

— Pois é.

— Por que você está ligando a essa hora?

Por que você sequer está ligando?

Deixou o pensamento para lá.

— Preciso que você ouça. Não fale nada. Apenas ouça — pediu.

— Por que você está...

— Rick.

— O quê?

— Pessoas vão te fazer perguntas. Sobre mim. Sinto muito por isso. Eu sei... sei que você não... enfim. O que quer que te digam, é mentira. Preciso que se lembre disso. O que quer que digam... Você se lembra de quando me ensinou a lançar pedras no lago?

— Nate? — Rick parecia alarmado agora. — O que está acontecendo? Onde você está?

— Não importa. Só... não sei quando vamos conversar de novo. Tá bom? E quero que você saiba que... não estou louco. Nem um pouco. Quero que você saiba disso. Não estou. Existem coisas, Ricky. Coisas que são maiores do que você e eu. Coisas que eu nunca pensei que veria. Coisas em que você não acreditaria.

— Você andou bebendo? Nate, do que caralhos está...

— Eu te amo.

Rick não respondeu. Por um momento, Nate pensou que ele tinha desligado. Então:

— Nate. Você tá bem?

Nate riu roucamente.

— Não sei. Não sei mais. Mas algo grande está acontecendo. Algo que não posso explicar. E eu só precisava... ouvir sua voz outra vez. Lançar pedras. Você lembra?

— Lembro. — Rick suspirou. — Você não era muito bom nisso.

— Não, mas eu aprendi. Você me ensinou. Há... você acredita que existem coisas maiores do que nós?

— Eu não... Nate, do que você tá *falando*?

— Nada. Nada. Preciso ir. Só... obrigado. Por me mostrar como lançar pedras.

— Nate, espera...

Ele desligou o telefone.

Suas mãos tremiam.

Por fim, saiu da cabine telefônica e voltou para o quarto.

Alex e Art não haviam saído do lugar.

Ela estava roncando sobre o ombro dele.

O peito de Alex subia e descia.

Nate voltou para a cama e esperou o sol nascer.

DOZE

Eles seguiram para o leste.

Nate perguntou aonde estavam indo.

Art sorriu para ele.

— Não faço ideia. Não é incrível?

Nate deixou pra lá.

Eles continuaram pelas estradas secundárias. Alex disse que deviam evitar as principais, exceto em última instância. Não podiam arriscar.

Eles não viraram notícia. Não havia nada sobre eles em nenhuma estação de rádio que Nate tenha encontrado. Nada em nenhum jornal que pegou quando pararam para abastecer.

Alex argumentou que isso não significava que civis não estivessem procurando por eles.

Havia feras em Montana.

Art exigiu que parassem, pulando no assento, esticando-se sobre Nate e colando o rosto na janela.

— Alex! — gritou. — Alex, *olha* pra eles! Alex, encosta, encosta, *encosta*.

Ele pensou que Alex continuaria dirigindo. Responderia que não tinham tempo para parar.

Art dissera que o tempo era fluido. Que podia ser dobrado.

Alex encostou o carro.

Em um pasto plano cercado por um cenário montanhoso coberto de neve, havia um rebanho de bisões. Devia haver dezenas deles.

Art já estava passando por cima de Nate e saindo porta afora antes mesmo de Alex desligar a caminhonete. O ar estava frio. Nate olhou para ela por um momento antes de se virar para dizer ao homem que tinha sido legal da parte dele ter parado.

Mas Alex não estava lá.

Sua porta estava aberta e ele cruzava a frente do veículo.

Art estava em cima de um barranco, olhando para os bisões abaixo. Ela balançava os braços freneticamente, o rosto iluminado ao olhar para Alex por cima do ombro enquanto ele se aproximava. Ele não falou nada, mas não importava. Art tagarelou pelos dois.

Nate achou que deveria ficar onde estava.

Isso não era da conta dele.

Não era sobre ele.

Alex olhou para a caminhonete e arqueou uma sobrancelha, indicando o campo com a cabeça.

Nate saiu antes mesmo de perceber que estava se movendo.

— ...e eles são muito *maiores* do que eu pensava — exclamava Art, o nariz avermelhado. — Quero dizer, até vemos *fotos*, mas isso não mostra a *realidade*. Olha pra eles! São *enormes*. Ai, meu Deus, tem *bebês* ali. Alex! Nate! Olhem os *bebês*.

Nate parou ao lado de Alex. Seus ombros se roçaram por acidente. Alex estava quentinho. Nate não se afastou.

Mas então Nate perdeu o fôlego, pois Art tinha razão. Eles *eram* grandes, muito maiores do que esperava que fossem. E estavam perto. Ele podia ouvi-los bufando e resfolegando, cabeças abaixadas conforme pastavam.

— Uau. — Suspirou. — Isso é... uau.

Art riu.

— Né? Foi o que *eu* disse.

— Já tinha visto um rebanho assim antes? — Alex perguntou a ele.

— Não. Não há muitos bisões em Washington.

Alex revirou os olhos.

— Jura?

— E você?

Alex olhou para os animais outra vez.

— Uma vez. Há muito tempo. Foi... é.

Nate não insistiu. Ele já tinha conseguido mais do que esperava. Mas então Alex acrescentou:

— Eu ainda era criança. Foi durante uma viagem de carro. Passei pelo parque Glacier. Pelo Yosemite. Foi... Não vejo bisões desde então.

Art inclinou a cabeça para trás, olhando para eles.

— Eles eram tão grandes assim naquela época?

Alex deu de ombros.

— Maiores, até.

Os olhos dela se arregalaram.

— Eles têm gosto de bacon? Podemos pegar um e provar?

Nate se engasgou violentamente.

Ele fez perguntas. É claro. Fazia parte da sua natureza. Era quem Nate era.

O *problema* de fazer perguntas era que, às vezes, ele não queria saber as respostas. Não exatamente.

— Greys — falou de repente enquanto passavam por uma estrada esburacada. Art soltou um barulho em concordância, mas não tirou os olhos do livro. — Alienígenas. — Ele respirou fundo pelo nariz. — Cabeções. Olhos grandes e pretos.

— O que tem eles? — perguntou ela.

— Eles são... eles são reais?

Art levantou os olhos para encará-lo.

— Quer mesmo saber?

Ele assentiu devagar.

— Sim. Eles são reais.

— Ah — respondeu Nate, sem saber o que fazer com a nova informação.

— Pois é, mas quer saber? Os caras são uns idiotas. Sério. Se você trombar com um, dê um soco na cara dele.

Nate também não soube como reagir.

Alex bufou, mas não disse nada.

Art contorceu o rosto.

— Eles têm uma obsessão estranha com sondagem. Tipo, ok, a gente já entendeu, querem ver como é o interior das espécies, mas caramba, existem *scanners* que podem fazer isso. Não precisam enfiar algo no ânus para descobrir. Acho que eles só têm um fetiche pelo reto. Sabe o que são fetiches? Eu sei. É quando você…

— Art — interrompeu Alex.

Ela suspirou e voltou a ler o livro.

Nate abaixou a janela, tentando respirar o máximo de ar fresco possível.

Não fez mais perguntas pelo resto do dia.

Eles tinham um modus operandi toda vez que paravam.

Não queriam ser vistos juntos todos de uma vez. Dois homens viajando com uma garotinha podia ser algo memorável. Hotéis de beira de estrada eram bons. Estacionavam longe da recepção, e somente Alex ou Nate entrava, deixando os outros dois na caminhonete.

O mesmo valia para comida. Apenas um deles ia comprar.

Postos de gasolina eram mais complicados. Alguns tinham câmeras. Art deslizava do assento, deitando-se perto das pernas de Nate. Alex entrava e pagava. Ele voltava e enchia o tanque. Era rápido e fácil. Ninguém nunca lhes dava atenção.

Até Havre, Montana.

Era uma cidadezinha perto da fronteira com o Canadá. Eles desviaram para o sul antes de seguir para o norte outra vez. Estavam dirigindo por aí, esperando que *algo* acontecesse, que Art lhes dissesse o caminho. Ela falou que ainda não era hora, que saberia quando e para onde precisava ir. Tentou explicar isso a Nate, dizendo que era um puxão na mente, porque ela não *precisava* falar, lá de onde tinha vindo. A primeira vez em que sequer *tivera* uma boca fora com Oren.

Isso fez Nate se perder em pensamentos por horas.

Ela riu dele.

Alex a repreendeu.

Art se desculpou.

Nate não tinha certeza se ela realmente tinha sido sincera.

— Precisamos parar — informou Alex, aproximadamente uma semana depois de Art ter se sentado em uma mesa de piquenique e dito a Nate que ela era uma alienígena de outro planeta. — Precisamos abastecer.

Era fim de tarde, e eles provavelmente precisariam começar a procurar por um lugar para passar a noite em breve. Havia sacos de dormir resistentes, embalados na caçamba da caminhonete, que conseguiram pegar antes de fugir da cabana. Art quisera usá-los imediatamente. Nate dissera que preferia uma cama, se possível.

Ele nunca tinha visto tamanho olhar atraiçoado vindo de uma princesa do espaço antes.

Quase se sentiu culpado.

Art assentiu, mas não levantou os olhos do livro.

— Me diga quando eu tiver que ir pro chão, parceiro. Sou agora um caubói prestes a participar de um tiroteio para salvar a mulher dos meus sonhos das garras de seu tio malvado, barão do petróleo.

Alex relanceou Nate.

— A culpa desses livros é sua.

Nate revirou os olhos.

— Só porque você não sabe ler.

— Ele sabe ler — disse Art. — Ele só não gosta. Porque não tem imaginação.

— E você tem? — perguntou Nate, antes que pudesse se conter.

Ela levantou os olhos do livro.

— Claro que tenho. Assim como a maioria das pessoas, não?

Havia momentos como aquele, momentos em que Art parecia tão humana que ele quase conseguia esquecer o que ela lhe dissera sentada a uma mesa de piquenique no meio do nada. Que ela era essencialmente um fantasma possuindo o corpo de uma garotinha que estava em um coma do qual jamais acordaria. E quando ele se *lembrava*, quando ela dizia algo como ter *imaginação*, isso ameaçava desencadear outra crise de pânico. Ele nunca tinha pensado muito nisso antes. Nunca havia refletido sobre as implicações do que poderia significar a descoberta de que os humanos não estavam sozinhos no universo. Era ficção científica. Eram alienígenas descendo em suas naves espaciais, explodindo prédios e tentando escravizar a raça humana. Eram homenzinhos verdes com lasers ou robôs com dedos fininhos. Eram monstros do espaço profundo, e isso era *tudo* o que eram para Nate. Ele nunca tivera qualquer razão para acreditar no contrário.

Mas ali estava ela, no corpo de uma menina de dez anos. Ela gostava de ler. E de bacon. E dos óculos escuros que estavam em sua cabeça, e o encarava com um olhar tão curioso, como se não pudesse esperar para ouvir sua resposta. Era tão fora do escopo de coisas que Nate consideraria possíveis que ele não conseguia nem começar a entender seu significado.

— É, eu acho. A maioria das pessoas tem — respondeu por fim.

Ela assentiu antes de voltar para seu livro.

— Menos o Alex.

— Menos o Alex.

— Não tenho tempo para imaginação — murmurou Alex, mas ele continuou dando olhadelas para Nate, como se soubesse *exatamente* o que ele estava pensando.

Art tinha sido... vaga sobre o local de onde viera. Havia dito que era muito mais distante do que qualquer lugar onde os humanos já estiveram antes, o que... ok, provavelmente era verdade. Afinal, o universo era terrivelmente vasto, e pelo conhecimento rudimentar de astronomia e viagens espaciais de Nate, ele não achava que já tinham ido muito longe do próprio sistema solar, quem dirá da galáxia. Lembrou-se vagamente de uma citação que lera de Carl Sagan, que dizia que havia mais estrelas no céu do que grãos de areia na Terra. Não tivera muito significado para Nate na época. Não dera muita atenção àquilo.

Mas agora?

O pensamento era espantosamente horrível.

Ele pensou em perguntar a Art se havia outros lá fora. Outros... alienígenas. Além dos greys idiotas.

Mas não conseguia encontrar forças para pronunciar as palavras. Ele não achava que queria saber a resposta.

Às vezes, quase conseguia se convencer de que estava viajando com um homem e sua filha.

Que invadiram sua cabana.

E então o forçaram a fazer esta viagem quando soldados e helicópteros chegaram.

Ele estava bem perto de se afundar nos próprios pensamentos quando viu a placa.

Havre, Montana.

— Vamos parar aqui — informou Alex. — Tiro certo. Seremos rápidos. Encontraremos algum lugar pela estrada para passar a noite.

Nate não falou nada.

Estava mais frio ali do que no lago Herschel. Ainda havia amontoados de neve no chão, sujos e cinzas. Havre em si não tinha nada de espetacular. Parecia qualquer outra cidadezinha pela qual passaram durante a semana. O sol estava fraco no céu, e as nuvens eram finas e esparsas.

Eles pararam no primeiro posto de gasolina que encontraram. Art estava no chão da caminhonete, a cabeça apoiada no joelho de Nate, ainda concentrada no livro. Ele acariciou seu cabelo. Ela cantarolou baixinho e se inclinou na direção do toque.

O posto tinha quatro bombas. A gasolina comum custava um dólar e vinte centavos, o que fez Alex resmungar. Encarecia quanto mais iam para o norte. Alguns dias antes, Nate perguntara sobre o dinheiro, sobre como a viagem de última hora estava sendo financiada. Alex o encarara por um longo momento antes de mostrar o conteúdo de um bolso secreto em sua mochila. Dentro, maços de dinheiro enrolados, presos por elásticos grossos. Havia sido rápido, só um vislumbre, mas era o suficiente.

— Você planejou a fuga — disse Nate, tentando manter a voz calma. — Com ela. Você planejou.

Alex balançou a cabeça.

— Não intencionalmente. Não no começo. Mas uma vez que comecei, precisei ter cuidado. Eles teriam desconfiado. Acabou levando um ano.

Nate não falou muito depois daquilo, ainda preso no *eles teriam desconfiado*. Os sempre onipotentes *eles*. Aqueles na Montanha. Aqueles que prenderam Art. *Eles* eram quem os perseguiam, provavelmente por meio de agentes como o cara da água. Eles a queriam de volta.

Nate entendia o porquê.

Pararam perto da bomba, o tanque de gasolina no lado do passageiro.

Alex desligou a caminhonete.

— Serei rápido.

Nate sorriu tenso para ele. Essas paradas sempre reviravam seu estômago. Mexiam um pouco com seus nervos. Nada nunca acontecera, mas ele estava paranoico. Tinha esse direito depois de tudo.

Alex abriu a porta e saiu do veículo. Parou por um momento, esticando os braços enquanto se espreguiçava. Nate com certeza não olhou para o trechinho de pele em suas costas quando a camisa de flanela subiu acima do jeans.

Alex fechou a porta atrás de si.

Nate observou o homem olhar ao redor, observando o posto de gasolina. Havia um carro estacionado em frente à pequena loja de conveniência. A caminhonete deles era a única nas bombas.

Rápido e fácil.

Alex contornou a frente do carro e foi em direção à loja.

O motor da caminhonete tiquetaqueou enquanto esfriava.

O ar na cabine parecia abafado. Nate abriu a janela e respirou fundo o ar frio.

Art virou outra página. Então disse:

— O Alex gosta de você.

— Foi o que você me disse — respondeu Nate, a mão ainda no cabelo dela.

— Eu sei. Só queria te lembrar, caso tenha esquecido.

— Não esqueci.

— Ok. É que às vezes ele pode agir como se não gostasse.

— Eu sei.

— Ele não sabe como demonstrar sentimentos.

Nate bufou.

— Isso é um eufemismo.

Ela olhou para ele.

— Só não desista dele.

— Eu não... o que você quer dizer?

— Ele vai precisar de alguém... depois.

Nate não gostou daquilo.

— Depois do quê?

Ela mordeu o lábio inferior.

— Depois que eu for para casa. Ele... ele acha que pode ficar sozinho. Mas não é bom pra ele. O Alex... precisa de alguém. Como você.

Nate realmente não tinha pensado muito no futuro, além daquela vez no hotelzinho. Ele se perguntou se era porque ainda não acreditava de fato naquilo tudo. Ah, claro, ele sabia que *algo* estava acontecendo. Afinal, tinha visto Humvees sendo jogados em helicópteros. Mas a ideia de haver um *depois* era, no mínimo, nebulosa. Eles dirigiam praticamente sem rumo, Alex de vez em quando perguntando a Art se ela estava *sentindo alguma coisa.* Ela negava com a cabeça e dizia algo sobre ainda não ser a hora, que saberia quando e *onde* seria. O que isso significava... bem, Nate ainda não sabia se estava preparado para descobrir.

Então, não. Ele não tinha pensado no *depois*. Mal estava pensando no amanhã. Seria como estar em um estado de fuga, caso tudo ao seu redor não fosse tão espantosamente nítido, como se estivesse vendo cores pela primeira vez.

— Não acho que ele vai precisar de nada — disse Nate, lentamente.

Ela balançou a cabeça.

— Está enganado. Ele não é como era antes. As coisas mudaram. Ele vai precisar de alguém como você. Não. Quer saber? Não de alguém como você. Apenas de... você.

Nate olhou pela janela em direção à loja. Conseguia enxergar seu interior. Alex estava nas máquinas de bebidas, provavelmente pegando o suco de Art e o Gatorade de Nate. Ele havia pedido um na primeira vez que fizeram uma parada, e desde então, Alex fazia questão de comprar um todas as vezes. Não era… não era *nada*. Provavelmente era só para calar Nate, assim Alex não precisaria ouvi-lo reclamar sobre estar com sede. Tudo certo. Estava tudo bem.

— Não sei se isso é verdade — falou Nate, por fim. — Ele vai ficar bem sozinho.

Art não ficou feliz com a resposta.

— Por que você não acredita em mim?

— Não é que eu não acredite em você. É que… *Merda*.

— O quê?

Ele a ignorou, concentrado no carro marrom que tinha acabado de estacionar na frente da loja.

Cinco palavras estavam estampadas na lateral:

XERIFE DO CONDADO DE HILL

— Fique abaixada — sibilou Nate. — Não se mexa.

— É ele? O cara da água?

O fato de Art ter adotado a forma como ele chamava o Executor teria sido hilário se Nate não tivesse sentido como se um balde de água gelada houvesse sido despejado em sua cabeça de repente.

— Não. Polícia.

— E o Alex?

— Ainda está lá dentro.

E ele não tinha visto o recém-chegado. Rumava para o balcão da frente, as garrafas plásticas em mãos. Nate gritou em sua cabeça, tentando forçá-lo a olhar, a apenas virar a porra da cabeça para que pudesse…

E foi exatamente o que Alex fez. Em um momento, sua atenção estava no caixa da loja. No seguinte, sua cabeça se virou para a janela, os olhos semicerrados a tempo de ver o policial sair do sedã.

O policial era um homem atarracado com cabelos loiros e ralos. Suas bochechas estavam meio coradas, e óculos escuros cobriam seus olhos. Ele não estava olhando para a loja. Não, sua atenção estava na caminhonete. Ele encarou o veículo por um momento, a cabeça inclinada. Acenou para Nate ao vê-lo lá dentro, e parecia que ia se aproximar.

Em vez disso, virou-se para a loja, fechando a porta do sedã atrás dele.

Nate sentiu uma mão apertando seu joelho.

Olhou para baixo.

A testa de Art estava apoiada em sua coxa, seus dedos cravados em seu jeans. Ela respirava depressa, aquelas respirações ofegantes, como se estivesse à beira de um ataque de pânico.

— Art — sussurrou ele. — *Art*.

Ela não respondeu.

— Merda — murmurou ele, olhando para a loja. O xerife entrou. Alex estava no balcão. O caixa registrava as compras. O policial foi em direção aos refrigeradores, mas então parou. Seus ombros enrijeceram ligeiramente. Ele olhou por cima do ombro para Alex. Então mirou a caminhonete pela janela. — Vamos lá — disse Nate. — Vamos lá, rápido, *rápido*.

Art ainda respirava depressa.

Nate pressionou a mão na cabeça dela.

Seus pensamentos estavam a mil — *saia logo daí* e *por que está demorando tanto* e *tudo bem, tudo bem, está tudo bem*. E então ouviu uma voz que não era sua. Parecia intrusiva, arranhando nítida em sua mente, e disse: *Alex, Alex, Alex, por favor, não me deixe, por favor, fique bem.*

Nate conhecia aquela voz.

Virou-se lentamente para encarar a garotinha sentada no chão da caminhonete.

Seus olhos estavam fechados. Seu peito subia e descia.

E então ele ouviu uma *terceira* voz, áspera e grave em sua mente: *Esteja pronta, esteja pronta caso precisemos sair daqui. Se for preciso, fuja com ele. Ele vai mantê-la segura. Nate é...*

Havia uma complicada enxurrada de imagens em sua cabeça. A cabana. O lago. Um campo de flores. Uma mulher com cabelo preto. Um garotinho com olhos azul-claros. E Nate, Nate, Nate. Nate na cozinha de manhã, parecendo sonolento enquanto bebericava uma xícara de café. Nate em pé perto do lago. Nate dormindo encostado na janela da caminhonete. Nate bravo, assustado, *rindo*, e ele nunca tinha se *visto* assim. Ele parecia selvagem, feroz e *enérgico*. Era informação demais muito cedo, e Nate se afogava com aquele ataque implacável. As imagens vinham com emoções mutáveis, de raiva e tristeza a confiança hesitante e sofrimento, como nunca havia sentido antes. Estava submerso na *solidão* intensa daquilo tudo, como se estivesse sozinho há muito tempo.

Ele piscou, um nó firme alojado em sua garganta.

— O que está acontecendo? — conseguiu resmungar.

Então, um pensamento claro como o dia: *Nate?*

Ele respondeu: *Sim*.

A porta da loja de conveniência se abriu.

Alex, cuja voz ele tinha ouvido em sua cabeça, caminhava na direção deles com uma expressão dura.

A pele de Nate estava arrepiada.

Art suspirou na perna dele.

— Você sentiu, não sentiu? — perguntou ela.

Antes que Nate pudesse responder, outra voz chamou:

— Ei, você aí. Espera um minuto.

O xerife seguiu Alex porta afora. Alex estava na metade do estacionamento. Ele parou, o saco plástico em sua mão batendo em sua coxa. Endireitou os ombros e se virou para o policial.

— Pois não?

O policial não sorria, mas sua mão também não estava na arma.

— Aquela caminhonete é sua?

— Sim.

— Belo possante.

— Obrigado.

— Estou pensando em comprar uma dessas.

— Que bom.

— Sim. Tenho uma da Ford, mas meu pai tinha uma da Chevrolet quando eu era criança. E eu amava aquela caminhonete.

Alex deu de ombros.

— Não me dá nenhum problema.

— Washington, hein?

Alex não respondeu.

O policial estava a alguns metros de distância dele.

— A placa. É do estado de Washington.

— É.

— Viajando?

— Eu e um amigo.

— Para onde estão indo?

— Dakota do Sul.

O xerife assentiu.

— Rota estranha para fazer vindo de Washington. Esse caminho todinho até aqui.

— Passamos pelo Glacier.

— Lindo, não?

— Com certeza — respondeu Alex, e Nate decidiu naquela hora que se saíssem dessa, se conseguissem escapar sem ver o interior de uma cela de prisão, ele obrigaria Alex a treinar conversa-fiada.

— Por que a Dakota do Sul?

— Mas que raios... — murmurou Art. — Todo humano é intrometido assim?

Nate sentiu vontade de gritar.

— Badlands — respondeu Alex.

— Ah, sim! — exclamou o xerife. — É um ótimo parque, caso nunca tenha ido.

— É a primeira vez.

— Acampar?

Alex assentiu.

— Parece divertido. — O policial olhou por cima do ombro de Alex em direção à caminhonete. Nate quase acenou para ele, mas no último segundo, decidiu não o fazer. — Você e um amigo. Certo?

— Certo. — O tom de Alex era o de quem encerrava a conversa. Nate sabia disso. Tinha ouvido esse mesmo tom muitas vezes nas últimas semanas.

— Bem, façam uma boa viagem.

— Obrigado.

O xerife se virou para a loja.

Alex se virou para a caminhonete.

O estômago de Nate deu uma cambalhota. Então:

— Mais uma coisa.

O maxilar de Alex se tencionou antes de olhar para o policial.

— Você serviu? — quis saber o xerife.

Nate se perguntou se o policial tinha vontade de morrer. A arma estava ali no porta-luvas. Tudo o que ele precisava fazer era pegá-la. Claro, não sabia nada sobre armas, mas não devia ser tão difícil, certo? Destravar, botar o dedo no gatilho. Mirar e atirar. Não precisava matar ninguém. Seria apenas um aviso. Só precisava disso.

— É que você se porta como um soldado — continuou o xerife. — Meu pai esteve na Coreia. Tinha quase o mesmo corte de cabelo e tal.

E Nate podia *sentir* o quanto isso irritava Alex. De alguma forma, *sabia* que Alex queria corrigir o homem, dizer que ele não era um soldado, mas um *fuzileiro naval*, e que havia uma *diferença* gigante.

Em vez disso, falou:

— Há muito tempo. É difícil mudar velhos hábitos.

O xerife assentiu.

— Obrigado por servir à pátria. Eu nunca servi, mas sei que tipo de homem se alista. Meu pai me ensinou isso.

— Agradeço.

— Certo. Tudo bem, então. Melhor eu deixar você seguir seu caminho. Tenha um bom dia, senhor. — O xerife prestou uma continência alegre e se virou para o próprio carro.

Alex já tinha voltado a se mexer antes do policial terminar de prestar a continência. Ele foi até a bomba e começou a abastecer a caminhonete.

A viatura do xerife não se moveu.

Demorou uns dois minutos para o tanque da caminhonete encher.

Pareceram horas.

Por fim, Nate ouviu o clique do bico de gasolina.

Alex fechou a tampa do tanque enquanto guardava a mangueira.

Depressa, atravessou a frente do veículo e abriu a porta. Ele jogou a sacola para dentro antes de se acomodar. Não olhou para nenhum dos dois.

Ele se abaixou e agarrou os fios expostos, esfregando-os.

Nada.

A caminhonete não ligou.

Pressionou os fios novamente.

Nenhuma faísca.

Alex resmungou e tentou uma terceira vez.

Nada.

— Porra — exalou Nate.

— Art — irritou-se Alex. — Solta.

A garota olhou para cima. Seus olhos estavam arregalados.

— Solta — repetiu Alex, e Nate *percebeu* o instante em que ela obedeceu, mesmo que não soubesse *o que* ela estava fazendo de fato. Em um momento, sua cabeça estava cheia de vozes que não pertenciam a ela, e no próximo, havia apenas seus próprios pensamentos. Parecia que tinha chegado à superfície depois de ficar submerso por muito tempo. Ele ofegou profundamente enquanto Alex pressionava os fios uns nos outros de novo. Eles faiscaram. A caminhonete soltou um rugido.

Alex a colocou em movimento e se afastou da bomba, indo em direção à estrada.

— Que porra foi essa? — quis saber Nate. — Que raios...

— Por quê? — rosnou Alex, e levou um momento para Nate perceber que a pergunta não era para ele, mas para Art. — Por que você...

— Porque ele se encaixa — disse Art. — Como você. Não é exatamente igual, mas você sabe disso tão bem quanto eu.

— Ele não queria isso. Não quer nada disso.

— Você perguntou a ele?

— Não é *necessário*. Ele repetiu o suficiente que... merda.

— O quê? — perguntou Nate, incerto se queria saber a resposta.

— Ele está nos seguindo.

Nate olhou pela janela traseira.

O xerife estava atrás deles.

— Ele está envolvido nisso — afirmou Art, ainda sentada aos pés de Nate. — Você sabe que sim. Ele está aqui. Com a gente. Não foi embora. Ele não vai nos deixar. Não vai *te* deixar.

— Para — mandou Alex, o aviso evidente em sua voz. — Não sei o que você pensa que está fazendo, mas precisa parar. Tá me ouvindo?

— Só porque *você* não consegue ver ainda, não significa…

O giroflex da viatura acendeu, piscando em vermelho e azul.

— Porra — rosnou Alex, batendo a mão no volante. — Art, volte para o banco. E não diga uma palavra, está me ouvindo? Nate, pegue a arma. Mantenha-a escondida.

Art se moveu.

Nate não.

— *Agora*, Nate.

Nate obedeceu. Abriu o porta-luvas. A arma de Alex estava sobre uma pilha de papéis.

— Se ele verificar a placa, nós…

— Eu sei.

— Você não pode simplesmente matá-lo.

Alex não olhou para ele. Levou a caminhonete para o acostamento. Separou os fios expostos e os empurrou de volta para dentro do painel, o veículo ficando silencioso. Recolocou o painel no lugar, batendo nele com o punho.

Nate pegou a arma e a colocou no colo. Art lhe entregou o casaco, e ele cobriu a arma.

— Ficaremos bem — ela disse a ele. — Você vai ver.

Ele tentou não se encolher.

— Achei que você tinha dito que não conseguia ler mentes.

— Não consigo.

— Eu ouvi…

— Aquilo não foi leitura de mentes, Nate. Nossa. Tenha *um pouco* de fé em mim. Mesmo que eu conseguisse, não faria isso sem o seu consentimento. Aquilo foi só eu estabelecendo um vínculo com você para que pudesse ouvir o que Alex e eu estávamos falando em nossas cabeças. Queria te manter informado para que… Por que está me encarando assim?

— Você não se *ouve* quando fala? — indignou-se Nate. — O que raios quer dizer com *vínculo*?

Ela franziu o cenho.

— Não sei como ser mais clara do que isso. Simplifiquei ao máximo para que seu simplório, mas ainda assim fascinante, cérebro humano pudesse ter uma compreensão básica...

— Calem a boca vocês dois — interrompeu Alex. — Nem um pio, entenderam? Ele está vindo.

Alex abaixou a janela.

De fato, o xefire caminhou até a lateral da caminhonete.

— Ei — saudou, com um sorriso no rosto. — Espero não ter assustado vocês. Eu só... ora, ora, ora, quem temos aqui? — Seu sorriso se alargou ao ver Art. — Olá. Não te vi no posto de gasolina.

— Eu estava deitada — disse Art, com a voz doce e pegajosa. — Estava tão cansada. Usei meu cinto de segurança mesmo assim, porque é a lei.

— Que preciosidade — comentou o xerife. — Boa garota. Sempre use o cinto de segurança.

— Quero ser policial quando crescer, então conheço a lei muito bem — contou Art. — Meu pai disse que é preciso ser muito corajoso para essa profissão, então você também deve ser muito corajoso.

— Bem — falou o xerife, corando levemente. — Não sei se sou, *não*. É muita gentileza da sua parte dizer isso. Esse grandão é seu pai?

Ela assentiu.

— Ele é incrível demais.

— Bem, você precisa dizer ao seu pai que ele está com uma lanterna traseira quebrada.

Ela arfou.

— Papai! Isso é contra a *lei*. — Seus olhos se encheram de lágrimas. — Você vai levá-lo pra cadeia?

O xerife pareceu surpreso.

— Não, não — respondeu rapidamente. — Claro que não. Seu pai é um herói, na minha opinião. Vou liberá-lo com uma advertência. Ninguém vai pra cadeia. Ninguém vai nem receber uma *multa*.

Uma única lágrima escorreu pela bochecha de Art.

— Ah, obrigada, senhor. Estamos viajando, e sei que meu pai se sentiria muito mal se você o tirasse de mim.

— Não precisa se sentir mal — assegurou o xerife, e Nate não conseguiu fazer nada além de olhar com *admiração* para a maneira como ela o manipulava. Tiveram sorte de o policial não verificar a placa. Nem teria correspondido com a caminhonete que roubaram. — Só queria avisar vocês para que possam comprar uma lâmpada nova antes de irem muito longe. Não querem que a polícia pare vocês de novo, certo?

— Não, senhor — disse Art com uma fungada. — Vou me certificar de que ele cuide disso imediatamente. O amigo especial do papai também vai garantir isso.

O sorriso do xerife vacilou um pouco.

— Certo. Isso é... isso é ótimo. Tenham todos uma boa tarde, ok?

As lágrimas de Art desapareceram tão rápido quanto surgiram.

— Obrigada, policial! — agradeceu animada.

O xerife assentiu e se virou para a viatura atrás deles. O homem saiu e fez o retorno, voltando para o posto de gasolina.

— Ufa — falou Art, afundando no assento. — Essa foi por pouco. Ainda bem que aprendi a usar os canais lacrimais bem cedo, né?

Nate não sabia o que responder. Talvez fosse melhor assim.

Eles não ficaram em Havre. Na verdade, Alex fez questão de levá-los o mais longe possível de lá. Pararam na cidade vizinha em uma oficina qualquer e compraram uma lâmpada barata. Alex a substituiu sem dizer uma palavra, e partiram.

Permaneceram na estrada muito depois do pôr do sol. Nate não perguntou para onde estavam indo porque achava que nem Alex sabia.

Art adormeceu entre eles, a cabeça apoiada no ombro de Nate, roncando baixinho perto de seu ouvido. Ele tinha certeza de que ela estava babando, mas não teve coragem de afastá-la, mesmo que ela tivesse entrado em sua cabeça de alguma forma.

Alex retornou ao estado taciturno, o olhar em seu rosto deixando claro que não estava com humor para nenhum tipo de conversa.

Nate o deixou refletir. Por algumas horas.

Então não aguentou mais.

Ele não sabia como tinha aguentado tanto tempo. Estava quase decepcionado consigo mesmo.

— Eu te ouvi — afirmou, estremecendo com o quão alta sua voz soou dentro da cabine após o longo silêncio. — Na minha cabeça. Também ouvi a Art.

Alex soltou um resmungo.

— Isso não é uma resposta aceitável. Não depois do que aconteceu. Você não pode ser estoico. Não depois de tudo. Eu te *ouvi*, Alex.

As mãos do homem apertaram o volante.

— Eu sei.

— *Vi* coisas. Eram… *imagens*. Eu não…

— É… a palavra mais próxima que ela consegue usar para descrever isso é vínculo. É… familiar.

— Familiar.

— É como ela… Eles não têm a estrutura que temos. Não *nascem* como nós. Mas eles têm… famílias. Ou pelo menos algo que lembra uma. Ela… havia apenas eu. E agora tem você. Ela está ligada a você. Assim como está a mim.

— E agora ela consegue ler minha mente — disse Nate, soando um tanto histérico. — E você também. — Ele tentou bloquear todos os pensamentos que havia tido sobre ver Alex nu, porque *isso* não era algo que estava disposto a compartilhar. Mas quanto mais tentava *não* pensar, mais *pensava* em Alex com suor sobre a pele nua, o peito arfando enquanto ele se inclinava para… — Ai, meu Deus. Não. De jeito nenhum. *Fica fora da minha…*

— Não consigo ler sua mente — falou Alex com um suspiro. — Nem ela. É uma conexão. Como um rádio ou um telefone. Só que… sem o rádio e o telefone. Não posso ver ou ouvir nada que você não queira me mostrar. O mesmo vale para você. E para ela. E não estamos vinculados o tempo todo. Ela é quem facilita o processo. Não consigo criar tal ligação agora. Nem você.

Isso… não fez Nate se sentir melhor.

— Vocês já falaram de mim antes de hoje, com esse feitiço mental?

Alex bufou. Nate pensou que aquilo talvez fosse sua versão de uma risada.

— Sério? *Essa* é a pergunta que te ocorre?

— É. E você precisa responder.

— Sim.

— *Arrá!* Eu sabia. Quando? E o que vocês disseram sobre mim?

Alex lhe lançou uma olhadela.

— Na primeira noite em que você apareceu, Art estava curiosa sobre você. E eu queria atirar na sua cabeça e enterrá-lo na floresta.

— Uau — disse Nate. — Estou chocado. De verdade. Vindo de você, isso é muito surpreendente.

— Mas eu não atirei.

— Obrigado. Obrigado por não enfiar uma bala na minha cabeça. Valeu mesmo.

— De nada.

— Eu estava sendo *sarcástico*.

— Eu sei.

Nate não conseguiu esticar o braço e dar um tapinha na nuca dele porque tinha um alienígena no corpo de uma garotinha dormindo em seu ombro.

— Você é um porre.

— Você é irritante.

— Não seja rude.

— Tipo um mosquito no meu ouvido.

— Você continua sem graça.

E surpreendentemente, Alex deu uma risadinha. Nate não deveria ter gostado tanto do som quanto gostou. Não era seguro. Nada nesta situação era seguro.

— Eu ouvi a Art — repetiu ele, lentamente. — E você.

— Já falamos disso. Você está sendo repetitivo.

— E você falou que é um vínculo. Família.

— Isso.

— Então ela pensa em mim como… o quê?

— Eu realmente não sei — admitiu Alex. — Tem… é complicado. Ninguém na Montanha entendeu. Não de verdade. Não havia... eles achavam que era algo metafísico. Não havia evidências o suficiente. Nunca tinha acontecido antes... antes de eu ser designado para ela. Era só mais uma coisa que não entendiam. Nada mudou, pelo menos não fisicamente. Ela se vinculou a mim, e eles acharam que veriam evidências nos meus exames cerebrais. Que haveria mudanças fisiológicas. Mas nada apareceu.

— Não é de se surpreender que você não tenha nada nesse espaço entre suas orelhas.

— Rá-rá.

Nate refletiu.

— Mas agora ela me vê como parte... disso?

Alex não pareceu muito feliz com a ideia.

— Parece que sim.

Ele não sabia o que fazer com isso.

— Isso é idiota. Tipo, é a coisa mais idiota que já me aconteceu. Não consigo nem começar a expressar o quão idiota é tudo isso. Não é possível que você não perceba isso também, o quão idiota soa?

— Você vai superar — disse Alex. — Já passei por isso. Pensei exatamente as mesmas coisas que está pensando agora. Provavelmente até mais.

— É, tudo bem. Mas você teve dez *anos*. Eu tive duas *semanas*.

— Justo — concordou Alex, embora parecesse relutante. — Ela é... complicada.

— Você também é.

— Na verdade, não.

Nate pensou em deixar pra lá. Deixar Alex em paz, pelo menos por enquanto. Em vez disso, perguntou:

— E você?

— O que tem eu?

— Não foi só Art.

A linguagem corporal de Alex estava quase *gritando* para Nate recuar.

— Não sei do que você está falando.

Mas como Nate aparentemente não tinha nenhum senso de autopreservação, continuou:

— Você está mentindo. Eu te ouvi. Vi como você… — *me vê*, mas essa última parte não foi dita.

A carranca estava de volta ao rosto de Alex. Nate se perguntou quando aquilo havia se tornado reconfortante.

— Eu não…

— Isso significa que você gosta de mim? — Nate perguntou em voz alta, como se Alex não fosse capaz de esticar o braço e estrangulá-lo com uma mão só. — Porque eu acho que significa que você gosta de mim. Pelo menos um pouco.

— De jeito nenhum — retrucou Alex. — Não gosto *nem um pouco* de você.

— Bem, *isso* com certeza não é verdade. Você parecia gostar da minha aparência quando eu tomava café pela manhã. Vi essa imagem algumas vezes.

— Cala a boca — falou Alex entredentes. — Isso não é… Eu não sabia que você veria aquilo. E não significa nada. Tudo o que eu estava fazendo era dizer a Art que ela ficaria segura com você, caso algo acontecesse comigo.

— Caramba — disse Nate. — Você deve gostar *muito* de mim se pensa isso.

— Te odeio.

Nate sorriu no escuro.

— Não sei se é verdade, cara. O que será que tem no Nate sonolento que te deixa tão…

— Vou te chutar pra fora do carro e te largar pra trás sem pensar duas vezes.

— Tá, tá, tá. Entendi. Você já sentiu coisas demais por um dia. Relaxa. Parece que está prestes a quebrar o volante. Não precisamos falar sobre o quanto você pensa em mim rindo ou quaisquer outras imagens minhas que aparentemente armazenou na sua cabeça… Meu Deus, eu estava *brincando*. Não *ouse* encostar, Alex.

Alex tirou a caminhonete do acostamento e voltou a acelerar para a estrada.

— Terminou?

— Sim. — Não tinha terminado, mas imaginou que o resto

poderia esperar. Ainda havia a mulher que vira. O garoto. Eles estavam misturados com o resto. Porém Nate havia insistido o suficiente por um dia. Ele tinha uma ideia do que significava, mas não estava pronto para pressionar Alex. — É só que... é muita coisa. Sabe?

— Sim. — Alex ainda soava cauteloso. — Eu tive tempo para processar. Para entender. Você não. Mas vai chegar lá, embora não de uma vez. Suponho que eu tenha me esquecido desse ponto.

— Doeu?

— O quê?

— Admitir que estava errado.

— Não admiti *nada*.

Nate riu baixinho.

— Claro, Alex. Tá bom. — Ele olhou para Art. Sim, ela definitivamente estava babando nele. — Você a ama, não é?

Achou que não teria uma resposta. Art comentara que Alex tinha dificuldade para demonstrar sentimentos, mas Nate não achava que isso fosse totalmente verdade. Alex demonstrava as coisas, porém a maioria das pessoas simplesmente não conseguia enxergar. E estava tudo bem. Porque ele se lembrava das mãos do homem trançando habilmente o cabelo da garotinha. Isso bastou para Nate.

Mas Alex o surpreendeu.

— Ela é tudo o que me resta.

Ouvir isso doeu mais do que Nate esperava. Tinha sentido a solidão de Alex. A maneira como ela o envolvia igual a um escudo. A forma como Art estava entrelaçada a ele, como se fosse parte dele. Nate entendia mais do que gostaria de admitir. Mas havia mais nessa história do que...

As coisas mudaram. Ele vai precisar de alguém como você. Não. Quer saber? Não de alguém como você. Apenas de... você.

Nate já tinha visto corações se partirem de pertinho.

Como o olhar no rosto de sua mãe ao permanecer em silêncio enquanto seu pai gritava que não teria filho viado.

Como o olhar em seu próprio rosto no reflexo do espelho ao chegar em casa após ser demitido por fazer algo do qual nunca pensara ser capaz.

Ele não queria isso para Alex. Não de novo. A mulher de cabelos escuros. O garoto. Talvez Nate tivesse mais do que um bom palpite de quem foram. O que tinham significado para Alex. O que o cara da água quisera dizer ao falar que o teste tinha sido para ver o que Art faria diante do luto de Alex.

Mas aconteceria de qualquer maneira. Se Artemis Darth Vader fosse embora, se ela... retornasse para onde quer que tivesse vindo, aconteceria de novo.

Nate testemunharia de perto, independentemente do quanto Alex tentasse esconder. Se ficassem juntos.

Se continuassem vivos.

Agora entendia por que Art havia lhe pedido aquilo.

E achava que Alex também sabia disso. Que já estava se preparando para dizer adeus.

— Você tem a mim também — disse Nate antes que pudesse se conter. — Estou... tá bom? Você... Também estou aqui.

Alex não respondeu.

Mas Nate não esperava uma resposta. Ele olhou para o céu noturno e as estrelas acima. Elas brilhavam intensamente ali no meio do nada.

Uma parecia mais brilhante que as demais.

E parecia haver um rastro atrás dela.

— Hum — falou. — Olha só praquilo. É... Qual é o nome mesmo? Markham alguma coisa. O cometa. Acho que aquilo é o cometa.

Alex resmungou, mas tudo bem para Nate. De algum jeito, era reconfortante.

Nate observou o cometa por um tempão.

Por fim, fechou os olhos e dormiu.

TREZE

Dois dias depois, passaram por um aperto de novo, dessa vez perto de Wahpeton, na Dakota do Norte. Um policial os seguiu por alguns quilômetros nos arredores da cidade, em uma reta na estrada. Quando eles pensaram que seriam parados, o policial virou em outra direção.

Nate soltou um suspiro de alívio, abrindo as mãos, suas unhas deixando marcas nas palmas.

Alex não falou muito durante o resto do dia.

Seguiram para o sul, e Nate sabia que estavam sem rumo. Pelas peças soltas que ele conseguiu juntar, fornecidas por Alex, o plano só foi até a parte de tirar Art da Montanha o mais rápido possível. Inicialmente, pretendiam ir mais longe do que foram, mas Alex havia sido baleado no estômago e eles nem tinham certeza de que ele sobreviveria, muito menos de que Art poderia curá-lo o suficiente para que voltasse a se mover. Encontraram a cabana em um golpe de sorte. Nate supôs que o carro que usaram na fuga estava agora no fundo do lago Herschel, embora não tivesse perguntado.

Tinham acabado de entrar na Dakota do Sul quando Art perguntou:

— O que é Badlands?

Alex relanceou a garota antes de voltar a encarar a estrada sinuosa à frente. Nate havia se oferecido para dirigir, mas Alex não parecia confiar nele para salvá-los do perigo se fossem descobertos. Tentou não se sentir muito ofendido com isso.

— O quê?

— Lá no posto de gasolina com o xerife. Você disse que íamos para Badlands.

— É um parque nacional — explicou Nate, porque Alex estava

taciturno outra vez, e ele não tinha certeza se o homem realmente responderia. — Encontraram muitos ossos de dinossauros, se não me engano.

— Deveríamos ir pra lá — disse Art.

Isso chamou a atenção de Alex.

— Ah, é...?

Ela balançou a cabeça.

— Não. Não assim. Só quero ver dinossauros.

— Certo — falou Nate. — Você sabe que os dinossauros estão extintos, né?

Ela lançou um olhar estranho para ele.

— Todo mundo sabe disso, Nate.

— Então você sabe que não veremos dinossauros de verdade...

Ela revirou os olhos.

— Às vezes você parece muito inteligente.

— E nas outras vezes?

Ela sorriu para ele.

— Nas outras vezes, que bom que você é bonito. Não é, Alex?

Nate ficou boquiaberto.

Alex franziu ainda mais a testa.

— Deveríamos ir pra Badlands — decidiu ela. — E, por favor, não diga não. Não quero te forçar a me obedecer com o poder da minha mente, mas farei isso se for preciso.

Nate engasgou.

— Ela está brincando com você. — Alex parecia extraordinariamente mal-humorado. — Ela não consegue fazer isso.

— Ei! *Ele* não sabia. Por que você tem que estragar tudo?

Alex esticou a mão e bagunçou o cabelo dela.

— Você já assustou Nate o suficiente.

— Não estou *assustado* — discordou Nate.

Art estreitou os olhos para ele.

— Meio assustado. E não, antes que pergunte, não estou lendo a sua mente. Você está simplesmente... em pane de novo.

— Mal posso esperar para você voltar pro seu planeta — murmurou Nate.

Art riu.

Eles pararam em um comércio perto de Onaka para comprar um mapa. Art exigiu sair da caminhonete para entrar no estabelecimento, alegando que fora uma prisioneira durante três décadas e que seria *injusto* Alex não a deixar ir. Ele pareceu prestes a retrucar, mas Nate interveio, dizendo que levaria Art para a loja enquanto Alex poderia ficar no veículo.

— Tudo bem — concordou Alex, embora seu tom de voz o contrariasse. Pegou a carteira e entregou algumas notas a Nate. — Tiro certo. Não se distraia.

Art sorriu, ajoelhando-se no banco e se inclinando para dar um beijo estalado na bochecha de Alex. Aquele olhar suave, que ele parecia ter apenas com ela, fez uma breve aparição antes de desaparecer atrás de sua máscara novamente. Ela se virou para Nate.

— O que está esperando? Pra fora! Pra fora!

Ele fez o que a princesa do espaço pediu, abrindo a porta e saindo da caminhonete. Ela o seguiu depressa antes de pegar sua mão e puxá-lo em direção ao estabelecimento. A garota era convincente quando precisava ser. Nate olhou para Alex. Ele os observava pelo para-brisa. Nate piscou para ele.

Alex não desviou o olhar.

A loja era pequena. Tinha itens básicos de alimentação e higiene. Máquinas com refrigerantes e engradados de cerveja barata. Havia um homem mais velho atrás do balcão, seu rosto enrugado e gentil. Ele os cumprimentou quando entraram, um sino tocando no alto logo que a porta se abriu. Um rádio antigo chiava em uma prateleira atrás dele, ao lado de fileiras de cigarros.

— Olá — cumprimentou o senhor, acenando de maneira discreta para eles. — Posso ajudar?

— Precisamos de um mapa — anunciou Art, puxando Nate em direção ao balcão.

— Provavelmente posso te ajudar — disse ele, sorrindo para Art. — Algum lugar em particular?

— Estamos indo pra Badlands.

— Ah. Boa escolha. Acho que tenho algo aqui que pode ajudar na estrada. — Ele olhou para Nate. — Viajando, hein?

Nate assentiu.

— Pois é. — Melhor falar o mínimo possível.

— Deixe-me ver o que consigo encontrar — falou o homem, começando a vasculhar uma gaveta.

No rádio, uma voz dizia, quase frenética:

— ...e eles não *querem* que você saiba. Querem manter isso em *segredo*. Não acham que você está *pronto*. Mas sabemos que não é o caso. Sabemos do que somos capazes, o que *queremos*. E o que queremos é a *verdade*. Vocês realmente acham que o Markham-Tripp é *apenas* um cometa? É claro que não! Ouviram o que Johnny Brown disse aqui no programa ontem. Ele é *astrônomo*. Sabe do que está falando. E se ele disser que tem alguma coisa na cauda do cometa, pode apostar que vou acreditar nele. Do tamanho de *Saturno*, ele falou. Por que eles acham que não descobriremos a verdade? Por que o governo dos Estados Unidos realmente acredita que não veremos o que eles veem? Vou lhes contar o porquê, amigos. Eles acham que somos *ovelhas*. Colocam flúor na sua água, dizendo que é para mantê-lo *saudável*, quando na verdade isso o torna dócil. Os homens em Washington abrem aqueles sorrisos de político e dizem "Confiem em nós. Pensamos no que é melhor para vocês". E então soltam pesticidas e dizem que é para as *plantações*. Esperam que acreditemos nisso? O homem cultiva há *milhares* de anos sem a ajuda de veneno. Foi somente neste século que começaram a falar sobre insetos *danificando* nosso modo de viver. Acham *mesmo* que é o caso? Não. Não. *Não*. Estamos servindo de *experimento*. Estamos sendo *testados*. Estamos no maior laboratório do mundo, e ninguém sequer sabe disso! Exceto vocês, meus amigos. É por isso que é meu dever informá-los que há *algo naquele cometa*. Já fomos visitados antes, podem acreditar. E estamos prestes a ser visitados outra vez. Johnny Brown tirou *fotos*. Ele consegue *enxergar*. Eles estão chegando, pessoal. A questão é: o que faremos?

Nate encarava o rádio. Assustou-se quando o velho colocou alguns mapas no balcão.

— Peço perdão — falou, esticando a mão e desligando o aparelho, interrompendo o radialista no meio do surto. — Às vezes, gosto de ouvi-lo. Steven Cooper. Ele é um maluco e fala besteira, mas é uma besteira *boa*, sabe? Conspirações e tal. Não acredito em uma única palavra do que ele diz, mas é divertido.

— Ah, sim — Nate conseguiu dizer. — Eu... nunca ouvi falar dele.

O senhor deu uma risadinha.

— Não me surpreende. Ele tem seu próprio programa de rádio, falando sobre fantasmas e como os russos mataram JFK e ele tem *provas*, mas nunca as compartilha. Agora que o cometa está passando, ele está todo agitado com isso. Acha que é um sinal. Convidou um cara que alegou ser astrônomo, alguns dias atrás. Disse que na cauda tem a merda de um OVNI. — Ele olhou para Art. — Desculpe meu linguajar, senhorita. Não saia repetindo essa palavra, ouviu?

Art assentiu.

— Ah, eu *jamais* repetirei. Você disse OVNI? Que fascinante. Não acredita nisso?

O senhor balançou a cabeça.

— Já vi algumas coisas, claro. Mas homenzinhos verdes? Ora, acho que isso é tudo imaginação fértil. Quero dizer, se essas coisas existissem, por que viriam para cá, dentre todos os lugares?

— Para ajudar — respondeu Art, séria. — Talvez este lugar seja como um farol brilhante em meio a um espaço vasto e escuro. Talvez eles vejam nosso potencial, mas também o quão facilmente podemos nos perder. É um equilíbrio delicado, não acha? A linha entre o amor e o fogo é muito tênue.

O homem mais velho franziu a testa.

— Acho que sim. Mas você não é jovem demais pra pensar nessas coisas? Uma garotinha como você deveria estar brincando com bonecas, não pensando em discos voadores.

— Tenho gostos únicos e variados — Art disse a ele, pegando um dos mapas do balcão. — Posso gostar de bonecas e estudar OVNIs ao mesmo tempo. Só porque sou menina, não significa que eu não seja capaz de decidir quais devem ser meus interesses.

— Claro — concordou ele devagar. — Eu não quis ofender. Seu pai sabe disso melhor do que eu saberia.

— Ele não é meu pai — corrigiu Art, abrindo o mapa com suas mãozinhas. — Meu pai está na caminhonete. Este é o amigo esp…

— Quanto custa o mapa? — indagou Nate rapidamente, esperando ser o suficiente para distrair ambos.

— Quer saber? — falou o senhor. — Considere isso um presente meu pra vocês. A garotinha é inteligente. Mais inteligente do que eu jamais teria capacidade para ser. Parece errado cobrar por algo tão pequeno quanto um mapa que vai te guiar em uma aventura.

— Obrigado — agradeceu Nate, atrás de Art, esticando-se para tentar pegar o mapa.

— Nate — ela o repreendeu, inclinando a cabeça para encará-lo. — Eu consigo.

— Tá bom — disse ele com um suspiro. — Precisamos voltar pra estrada, ok? Seu pai vai ficar preocupado se demorarmos.

— Protetor, não é? — perguntou o homem.

— Você não faz ideia — respondeu Art. — Uma vez, um homem tentou me tirar dele, e meu pai pegou a arma dele e…

— Acho que já deu — interrompeu Nate, colocando as mãos nos ombros de Art, afastando-a do balcão, o mapa um amontoado em suas mãos. — Não precisa compartilhar tudo com estranhos. Já falamos sobre isso.

— Mas *todo mundo* é um estranho a menos que você converse com eles! Como você espera chegar em *qualquer lugar* se não…

— Ela lê muito — explicou Nate apressadamente, por cima do ombro. O senhor os encarava. — Aqueles livros… Colocam ideias na cabeça dela, que ela provavelmente deveria *guardar para si mesma.*

— Nate, você está rasgando o mapa! Toma cuidado! Foi um presente do homem gentil que não acredita em alienígenas, mas ouve pessoas malucas falando sobre eles!

A campainha soou no alto quando saíram pela porta.

Alex estava em seu assento, observando-os pelo para-brisa.

— Bem — disse Art, dobrando o mapa habilmente. — Isso com certeza foi uma aventura, não acha?

De algum jeito, Art conseguiu encontrar Steven Cooper no rádio da caminhonete.

Nate considerou seriamente abrir a porta e pular na rodovia. Já tinha visto filmes o suficiente para saber que, contanto que se encolhesse e saísse rolando, era provável que acabasse com apenas alguns ossos quebrados.

— ...e isso, meus amigos, *isso* é o que eles não querem que vocês saibam. Que eles já têm tecnologia extraterrestre incorporada em nossos navios e aeronaves de guerra. Pensem nisso. Neste século demos mais saltos na tecnologia do que na história da humanidade todinha, e esperam que acreditemos que foi um processo *natural*? Que isso veio da mente *humana*? Bobagem. Nos *mostraram* como voar. Nos *mostraram* como separar átomos. Agora existem instalações militares com *raios laser* com alcance de *milhares* de quilômetros. Vocês realmente acham que fizemos tudo isso sozinhos? *Besteira.* E isso, é claro, leva à questão do *porquê*. Meus amigos, vou lhes dizer o *porquê*. Foi para nos preparar. Pois, um dia, a verdade vai aparecer, e será trazida à luz de um jeito ou de outro. Não haverá como impedir. Saberemos a verdade sobre todas as coisas. A verdade, é claro, é que estávamos sendo *preparados*. Há mensagens codificadas. Para nos tornar subservientes. Para nos tornar *zumbis*.

— Amo esse cara. — Art suspirou.

— Meu Deus — murmurou Alex.

— Quero dizer, obviamente ele está totalmente errado — falou Art para ninguém em particular, o olhar ávido e fixo no rádio. — Ninguém mostrou aos humanos como fazer nada. Vocês descobriram tudo sozinhos. O que, a propósito, foi um bom trabalho. Bem. Em sua maioria. Vocês parecem se importar mais em explodir coisas do que em curar doenças. Isso é meio retrógrado, mas quem sou eu pra julgar. E não há nenhuma nave na cauda do cometa. *Sabe* do que eles são feitos? Quero dizer, a ideia em si é ridícula. E mesmo que não fosse, não *ajudaria* as viagens espaciais. No mínimo, *atrapalharia*. Dá pra acredita nesse cara? Ele é incrível, mas vamos combinar, né.

Nate não sabia o que responder.

— ...vamos falar mais sobre o Markham-Tripp. Vocês conseguem enxergá-lo, meus amigos. Está visível a olho nu. Estão dizendo que é o evento do século, que nunca veremos algo assim novamente na vida. Mas por que isso só foi descoberto no *ano passado*? A NASA não deveria ter sido capaz de detectá-lo há muito tempo? Eles têm muitos satélites no céu. Bem, pelo menos os que ainda não foram vendidos para o governo paralelo e usados para *espionar* o povo. Aprendemos tudo sobre o assunto na série dividida em dezesseis partes que fizemos no outono passado. Mas o Hubble deveria ter sido capaz de descobrir o cometa *anos* atrás. Por que uns tais Markham e Tripp foram os únicos dois capazes de encontrá-lo? Claro, é isso que nos contaram, certo? Digam-me, meus amigos. *Quem são* Markham e Tripp? Por que não temos fotos deles? Por que nunca foram vistos na TV? Eles foram entrevistados por alguns jornais, mas, caramba, meus amigos, vocês sabem o quão *fácil* seria forjar isso? Só precisariam de alguns bajuladores seguindo ordens para agir como amadores com seus telescópios nos quintais de suas casas normais, com suas vidas normais, e seriam capazes de encontrar algo que nem os maiores observatórios *do mundo* viram. Sabem o que eu digo sobre essas coisas: se parece com vacas voando, é *papo furado*.

Art riu com alegria, batendo palmas.

— Eles estão vindo, meus amigos — falou Steven Cooper. — Estão vindo, e não há nada que possamos fazer para impedir.

Havia várias áreas de camping marcadas no mapa até Badlands. Escolheram Sage Creek, pois parecia a mais remota. Levaram apenas algumas horas para chegar à entrada, onde pagaram a taxa para um garoto de aparência entediada e com cicatrizes de acne, sentado em uma cabine de madeira em ruínas. Ele lhes deu boas-vindas com tédio malcontido, informando que não havia água encanada e que os banheiros tinham fossas para a função, e desejou que aproveitassem a estadia. Art parecia satisfeita. Até Alex parecia tranquilo.

Nate pensava no banheiro com *fossa*.

O camping em si era plano e mal sinalizado. À distância, podiam ver colinas rochosas se erguendo no horizonte. Alex levou a caminhonete o mais para dentro do camping que pôde, escolhendo um lugar longe do punhado de outros campistas já instalados com pequenas barracas e churrasqueiras portáteis.

Art praticamente escalou por cima de Nate para sair do carro, exigindo que Alex lhe mostrasse o que era uma fossa porque ela precisava fazer xixi. Mas então ela se corrigiu, dizendo que não precisava fazer xixi *de verdade*, mas que estava tentando se forçar a sentir vontade para poder ver o banheiro com fossa.

Deixaram Nate na caminhonete, atordoado.

Ele os observou pelo para-brisa enquanto se dirigiam para uma casinha feita de madeira e cordas, que dava a impressão de que cairia com a mais suave das brisas. O nariz de Art se enrugou quando se aproximaram, e Nate sufocou uma risada ao ver o olhar de horror no rosto dela. Alex disse algo a ela, e a garota agarrou sua mão, tentando puxá-lo de volta para a caminhonete.

Eles estavam sendo perseguidos por homens em helicópteros com armas.

A garotinha vinha de outro planeta.

Eles não sabiam para onde estavam indo.

Ele não fazia ideia do que aconteceria quando tudo acabasse.

Se ele sequer teria uma vida para a qual voltar.

Ainda assim, de alguma forma, Nate se sentia mais em paz do que há muito tempo. Observou Art cravar os pés na terra, tentando impedir Alex de puxá-la em direção ao banheiro com fossa. E Alex estava *rindo*. Ele tinha um sorrisinho no rosto e rugas ao redor dos olhos. Seus dentes faziam breves aparições, e ele estava *rindo*. A respiração de Nate fugiu de seus pulmões com a visão.

Sim, estavam fugindo.

Sim, não sabiam o que o amanhã traria.

Mas ali, naquela hora, naquele momento, Nate estava quase... feliz.

Ele saiu da caminhonete.

— Alex! *Alex*. Mudei de ideia! Não quero ver a fossa. *Alex*, me solta!

— Ah, não — disse Alex, e Nate podia *ouvir* a risada em sua voz. — Você queria ver, então vou te mostrar. Acredite quando digo que não é a pior coisa do mundo. Poderia estar quarenta graus no deserto e ser seu trabalho cavar a fossa para todos os outros.

— Ótimo! Que bom pra você! Não quero ouvir suas histórias de *guerra*, caramba! Nate. *Nate*. Me ajuda! Me salva!

— É… — falou Nate, recostando-se na frente da caminhonete. — Acho que vou ficar por aqui mesmo, obrigado.

— Fui *traída* — arfou Art, de repente parecendo não ter ossos enquanto escorregava em direção ao chão. O aperto de Alex em seu braço foi forte o suficiente para que ela não caísse. Em vez disso, seus pés se arrastaram pela grama.

— Ah, nós vamos trazer ele também — Alex prometeu a ela, relanceando Nate, os olhos brilhantes. — Confie em mim. Ele vai precisar fazer cocô em algum momento.

Nate fez uma careta.

— Eu realmente queria que você não tivesse dito isso em voz alta.

O sorriso de Alex se alargou.

O homem não a puxou até o carro. Ela estava engasgando dramaticamente, agarrando-se à perna dele e exigindo que fosse carregada, pois seu corpo não funcionava mais graças ao fedor. Nate teve que engolir em seco quando Alex fez exatamente o que ela pediu. Abaixou-se, envolveu seus braços musculosos em volta das pernas dela e a levantou. Ela o escalou como um macaquinho, os tênis sobre seus braços e peito até conseguir chegar aos ombros, as pernas dela pendendo. Art colocou as mãos no cabelo curto dele, puxando de leve.

— Precisamos encontrar dinossauros. — Ela olhou para Nate. — E *sim*, Nate, eu sei que eles não são reais. Não mais.

— Você vem? — Alex perguntou a ele, gesticulando com a cabeça em direção a uma trilha do outro lado do camping.

Se o que ele sentia era felicidade, isso era um perigo.

Mas Nate percebeu que não se importava.

Fizeram uma fogueira quando o sol começou a se pôr. Alex conseguiu encontrar uma frigideira e abriu três latas de sopa, despejando seus conteúdos antes de levar a panela ao fogo. Os campistas mais próximos — um casal jovem que acenou à distância, mas nada além disso — estavam longe o bastante para não ouvirem os três.

Art estava na parte de trás da caminhonete, abrindo os sacos de dormir, já animada com a ideia de acampar sob as estrelas. Ela tagarelou sobre as pedras que viu, as colinas que escalou. Lamentou a falta de fósseis de dinossauro, perguntando se poderia usar o poder de sua mente para puxar alguns de dentro da terra. A garota tinha um sorrisinho travesso no rosto quando disse a última parte, olhando de esguelha para Nate. Ele sabia que ela estava tentando fazê-lo ter alguma reação, mas ele se manteve inexpressivo.

Art pareceu um pouco decepcionada, mas deixou pra lá, e começou a falar sobre como os sacos de dormir seriam quentinhos e como achava que seria mais confortável do que a cama do hotel da noite *passada*, que tinha sido a *pior* de todas.

Alex resmungou em todos os intervalos oportunos da conversa, o bom humor de mais cedo havia desaparecido um pouco. Ele não estava de volta à sua carranca de sempre, fato pelo qual Nate se sentiu grato. Nate estava quase… relaxado. Seus músculos estavam cansados da caminhada, mas era um cansaço *bom*, quase até os ossos. Seus músculos pareciam tensos, sua pele ainda quente do sol. Provavelmente ficaria um pouco vermelho no dia seguinte, mas se preocuparia com isso depois. O ar já esfriava consideravelmente, e ele encontrou um casaco na caminhonete. Achou que era de Alex. Vestiu-o mesmo assim. Alex não disse nada, mas talvez o tenha encarado um pouco mais que o normal antes de voltar sua atenção para o jantar.

Sentaram-se colados um no outro, na traseira da caminhonete, quando a sopa ficou pronta. Alex ficou no meio, segurando a frigideira no colo. Cada um tinha uma colher de plástico e se revezavam para pegar um pouco. Alex era uma linha de calor ao lado de Nate, seus ombros e braços se roçando.

Observaram o pôr do sol enquanto comiam.

Quando terminaram e Alex colocou a frigideira atrás deles, mal se afastaram.

— Olhem que beleza — disse Art sonhadoramente, conforme os últimos vestígios do dia desapareciam.

Nate olhou para cima.

Não era como no Oregon. Ou Washington. Ou mesmo Montana. Com certeza, nunca tinha visto nada assim na capital. Pela primeira vez, Nate teve a impressão de estar com os olhos abertos e de fato enxergar o que havia acima dele.

Estavam sob um universo de estrelas, as mais brilhantes que ele já tinha visto. Elas pareciam se estender para o infinito, além do que ele poderia compreender. Nunca se sentiu tão pequeno em toda a sua vida.

— Uau — exalou. — Isso é... uau.

— É mesmo — concordou Art. — Não é?

Nate sentiu a mão de Alex roçar na sua, mas não desviou o olhar do céu. Poderia ter sido um acidente. Nada além disso.

— Eles não me deixavam ver... nada — contou Art, de repente. Nate sentiu Alex enrijecer ao seu lado, mas ambos permaneceram em silêncio. — Enquanto eu estava na Montanha. Não assim. Implorei. Supliquei. Prometi mostrar a eles o que desejavam. Tudo o que eu queria fazer era sair um pouco e olhar para o céu. Mas eles disseram não. Pensaram... Não sei o que pensaram. Que talvez, se eu visse as estrelas, poderia usá-las para me comunicar ou algo ridículo assim. Não entendiam que tudo o que eu queria era olhar para cima e descobrir o que conseguia enxergar. Quão diferente seria ver as estrelas por este ângulo do universo.

O coração de Nate batia forte no peito.

— O Alex apareceu, e pedi para ele descrever o céu para mim. Ele... não foi muito bom nisso no começo. O que você disse mesmo, Alex? Quando eu perguntei?

Alex bufou.

— Falei que estava tudo como sempre.

— Isso *mesmo* — disse Art, e os dedos de Alex tocaram os de Nate. — Tudo como sempre. E eu *ri* até perceber que você falava sério.

Que era o que realmente pensava. Acho... acho que foi a primeira vez que senti tristeza. Tipo, tristeza real, de verdade. Eu estava com medo. Com raiva. Mas nunca tinha ficado *triste*. Não até então. Não até você. Lembra do que eu falei?

— Você disse que eu precisava sair um pouco e não voltar até olhar para o céu outra vez. Olhar de fato.

— E você fez isso.

— Sim.

— Por quê?

— Porque parecia a coisa certa a se fazer.

— E o que você viu?

Alex suspirou.

— Que era muito maior do que eu jamais imaginei. Que havia essa... vastidão. Algo que eu nunca tinha visto.

— Você se sentiu minúsculo.

— Sim.

— Como se não fosse nada além de um grão de areia na praia.

— Sim.

— Descobrir isso coloca a gente no nosso lugar — afirmou Art. — Mesmo durante o luto. Especialmente durante o luto, acho. Você me ensinou isso. Eu não entendi. Não antes. E quando você voltou, descreveu o céu noturno tão bem que eu consegui *vê-lo*. Consegui vê-lo através dos seus olhos, e era como se estivéssemos lado a lado no meio do nada, mirando as estrelas juntos. Foi bom. Foi muito bom, Alex.

Alex não falou nada. Nate imaginou que Art não esperava resposta mesmo.

— Você me libertou — sussurrou ela. — E agora eu consigo ver as estrelas por conta própria. Nate. Olha. Consegue ver?

Nate seguiu a direção em que o dedo dela apontava.

— O brilho é fraco — disse. — Da estrela. Você a conhece?

— Não — admitiu ele. — Não conheço.

— Vocês a chamam de VL62 Cass. Para ser sincera, vocês são péssimos inventando nomes para as coisas. Cadê a imaginação? Seus ancestrais eram bem melhores, mesmo quando pensavam que as estrelas eram deuses. Quero dizer, quem diabos olha para cima e diz "ah, olha, é a minha favorita, VL62. Que linda".

— Art — repreendeu Alex.

— Tá, tá. A VL62 Cass fica em Cassiopeia. Também é uma das estrelas mais distantes que um humano consegue enxergar a olho nu.

— O que tem ela? — perguntou Nate.

— Além dela é meu lar. Muito, muito além dela.

Nate não achava que ainda teria a capacidade de se surpreender com alguma coisa. Depois de tudo o que ouvira. Depois de tudo o que vira. Não achava que seria capaz de ficar chocado.

Estava enganado.

— Eu não... — conseguiu dizer. — É...

— Eu sei — disse ela, e ele acreditou. — Vocês são capazes de coisas ótimas e terríveis. E em tão pouco tempo. Estão cercados por milhões de pessoas como vocês, mas, ainda assim, conseguem se sentir sozinhos. Vocês são tão raivosos, poderosos e maravilhosos. E tão frágeis. Podem se quebrar em vários pedaços e se sentir tão perdidos. Eu não entendia isso. Não... antes. Acho que nenhum de nós entendia. Vocês são complexos e, ao mesmo tempo, tão simples. É uma dicotomia que não deveria ser possível. Quando sorriem, é como o sol brilhando. Quando choram, é como se estivessem presos nas sombras e não conseguissem voltar pra luz. Vocês são capazes de apontar uma arma para a cabeça dos seus inimigos e puxar o gatilho em nome do que chamam de Deus. Jogam bombas e queimam o chão sob seus pés. Machucam uns aos outros. Vocês se amam. Gritam palavras que ninguém escuta. Odeiam que os outros não sejam como vocês. Eles assustam vocês, mesmo que não queiram nada além de *ser* vocês. Criam lares onde não deveria existir nenhum. Carregam uns aos outros até seus joelhos cederem e tropeçarem. É quase impossível entender. Nenhum de nós conseguiria entender isso. Não até sentir um coração batendo no peito como senti. Não até que eu sentisse os ossos sob minha pele. Não somos parecidos. Não mesmo. Estamos separados pelo tempo e espaço. Ainda assim, de alguma forma, somos todos feitos de poeira e estrelas. Acho que acabamos nos esquecendo disso. E, pra começo de conversa, nem sei se vocês sequer têm consciência disso. Como podem estar sozinhos quando somos todos iguais?

Nate piscou para afastar a ardência nos olhos.

— Além disso — acrescentou —, vocês têm bacon, que, sinceramente, eu sugeriria tomar o planeta todinho só pra conseguir um punhado. Tipo, aniquilação total dos humanos.

Nate sentiu como se estivesse sem ar.

— Artemis Darth Vader.

— É meu nome, não o use à toa.

— Acho que nunca conheci alguém como você.

— Espero que não. Caso contrário, eu precisaria perguntar se você já recebeu uma sonda anal, e isso teria sido estranho. Eu provavelmente conheceria o cara que fez o procedimento.

Alex surpreendeu os dois ao rir.

Eles o encararam enquanto ele se curvava, os braços abraçando a própria cintura, e *ria.* Parecia que o som vinha do fundo do peito, forçando sua saída como se viesse esperando a hora para se libertar. A risada era áspera e baixinha, mas estava lá. Nate sentiu o calor florescer dentro de si ao ver aquele homem, aquele homem estranho e encantadoramente assustador, rindo de algo tão infantil quanto uma sonda *anal.*

Nate não conseguiu fazer nada além de rir também.

Art seguiu o exemplo.

Ali, sob uma vastidão de estrelas tão distantes e um cometa se tornando mais brilhante a cada hora, eles riram.

Ela dormiu entre eles, quase no instante em que sua cabeça se deitou na jaqueta enrolada de Alex, que Nate lhe entregara para usar como travesseiro. Seus olhos se fecharam e ela começou a roncar de imediato, o som bem mais alto do que se esperaria de uma garotinha. Nate nunca deixaria de ficar impressionado com isso.

Ele escovou os dentes antes de fazer bochecho com uma garrafa de água. Cuspiu o líquido nos restos do fogo, ouvindo as brasas sibilarem e crepitarem. Pensou que talvez devesse dar uma passada na fossa que servia de banheiro, mas não conseguiu se obrigar a cambalear até lá no escuro. Ele resistiria. Se a situação ficasse difícil, se afastaria um pouco e mijaria ao relento, algo que não fazia desde criança.

Alex já estava na caçamba da caminhonete, o saco de dormir puxado até o peito, as mãos atrás da cabeça. Nate engoliu em seco ao ver os bíceps contra as mangas da camiseta, e desviou o olhar. Subiu na caminhonete com o máximo de cuidado possível, sem querer acordar Art.

O saco de dormir estava mais quentinho do que ele esperava. Encontraram-nos na cabana. Seus pais deviam tê-los comprado antes de... bem, antes. Ele se perguntou se eles os tinham usado, se os haviam levado da cabana até o lago e dormido sob as estrelas, o som das ondas contra as margens os embalando. Só o pensamento o fez tremer.

Ele puxou o saco de dormir até o queixo e deitou a cabeça na mochila. Fechou os olhos e tentou dormir.

Não conseguiu.

Virou-se de lado, na direção dos outros dois.

Alex tinha se virado na mesma posição, observando-o por cima da cabeça de Art, os olhos brilhando no escuro.

— Ei — sussurrou Nate baixinho.

— Ei — Alex murmurou de volta.

Nate abriu a boca para perguntar qual era o plano, o que fariam amanhã, ou depois de amanhã, ou no dia seguinte. Em vez disso, falou:

— Meu pai matou minha mãe.

Alex respirou fundo, mas não disse nada.

Nate imaginou que deveria parar. Que Alex não precisava saber mais nada. Que aquela não era a hora, o lugar ou a *pessoa* para quem ele deveria contar isso.

— Ele atirou nela. E então atirou em si mesmo. Eu não os via há anos. Eu não era... o que eles esperavam que eu fosse.

Alex assentiu devagar.

— Eu não... nem fui ao funeral. Eu não tinha certeza de como deveria me sentir. Triste, afinal eram meus pais? Com raiva por me deixarem pra lá como se eu não fosse nada? Eu disse a mim mesmo que não devia nada a eles. Disse a mim mesmo que eu era um covarde.

— Por quê?

— Por que o quê?

— Por que eles... O que eles esperavam que você fosse?

— Hétero — respondeu, e foi *libertador*. Foi *assustador*. Havia uma chance, embora Nate achasse que era menor do que antes, de que Alex o olhasse com desgosto, mas era bom falar aquilo em voz alta. Algumas pessoas sabiam, porém elas não eram... importantes. Talvez a exceção fosse Ruth. Ela sabia. Mas não era como agora. Este era Alex.

— Ah. — Foi tudo o que ele disse.

— Pois é. — Nate deu uma risadinha fraca, esperando não ter cometido um erro. — Acho que os surpreendi. Bem, *sei* que os surpreendi. Eles me pegaram no flagra com meu namorado.

Alex pigarreou.

— Foi isso que você quis dizer. Lá na cabana.

— Foi.

— Merda.

— É.

— Que... barra.

— Você sempre sabe a coisa certa a dizer, não é?

— Estou tentando.

Nate se encolheu.

— Eu sei. Eu não... quis dizer isso. Não desse jeito.

— Não me importo.

E sim, isso doeu. Mais do que ele esperava.

— Me desculpe. Eu não...

— Não — disse Alex rapidamente. — Eu não... eu quis dizer que não me importo que você... não seja hétero. — Ele parecia agitado.

— Ah — falou Nate. — Acho que isso é... bom. Sim. Que bom. Obrigado. E não sei por que estou agradecendo. Isso é estranho. Eu só... obrigado. Acho. E agradeci de novo, que raios...

— Nate.

Nate fechou a boca de súbito.

— Está tudo bem. Eu não... não é grande coisa.

— Bom. Isso é bom.

Alex parecia estar se preparando para algo. Ele desviou o olhar, depois voltou a encarar Nate, então desviou de novo. Abriu a boca uma, duas vezes. Então:

— Eu sou… meio assim. Hum. Ambos. Eu gosto… de ambos.

Nate pestanejou.

— Bissexual. Isso é… legal. Legal. Sim. Legal, legal, legal.

— Eu quebrei você?

— Cala a boca.

Os cantinhos dos olhos de Alex se enrugaram de novo, como se ele estivesse se divertindo.

— Acho que quebrei você.

— Você não me quebrou. Eu só estou… surpreso.

— Por quê?

Nate deu de ombros.

— Não sei. Você é, sabe, tão… você.

— Ah, isso esclarece tudo.

— Não sei mais o que dizer!

— Xiu. Você vai acordá-la.

— Duvido que ela consiga ouvir alguma coisa além do próprio ronco.

Alex riu baixinho.

— Ela sempre foi assim. Parece uma motosserra.

— Seria cativante se não fosse tão irritante.

— Você se acostuma.

Alex sabia disso, certo? Tivera anos para descobrir.

— Ela está… feliz.

O sorriso de Alex vacilou um pouco.

— Está?

— Sim. Ela já foi feliz? Na Montanha?

O olhar de Alex endureceu sutilmente, mas Nate não achou que fosse por causa dele.

— Às vezes. Quando eu estava com ela. Eles… Houve momentos em que nos mantiveram separados. Queriam testar e ver o quão longe iria e o quão forte era o vínculo entre nós. O maior tempo em que nos mantiveram separados foi quase sete meses. Ela… Nenhum de nós estava muito bem nos últimos dias.

Nate queria perguntar o que aconteceria quando ela voltasse para casa, se esse vínculo se quebraria. Não conseguiu criar coragem para tal. Em vez disso, perguntou:

— Eles não se importavam com ela, né? As pessoas na Montanha.

Alex balançou a cabeça.

— Não de verdade. Não como eu. Até teve um ou outro. Eles... a trataram bem. Mas até eles achavam que ela não passava de um parasita dentro de uma garotinha. Um animal em uma gaiola. Eles não viam a verdadeira Art. Não como... não como eu via.

— O que você pensou quando eles te contaram pela primeira vez? Eu nem saberia como começar a explicar a Art para alguém.

Art fungou durante o sono, virando o rosto para Alex. Suas mãos se moveram involuntariamente. Nate se perguntou se ela sonhava. Caso sim, como eram seus sonhos.

— Eu... eles me levaram para a Montanha. Disseram que eu estava tendo acesso a um projeto especial. Que eu faria parte de algo extraordinário. Que, se eu concordasse com o que estavam me pedindo, sem ver mais detalhes, sem explicações, eu jamais poderia voltar atrás. Já que eu não tinha mais nada, concordei.

E enquanto Alex falava e Art dormia entre eles, os olhos de Nate se tornaram turvos, e as estrelas lá no céu derreteram ao redor, deixando rastros brilhantes em direção à Terra, como se estivessem caindo. Ele podia ver as imagens na cabeça de Alex, cada vez mais nítidas através da névoa e...

Ele pensa: *claro, é, tanto faz*. Confidencial. Já ouviu isso antes. Sabe como funciona. Eles sabem que *ele* sabe como manter a boca fechada. Está nisso a vida toda. Militar de carreira. Alistou-se quando tinha dezoito anos e nunca olhou para trás. Sua mãe era uma bêbada, e seu pai estava na prisão cumprindo uma pena que podia variar de vinte e cinco anos a prisão perpétua por assalto à mão armada, onde uma arma havia sido disparada. Tinha sido *aquilo* que condenara seu papai querido, o disparo de uma arma de fogo durante a execução de um crime.

E Alex Weir, o pequeno e magricelo Alex Weir, sabia — mesmo naquela época — que se não saísse daquele lugar, se não quebrasse o ciclo, acabaria como eles.

Então, quando marchou para o escritório do recrutador, a tinta mal seca em seu diploma de ensino médio, sabia que estava fazendo a escolha certa.

Onze anos depois, eles lhe disseram que faria parte de algo diferente de tudo que já havia testemunhado antes. Ele está entorpecido, seu coração quebrado na boca do estômago, mas está ouvindo. Nunca foi do tipo curioso. É do tipo que só quer saber o necessário, um bom fuzileiro naval que faz o que lhe mandam. Ele sabe como seguir ordens, e é por isso que quase *hesita* quando lhe fazem perguntas em vez de dar instruções.

Um homem está sentado em frente a uma mesa, e Alex não tem ideia de quem é. Não está fardado. Ele veste calças cáqui amassadas e uma camisa polo, e informa que seu nome é Greer. Na mesa há uma pasta de arquivo grossa que mal deu atenção e na qual Alex relanceou a própria foto. Ele quer perguntar do que se trata, quer saber o que seu arquivo diz. Por um momento, imagina que está sendo dispensado, e isso o *aterroriza*, até que Greer diz:

— Isso é... grande, rapaz. Maior do que qualquer coisa que você já viu na vida. Precisa ter certeza sobre isso, pois não há como voltar atrás.

Ele nunca foi curioso.

Mas, meu Deus, está curioso agora. Mesmo com a dor que penetrou em seus ossos, ele quer saber do que se trata.

Não tem mais nada, então concorda.

O sorriso de Greer não alcança seus olhos.

Eles o testam. Eles o cutucam e o furam. Ele passa por um eletrocardiograma. Eletroencefalograma. Ressonância magnética. Raios-x. Conectam fios da sua cabeça aos pés e dizem que isso se chama mapeamento 3D. Colhem seu sangue. Seu plasma. Seu sêmen. Fazem uma punção lombar. Testam sua visão. Seus reflexos. Ele corre em uma esteira, quilômetro após quilômetro após quilômetro, até achar que vai desmaiar.

Isso se estende por seis meses.

Então, Greer volta.

— Está na hora — diz.

Alex é levado de Phoenix para a Montanha pela primeira vez na primavera de 1985. Ele tem trinta anos e perdeu tudo.

Ele acha que se trata de armas experimentais. Ou armaduras. Talvez até robôs. Sua imaginação nunca foi grandiosa (sua mãe sempre disse que ele era muito severo e sério quando criança), mas já viu filmes. Ele sabe que às vezes a ficção científica não é apenas ficção. Sempre haverá novos tipos de guerra, e ele é bom no que faz. Condecorado. As pessoas o seguem. Ele é esperto e rápido. Seu corpo foi lapidado. Ele está pronto.

É por isso que vacila quando o levam Montanha adentro, para uma sala com paredes de vidro do chão ao teto.

Dentro das paredes — da *gaiola* — há uma garotinha.

Veste um moletom rosa e uma regata azul. Está sentada de pernas cruzadas no meio do chão, a cabeça inclinada para o lado enquanto o observa com olhos brilhantes. Há uma cama. Uma estante cheia de livros. Uma divisória com um vaso sanitário e um chuveiro atrás. Uma planta verde e frondosa que parece estar crescendo sem poda.

E ela, é claro.

Ele pensa: *Ah, seus bastardos, seus bastardos, vocês sabiam o que estavam fazendo, sabiam por que me pediram para fazer isso, como...*

— O que é isso? — pergunta ele.

— Isso — Greer lhe informa — é o Sétimo Céu.

A garotinha revira os olhos.

— Não entendi.

— Eu sei — diz Greer. — Mas vai em breve.

Eles o tiram da sala. Da gaiola dela. Antes de passar pela porta, ele a olha por cima do ombro.

Ela acena para ele.

Alex não acena de volta.

E quando lhe *contam* o que ela é, de onde veio, há quanto tempo está ali, *tudo*, ele responde:

— Balela.

Greer ri.

— Eu falei a mesma coisa, rapaz. Mas posso garantir que é verdade. É tudo verdade.

(No presente, Nate sentiu aquilo. O momento. O momento terrivelmente singular quando tudo o que Alex sabia sobre como o mundo funcionava se despedaçara com muita facilidade. Na caçamba da caminhonete, ele estremeceu.)

Eles lhe dão alguns dias para... processar tudo. Ele se encontra com pessoas que falam com ele sobre assuntos como *biologia* e *composição genética*. Dizem coisas como *sem DNA verificável* e *ophiocordyceps unilateralis*. Ele não entende nada. Não consegue compreender. É um mero soldado. Dê a ele uma arma e diga onde atirar, e ele puxará o gatilho. Dê-lhe um mapa e aponte onde o inimigo está, e ele descobrirá uma maneira de flanqueá-lo. Mas diga a ele que a garotinha na sala é uma extraterrestre, e ele não sabe o que *fazer* com a informação. Não sabe como *conciliar* isso com tudo o que conhece.

Eles o levam de volta para a sala.

— Olá de novo — cumprimenta a garota. E os joelhos de Alex cedem sob seu peso.

Ninguém se move para ajudá-lo a se levantar.

— As pessoas reagem assim com frequência perto de mim. Que estranho, né? — diz a garota.

Eles não dão um nome para ela. Pelo menos, não um nome real. Eles a chamam de *Sétimo Céu* ou *isso* ou *aquela coisa que veio do espaço sideral.*

Leva quatro meses para Alex criar coragem para realmente falar, sem ficar bravo, com isso. Com a coisa que veio do espaço sideral.

Com ela.

As folhas da floresta na Montanha estão mudando de cor quando ele diz:

— Ei.

Ela pisca, só uma vez, e responde:

— Oi, Alex.

Ele abaixa a guarda. Deus tenha misericórdia, ele abaixa a guarda.

Ela... não é o que ele esperava. Ela gosta de ler. Ri quando ele conta sobre um cachorro que teve quando criança, um vira-lata bobo todo estabanado. Faz perguntas sobre tudo e qualquer coisa. Qual é a cor favorita dele? Ele já foi ao oceano? Já andou a cavalo? Já acariciou um pinguim? (Azul. Sim. Não. Mas o quê?!)

(Nate riu. Ou pelo menos achou que sim. Não tinha certeza.)

No começo, sempre há alguém na sala com eles. Vários alguéns. Eles ficam em segundo plano, digitando em seus computadores, escrevendo em seus blocos de notas, examinando papéis que nunca parecem parar de serem impressos. Eles sussurram, sempre conversando baixinho, nunca interrompendo Alex e o Sétimo Céu até que seja hora de ele ir.

Ele a admira.

Ele se ressente dela.

Não sabe o que fazer, porque isso o está *destruindo*. O primeiro ano é o pior porque ele ainda está de luto. Ainda está *sofrendo* por tudo que perdeu. E aqui está ela, essa coisa que veio do espaço sideral, e agora ela sorri toda vez que ele entra na sala. Ela diz que não gosta quando ele vai embora. Pergunta se podem assistir a um filme. Há uma TV, um grande videocassete preto logo abaixo. Eles trazem fitas. Comédias. Desenhos animados. Faroestes. Estes são os favoritos dela. Ela se senta no chão contra a parede que os separa, cotovelos nos joelhos, queixo na mão, e fica *fascinada* com a visão de caubóis e indígenas, de bandidos roubando um trem.

Ele também se senta durante o filme. Oferecem-lhe uma cadeira. Ele a pega e a usa. No começo. Mas, depois de um tempo, também se acomoda no chão, quinze centímetros de vidro à prova de balas os separando.

Às vezes, a energia oscila e acaba. Nunca por muito tempo.

— Fiação — explica Greer. — A daqui é terrível. Acho que não era para estarmos tão dentro da Montanha.

No segundo ano, ele entra na gaiola.

Eles dizem para ele usar um traje de proteção.

Alex os manda se foderem.

Ela está inquieta. Trocando o peso de um pé para o outro.

Há muitos homens na sala com eles, parados e observando. Esperando.

É preciso passar por duas portas para adentrar a gaiola. Ele fica na frente da primeira, e a fechadura eletrônica muda de vermelho para verde. A porta desliza devagar. Ele entra. Ela se fecha atrás dele.

Acima, ventiladores ganham vida e uma névoa tênue jorra sobre ele, com um gosto levemente medicinal. Os ventiladores diminuem a velocidade até pararem. A segunda porta se abre.

Ele entra na gaiola.

Ela o abraça antes mesmo que ele perceba que ela se moveu.

Os bracinhos dela estão em volta da cintura dele, a cabeça descansando na sua barriga, e ele a *odeia*, odeia tudo o que ela representa.

Mas ele coloca uma mão no topo da cabeça dela e diz:

— Olá.

É durante o quinto ano que ela se vincula a ele.

Acontece com a maior facilidade do mundo.

Em um momento ela está lendo o livro que ele trouxe (*Mrs. Frisby and the Rats of NIMH*) em voz alta, e no outro, ele está ouvindo tudo em sua cabeça. Ele não entende o que está acontecendo no começo, não compreende por que os lábios dela não estão mais se movendo, mas ainda consegue *ouvi-la*. Só que não são apenas palavras, são? Ele consegue *ver* a sra. Frisby e Nicodemus e Justin e Jeremy e Dragon. Mas não como se fossem reais. Não. É como *ela* os vê, essa garotinha que eles chamam de Sétimo Céu, e ela está *contando* a história dentro da cabeça dele, e é avassalador. Até demais.

Ele desmaia.

Eles não o deixam vê-la por uma semana.

Eles perguntam o que aconteceu.

Querem *entender*.

Ele pensa em mentir. Em manter isso só entre ele e a garota.

Mas ele tem um dever.

Conta a eles.

Quando o deixam voltar para a sala, o alívio no rosto dela é palpável.

— Sinto muito — diz ela, abalada. — Eu nunca quis...

— Está tudo bem — fala ele, bruscamente.

Ela olha para as próprias mãos.

— Eu fiquei... triste. Sem você.

(Nate sentiu seu coração se partir. Queria esticar a mão e acariciar o rosto adormecido de Art, mas não conseguia se mover. Ele nem tinha certeza se estava acordado.)

E caramba, *isso* os tirou do sério. Durante todos os anos em que a observaram, quando era Oren e em sua versão de agora, ela *nunca* falou nada sobre tristeza. Nunca disse nada sobre sentimentos. Ah, já tinham visto expressões no rosto dela. Ela sorri. Franze a testa. Fica brava, embora seja raro. Mas nunca demonstrou emoções *em voz alta.*

E o fez agora. Ela ficou triste quando Alex foi tirado dela.

Pela primeira vez, lá no quinto ano, Alex acha que ali não é o lugar dela.

É um pensamento perigoso.

Tão, tão perigoso.

Tanto, na verdade, que ele não se permite pensar nisso novamente por muito tempo.

Não até o nono ano, pelo menos.

Durante o nono ano, eles trazem uma mulher que se apresenta apenas como Laura, e ela muda tudo. Alex é informado de que eles não estão obtendo os resultados de que precisam, que estagnaram e os superiores estão exigindo respostas. Greer, que Alex viu apenas algumas vezes desde que foi trazido à Montanha, sorri para ele com tristeza.

— Ela é durona — conta. — Espero que você esteja preparado, rapaz.

Laura não gosta de balelas. É mais velha, talvez na casa dos cinquenta. Usa sempre as mesmas blusas sem graça, o mesmo jaleco, o mesmo par de óculos de armação grossa. Ela não sorri na primeira vez que encontra o Sétimo Céu. Nem sequer parece chocada. Alex se pergunta o que ela está pensando enquanto contorna a gaiola lentamente, com um olhar analítico. A garota (*Artemis*, ela falou em sua cabeça no sexto ano, *pode me chamar de Artemis*) não parece afetada. Fica no mesmo lugar, girando em um círculo lento, observando Laura.

Depois que Laura circunda a gaiola, ela olha para Alex pela primeira vez.

— Você é aquele com quem ela se vinculou.

— Sim, senhora — diz Alex.

— Ótimo. — Ela olha por cima do ombro para os guardas perto da porta. — Tirem ele daqui. Não quero vê-lo aqui de novo até que eu mande.

— O quê? — questiona a garota (Artemis, Art), parecendo alarmada. — Não, espera, o que você está…

Alex pensa em lutar. Pensa em pegar um dos rifles e dizer a essa mulher, essa tal de Laura, que ela não vai tirar Art dele. Que não vai separá-los.

Ele não reage.

E Laura faz exatamente isso.

Durante *sete meses.*

É… agonizante. Há momentos, por mais breves que sejam, em que ele ainda consegue *senti-la*, curtas explosões de imagens em sua cabeça. Alex não sabe se é a distância que está enfraquecendo o vínculo, ou se é algo mais sombrio, mas *mal está lá*. E quando *está*, são flashes brilhantes de *dor*. Como se a estivessem *machucando*.

Alex não come. Há dias em que não sai da cama. Continua assim por dois meses. Ele fica doente. Febril. Sabe que está sendo monitorado, que é parte disso assim como Art, mas não há nada que possa fazer para impedir isso tudo.

No quarto mês, ele exige uma reunião com Laura.

Demora três semanas.

Ele é levado ao escritório dela, que costumava pertencer a Greer.

— Ele… se aposentou — fala Laura quando ele pergunta. — Pescando. Jogando golfe. O que quer que se faça quando não se é mais necessário.

Alex não acredita nela.

— Você entende por quê? — pergunta ela. — Por que temos que quebrá-la?

Ele mantém a máscara firme no lugar. Não vai permitir que escorregue. Não para esta mulher. É o que ela espera. Ele não vai dar esse prazer a ela.

— Não.

Ela balança a cabeça lentamente.

— Imaginei que não. Diga-me, sr. Weir. O que acha que vai acontecer se eles voltarem para buscá-la? Se ela for algo importante? E se eles decidirem que o que fizemos aqui é equivalente a atacar primeiro?

Alex não responde.

Laura suspira, recostando-se na cadeira de couro atrás da mesa.

— Temos que estar preparados para uma invasão. Eles não são como nada que já vimos. Como podemos esperar detê-los se não os entendemos? Isso não é... não é como Roswell, sr. Weir. Esses não são seres de carne e seja lá qual fluido chamam de sangue. Eles têm o potencial de se tornarem uma arma biológica. Não atacarão de cima. Atacarão de *dentro*. Corremos o risco de sermos nada além de hospedeiros de uma raça avançada que evoluiu muito além de qualquer coisa que já tenhamos visto. Realmente acha que podemos ficar de braços cruzados e deixar isso acontecer? Ou devemos estar preparados para qualquer eventualidade?

Ela não está... errada. Alex sabe disso. Mas no fundo de seu coração, naquele lugar que acabou de começar a sarar, ele não acredita nisso. De jeito nenhum.

— Por quê?

Laura arqueia uma sobrancelha.

— Por que o quê, sr. Weir?

— Por que eles fariam isso? Por que viriam até aqui só para nos atacar? Para nos dominar. Se são tão avançados quanto você parece pensar que são, eles não terão evoluído para além desses desejos?

— O pragmatismo não tem lugar quando se lida com o desconhecido. Se alguém entra sem ser convidado pela porta dos fundos, você não dá as boas-vindas. Você pega sua arma e mostra quem mora lá.

— Atire primeiro, pergunte depois — diz ele com amargura. — Art nunca iria...

— Art? — questiona ela, com falsa suavidade.

Ele fecha os olhos.

— Ah — diz Laura. — Entendi.

Ela o mantém longe por mais três meses.

(Nate nunca odiou ninguém que não conhecesse antes. Mas odiou Laura.)

Ele nunca descobre *exatamente* por que permitem que volte à sala com a gaiola. Não sabe se é porque Art exige, se ela diz que vai contar a eles o que precisam saber. Ele não tem certeza, mas não se importa, porque o *alívio* que sente quando a vê outra vez é absoluto, embora ele não permita que a expressão pétrea em seu rosto mude.

Não importa, porque ela sabe. O vínculo entre eles ganha vida, e ele é *atacado* com imagens dela, imagens em sua cabeça que são como ver o nascer do sol pela primeira vez. Ela está *feliz*. Ah, sim, ela está muitas outras coisas também — magoada, brava e assustada —, mas está *feliz*.

(Nate sentiu como se mal conseguisse respirar.)

Olá, Artemis diz em sua cabeça.

Olá, ele envia de volta.

E ela *sorri*.

Em um canto escondido de sua mente, longe de onde até Artemis pode ver, Alex começa a pensar que as coisas não deveriam ser do jeito que são.

As coisas voltam ao… bem, não ao *normal*, porque nada sobre isso é normal. Laura parece recuar, embora Alex tenha certeza de que ela nunca está muito longe. Eles ainda realizam testes, mas não são tão extensos quanto nos meses em que estiveram separados. Art conta pouco a ele sobre o que passou nesse meio-tempo, independentemente do quanto Alex pergunte. Ele não sabe se fica grato ou não por isso.

Em dado momento, Art pergunta a ele há quanto tempo ela está presa na gaiola.

Ele responde que já faz quase trinta anos.

Ele se encolhe quando ela replica em voz alta:

— Hum. Não é tanto tempo.

O tempo não tem… significado. Pelo menos, não para ela. Art tenta lhe explicar, mas é muito abstrato para ele entender. Trinta anos para um humano pode ser considerado uma vida inteira. Em trinta anos, uma pessoa pode nascer, aprender a falar, andar e pensar. Ela cresce até atingir a idade adulta. Sua mente se solidifica. Ela se torna quem é.

É diferente para Artemis. O tempo é fluido. Trinta anos não é nada.

Certa vez, ele pergunta quantos anos ela tem.

Ele recebe uma série complicada de imagens que o fazem acreditar que a resposta seja *séculos*, mas que ela ainda é considerada uma criança de onde veio. Uma palavra que lembra *infante*.

Perto do fim do nono ano, ela lhe envia uma imagem e um conjunto de palavras.

Ele vê estrelas.

E ouve: *Acho que estão voltando para me buscar.*

Todas as manhãs depois disso, ele acorda antes do nascer do sol. Sai da Montanha para a base abaixo. Anda ao longo das cercas. Memoriza o perímetro. Conta os soldados. Conta o número de passos que são necessários da Montanha até o portão dos fundos. Até o portão da frente. Ele diz a si mesmo que seu dever é com seu país. Que ele precisa parar com essas ideias imediatamente.

Ele não pode. Não pode. Não pode.

(*Ai, meu Deus*, Nate tentou dizer em voz alta. *Meu Deus.*)

Sua mente é afiada. Sempre foi. Ele é capaz de reter muita informação em pouquíssimo tempo. Aprende todas as rotas de fuga da Montanha. Quantas vezes os guardas se revezam. Quantos estão em cada lugar. Ele encontra seus pontos fracos. Há três turnos. Quatro da manhã até meio-dia. Meio-dia até oito da noite. Oito até quatro da manhã.

A troca das quatro da manhã é a mais vulnerável. Os homens que saem estão cansados. E os que entram mal estão acordados. O céu está escuro.

E a fiação da sala onde ela está presa nunca foi consertada. A energia ainda vai e vem, especialmente durante tempestades. Eles têm um plano b, é claro. Geradores. Mas demoram alguns minutos para entrar em ação. Há contingências em vigor. A gaiola de Art nunca se abre quando a energia acaba. Ele suspeita que ela conseguiria abri-la se quisesse, mas ainda não o fez, e ele não teve coragem de perguntar o porquê. As câmeras na sala se apagam. A única iluminação provém da fileira de luzes de emergência ao longo do chão, mostrando o caminho para as saídas.

Alex não sabe se consegue.

Não sabe se é a coisa certa.

A decisão é tomada quando ele ouve Laura uma tarde, quase dez anos depois da primeira vez que foi levado para a Montanha. Ele não tinha notícias dela há meses, então fica surpreso ao encontrá-la na sala com Art. Laura não o vê, de costas para ele ao encarar Artemis.

— Em breve. Acho que será em breve — diz ela.

E então se vira e sai, passando por Alex sem lhe dar a mínima atenção.

Ele não sabe o que *em breve* significa.

Mas sabe que não gosta de como soa.

Ele ouve sussurros nos dias que se seguem. Ele é um rosto tão reconhecível na Montanha que as pessoas tendem a pensar que ele está por lá apenas seguindo ordens. Talvez não percebam que Alex de fato consegue ouvi-los. Os cientistas na sala falam de planos para fazer o que só fizeram uma vez antes. Com Oren Schraeder. Para remover Art à força do corpo que ocupa.

Só que desta vez, não vão fornecer outro hospedeiro.

Se for gasoso, eles sussurram, pode ser decomposto até as menores moléculas. Em vez de aprender o que podem do hospedeiro, por que não ir diretamente à fonte? Certamente há segredos embutidos em… seja lá o que for. Não estão descobrindo nada de novo. Não querem ser substituídos como Greer foi. Alguns deles estão lá há *décadas*. Precisa haver uma conclusão nisso tudo.

Ela o encara com curiosidade.

— O que foi?

— Você confia em mim? — pergunta ele.

E a imagem que ela lhe envia de volta é tão cheia de amor e luz que arranca o ar de seus pulmões. Ela confia. Confia muito nele.

Ok, ele pensa em resposta. *Ok*.

É idiotice, de verdade. Não vai funcionar. Não *deveria* funcionar. Alex nunca teve sorte assim. Sabe muito bem que mesmo algo planejado nos mínimos detalhes ainda pode dar errado de uma hora para outra. Sua vida inteira tem sido um excelente exemplo disso.

Mas ele ainda precisa tentar.

E talvez venha planejando isso há mais tempo do que se lembra. Afinal, havia uma *razão* para ele estar sacando dinheiro semanalmente e enfiando debaixo do colchão, certo? Por que mais ele faria uma coisa dessas, a menos que sua intenção sempre tenha sido levar o plano adiante?

Ele tem ciência da escolha que vem fazendo há semanas.

Mas acha que talvez isso venha acontecendo há quase um ano.

E então os astros se alinham.

Ele espera até saber que Laura saiu da Montanha. Mais ou menos todos os meses, ela se ausenta por uma semana. Alex não sabe para onde ela vai. Às vezes, ele se pergunta se tem uma família esperando por ela. E se tiver, o que eles acham que ela está fazendo quando sai para o trabalho. É provável que ficassem surpresos ao saber que ela ordenou a dizimação da coisa dentro da menina.

Coincidentemente, é durante uma de suas ausências que a ameaça de uma forte tempestade de primavera se aproxima.

Agora, ele pensa. *Agora. Agora. Agora.*

Ele não dorme naquela noite.

Sabe que deveria.

Mas não consegue.

Em vez disso, observa o relógio digital enquanto os números mudam.

São três e meia quando começa a se mexer.

Trovões ressoam no alto, ecoando baixinho dentro da Montanha.

Ele não leva nada consigo, não sobrou muito. Havia preparado um jipe na garagem nos fundos da base dias antes. Ninguém nem sequer olhou em sua direção quando pegou roupas da gaiola de Art. Ele já tinha lavado a roupa dela antes.

Há algumas pessoas por ali, mas é tarde (ou cedo, dependendo da perspectiva), e todas estão desatentas. Acenam com a cabeça para ele, mas não dizem mais nada. Ele se dirige para a sala de segurança ao lado de onde Art reside. Lá dentro, encontra-se um homem com olhar cansado que Alex mal conhece. Ele está cercado por monitores. Rock toca em um pequeno aparelho de som.

— Ei — diz Alex assim que os monitores piscam com outro estrondo dos trovões.

— Ei — fala o homem, olhando por cima do ombro. — Acordou cedo.

Alex dá de ombros.

— Não consegui dormir. Como está nossa garota?

— Não se move há horas — responde o homem, indicando um dos monitores. Uma faixa fina de estática passa pela tela. É possível ver o contorno tênue da cama. Ela está de lado, o edredom puxado até o pescoço.

O homem boceja, a mandíbula estalando.

— Posso assumir aqui — oferece Alex. — Você só tem mais quinze minutos antes da troca de turnos, de qualquer forma.

O homem olha para ele esperançoso. Alex fez isso algumas vezes no último ano, preparando-se para este exato momento.

— É mesmo? Cara, isso seria *incrível*. Tenho um encontro com uma garota local amanhã. — Ele franze a testa. — Mais tarde, na verdade. Uma garçonete. Cara, ela é gata. Tem um par de peitos inacreditáveis.

Alex faz um gesto para dispensá-lo.

— Saia daqui. Descanse um pouco. Não vai querer dormir no encontro com a garota dos seus sonhos.

— Ou será que quero? — brinca o homem, balançando as sobrancelhas. Ele fica de pé, levantando as mãos acima da cabeça enquanto alonga as costas. Antes de sair do cômodo pequeno, dá um tapinha no ombro de Alex. — Valeu, cara. Isso é muito legal da sua parte.

— Sem problemas. Ei, quem está de guarda, o Reyes e o Jones? — Ele já sabe a resposta, mas é bom ter a confirmação.

— Sim. Eles montaram a mesinha do lado de fora da sala. Estão trapaceando nas cartas de novo.

Alex força uma risada.

— Idiotas.

— Nem me fala. Obrigado de novo, Weir. Até amanhã.

Ele sai pela porta sem olhar para trás.

Alex escuta seus passos se afastarem.

Os monitores piscam conforme a tempestade se intensifica lá fora.

Nas telas, ele olha para a câmera perto da cama de Art.

Ela não está dormindo.

Em vez disso, está bem acordada, parada embaixo da câmera, olhando diretamente para a lente.

Ele trabalha rápido no equipamento de segurança. Arranca fios. Café velho é despejado nos eletrônicos.

Uma por uma, as telas falham.

Ele entra em ação, saindo pela porta e atravessando o corredor.

Para em uma interseção em "T", a grade de metal sob seus pés rangendo levemente. Ele respira fundo. Está fazendo a coisa certa. Está fazendo isso por ela.

Vira à direita. Reyes e Jones estão recostados em cadeiras frágeis perto da entrada da sala de Art, com uma mesinha dobrável montada entre eles, seus rifles de lado. Jones tem um cigarro aceso na boca, e fumaça se acumula em volta de sua cabeça. Há um cinzeiro cheio de bitucas descartadas perto de sua mão direita. Cartas estão espalhadas entre eles.

Levantam os olhos quando ouvem sua aproximação.

— Weir — cumprimenta Reyes. — O que está fazendo acordado?

— Não consegui dormir.

Jones ri.

— Tá ficando velho, cara?

— Deve ser — responde, já tendo decidido como se livrar deles com o mínimo de alarde possível. — Preciso entrar.

O sorriso de Jones vacila um pouco.

— Não posso fazer isso, grandão. Você conhece as regras. Ninguém entra antes das seis. É por proteção, sabe? Não queremos que a coisa machuque ninguém.

Alex bufa.

— Você acha mesmo que ela vai me machucar?

Jones e Reyes trocam um olhar desconfortável. Ah, e ele *sabe* o que aquilo significa. Eles, como a maioria dos outros que recebem menos que ele (e talvez até alguns que ganham mais), não sabem o que pensar de Alex, não têm certeza se ele ainda é totalmente humano. Ele já ouviu sussurros sobre ter sofrido lavagem cerebral, que a coisa também entrou em sua cabeça, que o *infectou*, fazendo-o obedecer às suas ordens. Eles são cautelosos com ele, sim, mas também têm *medo* dele. Temem o que não entendem.

O que é bom. Porque deveriam temer mesmo.

— Não — responde Reyes, lentamente. — Não achamos que *ela* vai te machucar, mas ordens são ordens. Sabe como é.

— Sou de patente superior.

Nenhum deles tinha pegado seus rifles ainda. Tolice da parte deles.

— Verdade — fala Jones. — Mas isso vem *de cima*. Sabe disso.

— Eu sei — diz Alex, sorrindo. — Estou só brincando, rapazes. Zoando um pouco com a cara de vocês.

Ambos relaxam.

Ele ataca Jones primeiro, pois é o mais rápido dos dois. Alex tem duas *décadas* de experiência nas costas. Mesmo tendo sido designado para este projeto há dez anos, manteve-se em forma. Está tão forte quanto sempre foi e ainda é capaz de se mover mais rápido do que um homem com metade da sua idade.

Ele pega o rosto de Jones, batendo a cabeça dele contra a parede de pedra atrás dos dois. Jones grunhe, escorregando da cadeira.

Reyes reage mais rápido do que Alex espera. Ele já está levantando seu rifle enquanto Alex se vira em sua direção. Alex agarra a arma pelo cano, a mira se cravando na carne de sua palma. Ele a joga para o lado, quebrando o dedo de Reyes que está no gatilho. O rifle não dispara. Reyes abre a boca para gritar de dor, mas tudo o que sai é um som áspero quando Alex golpeia sua garganta com a base da palma da mão. Seus olhos se arregalam quando é agarrado pela parte de trás da cabeça e jogado de cara na mesa. Ela desaba com o impacto, e Reyes cai com um grunhido baixo. Seus olhos tremulam ao rolar para o lado, sangue do nariz escorrendo em filetes pelas bochechas. Encara Alex com olhos turvos e abre a boca, mas a bota de Alex encontra seu rosto, e Reyes apaga.

Menos de um minuto se passou desde que o cumprimentaram.

Ele arrasta Reyes, inconsciente, para o painel ao lado da porta que leva à sala de Art. Levanta a mão do homem até um painel preto. Por um momento, nada acontece. Então uma luz azul escaneia a palma. A porta desliza e se abre.

Alex joga Reyes no chão.

Art observa enquanto ele entra na sala. As luzes fracas piscam no alto. Ele se move rapidamente, pois precisa chegar ao computador antes que a energia...

As luzes se apagam.

Há um momento de silêncio, e então as luzes de emergência se acendem brancas pelo chão.

— Não — sussurra ele, porque a porra da gaiola está *trancada*...

Ela fica de pé contra a parede de vidro mais próxima.

Espalma a mão contra o vidro.

Ele sente em sua cabeça. Os sussurros. As imagens. Ela pensa em estrelas impossíveis.

Rachaduras como teias de aranha partem da palma dela.

Alex dá um passo para trás.

A parede de vidro se estilhaça.

Mas os estilhaços não caem.

Ela abaixa a mão e passa pelo vidro devagar, afastando cacos afiados de seu caminho.

Para na frente dele, com um sorrisinho no rosto.

— Vamos partir para uma aventura?

— Hora de selar os cavalos e pegar a estrada — responde ele.

(Nate não aguentou aquilo.)

Alex pega a mão dela, envolvendo-a com a dele.

Eles fogem da sala.

Ela não comenta sobre os dois homens pelos quais precisam passar por cima.

Ele está atravessando o corredor, a saída já mapeada em sua cabeça. Olha para o relógio. A troca de turno será em dez minutos. Os arredores estão escuros, os geradores ainda não começaram a funcionar.

Evitam o caminho principal. É mais fácil seguir pelas vias alternativas. Menos pessoas. Mas chegará um ponto em que não terão escolha. Cada saída para a Montanha terá pelo menos dois guardas em posição, com mais dois a caminho.

Mas é com isso que ele está contando.

Eles chegam à saída mais próxima em menos de cinco minutos.

Ele espia antes de dobrar a esquina.

Dois homens à frente.

Alex precisa ser rápido.

Solta a mão de Art e pensa: *Fique aqui*.

Ele faz a curva.

O homem à direita o vê primeiro. Ele parece prestes a levantar o rifle, mas para quando reconhece Alex.

— Senhor — saúda.

— O que ainda está fazendo parado aqui? — rosna Alex. — Os geradores ainda não foram acionados. Existem *protocolos* em vigor. Por que você ainda não bateu seu ponto?

O Direita olha para o Esquerda.

— A troca de turno não aconteceu ainda. Achamos que íamos esperar até...

— Acharam errado — retruca Alex. — Mexam esses traseiros e...

Então, de trás dele:

— Puta merda, o que raios essa coisa está fazendo aqui *fora*...

Ele se vira. A troca de turno chegou mais cedo. Dois homens estão de pé, armas apontadas para Art, que entrou no corredor.

Porra.

Esquerda e Direita gemem atrás dele.

— Olá — diz Artemis Darth Vader. — É um prazer.

Ela sacode a cabeça para a direita.

Os quatro homens são jogados contra as paredes, os rifles caindo de suas mãos e aterrissando no chão.

— Hum — diz Art. — Eles não eram tão pesados quanto eu pensava. Posso ter exagerado. Coitados. Vai doer quando acordarem.

Alex pega um cartão de acesso de um dos homens perto da porta. Ele espera.

Nada. Ainda sem energia.

Ele está começando a entrar em pânico.

— Vamos lá. Vamos *lá*...

As luzes se acendem no alto. Ele não sabe se é a energia voltando ou os geradores, mas não importa.

Passa o cartão de acesso na fenda preta na parede.

Um bipe.

A porta desliza e abre.

— Vamos — fala ele. — Temos que nos apressar.

Eles correm por um longo corredor. Estão perto. Muito perto.

Chegam à última porta. Não está trancada eletronicamente.

Ele a arregaça.

A chuva ricocheteia em seu rosto. Ele respira profundamente o ar frio. Sua pele fica encharcada de imediato. Art suspira com a onda de *umidade* que a lava, e mais tarde Alex perceberá que é a primeira vez que ela sai da Montanha em mais de três décadas. Tal fato vai atingi-lo, e com força.

Relâmpagos brilham no alto.

Trovões rugem.

Ele agarra Artemis pela mão novamente e a puxa para a tempestade. O cascalho no caminho range sob seus pés. Alex pisca para afastar a chuva. À frente deles, consegue ver os holofotes na entrada da base se movendo lentamente para a frente e para trás, os guardas andando de um lado para o outro em suas torres.

Eles se afastam do portão da frente. Alex os leva para longe do caminho principal, mantendo-se nas árvores e nas sombras. Congelam brevemente enquanto dois soldados passam correndo. Esperam até que os homens desapareçam em uma esquina antes de voltarem a se mover.

A garagem é vazia tão cedo pela manhã. Os mecânicos só começarão a trabalhar em algumas horas. O espaço que abriga veículos pertencentes ao governo dos Estados Unidos da América é grande, mas Alex sabe exatamente para onde eles precisam ir.

Entram por uma porta lateral e a fecham atrás deles. A chuva tamborila no teto acima. Art está tremendo, mas não há nada que ele possa fazer sobre isso agora. Ele se lembra da primeira vez que descobriu que ela *podia* sentir frio, e isso o chocou mais do que esperava. E então descobriu que ela podia ficar com fome, feliz e sentir *dor*, e ele ainda se pergunta se isso vale a pena para ela. Pelos fragmentos que ela forneceu, não é assim quando está... como normalmente é. Ela não *sente* emoções ou sensações, não no nível dos humanos. Pelo menos, não antes.

Há dias em que ele deseja isso. Dias em que deseja poder afastar tudo.

Não sabe se ela quer a mesma coisa.

Ele não sabe como perguntar.

Eles passam por fileiras de Humvees, jipes e veículos blindados com metralhadoras no topo. Por um breve momento, ele pensa em pegar um desses, mas não seria muito sutil, seria? Acha que não seria capaz de dirigir tal carro pelas estradas e *não* ser parado por causa da grande arma no topo da lataria.

O jipe é cinza. É de um modelo mais novo (a maioria dos veículos na garagem ali é — dinheiro do contribuinte em ação nesta instalação secreta do governo que faz experimentos com um ser alienígena) e com o tanque cheio. Ele o preparou o melhor que pôde, permanecendo discreto. Sua mochila já está lá dentro, cheia de roupas e dinheiro. Ele pegou uma mochila semelhante para ela. Há um pouco de comida e água, mas é isso. Ele não poderia levar mais sem levantar suspeitas.

E agora que estão aqui, agora que ele está abrindo a porta para ela e Art está entrando, ele percebe o quão louco tudo isso é. Quão espetacularmente ruim é essa ideia. Ah, claro, ele já havia *pensado* que era loucura antes, mas era algo abstrato. Ele tinha outras coisas nas quais se concentrar além do fato de que as chances de isso dar certo — de eles realmente escaparem — serem pequenas.

Ele precisa tentar.

Ele afivela o cinto de segurança dela.

Ela toca a mão dele.

— Vamos ficar bem.

Ele assente, tenso.

Dá um passo para trás e fecha a porta dela. Ele está na frente do jipe quando uma voz diz:

— Falei para mim mesma que você não seria tão estúpido. Odeio quando provam que errei.

Laura está parada a algumas fileiras de distância, ladeada por dois homens. Ele não os reconhece, mas é capaz de deduzir quem são. Ou melhor, a que grupo pertencem.

Executores.

Um grupo de elite da Montanha cujo trabalho principal é este *exato* momento.

São rastreadores. Caçadores.

Se houver uma violação na segurança, eles são os enviados para encontrá-la e contê-la.

Ele já viu alguns deles pela Montanha antes. Havia rumores

sobre para quem *exatamente* eles trabalhavam. Pelo que Alex descobrira, eram contratados de maneira privada pelos Estados Unidos. Isso permite a isenção de responsabilidade, caso necessário.

Estão armados, mas Laura também. Ela tem uma pistola em mãos, um olhar vazio no rosto.

— Você precisa saber que isso não vai acabar bem — diz a ele, não de forma indelicada.

Alex não responde. Um plano já se formando em sua mente.

Laura assente, como se esperasse seu silêncio.

— Não sei do que a coisa é capaz, sr. Weir. Acho que nem você. Isso te infectou.

As portas enormes na frente da garagem ainda estão fechadas. O jipe é blindado, então eles ainda terão uma chance. Esse não precisa ser o fim.

Porém, Laura levanta a arma e *atira* nele.

(Nate imaginou que estava gritando, mas nenhum som saiu.)

É tão rápido que ele não tem tempo de reagir. Já foi baleado antes, uma vez, na província de Al Asimah, no Kuwait, em 1982. Foi em uma cidade portuária, um tiro que atravessou seu braço direito. Doeu, mas ele conseguiu cerrar os dentes e continuar lutando.

Não é igual.

No começo, ele nem tem certeza do que aconteceu. Em um momento está parado na frente do jipe, com as mãos cerradas ao lado do corpo, e no outro está cambaleando contra o veículo, seu abdômen queimando. Ele consegue ouvir Art gritando atrás dele, e ele respira fundo. Dói, puta merda, como dói. Sua visão está começando a ficar embaçada, mas tenta resistir.

Um dos Executores entrega a Laura uma grossa faixa circular de metal.

Alex sabe o que é aquilo.

A coisa na garotinha atrás dele já habitara o corpo de um jovem soldado chamado Oren Schraeder. Depois de um tempo, decidiram testar se era possível machucar a coisa. Ela. Ele. Tentaram muitas coisas. Produtos químicos. Gás. Injeções. Mas foi só quando *torraram* Oren que perceberam como poderiam, pelo menos, *contê-la*.

O Executor entrega a Laura uma coleira capaz de dar choques de *milhares* de volts em quem a usa.

Art nunca precisou usá-la antes.

Mas a ameaça sempre esteve lá.

Alex duvida que seja apenas uma ameaça agora.

E aparentemente ela pensa o mesmo.

Porque Alex sente algo se formar. É como uma tempestade em seu cérebro.

Artemis está *enfurecida*.

Entre no carro, ele ouve em sua cabeça. *Agora*. Nunca a ouviu soar tão fria.

Os veículos ao redor dele começam a chacoalhar.

Os Executores dão um passo para trás.

Os olhos de Laura se estreitam.

Ela levanta a arma novamente e...

O chão estala sob seus pés enquanto ele cambaleia até o lado do motorista do jipe. Ouve um dos Executores gritar em alerta, e há o estalo de tiros, e ele jura que *ouve* a bala rasgando o ar ao passar. Ele envolve sua cintura com uma das mãos e sabe que está sangrando. É *grave*, mas Art mandou ele se mexer, então é isso o que está fazendo.

Ele chega à porta e a abre bruscamente. Range os dentes de dor enquanto entra. Procura as chaves que escondeu no quebra-sol e fecha a porta atrás de si.

Art não o encara.

Está focada à frente, os olhos arregalados e vazios.

Alex segue o olhar dela.

— Porra — diz entredentes.

Dezenas de veículos flutuam no ar. Suspensos a pelo menos três metros do chão. Os Executores estão com as armas em riste, apontadas para eles como se balas pudessem impedir o que está prestes a acontecer.

Já Laura os encara diretamente, a arma levantada, o colar na outra mão.

— Dirija — diz Art a ele, em voz baixa.

Ele liga o jipe.

Alex vê o momento exato em que Laura decide puxar o gatilho outra vez. Seus ombros se contraem e ela expira profundamente.

Ele faz o jipe entrar em movimento.

Pisa fundo no acelerador.

Os veículos começam a cair, como chuva. Há rangidos estridentes de metal quando batem no chão, os vidros espatifando, os capôs estourando e voando pelo ar. Mais para dentro do armazém e à direita, um Humvee explode, o fogo um clarão no escuro, estilhaços se cravando nas paredes.

Os Executores correm, tentando desviar do que vem de cima. Um quase chega a uma porta lateral quando outro jipe pousa nele. Alex não vê o que acontece com o outro.

Laura não corre. Anda lentamente em direção ao veículo que se aproxima, disparando sua arma com precisão afiada. As balas atingem o para-brisa reforçado e ricocheteiam para longe. Sua mira é precisa; o para-brisa lasca bem na frente do rosto de Alex.

Ele não diminui a velocidade.

Ela não pula para fora do caminho como ele espera. Quando o jipe a atinge a quase cinquenta quilômetros por hora, a destruição ainda caindo como chuva, ela está no capô, depois sobre o para-brisa, um respingo brilhante de sangue espirrando contra o vidro. E então ela está em cima e rolando do jipe.

— As portas — diz Alex. — Art, as *portas*.

Artemis cantarola baixinho. As portas de correr estremecem nos batentes, e por um momento Alex pensa que vão dar de cara nelas. Que tudo vai acabar antes mesmo de saírem da garagem.

Mas então as portas são *arrancadas* das dobradiças, toda a *parede* frontal da garagem se parte como se um tornado enorme a atingisse. Em um segundo estão lá dentro, e no seguinte estão no escuro, os relâmpagos acima, a chuva castigando o para-brisa. Ele está dirigindo com uma mão só, a outra segura o ferimento em seu tronco.

A partir daí, é como um sonho.

Ele ouve alarmes berrando, sabe que estão sendo alvejados, mas nenhuma bala parece atingi-los. Ele está flutuando, talvez só um pouco, ouvindo sussurros em sua cabeça que lhe dizem que tudo vai ficar bem. Tudo vai dar certo. Eles vão ficar bem.

Ele acredita nos sussurros.

Em certo ponto, um holofote brilha sobre eles, e ele ouve o *tec-tec-tec* das pás de um rotor, mas então há um estrondo e uma explosão em algum lugar à distância.

Eles irrompem pelo portão dos fundos e entram em uma velha estrada de exploração madeireira. O caminho está lamacento e escorregadio, com água escorrendo colina abaixo ao redor deles. Seu foco está em manter os olhos abertos. Ele tem uma carga preciosa. Nada pode acontecer com ela.

Mais tarde, Art lhe contará que o próximo estrondo que ele ouve é uma avalanche mais atrás, uma das colinas rochosas cedendo e caindo na estrada, levando-a embora.

— Tivemos sorte — dirá ela. — A tempestade deve tê-la soltado.

Ele não acreditará nela, mas não dirá uma palavra sobre o assunto.

Ela está pedindo que ele tire a mão, Alex, tire a mão daí, e ele geme enquanto obedece. Então a mão *dela* está nele, e é uma sensação *quente*, como se ela o estivesse *escaldando*. De alguma forma, ele consegue não gritar.

Três dias depois, encontram uma placa para o lago Herschel.

— Ali. Devemos ir por ali — diz Art.

— Temos que continuar. Precisamos ir o mais longe possível — responde Alex.

Artemis Darth Vader balança a cabeça.

— Não, Alex. Precisamos ir até o lago. Eu sei. Você tem que confiar em mim.

Ele confia. Ela é a única coisa que lhe resta.

Então ele faz a curva em direção ao lago e…

Nate piscou lentamente, sentindo como se tivesse acabado de acordar do mais vívido dos sonhos.

Artemis roncava, a cabeça no ombro de Alex.

Alex o observava.

Nenhum dos dois falou pelo que pareceram horas. Então:

— Ela… Como você…

— Não sei. É… o que ela faz. A conexão. O vínculo. Comigo. Com você — respondeu Alex.

— Temos que levá-la para casa — disse Nate, e ele não tinha certeza se já havia acreditado em algo com mais afinco. — Temos que encontrar uma maneira de levá-la para casa.

Ele não esperava que Alex levantasse um braço. Não esperava a mão vindo em direção ao seu rosto. Os dedos traçando o caminho de sua bochecha. Seu maxilar. O polegar roçando seus lábios.

Ele se inclinou para o toque porque era a única coisa que *podia* fazer. Virou a cabeça ligeiramente e depositou um beijo na palma de Alex.

Os olhos de Alex se arregalaram, mas ele não se afastou.

Nate estendeu a mão e pegou a de Alex. Deslizou um pouco mais para perto até poder colocar a mão de Alex sobre seu peito. Estava quente.

Alex suspirou como se estivesse aliviado e fechou os olhos. Nate observou enquanto ele adormecia um momento depois, o braço apoiado sobre Art.

Nate adormeceu logo depois, sob o mar de estrelas e um cometa que queimava intensamente.

Na manhã seguinte, enquanto comiam ovos em pó com gosto de merda, Art disse:

— Você sabe para onde temos que ir.

Alex passou a mão no rosto.

— Tem certeza?

Ela assentiu devagar.

— É… eu acho que é a coisa certa a se fazer. Antes.

Nate olhou de um para o outro.

— Eu não vou gostar disso, vou?

— Prepare a sela, parceiro — Art disse a ele. — Temos dias difíceis pela frente.

CATORZE

Cinco dias depois, Nate olhava pela janela enquanto passavam por uma carruagem preta puxada por um único cavalo. Lá dentro, havia dois homens vestidos com roupas escuras e chapéus de abas largas. Ambos tinham barbas grossas. Acenaram quando a caminhonete passou. Art acenou de volta alegremente.

— Só pode ser brincadeira — disse Nate, enquanto passavam por uma placa dando boas-vindas a Bird-in-Hand, Pensilvânia.

Alex bufou.

— Receio que não.

— Ele é *amish* agora?

— Não. Mas há uma população amish significativa por aqui. Menonitas também. Parecem combinar com ele... depois de tudo. Uma tendência a evitar tecnologia de qualquer tipo. Faz sentido se pararmos pra pensar.

— Nada disso faz sentido. Literalmente nada.

— Tente não se preocupar muito com isso.

Boquiaberto, Nate se virou lentamente para encará-lo.

— Tá, tá, tá — falou Alex, com um sorrisinho no rosto. Desde aquela noite em Badlands, isso vinha acontecendo mais. Não era uma reclamação. Nate gostava bastante das rugas ao redor dos olhos de Alex quando ele sorria.

— Será que vou poder andar a cavalo? — perguntou Art pela centésima vez. — Se ele tiver cavalos, claro. Mas, quero dizer, ele mora em uma *fazenda*, né? Ele *precisa* ter cavalos. É, tipo, a lei.

— Não acho que seja bem assim — comentou Nate.

Ela revirou os olhos.

— Você não tem como saber. E… — Ela arquejou. — Ai, meu Deus, e se ele tiver *porcos*? E se tiver *bacon*?

— Você comeu bacon ontem, lembra? Pediu à garçonete do restaurante para, nas suas palavras: *continuar mandando ver, docinho*.

— Ela me olhou estranho depois disso.

— Provavelmente porque você a chamou de docinho.

— Vi isso em um filme uma vez. Queria testar pra ver como era. Pensando bem, não tenho talento para isso. — Ela suspirou de modo sonhador. — Costeletas de porco.

— Você é esquisitona — falou Nate, e ele não sabia se alguma vez quis dizer algo a mais com isso. Ela agia muito como humana às vezes.

— Ah, por favor, se você fosse obrigado a subsistir apenas com a energia ao seu redor por séculos até finalmente ter papilas gustativas, diria a mesma coisa.

E então havia os momentos em que ela dizia esse tipo de merda.

— Jesus — murmurou Nate.

— Ainda estou tentando entender isso — comentou Art, com o cenho franzido. — Por que uns humanos dizem o nome dele em vão enquanto outros usam a ideia dele para se convencerem de que são melhores do que os demais?

— Nem quero entrar nesse tópico com você — respondeu Nate. — É inútil.

— Mas *Nate*…

— Não. De jeito nenhum.

— Depois discutem — interrompeu Alex. — Estamos quase lá.

Nate o olhou de relance.

— Tem certeza? Quero dizer, ele nem sabe que estamos chegando. Você disse que ele não tem telefone.

— E não tem. Mas…

— Ele sabe — garantiu Art. — Ele sabe que eu viria procurá-lo.

— Como? — perguntou Nate, sem saber se realmente queria a resposta.

Art piscou para ele.

— Isso não é uma resposta.

— Eu sei. Estou praticando ser misteriosa. Está funcionando?

— Você é uma alienígena de outro planeta. Não *precisa* ser mais misteriosa do que isso.

— Ah. Uau. Nunca pensei nisso por esse ângulo. Hum. Preciso repensar algumas coisas. Espera um pouquinho.

Nate suspirou e voltou a olhar pela janela.

Bird-in-Hand não era grande o suficiente para sequer ser chamada de cidade. Era mais como um vilarejo, e levava apenas alguns minutos para atravessá-lo e deixá-lo para trás. Alex tinha um mapa aberto à frente, no volante, e o olhava de vez em quando com uma carranca no rosto. Art estava entre eles, as mãos cruzadas no colo enquanto cantarolava baixinho.

Após dez minutos que saíram do vilarejo, Alex falou:

— Não sei onde fica. Talvez já tenhamos passado. Deveríamos fazer o retorno e…

— Não passamos — assegurou Art. — É mais à frente, à direita.

Alex suspirou, amassou o mapa e jogou-o de lado.

— Talvez você pudesse ter me dito isso antes de eu abrir o mapa.

— Você parecia ter tudo sob controle. Não é minha culpa que não seja muito bom com direções. Você é homem, afinal.

Ele olhou feio para ela.

— Eu quero saber onde você ouviu isso?

— Provavelmente não. Vejam. É ali.

Nate seguiu a direção para a qual ela apontava. Mais à frente, à direita, havia uma antiga caixa de correio no formato de um celeiro. Ao lado dela, uma estrada de terra cercada por campos vazios. À distância, Nate podia ver um vasto bosque. Acima dele, erguia-se uma fina mancha preta. Fumaça.

Alex diminuiu a velocidade até parar um pouco antes da estrada. Não tinham visto outro carro desde que passaram por Bird-in-Hand.

— Tem certeza? — ele perguntou a ela, inclinando-se para a frente contra o volante a fim de estudar a estrada. Ele estremeceu de modo sutil, e Nate sabia que suas costas provavelmente o estavam incomodando por ter dirigido quase sem parar desde que saíram de Badlands.

— Acho que sim — respondeu Art, o cenho franzido. — Parece a coisa certa a se fazer.

— E nada mais?

Ela negou com a cabeça lentamente.

Nada mais era a maneira enigmática de perguntar se seu… povo… estava aqui. Ou a caminho. Ou mandando algum tipo de sinal.

— Ainda não — disse ela. — Acho que há coisas que preciso fazer primeiro. E ele é uma delas.

Ela parecia insegura. Nate não gostou disso.

— Tudo bem — falou Alex. — Mas você fica comigo o tempo todo, ouviu? Não quero te perder de vista. — Ele olhou para Nate. — Nenhum de vocês.

Art riu.

— Qual é a pior coisa que poderia acontecer?

Alex e Nate resmungaram.

— O quê? Por que reagiram assim? O que eu disse?

Alex entrou na estrada de terra.

No meio das árvores, erguia-se uma extensa casa de fazenda, bem conservada, com um telhado inclinado coberto pelo que pareciam ser painéis solares. Havia uma chaminé em cada extremidade. A construção era branca com persianas azuis em todas as janelas.

Ao lado dela ficava um grande celeiro. A caixa de correio que tinham visto parecia ser quase uma réplica exata, embora menor. Era vermelho-ocre com acabamento branco, as grandes portas de correr abertas.

Parecia quase um oásis depois de tudo o que passaram. Era final de abril agora, e estava anormalmente quente. Mas, sombreada pelas árvores, a casa parecia convidativa. A grama era verde, e os campos ao redor da construção pareciam ter sido arados recentemente. Nate se perguntou o que cresceria ali. Dado o escarço conhecimento que tinha daquela região, deduziu que seria milho.

Ao lado da casa de fazenda havia um jardim de flores e tomateiros e outras coisas que ele não conhecia. No geral, era um garoto da cidade, ou pelo menos tinha sido nos últimos anos. Nunca tivera um jardim. Tivera uma planta certa vez, dada como presente para o apartamento ao se mudar, mas ela havia morrido em um mês. Ele não tinha ficado muito surpreso. Regara-a, com sorte, duas vezes.

Havia caminhonetes perto do celeiro. Dois sedãs antigos.

E *pessoas*.

Ele podia ver algumas nos campos.

Um punhado no jardim.

Algumas carregando feno para fora do celeiro.

Duas sentadas na varanda em antigas cadeiras de balanço.

Vestiam jeans e botas de trabalho. Os homens usavam camisas brancas. Uma das mulheres trajava uma regata. Alguns usavam chapéus.

Todos levantaram os olhares ao mesmo tempo, observando a caminhonete se aproximar.

Um arrepio gelado percorreu a espinha de Nate.

Uma das mulheres na varanda se levantou e entrou na casa de fazenda, a porta mosquiteira batendo atrás dela.

— Quem é essa gente? — indagou Nate. — Achei que você tinha dito que seria só ele.

Alex estava com a testa franzida.

— Achei que seria.

— As pessoas estão aqui por causa dele — disse Art, e ambos olharam para ela. Alex estacionou a caminhonete a uma curta distância da casa. — Acho que elas sabem. E acreditam nele.

Nate queria dizer a Alex para dar meia-volta. Para ir embora. Para tirá-los dali o mais rápido possível. Ele não tinha um bom pressentimento, e se aprendera a confiar em algo ao longo dos anos, era naquela agitação em seu estômago. Às vezes, talvez isso o levasse pro lado errado (ou pelo menos, ele a ignoraria, e em vez disso, escolheria ficar de joelhos e chupar o pau grosso do senador, mãos puxando seu cabelo enquanto engasgava), mas geralmente tinha razão.

Eles deveriam ir embora.

Nate abriu a boca para dizer exatamente isso quando a mulher que entrara na residência voltou.

E seguida por um homem.

Instantaneamente, Nate soube que era ele quem vieram ver.

Ele não era o que Nate esperava. Tinha apenas vinte e quatro anos quando se perdera no escuro em Cisco Grove, Califórnia, em 1964. E depois disso, fora mantido na Montanha durante vinte anos.

Se tudo o que Alex e Art lhe contaram era verdade, Oren Schraeder teria nascido em 1940.

O que queria dizer que teria cinquenta e cinco anos agora.

Mas ele parecia mais jovem que Alex.

A pele de Oren era bronzeada, como se passasse horas no sol diariamente. Seu cabelo parecia quase branco e estava preso em um rabo de cavalo que se apoiava no seu ombro esquerdo. Ele era magro e em forma, jeans empoeirados e manchas de sujeira em uma camisa branca semelhante a que os outros homens usavam.

Ele tinha um sorriso largo e cheio de dentes. Levantou uma mão e balançou os dedos para eles.

Ele ficou do mesmo jeito, Alex dissera. *Por anos. Ele não… envelheceu. Ele permaneceu com vinte e quatro anos durante vinte anos.*

Como se estivesse preso no tempo.

Em estase.

E só voltou a envelhecer depois que eletrocutaram Art para sair de dentro dele.

A mulher que entrara para buscá-lo se inclinou e sussurrou em seu ouvido. Ele fez um gesto e a dispensou. Observando. Esperando.

Nate se virou para dizer aos outros que havia algo de errado naquilo tudo, mas Alex já saíra da caminhonete, Art deslizou pelo assento em seguida. Ele tentou ajudá-la a descer, mas ela afirmou que conseguiria sozinha. Ele deu um passo para trás para deixá-la pular do veículo.

Nate não queria segui-los.

Seguiu mesmo assim.

Alex manteve Art atrás dele enquanto se aproximavam devagar da casa de fazenda. As pessoas estavam imóveis no jardim, nos campos e na frente do celeiro, como se estivessem *esperando* alguma coisa.

Nate se apressou para alcançar Art e Alex. Art pegou sua mão, apertando-a com firmeza.

Eles pararam a uma curta distância da casa.

Nate viu a protuberância da arma enfiada na parte de trás do cós da calça jeans de Alex. A visão que antes o assustava, agora o confortava um pouco. Engraçado como as coisas eram.

Nate não sabia quem deveria falar primeiro, caso houvesse... um protocolo para esse tipo de situação.

Sentia-se perdido, embora fosse mentira dizer que uma pequena parte dele ainda não pensava no quão grande essa história toda poderia ser. Como quando tudo acabasse, ele poderia criar uma narrativa que provavelmente o faria ser contratado em qualquer lugar que desejasse. Ou, melhor ainda, negociar um livro. Claro, ele provavelmente receberia ceticismo, mas poderia fornecer provas. As coisas que tinha visto. As pessoas que vieram atrás dele. A Montanha. Eles não podiam encobrir. Não tudo. Ele poderia expor todos eles. Se saíssem vivos e Artemis encontrasse seu caminho... para casa, isso poderia ser algo a se considerar. Ele poderia fazer *alguma coisa*. As pessoas mereciam saber, não é? Mereciam saber o que havia lá fora. Que se fosse parecido com Art, seria benevolente e gentil, não temível.

Era uma pequena parte.

Mas, no entanto, estava lá, tornando-se mais clara conforme assimilava tudo.

— Oren — disse Alex. — Oren Schraeder.

O homem na varanda assentiu.

— É um nome que não ouço há muito tempo. — Sua voz era mais aguda do que Nate esperava, e mais suave. Mas ele tinha uma *presença* que tornava difícil desviar o olhar. Havia algo nele que chamava a atenção. Ele irradiava força e alguma coisa que se assemelhava muito à *paz*. Foi a única palavra que Nate conseguiu encontrar em seu extenso vocabulário para explicar a sensação. Sentia-se *acalmado* por aquele homem. — Não citamos ele em voz alta por aqui.

Ele não gostou disso.

— Meu nome é Alex Weir.

— Sei quem você é — informou Oren. — Eu estava te esperando.

Alex enrijeceu um pouco. Se Nate não o conhecesse bem, não teria notado. Mas estivera ao lado de Alex por semanas. Estudou-o de perto, muito mais de perto do que provavelmente gostaria de admitir. Ele o conhecia.

— Que bom — respondeu Alex.

Oren olhou brevemente para Nate antes de voltar sua atenção para Alex.

— Vejo que trouxe um convidado.

— Este é o Nate — apresentou Alex. — Ele… nos encontrou.

Nate soltou um risinho. Definitivamente era um jeito de descrever o que acontecera.

— É mesmo? — disse Oren. — Que coisa para se encontrar. Diga-me. Ele sabe o que você tem escondido aí atrás?

— Ele…

— Eu tenho boca — interveio Nate. — Não precisam falar como se eu não estivesse aqui.

Alex não pareceu muito satisfeito quando olhou para trás.

Oren, no entanto, parecia se divertir.

— De fato. Peço desculpas. — Ele abaixou a cabeça ligeiramente. — Não quis ofender.

— Não ofendeu — falou Nate, soltando a mão de Art e se movendo para ficar ombro a ombro com Alex. — E sim. Eu sei.

— Interessante — comentou Oren, encarando Nate fixamente. Ele sentiu vontade de recuar, de desviar o olhar. De alguma forma, manteve-se firme. — Que engraçado encontrarmos as pessoas quando mais precisamos delas. Como se houvesse um poder superior mexendo os pauzinhos. Colocando em nossos caminhos aquelas nas quais podemos nos apoiar nos momentos mais sombrios.

As pessoas ao redor murmuraram baixinho, como se estivessem rezando. Acabou quase tão rápido quanto começou.

— Diga-me, Alex — falou Oren. — Vocês foram seguidos?

Alex balançou a cabeça.

— Não.

— E está certo disso?

— Sim.

— Nem mesmo por aquele Executor irritante?

— O cara da água — murmurou Nate.

— Como você sabe disso? — perguntou Alex, a voz tensa.

O sorriso de Oren se alargou ainda mais.

— Tenho meus métodos. Quando alguém passa por uma experiência transformadora como foi o meu caso, tende-se a ficar atento. Não os tinham quando eu estava na Montanha. Não como... Randy. Ele é tenaz. Ou pelo menos é o que me disseram.

— E o que vai impedi-lo de vir diretamente pra cá? — Nate deixou escapar. Ele não pretendia falar e estremeceu quando o olhar de Oren pousou nele. Aquilo lhe causou arrepios. — Se você é quem eles dizem, se você... fez parte disso, por que eles não saberiam que devem vir pra cá?

Quando o nome de Oren fora mencionado em Badlands, essa havia sido uma pergunta que fizera a Alex quase imediatamente. E tinha recebido uma resposta vaga, seguida por Alex pedindo que confiasse nele.

Não tinha sido justo. Mas ele havia deixado pra lá, engolindo mais perguntas. Porque *confiava* em Alex. E confiava em Art. Se ela achava que eles precisavam ir até ali, então era o que fariam.

Mas se ele confiava neles, então precisavam confiar nele. Eles queriam mantê-lo seguro. Nate queria o mesmo para eles.

Oren riu. Algumas pessoas ao redor sorriram com o som, olhando-o com o que Nate definiria como adoração.

— Oren Schraeder cometeu suicídio em 1991. Engoliu uma bala de espingarda no quarto de um hotelzinho perto de Olympia, Washington. Uma tragédia terrível. A cabeça foi arrancada. Eles o identificaram pela habilitação.

Nate se sentiu entorpecido.

— E as digitais?

O homem que um dia havia sido Oren Schraeder saiu da varanda e caminhou para eles. Os três não se moveram. Ele parou a alguns metros de distância, erguendo as mãos na direção deles.

Nate podia notar o quão não natural era a aparência dele. Bem, ele tinha o número certo de dedos, embora fossem finos e esguios. Mas eram os *detalhes* que eram estranhos. Não havia linhas em suas palmas. Nenhum vinco. Nate conseguia enxergar as veias sob sua pele. Uma faixa de sujeira. Vários calos.

Ele não tinha impressões digitais.

As pontas de seus dedos eram completamente lisas.

— Sabem o quão difícil foi encontrar alguém que sofresse de adermatoglifia com o mesmo tipo sanguíneo que o meu? — perguntou ele. — Quase pensei que seria impossível. Mas me apareceu uma pessoa que descobriu que não valia mais a pena viver. Estava triste e sozinha. E no final, entregou-se a um poder superior. — Abaixou o olhar por um instante antes de se voltar para Nate. — Entregou-se a mim para que eu pudesse escapar dos grilhões que me prendiam àqueles que me manteriam acorrentado pelo resto da minha vida. Essa pessoa foi um presente. — Ele abriu outro sorriso. — Oren Schraeder morreu. Meu nome é Peter Williams, e esta é a minha casa. Estão seguros aqui, Nate. Vivemos da terra, assim como as pessoas que moram nesta região há séculos. Temos painéis solares e usamos gás propano na cozinha. Vocês estão fora do radar. Nada pode encontrá-los aqui.

Ele deu um passo para trás.

Nate desejou poder dizer que isso o fazia se sentir melhor.

Não fazia.

Oren — Peter — inclinou a cabeça como se tentasse espiar por trás da grande muralha que era Alex.

— Olá — cumprimentou, a voz baixa.

Nate pensou que Alex não a deixaria ir. Que a manteria exatamente onde estava, e isso seria uma coisa muito boa.

Exceto que Art se afastou de suas mãos e o contornou. Ela parou quando ficou na frente deles. Nate precisou se segurar para não colocar a mão no ombro dela.

Ela encarou Peter. Nate se perguntou o que estava passando pela cabeça dela. Por fim, Art falou:

— Olá.

Peter fez uma reverência com a cabeça.

— É bom ver você como está agora. A última vez foi... breve.

Ela deu outro passo em direção a ele.

— Foi mesmo. Entendeu o que estava acontecendo com você? Quando nos separaram?

— Não na época — respondeu Peter, a voz quase um sussurro. — Lembro-me de pensar no quanto doeu e no quão silencioso tudo ficou depois. No quão sozinho me senti. E então vi você. Ela. Como você está agora, e eu te senti me *puxando*. Mas eu não conseguia ir. Não importava o quanto tentasse, eu não conseguia te seguir.

Nate ficou surpreso quando olhou ao redor da fazenda e viu que o povo de Peter estava cabisbaixo. Mantinham os olhos fechados, os lábios se movendo silenciosamente.

— Eu não sabia o que eles estavam fazendo — disse Artemis. — O que aconteceria. Acredita em mim?

— Sim — afirmou Peter. — Acredito em você. — Ele levantou as mãos, balançando as pontas dos dedos lisos. — Talvez não no começo. Quando foi arrancada de mim, você levou parte de mim. Eu estava... nu. Limpo. Eu era Oren, mas ao mesmo tempo não era. Eu tinha suas memórias. Conseguia me *lembrar* de coisas que aconteceram... antes. Mas ao tirarem você de mim, me tiraram tudo, e eu precisei entender quem eu era. Partindo dessa perspectiva, renasci. Eu poderia me tornar mais do que era antes. Algo maior. Era necessário, acho. No fim das contas.

Ela inclinou a cabeça para ele.

— Você está feliz?

Um lampejo de *algo* cruzou seu rosto, mas desapareceu antes que Nate pudesse identificar o que era. O que restou foi um sorriso trêmulo e olhos úmidos.

— Creio que sim. — Ele inspirou profundamente e expirou pelo nariz. — Tenho esperado por este dia.

— Eu sei — afirmou Art. — Estava na hora de te ver outra vez.

Ele caiu de joelhos na frente dela.

Art pegou o rosto dele com suas mãozinhas. Os olhos dele se fecharam enquanto ele se inclinava para o toque dela, gemendo baixinho.

— Eu nunca quis tirar você da sua vida — falou ela, a voz baixa. — Eu estava com medo. Não deveria estar onde estava. Te congelei no tempo. Você perdeu anos por minha causa.

Ele balançou a cabeça enquanto ela o segurava.

— E você me deu algo a mais. Agora sou quem eu deveria ser. É para isso que fui feito. Aqui. Agora. Este momento. E é por sua causa que posso dizer isso. Estes são dias auspiciosos. E agora que você está aqui, acredito que só pode melhorar.

Ela se inclinou para a frente e depositou um beijo em sua testa.

Ele suspirou.

Art abaixou as mãos e recuou até esbarrar em Alex. Ele colocou uma mão no ombro dela, apertando com gentileza.

Peter Williams se levantou devagar. Seus olhos estavam secos. O sorriso havia retornado.

Seu povo seguiu o exemplo.

Era assustador pra caramba.

— Como você se chama agora? — ele quis saber.

Art sorriu.

— Artemis Darth Vader.

As pessoas da fazenda riram.

Até Peter deu uma risadinha.

— Estão seguros aqui — repetiu ele. — Não vão encontrar vocês. Podem descansar seus corpos cansados sem preocupações. Venham. Vejam o que criei após o tsunami de mudanças que você me trouxe.

A mulher que havia buscado Peter se chamava Dolores. Ela estava na casa dos sessenta, tinha um sorriso gentil e olhos escuros. Era baixa e esbelta, com cabelos pretos que começavam a ficar grisalhos. Nate notou que suas unhas pareciam roídas até o sabugo. Ela os levou para a cozinha, preocupando-se com os três, mas especialmente com Artemis. As outras pessoas haviam retomado suas tarefas, os olhares acompanhando Peter e Dolores casa adentro. Nate ficou na retaguarda e bisbilhotou pela porta mosquiteira, antes que esta se fechasse, a tempo de ver todos desviarem o olhar.

A casa em si era ampla e espaçosa, pisos de madeira antigos rangiam a cada passo que davam. Havia uma sala larga à esquerda da porta com dois grandes sofás atulhados de almofadas decorativas.

Estantes do chão ao teto, cheias de livros, cobriam completamente uma parede distante. Artemis soltou um gritinho de alegria ao vê-los e estava pronta para correr, mas Alex a impediu. Ela olhou feio para ele, e Nate quase engasgou com o quanto ela se pareceu com Alex naquele momento. Ele tentou não pensar no futuro.

Havia escadas diretamente à frente que levavam ao segundo andar, e um corredor ao lado delas. À direita da porta principal havia uma sala de jantar com uma mesa longa que parecia capaz de acomodar todos que viram ao chegar na fazenda. A mesa era velha e aparentava ser de carvalho robusto.

Dolores garantiu que a seguissem até a cozinha. Peter havia desaparecido em algum lugar pela casa, dizendo a eles que estavam em boas mãos e que ele tinha assuntos a resolver. Nate não havia visto para onde ele fora.

Na cozinha, um rádio a pilha soava baixinho com uma voz que Nate reconheceu.

— ...e está *chegando*, meus amigos — dizia Steven Cooper. — Conseguem perceber? Conseguem *sentir* até os ossos? Está se aproximando, e haverá *contato*. Finalmente contemplaremos as maravilhas do universo, nossas mentes se expandindo de maneiras que nem sequer começariam a compreender. Eles estão *vindo* por nós, meus amigos. Anotem o que digo. Em breve, tudo será revelado. Tudo será mostrado. E a imagem que foi mantida escondida de nós por muito tempo se tornará surpreendentemente nítida. Veremos coisas que apenas imaginamos. Eles podem tentar esconder de nós, podem tentar nos dizer que não é *real*. Mas temos *evidências fotográficas*. Temos a *prova*. E nem me façam começar a falar do que nosso governo é capaz. Eles trabalham com os *russos*. Com os *sauditas*. Jogaram a AIDS na população para tentar abater o rebanho. Querem nos controlar dizendo que *precisamos* de vacinas. Que *precisamos* beber a água. Mas nós *sabemos*. Em dois dias, aquele cometa estará o mais perto *possível*, e nós *sabemos*. Ouvinte, você está no ar. O que acha de...

Dolores desligou o rádio.

— Eu poderia ouvi-lo o dia todo — disse, quase como um pedido de desculpas. — Sei que ele é... meio exagerado, mas... —

Ela olhou para Art antes de voltar a encarar Alex. — Até que ponto está errado?

Nate não sabia o que responder. Ele não teria considerado Dolores o tipo de pessoa que ouvia essas besteiras. Claro, não sabia nada sobre ela, mas ainda assim. Ela parecia a avó de alguém.

— Não sei — respondeu Nate, por falta do que dizer.

Ela mal olhou para ele. Seu foco estava em Artemis, que observava, com os olhos arregalados, a cozinha iluminada pelo sol. Uma janela acima da pia estava aberta, com vasos de flores no parapeito. Nate conseguia ouvir as pessoas no quintal, conversando e rindo.

— Aposto que está com fome — falou a mulher. — Deve ter vindo de muito longe.

— Sim, senhora — confirmou Art. — Eu poderia comer um porco inteiro agora mesmo.

Dolores riu.

— Receio que não tenhamos porcos aqui. Ou carne nenhuma, na verdade. Peter acredita que consumir carne enfraquece a mente. Todos nós nos convertemos ao veganismo. Nada que venha de um animal é permitido na casa.

— Ah... — disse Art, inclinando a cabeça. — Isso parece terrível.

— Artemis — repreendeu Alex.

Ela se encolheu.

— Desculpe. Não quis que soasse assim. Eu apenas quis dizer que enquanto estivermos com vocês, honraremos as suas tradições. E então, depois que sairmos, encontrarei uma garçonete para me servir todo o bacon que eu quiser.

Alex suspirou.

Dolores não pareceu nem um pouco perturbada.

— Ah, com certeza. Vamos todos nos sentar para jantar às sete. Haverá ensopado de lentilha e abóbora. Mas, por enquanto, tenho alguns bolinhos de grão-de-bico recém-feitos que garanto que vão adorar.

Art parecia em dúvida.

— Ah, claro. Parece... delicioso.

Nate adorava essa garota.

Dolores sorriu.

— São, sim. Eu sei porque eu mesma os fiz. Por favor, sente-se. — Ela olhou para Alex e Nate, o sorriso enfraquecendo ligeiramente. — Vocês também, cavalheiros. Peter retornará em breve para mostrar onde ficarão.

Tinha uma mesinha circular em um canto da cozinha. Havia quatro cadeiras ao redor dela. Art puxou uma delas, subiu e sentou-se nos próprios joelhos, com as mãos na mesa. Um vaso de flores silvestres estava no centro. Ela esticou a mão e passou um dedo ao longo das pétalas aveludadas.

— Gosto de flores — disse. — Elas são tão coloridas. Não temos flores de onde eu venho.

Dolores derrubou um prato no balcão. Ele não quebrou, mas fez barulho.

— Desculpe — pediu apressada, o rosto ligeiramente vermelho. — Que desajeitado da minha parte. Simplesmente escorregou da minha mão. — Ela se virou para o forno, acendendo a luz e se inclinando para espiar lá dentro.

Nate encarou as costas dela.

— Está tudo bem — falou Alex, baixinho.

Nate não tinha certeza se estava mesmo.

E talvez nem Alex, porque ele puxou sua cadeira para perto de Art. Pegou uma terceira e a colocou ao lado da sua antes de se sentar. Ele indicou a cadeira com a cabeça. Nate se acomodou. Eles estavam muito próximos. Seus cotovelos se encostavam. Suas pernas se roçavam. Havia espaço suficiente para ficarem separados, mas isso era, de alguma forma... melhor. Mais confortável.

Dolores ainda estava um pouco corada quando voltou, com uma bandeja cheia de bolinhos. Ela a colocou cuidadosamente sobre a mesa, empurrando o vaso para o lado. Os bolinhos estavam dourados e crocantes, oblongos e achatados, mas Nate não conseguia nem ter certeza do que era um grão-de-bico. Havia um pratinho com uma pasta branca no meio dos bolinhos.

A apresentação estava impecável.

— É um molho de alho e endro — explicou Dolores. — Totalmente caseiro.

— Parece maravilhoso — disse Nate, tentando deixá-la à vontade.

Ela parecia mais nervosa do que quando chegaram. Ele se perguntou se ela ainda estava presa no comentário de Art sobre as flores. Nate não sabia se isso era uma coisa boa ou não. Mas Dolores agiu como se mal o tivesse ouvido. Seu foco estava novamente em Art.

— É mesmo — concordou Art. — Parece bom. Mal posso esperar para experimentar. Posso beber alguma coisa? Tem suco?

— Ah, sim — respondeu Dolores. — De maçã.

Ela correu para a geladeira.

Art se inclinou para mais perto de Alex.

— O que é molho de alho e endro e por que parece nojento? Além disso, esses trecos meio bolinhos de batatas hash brown têm um cheiro esquisito.

Nate deu uma risadinha, mas disfarçou com uma tosse quando Dolores os olhou por cima do ombro.

Alex pegou um dos bolinhos e o partiu ao meio. Mergulhou no molho e deu uma mordida. Art observou cada movimento. Alex mastigou lentamente. Nate pôde ver o momento exato em que Alex decidiu que odiava os sabores em sua boca, mas que se fingiria de corajoso por Art.

— Está bom — resmungou ele.

— Não acredito em você — disse Art.

— Nem eu — concordou Nate.

Alex fez uma careta.

— Só comam. Não queremos ofendê-la.

Art semicerrou os olhos.

— Por que ela se ofenderia? Não acha que seria mais educado dizer a ela que cozinhou algo intragável para que não faça para mais ninguém?

Alex olhou para Nate em busca de apoio.

Não era justo.

Nate pegou a metade descartada do bolinho que Alex tinha deixado para trás. Pensou seriamente em não provar o molho, mas decidiu ter a experiência completa de estar no meio do nada, na Pensilvânia, com uma alienígena.

Aquilo era... terrível, sendo sincero. Nate não era vegano por um motivo. O alho estava fortíssimo, e ele tinha certeza de que grão-de-bico era algo que nunca mais iria querer comer.

— Hummm — falou enquanto mastigava. — Que delícia.

Art o encarou, desconfiada.

— Você mente melhor que o Alex. Não sei se está falando sério ou não.

Mas ela pegou um dos bolinhos de qualquer maneira. Levou até o nariz e cheirou. Fez uma careta, mas disfarçou rapidamente quando Dolores voltou com um único copo de suco. Nate desejou que ela fosse uma anfitriã mais cortês e tivesse trazido algo para eles também, mas conseguiu manter a boca fechada.

— O molho é bom — falou Dolores quando Art estava prestes a dar uma mordida sem passar o bolinho no molho.

Seus ombros caíram um pouco.

— Sim, foi o que Alex e Nate disseram.

Dolores esperou.

Art suspirou e mergulhou o bolinho no molho. Estreitou os olhos antes de dar uma mordidinha. Mastigou. Engoliu. Colocou o resto do bolinho no prato. Pegou o suco e bebeu o copo inteiro de uma vez. Pousou o copo na mesa.

— Uau — disse. — Muito bom. E agora estou cheia.

Dolores franziu o cenho.

— Mas...

— Tomamos um café da manhã reforçado — contou Nate. — Sabe como é.

— E temos que guardar espaço para o ensopado de abóbora e lentilha — comentou Art, melancolicamente.

— Mesmo assim, obrigado — agradeceu Alex. — Muita gentileza da sua parte.

— Sem problemas — respondeu Dolores, recolhendo o prato de bolinhos. — Minhas desculpas. Eu deveria ter perguntado antes. Peter sempre diz que insisto para todo mundo comer demais. Com os meus netos, eu... — Ela empalideceu e deu um passo para trás. Seu sorriso estava trêmulo. — Bem. Simplesmente gosto de cozinhar.

Nate não gostou da expressão no rosto dela.

— Está tudo bem. Talvez você possa guardar os bolinhos para mais tarde. Tenho certeza de que ficaremos com fome de novo em breve. Então você tem netos? Eles....

— Dolores.

Peter estava na porta da cozinha.

Os olhos de Dolores se arregalaram.

— Obrigado, Dolores — disse Peter. — Você sempre faz nossos convidados se sentirem bem-vindos. Nem tenho palavras para agradecer. Isso é tudo por enquanto.

Dolores assentiu e se apressou de volta para a cozinha. Um momento depois, o rádio foi religado e Steven Cooper começou a discursar e delirar. Ela não olhou mais para eles.

— Vocês terão que perdoá-la — falou Peter calmamente. — Ela... teve uma vida difícil.

— Por quê? — perguntou Art, olhando para a mulher.

Peter balançou a cabeça.

— As coisas nem sempre são como na Montanha. Sim, estávamos em uma caixa. Sim, eles cutucavam e furavam. Mas éramos alimentados e vestidos. Estávamos aquecidos e seguros. Porém era... ilusório. Como estar em um globo de neve. O mundo lá fora pode ser cruel e implacável. As pessoas podem perder de vista seu rumo com muita facilidade. Às vezes, só precisam ver a luz no fim do túnel para guiá-las para casa.

— Você mudou.

Peter sorriu.

— Você é transformadora. Venha. Deixe-me mostrar onde vão ficar.

Ele havia tentado. De verdade. Nate tinha que dar crédito a Peter por isso. Ter a coragem de tentar separá-los, considerando que Alex era bem maior, era algo que Nate não esperava.

Peter os levou para fora outra vez. As pessoas trabalhavam no jardim e no quintal. Lá nos campos. Pelo que Nate podia perceber, nenhum deles tinha sequer remotas semelhanças. Alguns pareciam mais jovens do que ele. Outros eram tão velhos quanto Dolores. E havia gente de todas as idades nesse intervalo. Eram brancos e negros. Um parecia vindo do Oriente Médio. Havia uma bela mulher asiática que acenou para eles das fileiras de tomateiros.

Eles seguiram Peter em direção ao celeiro. Foram recebidos por um grandalhão careca de barriga flácida.

— O lugar está pronto — informou a Peter.

— Obrigado, Adam — disse Peter, colocando a mão em seu ombro. — Você se saiu bem hoje.

Adam pareceu brilhar com o elogio. Ele olhou com curiosidade para Artemis, ignorando Alex e Nate, antes de assentir e se retirar em direção aos campos.

O celeiro era maior do que parecia. Tinha dois andares. O primeiro abrigava uma pequena colheitadeira de um lado. Do outro, uma longa bancada de trabalho com ganchos embutidos acima na parede. Ferramentas agrícolas pendiam de alguns desses ganchos. Muitos estavam vazios. Nate imaginou que era porque estavam nas mãos das pessoas trabalhando na fazenda. Fardos de feno estavam empilhados no interior do celeiro.

Havia uma escada íngreme de madeira, perto dos fundos do celeiro, que levava ao andar superior. A madeira rangia sob seus pés enquanto seguiam Peter degraus acima. O corrimão estava um pouco bambo. Alex estava atrás de Peter, e Nate fechava a retaguarda. Art entre eles. Nate imaginou que Alex tinha planejado isso. E se sentiu aliviado por ele estar sendo cauteloso. Havia algo simplesmente... estranho naquele lugar. Talvez fosse apenas sua imaginação fértil colidindo com tudo o que tinha passado no último mês. Talvez Peter fosse estranho porque passara mais de duas décadas com um alienígena tomando conta de seu corpo. Isso provavelmente muda uma pessoa.

Havia mais feno no segundo andar do celeiro, tanto solto quanto enfardado. À direita, tinham varrido o feno. No chão de madeira, estendiam-se dois colchões infláveis ao lado de uma pilha de cobertores de lã limpos e uma lanterna. Logo acima deles, uma janela, as venezianas oscilando para fora, na direção de um longo trecho de campos vazios.

— Não é muito — começou Peter. — Mas os quartos da casa estão todos cheios. De qualquer forma, vocês ficarão confortáveis aqui. Eu mesmo passei muitas noites no celeiro, olhando as estrelas pela janela. É frio, mas os cobertores devem mantê-los aquecidos. É claro que Artemis terá seu próprio quarto na casa para...

Então, é, Nate teve que dar crédito a Peter por sequer *tentar* separá-los diante de Alex Weir.

— Art ficará conosco — rosnou Alex.

Peter parecia não perceber o campo minado em que estava pisando.

— Claro que não. Tem uma cama para ela lá dentro. *Ela*, de todas as pessoas, não precisa ficar em um celeiro.

— Achei que tinha dito que era confortável — respondeu Nate, com suavidade. — Que você mesmo ficou aqui.

Peter sorriu. Era tão sereno que Nate queria fazê-lo engolir aquela expressão com um soco.

— Claro. Mas eu não sou *ela*. Ela é diferente.

— Não tanto assim — disse Art, soando nervosa.

— Sem chance — falou Alex. — Ela fica conosco. Não vai haver um momento em que eu a perca de vista.

— A menos que eu precise ir ao banheiro — interveio Art. — Ou tomar banho.

— Não está ajudando — comentou Nate.

— O quê? Não vou deixá-lo entrar no banheiro quando eu estiver fazendo *cocô*, Nate. Isso é nojento!

— O que você acha que poderia acontecer com ela? — indagou Peter a Alex. — Aqui, dentre todos os lugares? Estamos *seguros*. Meu povo sabe quem ela é. *O que* ela é. Sabem o quão especial é este momento. Para todos nós. Esta é uma ocasião monumental para todos, e tenho a clara impressão de que você não confia em mim.

Que estranho. Nate quase se sentiu *mal*. Peter estava sendo sincero e carismático, e ele sentiu as garras da *culpa* passando por sua pele. Conseguiu se livrar da sensação, mas Peter era *bom*. Ou estava sendo sincero, ou era um maldito sociopata. Independentemente de tudo que Nate tivesse aprendido em sua curta vida, era sempre melhor esperar o pior. Dessa forma, você se surpreenderia quando tudo desse certo.

— Não te conheço — disse Alex. — Não conheço seu povo. Mas eu conheço a Art. E o Nate. Nós ficamos juntos, ou não ficamos aqui de jeito nenhum.

Nate pensou que Peter iria discutir. Que insistiria.

Surpreendeu-se mais uma vez.

— Claro — concordou Peter, abaixando a cabeça levemente. — Vocês são nossos convidados. Eu só queria estender uma cortesia ao Sétimo... a *Artemis*. Afinal, eu a conheço há muito mais tempo do que você. Ela era *parte* de mim.

— Se alguém se importa com o que *eu* quero, ficarei feliz em dizer.

Todos olharam para Art.

— Sim — falou Peter. — Peço desculpas. Eu não deveria estar falando como se você não fosse capaz de pensar por conta própria. Eu... às vezes esqueço que estamos separados. Isso não acontece mais com tanta frequência, mas ter você por perto outra vez... bem. Fico feliz em te ver saudável e inteira.

Ela tocou a mão dele. Não se demorou.

— Eu entendo. Mas Alex fica ansioso quando não estou por perto. E mesmo que estejamos seguros aqui, às vezes ele se mete em problemas e necessita que eu o resgate. Preciso ficar de olho nele. Isso faz com que eu me sinta melhor.

— Ela tem um ponto — concordou Nate.

Alex a olhou com cara feia.

— Não tem, *não*.

— Que curioso — comentou Peter, olhando para os três.

— O quê? — quis saber Art.

— As pessoas que escolhemos para nos cercar. Eu, aqui. E você. Talvez eu não veja da mesma forma que você. Talvez eu me surpreenda.

Nate achou que ele e Alex estavam sendo insultados, mas não conseguiu entender bem.

— Não importa — prosseguiu Peter, dando um passo para trás. — Se você deseja permanecer com... esses homens, então vou acatar sua decisão. Sinta-se à vontade para usar as instalações dentro da casa principal. Você é livre para entrar e sair quando quiser. O jantar será servido na frente da casa às sete. Por favor, juntem-se a nós. — Ele olhou escada abaixo em direção à entrada do celeiro. — Ah, parece que trouxeram suas malas.

De fato, as mochilas estavam empilhadas ao lado da colheitadeira. Nate nem tinha ouvido elas sendo colocadas lá.

— É uma honra — disse Peter a Art. — Como sempre. Posso até não entender com quem você escolheu criar um vínculo, mas confio que isso ajudará a dar um sentido a tudo. Você já abriu meus olhos uma vez. Acredito que possa fazê-lo de novo.

Ele se virou e desceu as escadas.

Eles observaram enquanto ele saía do celeiro.

— Ainda sinto gosto de grão-de-bico na boca — resmungou Art. — Ser vegano é péssimo.

QUINZE

O céu tinha tons rosados e alaranjados, e o azul se tornava preto quando eles deixaram o celeiro um pouco antes das sete. As estrelas estavam começando a despontar acima, e o Markham-Tripp brilhava intensamente ao norte. Steven Cooper dissera que em dois dias o cometa estaria o mais perto possível.

Art andava no meio deles, segurando a mão de Alex quando pararam do lado de fora do celeiro. Ela arquejou com a visão adiante.

O jardim da frente tinha sido transformado. Juntaram duas longas mesas de piquenique de madeira. Toalhas brancas as cobriam. Sobre elas, uma fileira de cestas cheias de flores de quase todas as cores imagináveis.

Tochas de bambu tinham sido cravadas no chão, seus pavios acesos e queimando intensamente. Lanternas chinesas estavam penduradas nas árvores, o papel fino vermelho e verde tremeluzindo com vivacidade. Pisca-piscas brancos tinham sido enrolados em volta dos troncos das árvores.

Era maravilhoso.

E, de algum jeito, parecia que havia algo errado.

As pessoas se aglomeravam ao redor das mesas, sussurrando entre si. Algumas seguravam copos de limonada. Outras organizavam a mesa — pratos, talheres e guardanapos de tecido. O homem que eles tinham visto no celeiro estava grunhindo enquanto arrastava um antigo toca-discos pelos degraus da varanda antes de colocá-lo no chão perto da mesa. Parecia funcionar à manivela, algo que Nate nunca tinha visto pessoalmente. Dolores deu um tapinha no braço dele antes de se inclinar e destravar a parte inferior do toca-discos.

Dentro havia vários vinis. Ela os folheou antes de escolher um. Deslizou o vinil para fora da capa e o colocou no toca-discos. Então agarrou a manivela e a girou devagar.

Um momento depois, a música de Billie Holiday começou a se espalhar pelo quintal, o som crepitante e assombrado.

Foi um dos momentos mais surreais da vida de Nathaniel Cartwright.

— Isso tudo é tão bonito — comentou Art, os olhos brilhando. Ela puxou a mão de Alex. — Não é?

— É, sim — concordou Alex de modo relutante. Nate anotou mentalmente que daria uma bronca nele mais tarde.

Art o puxou para a frente.

A conversa parou quase imediatamente quando todos se viraram para olhar para eles.

Para *ela*.

— Olá — cumprimentou Art. — Isso é muito legal. Vocês fizeram um bom trabalho. Estou super impressionada.

Todos soltaram um suspiro quase de maneira simultânea.

— Obrigado — disse Peter, aparecendo na varanda. — Queríamos mostrar o quanto te apreciamos. Por tudo o que você é. Por favor, sente-se. Começaremos em breve.

Dolores e o homem do celeiro passaram por Peter e entraram na casa da fazenda. Um senhor negro se aproximou deles. Seus dedos tremiam. Ele andava todo tenso. Seu olhar ia de Art para Alex e de volta para a garota.

Ele parou na frente deles. Limpou a garganta.

— Eu ficaria honrado em lhe mostrar seu assento.

— Você é tipo uma garçonete — disse ela, um sorrisão no rosto. — Gosto de garçonetes.

Nate não perdeu tempo corrigindo Art.

Nem o homem. Na verdade, ele pareceu relaxar ao ouvir aquelas palavras. A impressão que dava era que queria estender a mão e tocá-la, mas um olhar de Alex pareceu fazê-lo mudar de ideia. Ele se virou, e os três o seguiram em direção ao final da mesa. Uma cadeira havia sido arrumada, uma almofada grossa sobre a madeira velha.

Ele puxou a cadeira para ela. Art riu quando se acomodou, segurando-se nos braços do assento enquanto ele a levantava ligeiramente para aproximá-la da mesa. Alex sentou-se no banco à sua esquerda. Indicou para Nate ocupar o lugar oposto a ele.

— Na verdade, senhor, esses assentos são para… — começou o homem.

Alex lhe lançou um olhar feio.

Ele recuou lentamente.

Art se inclinou para Nate.

— Acha que eles pararam de ser veganos nas últimas horas, assim podemos comer bacon? — sussurrou ela.

— Não acho que é bem assim que funciona o veganismo — Nate sussurrou de volta.

Ela pareceu desapontada.

Ele deu um tapinha na mão dela.

Sentiu a pressão do pé de Alex contra o dele.

Ele olhou para o tampo da mesa, sentindo o rosto esquentar. Eles não tinham… nada tinha *acontecido* entre eles, não de verdade. Havia intenção, *ô* se havia, mas quando se está correndo para salvar sua vida, ao lado de um alienígena, não é fácil agir de acordo com essa intenção. Desde a noite na caminhonete, quando Nate ouvira sobre (sonhara com?) a fuga da Montanha, e dera um beijo na mão cheia de calos de Alex, andava sendo cuidadoso, não querendo forçar mais a barra. Era frustrante, especialmente em momentos como esse — o calor da perna de Alex na sua —, mas ele… havia coisas que desconhecia. Muitas coisas. A mulher que tinha visto na primeira vez que o vínculo ganhara vida por causa de Art. O garotinho. Ele… ele *sabia*. Como não poderia? Mas também sabia como o luto funcionava, como podia ser abrangente. Nate não queria pressionar Alex para algo que ele não estava pronto. Nem tinha certeza se *ele* mesmo estava pronto. O fato de agora provavelmente não ser o melhor momento para pensar no assunto não ajudava. Art precisava ser seu foco. Não isso… o que quer que estivesse acontecendo entre eles.

Mas caramba, como ele queria.

Talvez depois eles pudessem… Nate não sabia.

Não sabia o que viria *depois*.

Se Alex sequer seria coerente. Ele já enfrentara perdas antes. Em breve, isso aconteceria de novo. Artemis iria embora, e Nate precisaria juntar os caquinhos.

Ele o faria, no entanto. É claro que sim. Iria até o fim.

Peter tinha seguido Dolores e o outro homem casa adentro. Então reapareceram, um após o outro, cada um carregando uma grande panela elétrica cheia do que Nate pensou ser o ensopado de abóbora e lentilha. A mulher asiática que vira no jardim também saiu da residência, segurando duas grandes cestas abarrotadas de grossas fatias de pão.

Dolores colocou sua panela elétrica entre Alex e Nate, na frente de Art, sorrindo timidamente enquanto o fazia. O homem do celeiro colocou a sua no meio, onde as duas mesas se encontravam. Peter pousou a sua na outra ponta da mesa, onde outra cadeira havia sido posicionada.

Billie Holiday cantava que não queria justificativas do seu homem.

As pessoas da fazenda de Peter vieram até a mesa e se acomodaram. Um jovem com cicatrizes de acne sentou-se ao lado de Nate, olhando-o de esguelha. Uma mulher ficou ao lado de Alex, um sorriso tranquilo no rosto enquanto usava o ombro dele como apoio para se sentar. Os dedos dela percorreram seu bíceps. Nate decidiu que não gostou dela.

Alex pressionou o pé no tornozelo de Nate.

Nate entendeu o recado.

Peter deu batidinhas na lateral do copo com uma colher. Todos se aquietaram para olhá-lo. Ele sorriu para eles, pousando seu olhar por um instante em cada um. Demorou-se mais na vez de Art.

— Eu já falei — começou — muitas vezes sobre minhas... experiências no lugar conhecido como Montanha. As coisas que vi. As coisas que aprendi. Quando um... quando um ser inteligente te escolhe como fui escolhido, é impossível que isso não te mude. Quando emerge dessa experiência, você está vulnerável e vazio, afinal *tudo* o que acreditava ser real antes, de repente parece tão trivial. As coisas que importavam, as coisinhas que pensamos no dia a dia, não são *nada* comparadas à força cósmica que trabalha ao nosso redor.

Billie Holiday cantava sobre ser uma tola por te querer, que certo ou errado, ela não consegue ficar sem você.

— Foi... transformador — continuou Peter. — Fui destruído e reconstruído por completo. E quando eu me vi sozinho outra vez, eu sabia, simplesmente *sabia* que precisava transformar o mundo em um lugar melhor. Ou pelo menos um pedacinho dele. — Ele sorriu, o olhar varrendo a fazenda. — Gosto de pensar que consegui.

As pessoas ao redor murmuraram em concordância, cabeças assentindo.

— Todos nós tivemos que fazer sacrifícios — contou Peter. — Cada um de nós. Estar aqui, agora, neste momento, significa que abrimos mão de outra coisa. — Ele olhou para Nate, que tentou não se encolher. — E talvez ainda não entendamos bem nosso propósito. Mas agora que ela está aqui, agora que ela veio, sei que em breve veremos as coisas com bastante clareza. — Ele levantou o copo da mesa. — Um brinde a Artemis. Por me mostrar o caminho.

Seu povo levantou os copos em direção a ela.

— A Artemis.

Nate e Alex não se mexeram.

Artemis inclinou a cabeça.

Todos beberam juntos.

Peter pousou o copo.

— Agora — falou com alegria —, vamos comer esta bela refeição que Dolores preparou com tanto amor para todos nós. É uma celebração. O que significa que é hora de começar a celebrar.

Peter sentou-se enquanto Dolores sorria para ele.

A comida foi servida, o ensopado sendo distribuído com a concha, os pães passando de mão em mão. Algo que parecia manteiga foi colocado em pratinhos para o pão, mas como era supostamente vegano, Nate passou a vez. Não queria saber do que tinha sido feito.

Art parecia incerta enquanto olhava para o ensopado à sua frente. Pegou o talher e mexeu na comida por um instante. Esperou até que Alex desse uma colherada antes de fazer o mesmo.

— Uau — disse ela, com alegria excessiva. — Muito bom. Tipo, estou tão feliz por estar comendo isso.

Nate não olhou para ela com medo de cair na gargalhada.

Conseguiu comer um pouco antes de decidir ficar apenas com o pão.

Pensou que talvez pudesse dar uma escapadinha até a caminhonete mais tarde e ver se ainda tinham um pouco de sopa enlatada. A imagem deles três amontoados no celeiro sob o manto da noite, pegando sopa de uma lata, escondidos, o fez dar um risinho.

Sentiu a bota de Alex pressionar seu tornozelo.

Olhou para cima.

As sobrancelhas de Alex estavam levantadas em um questionamento silencioso.

Ele balançou a cabeça.

Tudo certo.

Estava tudo bem.

Sim, talvez essas pessoas fossem esquisitinhas. Talvez ele não as entendesse, mas, caramba, nunca tinha passado pelo que Peter passou. Ele não o conhecia. Nem a elas. O que as levou a estar ali. Naquela fazenda. Como aceitaram tão rapidamente aqueles desconhecidos. Aquela garota. Eles não pareciam surpresos com nada relacionado a ela. Em vez disso, eram quase… reverentes. Como se estivessem maravilhados com ela.

Nate entendia isso mais do que gostaria de admitir.

Provavelmente não era nada. Eles só… precisavam de alguém como Peter. Nate conseguia entender o porquê. Ele era… havia algo nele que Nate não conseguia identificar. O homem mal parecia piscar. Estava quase sempre sorrindo. E calmo. Estranhamente calmo.

Tudo certo.

Estava tudo bem.

A refeição terminou, e as pessoas da fazenda se afastaram da mesa, limpando seus pratos e os depositando em uma grande tina de plástico cheia de água e sabão que fora colocada perto da varanda. Ninguém comentou sobre o quão pouco os três convidados pareceram comer, suas tigelas ainda quase cheias, pequenos pedaços de pão nos pratos. Nate tentou ajudar, mas foi informado calmamente de que aquilo não era necessário. Que ele era convidado, que viera com *ela* e não precisaria levantar um dedo.

Billie Holiday arrulhava sobre ser toda sua, de corpo e alma, passando seus dias com saudade, sempre de você.

Nate apenas encarou chocado quando Peter ofereceu uma mão para Dolores e fez uma reverência. Dolores riu como uma menina muito mais jovem, corando, o peito arfando. Pegou a mão de Peter e, enquanto ele ria, levou-a para um espaço aberto de grama perto do toca-discos. Ele a puxou para perto, e começaram a dançar, balançando devagar para a frente e para trás.

Outros se juntaram a eles logo depois. Um homem e uma mulher. Duas mulheres. Um trio, todos em pé em um círculo folgado, mãos dadas, mexendo os pés enquanto giravam lentamente.

— O que é isso? — Art exalou. — Alex, o que estão fazendo? Isso é... isso é *dança*?

— Sim — respondeu Alex, baixinho. — Estão dançando.

— Como naquele filme — disse ela com um suspiro sonhador, os olhos refletindo as luzes ao redor. — Aquele com a mulher bonita nos vestidos. Como se chamava?

— *Alô, Dolly!*

— É, esse mesmo. — Ela relanceou Alex antes de olhar para as próprias mãos. Ela parecia... nervosa, algo que Nate não tinha visto acontecer antes. Ela olhou para Alex outra vez antes de sorrir e mexer na toalha de mesa.

Nate entendeu.

Alex também. Antes mesmo que Nate pudesse falar, ele convidou:

— Quer dançar?

Art deu de ombros.

— Art.

— Talvez um pouco — murmurou.

— Quer dançar comigo?

Ela deu de ombros novamente.

Ah, sim. Nate já tinha visto um coração se partindo de pertinho antes. E também o sentiu, no peito. Bem no meio. Ele entendeu, de certa forma, o que Peter queria dizer com vulnerável. Havia essa garota, essa garotinha perfeita, que não era uma garota de jeito nenhum. E ela queria dançar.

Alex se levantou.

Estendeu a mão para ela.

Ela corou.

Nate se perguntou quando exatamente começara a amar os dois. Quando se permitira sentir algo que não achava ser capaz de sentir.

Mas era capaz, aparentemente.

Ele amava.

Já sabia disso.

De alguma forma, ele amava.

Art hesitou, mas apenas por um instante, antes de segurar a mão de Alex. Billie começou a cantar sobre o poço dos desejos, e que ela te veria, que sempre pensaria em você assim, como um dia de verão.

Alex guiou Art para o meio da grama. Os outros abriram espaço. Dolores dançava com a bochecha encostada no peito de Peter. Seus olhos estavam fechados, e ela parecia não planejar sair dali tão cedo.

Peter observava Alex e Art.

Nate sentiu seu coração na garganta conforme Alex pedia a Art para pisar com a pontinha de seus pés nos dele. Ela sorriu para o homem, uma imagem deslumbrante que fez as mãos de Nate tremerem. Ela obedeceu, pisando com cautela nas botas de Alex, como se temesse machucá-lo de alguma forma. Ele a ajudou, as mãos dela nas dele. Assim que a garota se firmou, ele começou a mover os pés pela grama. Era esquisito, e Alex estava tenso, mas quando Billie disse que te via como um sol matinal, Art parecia nunca ter sido mais feliz do que naquele momento. Sorriu para Alex, e Nate achou que Billie tinha razão. Era como o sol matinal.

Eu não entendia isso. Não... antes, Art lhe dissera. *Acho que nenhum de nós entendia. Não até sentir um coração batendo no peito como senti. Não até que eu sentisse os ossos sob minha pele. Não somos parecidos. Não mesmo. Estamos separados pelo tempo e espaço. Ainda assim, de alguma forma, somos todos feitos de poeira e estrelas.*

Ele não entendera o que ela falara. Não de verdade. Não antes. Não até aquele momento.

E, talvez pela primeira vez, ele realmente entendeu a profundidade do amor de Alex Weir por Artemis Darth Vader.

Ele se perguntou se sobraria algo de Alex depois que ela se fosse.

Eles dançaram.

E quando a música chegou ao fim, Artemis saiu de cima das botas dele, levantando um único dedo para pedir que ele se abaixasse. Ele o fez, e ela beijou sua bochecha antes de sussurrar algo em seu ouvido, dando uma olhadela para Nate, um sorriso tímido no rosto.

Alex ficou tenso.

Coisa boa nao era.

Art deu um passo para trás.

Alex ajeitou a postura.

Billie, é claro, escolheu aquele momento para começar a cantar sobre quanta certeza tinha de estar muito, perdidamente apaixonada.

Alex se virou para ele enquanto Billie dizia que andaria por brasas.

Ele estendeu a mão para Nate, com a palma na direção das estrelas e de um cometa muito brilhante, os dedos ligeiramente curvados.

Nate o encarou por um momento, imóvel.

O olhar determinado no rosto de Alex vacilou um pouco.

— Nate — sibilou Art. — Ele está te convidando para *dançar*. Você tem que dizer *sim*.

Isso fez Nate entrar em ação. Levantou-se depressa e imediatamente cambaleou para a frente, tropeçando na cadeira. Quase caiu, mas no último momento, sentiu braços fortes ao redor dele, segurando-o com força. Seu rosto estava pressionado contra uma garganta áspera com a barba por fazer. Respirou fundo involuntariamente, e cheirava à pele limpa, suor e algo que ele não conseguia distinguir.

— Porra — murmurou.

Um sentimento forte tomou conta dele quando Alex riu.

— Isso foi… Não sei bem o que foi.

— Cala a boca.

— Não, é sério. Não sei se já te vi se mover tão rápido antes.

— Você continua sem graça.

Os braços se apertaram um pouquinho ao redor dele.

Nate teve que se lembrar de respirar.

E então se mexeram.

As mãos de Nate estavam presas entre seus corpos, segurando a camisa de flanela de Alex com força. Não era... eram só um pouquinho desajeitados. Seus joelhos se chocavam com frequência, e Alex pisou nos pés de Nate mais de uma vez. Se Nate quisesse dançar direito, provavelmente deveria dar um passinho para trás, deixar um espaço entre os dois. Mas estava satisfeito ali, e Alex não parecia inclinado a soltá-lo tão cedo. Não era a melhor dança do mundo, mas era deles, e isso bastava.

Billie cantou.

Eles dançaram.

Sim. Ele entendia de corações partidos, e tudo bem.

Era tudo poeira e estrelas.

Ele acordou, piscando no escuro, incerto de seu entorno. O som de uma alienigenazinha roncando alto ao seu lado foi o que o acalmou quase de imediato. Virou a cabeça lentamente. Tinham juntado os colchões infláveis antes de se deitarem, Art dormindo entre eles, como na caminhonete. Não haviam nem cogitado dormir de outra forma.

Ele caíra no sono bem rápido, os eventos do dia deixando-lhe cansado. Não sabia o que pensar da fazenda de Peter, e seus pensamentos estavam confusos com *Alex, Alex, Alex.*

Falando nele.

Alex não estava ali.

Nate piscou de novo, tentando afastar os últimos resquícios de sono.

Sentou-se.

Esfregou a mão no rosto, o colchão inflável se movendo embaixo dele. Art resmungou baixinho em seu sono, virando-se de costas para ele.

Nate olhou ao redor do celeiro. A janela acima dele permanecia aberta, e o ar da noite estava frio. Ele se levantou, esfregando as mãos.

Alex lhe emprestara uma de suas camisas de flanela para dormir. Era um pouco grande, mas Nate não reclamou.

Pelo que podia ver, Alex não se encontrava no andar de cima do celeiro, a menos que estivesse se escondendo atrás de fardos de feno.

Ele provavelmente havia saído para tirar água do joelho. Certo? Isso era plausível.

Tinha que ser isso.

Não era como se Peter tivesse vindo e feito algo com ele. Essa... essa ideia era simplesmente estúpida.

E é claro que agora seus pensamentos haviam sido tomados por Peter e do que ele seria capaz.

Olhou para baixo. Art estava em sono profundo, roncando alto de novo. Ele foi até as escadas, segurando-se com firmeza ao corrimão enquanto descia os degraus. A madeira rangia ameaçadoramente sob seus pés, mas logo sentiu o chão firme e deu um suspiro de alívio.

As portas do celeiro estavam fechadas. A menos que ele tivesse saído pela frente e as fechado novamente, Alex não tinha saído por ali. Ele...

— O que está fazendo?

Nate, parado no escuro, no meio de uma fazenda na Pensilvânia, longe de tudo o que conhecia, soltou um gritinho levemente estrangulado antes de tapar a boca com a mão.

Ele ouviu um som sufocado e se virou; encontrou Alex parado perto de uma janela do celeiro, lutando para não cair na risada.

— Seu *babaca* — sibilou Nate. — Qual é o seu *problema*, porra?

— Não sei se já te ouvi fazer um som assim antes — Alex conseguiu dizer. — Caramba.

— É, vamos ver se um dia consegue ouvir *outros* sons que consigo fazer, seu peste. — Ele empalideceu quase imediatamente. — Eu não quis dizer... é só que... Ai, Cristo.

Alex recuperou a compostura primeiro.

— Vou me lembrar disso. — Era uma promessa sombria, e Nate não sabia o que fazer com ela.

Então ele mudou de assunto.

— O que está fazendo?

— Eu poderia te fazer a mesma pergunta.

— Acordei. E você não estava lá.

— Não me afastei. Eu não faria isso com vocês. Não aqui.

Nate acreditou nele. Hesitou, mas então se forçou a parar ao lado de Alex. O ar que entrava pela janela aberta era quase gelado. Estremeceu levemente, seu cotovelo encostando no de Alex.

— Você está tremendo — observou Alex, baixinho.

— Estou bem.

Alex suspirou.

— Só... Vem aqui.

Nate não sabia o que estava pedindo. Não sabia o que poderia oferecer. Mas Alex levantou um braço, passando-o pelos ombros de Nate, puxando-o com gentileza até que estivesse pressionado contra ele. Era quentinho e agradável, e Nate ficou imediatamente tenso.

— Relaxa — disse Alex, perto do seu ouvido.

— É fácil falar — murmurou Nate.

— Talvez.

Um momento de silêncio. Então:

— Por que você está aqui embaixo?

— Não consegui dormir.

Nate deu um risinho.

— Você? Pensei que conseguisse dormir quando quisesse.

— Na maioria das vezes. É só... Há muito no que pensar.

Nate esperou. Ele não sabia se Alex explicaria melhor, mas não achava que deveria perguntar.

Não teve que esperar muito.

— Este lugar. Tem algo... estranho.

Nate ficou um pouco aliviado ao ouvir isso.

— Não é?! Quero dizer, são pessoas legais e tal, mas é um pouco utópico demais. Isso me lembra daqueles antigos encontros religiosos que costumavam acontecer. Peter é como um vendedor ambulante disfarçado de pregador, todo fogo e enxofre. Ele está vendendo a eles o que querem ouvir.

— E o que eles querem ouvir?

— Não sei. Mas é... talvez tudo o que quisessem fosse um pouco de esperança. É fácil se perder. É ainda mais fácil tentar se agarrar a alguém que você acha que pode lhe ajudar a recuperar o rumo.

— Talvez. Não consigo entendê-los direito — resmungou Alex.

— Art não parece achar que tem algo errado.

— Eu sei. E é isso que me preocupa.

Nate deitou a cabeça no ombro de Alex com cuidado. O homem ficou tenso, mas só por um instante. Seus dedos encontraram a pele de Nate, uma recepção silenciosa.

— Ainda tem algo ali.

— Como assim?

— Entre ela e Peter. Ou Oren. Ela ficou dentro dele por... o quê, vinte anos? E a maneira como ela criou um vínculo com você e... comigo, é... Ela foi arrancada dele. Ambos disseram isso. E se restou algo? Como ela sabia como encontrar este lugar?

Alex balançou a cabeça.

— Não sei. Mesmo depois de todo esse tempo, não entendo algumas das coisas que ela consegue fazer.

— Acha que ela está escondendo algo de você?

— Não. Pelo menos, não intencionalmente. Ela... não faria isso.

Nate não sabia se acreditava nisso, mas guardou o pensamento para si.

— Quanto tempo vamos ficar aqui?

— Não sei. Quanto tempo ela achar necessário. Ou quanto tempo levar para que eu nos enfie na caminhonete para irmos embora. O que vier primeiro.

Nate olhou para o céu noturno pela janela. Encontrou Cassiopeia quase de imediato. Seu olhar mudou para o Markham-Tripp, mais brilhante do que nunca. Parecia cruzar o céu, sua cauda aparentemente mais longa do que na noite anterior. E então fez a pergunta mais ridícula de sua vida:

— Quais as chances de realmente haver um OVNI naquela coisa?

Alex riu baixinho.

— Não acho que seja uma possibilidade muito realista.

— Tem uma garotinha no andar de cima que é uma alienígena e consegue mover coisas com a mente.

— Bom ponto. Mas não. Não acho que haja um OVNI na cauda do cometa. Isso é papo dos malucos teóricos da conspiração.

— Os mesmos que disseram que fomos visitados antes, quando de fato fomos?

— Não como... não como eles pensam.

Nate se afastou, subitamente frustrado. O braço de Alex caiu de volta ao lado de seu corpo.

— Que a gente saiba. Quantas outras Montanhas existem?

— Eu não... O que está dizendo?

— Alex — começou Nate, exasperado. — Não é possível que pense que isso é um caso isolado. E se houver outros? E se...

— Não me importo com outros — respondeu Alex, a carranca familiar retornando. — Isso não é sobre eles. É sobre ela.

— Eu sei disso. Mas... e se? E se houver mais? E se houver outras garotinhas que...

— Para.

Nate balançou a cabeça.

— Não estou tentando te manipular. Só estou dizendo...

— Eu sei o que você está tentando dizer. Isso não é um furo jornalístico, Nate. Não é uma pista que você pode perseguir pra recuperar seja lá o que ache que perdeu. Você não pode usar isso... ela... pra recuperar sua vida.

— Isso não é justo.

— Você pensou nisso.

— Eu... — Mas ele tinha pensado mesmo, não tinha? Claro que sim. — Talvez. Mas não por muito tempo. E você não pode me culpar. Isso... O que me resta, Alex? Depois disso? O que vai acontecer conosco? O que vamos fazer? Você não pode achar que tudo vai voltar ao...

— Eu a odiava.

Nate parou de falar.

Alex não o encarou. Passou a mão pela cabeça e pela nuca.

— No começo. Eu a odiava. Quando me levaram até ela. Eu... sabia. O que eles estavam fazendo. Ou pelo menos tinha uma ideia. Sim, eu estava impressionado com ela. Fiquei chocado que algo como ela pudesse existir. Que eu não estava... que *nós* não estávamos sozinhos no universo. Era um segredo. O maior do mundo, e estava sendo contado a mim.

Ele se virou para a janela, apoiando os cotovelos no parapeito, mirando a noite lá fora. A casa de fazenda estava escura, a única luz vinha de uma lâmpada bruxuleante na varanda. Nate foi para o lado dele, certificando-se de manter uma distância cuidadosa. Alex irradiava um *não me toque*, e Nate precisava ouvir o que o homem tinha a dizer.

— E ela estava curiosa sobre mim. Ela falava. Muito. Me fazia perguntas. Se eu gostava de cavalos. Se já tinha pulado do topo de uma cachoeira. Se já havia andado de trenó. Ela me contou sobre histórias que tinha lido. Livros sobre caubóis e bandidos, sobre dragões raptando princesas e os cavaleiros que vinham resgatá-las. Ela queria que eu jogasse jogos de tabuleiro com ela. Queria que cantasse com ela. Me perguntou por que eu não sorria. Por que parecia bravo o tempo todo. Por que era malvado com ela. O que significava estar triste. Por que você está triste, Alex? O que aconteceu para você ser desse jeito? — Ele riu com amargura. — E eu a odiava. Porque ela não evitava meus sentimentos. Ela não... eu não acho que ela seja capaz de tal coisa. Existem... nuances que Art não entende. Sinais verbais e físicos que não compreende. Ela diz o que pensa. Mesmo quando gritei com ela. Mandei ela calar a boca. Me deixar em paz. Ela não obedecia.

Nate não havia visto nada disso quando Alex lhe mostrou o passado. Mas ele tinha visto a mulher. O garoto. O que significava... ele não sabia o que aquilo significava.

— Luto — falou lentamente. — O cara da água disse que você era parte disso. Parte do experimento deles. Para ver como ela reagiria diante do luto.

— É — concordou Alex, a voz rouca. — Foi o que ele disse, não foi? E talvez eu não tenha entendido as complexidades por trás do raciocínio deles, mas eu sabia... um pouco. Acho que não era pra ter ido tão longe assim. Não acho que pensaram que eu deixaria. Que eu deixaria *ela* entrar na minha cabeça. No meu... coração. Não pedi por isso. Simplesmente aconteceu.

— Mas você não lutou contra isso.

— Não. Não lutei. Porque aprendi que ela não era só uma... coisa. Que ela não era só um experimento. Uma criatura a ser estudada. Uma prisioneira. Ela está viva, respirando e tem pensamentos próprios, aqueles pensamentos estupidamente maravilhosos que a tornam mais humana do que qualquer outra pessoa que conheço.

Nate tinha que perguntar. Precisava.

— Quem eram eles?

Alex enrijeceu, e Nate teve certeza de que tinha cruzado o limite. Mas então:

— Nós nos casamos jovens. Ela engravidou antes de eu ser enviado em missão pela segunda vez, e quando voltei, os pais dela insistiram para que nos casássemos, e eu... disse sim. Porque era a coisa certa a se fazer. Estávamos juntos desde os dezessete anos. Era... bom. Nós nos amávamos. Muito. Talvez não tanto quanto alguém deveria quando se casa, mas... era bom. Na maior parte do tempo. — Ele enxugou os olhos. — Então meu garoto nasceu, e eu não sabia que era possível amar tanto à primeira vista. Ele nasceu prematuro, e ficamos assustados. Eles me deixaram tirar uma licença porque tudo estava incerto. Ele era bem *pequeno*, e precisou ficar no hospital durante semanas. Nos disseram que precisávamos nos preparar, só por precaução. Mas eu me sentava ao lado da incubadora e sussurrava em seu ouvido que ele precisava *lutar*. Precisava provar que todos estavam errados e *lutar*. E ele lutou. De alguma forma, lutou. Dois meses depois de nascer, nós o levamos pra casa. Eu a amava. E o amava. Enquanto eu estava em missão, ela me mandava cartas com fotos dele, e eu as mostrava para todo mundo, quer eles quisessem ver ou não. Convenci-me de que era o suficiente. De que eu poderia fazer dar certo. Que eu tinha mais do que a maioria, e era... bom. Que seria bom. E foi. Durante sete anos.

Nate fechou os olhos.

— Foi estupidez, sabe? Eu já precisei me abaixar na areia em um deserto a milhares de quilômetros de casa por causa de tiros na calada da noite, certo de que nunca mais os veria. Vi amigos explodindo quando uma bomba caseira foi detonada sob o Humvee deles.

Amparei esposas e mães enquanto os caixões de seus entes queridos eram abaixados. Fugi de uma base do governo com uma extraterrestre, mesmo com uma bala no estômago e sendo perseguido por helicópteros. Mas não consegui impedi-la de ir embora.

Alex suspirou.

— Não era justo com ela. Aquela... meia vida que ela estava vivendo. Eu estava ausente na maior parte do tempo, e ela... não recebia de mim o que precisava. Não era justo. Não enxerguei isso na época. Tudo em que eu conseguia pensar era em *mim*, no que ela estava tirando de *mim*. Ela foi embora. Levou nosso filho. Por um tempo, foi complicado. Gritávamos um com o outro, nos acusávamos de tornar a vida um do outro miserável. Mas chegou um dia em que eu não tinha mais nada a dizer. E então eu a ouvi. O que ela estava dizendo. E eu a ouvi *de verdade*, pela primeira vez em anos. Nós nos tornamos amigos. Eu acho... acho que a amei mais naquela época do que em qualquer outro momento.

"Ele tinha nove anos. E foi algo tão simples. Acidente de carro. Pista escorregadia por causa da chuva. Uma curva muito rápida. O carro dela bateu em uma árvore. Eles me disseram que foi instantâneo, mas eu... eu não acreditei. Pensei neles presos na carroceria enquanto eu estava do outro lado do mundo, eles me chamando, implorando para que eu os salvasse como salvei pessoas cujos nomes nunca me preocupei em saber. Mas eu não estava lá. Não estava lá por eles. E eles morreram."

Nate abriu os olhos. Alex mirava o céu. Nate estendeu a mão e pegou a dele. Alex apertou com força.

— Quanto tempo depois te levaram pra Montanha?

— Seis meses. Eles sabiam o que estavam fazendo. Porque esse tipo de luto... nunca vai embora de verdade. Não cura. Apodrece. E acho que eles sabiam disso.

— E você a odiava.

— Sim — concordou Alex. — Odiava. Eles não eram nada parecidos. Ele e ela. Ele era... quieto. Sempre observando. Ela nunca parava de falar. Ele tinha uma risadinha em que expirava rapidamente pelo nariz. Ela era barulhenta quando estava feliz. Ela não era ele. Ele não era ela.

— O que mudou? — perguntou Nate.

Alex deu de ombros.

— Não sei. Não de fato. É... Um dia, simplesmente parei. Parei de ficar com raiva. Parei de culpar Art. E a mim mesmo. A ferida aberta se tornou uma cicatriz, e não doía mais como antes. Ela também notou. Ela me contou uma vez, muito tempo depois, que a melhor coisa que ela já tinha feito foi quando me fez rir pela primeira vez.

Nate bateu de leve seu ombro no de Alex.

— Não posso dizer que discordo. Talvez tenha me sentido da mesma forma quando ouvi sua risada pela primeira vez.

Alex abriu o mais sutil dos sorrisos.

— Vocês dois precisam de padrões um pouco mais elevados.

— Rá-rá. Você continua sem graça.

— Um pouco engraçado.

— Talvez. — Então: — Obrigado.

Alex arqueou uma sobrancelha.

— Por?

— Me contar.

— Você já sabia.

— Eu imaginei. Eu os vi... quando estávamos no posto de gasolina. Graças ao vínculo.

— Eu sei.

— Você queria que eu os visse.

— Eu não... talvez. Quem sabe inconscientemente? Para ser sincero, ainda não tenho certeza de como o vínculo funciona. Acho que ninguém tem.

— Por quê?

— Por que o quê?

— Por que queria que eu os visse?

Alex suspirou.

— Sério, Nate? Sabe, pra um repórter, você fica meio por fora às vezes.

— Jornalista — corrigiu Nate automaticamente, mal se ouvindo por causa do coração acelerado como as asas de um beija-flor. — Talvez eu não queira fazer suposições. Sabe o que dizem quando supomos as coisas. Faz você parecer idiota e...

Alex o beijou.

Seu mundo não parou. Não houve fogos de artifício ao fundo. Foi firme e seco, a barba por fazer de Alex roçando no queixo de Nate. Por um momento, ele nem teve certeza do que estava acontecendo. Mas então abriu a boca só um pouquinho e sentiu a pressão de uma língua contra a sua, um golpe rápido que lhe causou um leve gemido no fundo da garganta. Alex respirava pelo nariz, e suas mãos ainda estavam entrelaçadas, e o ângulo da situação toda era tão *estranho*, mas era mais do que Nate já havia sentido em sua vida escassa.

Piscou lentamente quando Alex interrompeu o beijo, afastando-se com um olhar cauteloso. Esperando que Nate o repreendesse, exigisse saber o que raios tinha sido *aquilo*. Nate não suportou ver aquele olhar em seu rosto, então se inclinou para a frente e o beijou outra vez. Alex soltou um grunhido de surpresa. Foi curto e doce. Ambos estavam ofegantes quando suas testas se pressionaram, um respirando o outro.

— Já faz um tempo que eu meio que queria que você fizesse isso — admitiu Nate, baixinho.

— É? — perguntou Alex, seu sorriso de volta. — Eu meio que imaginei.

— Babaca.

— Já faz um tempo que eu meio que queria fazer isso com você — disse Alex.

— É? Eu meio que imaginei.

Alex riu e beijou a testa de Nate antes de puxá-lo para perto novamente. Nate passou um braço em volta de sua cintura, virando a cabeça até pressionar o nariz contra o pescoço de Alex. Ficaram ali, em um celeiro, sob um cometa cada vez mais próximo chamado Markham-Tripp, enrolados um no outro. Nate pensou em pressionar um pouco mais, perguntar o que aquilo significava, até onde aquilo poderia ir, o que aconteceria com eles... depois. Mas, por mais que tentasse, não conseguia falar. Em vez disso, pressionou o próprio corpo ainda mais contra Alex e simplesmente respirou.

Aquilo bastava.

DEZESSEIS

Na manhã seguinte, Nate entrou na casa da fazenda. Alex e Art estavam no campo com algumas das pessoas de Peter, por exigência de Art em ver os cavalos logo após descobrir a existência deles ali. Foi uma boa distração, porque quando ela acordou no meio dos dois, olhou-os com desconfiança de imediato.

— Por que seu queixo está todo vermelho? — perguntara a Nate, estreitando os olhos para ele.

Irritação na pele graças ao contato com uma barba por fazer, mas ele não sabia se queria explicar isso a uma alienígena intrometida.

— Devo ter dormido de mau jeito em cima dele.

Ele olhou feio para Alex, que estava fazendo um péssimo trabalho em esconder a risada.

— Você dormiu errado sobre o queixo — repetiu Art, desconfiada.

Nate apenas deu de ombros.

— Deve ter sido isso.

— Hum — disse Art.

Então sim, ficou grato quando Peter mencionou cavalos durante o café da manhã, mesmo sabendo que aquilo seria apenas uma distração temporária. Art descobriria mais cedo ou mais tarde. Ela não conseguia ler suas mentes, não de verdade, mas eles estavam... vinculados, de alguma forma. E ela era observadora. Ele tinha uma ideia de qual seria sua reação, e não sabia se estava pronto para isso.

Alex não parecia muito satisfeito com a ideia de Nate ficar para trás, mas dispensou o homem com um gesto.

— Tá tudo bem. Vou ver se eles me deixam lavar roupa. Estamos precisando. Já, já, nós três ficaremos sem roupas limpas.

Alex assentiu devagar. Olhando por cima do ombro para ter certeza de que não estavam sendo ouvidos, abaixou o tom de voz.

— A arma está debaixo do meu saco de dormir.

Nate revirou os olhos.

— Não vou atirar na Dolores.

— Nate.

— Alex.

— Não dificulta.

— Eu…

Alex o puxou para dentro do celeiro, fora de vista, e o beijou com feracidade. Nate ainda estava um pouco chocado por isso ser algo que os dois *podiam* fazer agora, e mal teve tempo de retribuir antes de Alex dar um passo para trás.

— É só por precaução.

— Tá — concordou Nate, um pouco atordoado. — Só por precaução.

Quando saíram do celeiro, Art desviou sua atenção das pessoas no jardim para eles.

— Hum — disse. — Você deve ter dormido de mau jeito em cima do queixo de novo nos últimos três minutos. Que engraçado.

Graças a Deus por aqueles malditos cavalos. Eram a distração perfeita.

Ele voltou para o palheiro onde estavam suas mochilas e as vasculhou, pegando o que precisava ser lavado. Transferiu tudo para uma bolsa e a pendurou no ombro, saindo do celeiro em direção à casa.

Havia pessoas no jardim arrancando ervas daninhas e arejando o solo. Paravam conforme ele passava, cada uma o cumprimentando calorosamente com um largo sorriso no rosto. Elas pareciam… mais felizes do que no dia anterior. Talvez fosse o fato de Art estar ali. Talvez fosse outra coisa. Mas elas eram só sorrisos e palavras gentis. Isso deixou Nate desconfortável, porém ele respondeu de modo alegre.

Dolores estava na cozinha, limpando os restos do café da manhã que tinha preparado. A refeição contara com grandes tigelas de aveia com frutas e açúcar. Art não andava gostando da falta de carne.

E, claro, o rádio soava ao fundo.

Seu velho amigo Steven Cooper estava no ar novamente. Nate se perguntou se em algum momento ele já tinha *saído* do ar.

— Amanhã, meus amigos — dizia Steven. — Amanhã é o dia. Ora, mesmo agora, mesmo durante o *dia*, é possível ver o Markham-Tripp. E, *ah*, vocês sabem que os assustamos. Viram a declaração que divulgaram? *Não há nada com que se preocupar,* eles disseram. *É só um monte de bobagens*, falaram. *Será um evento divertido para toda a família*, afirmaram. Como se eles não soubessem. Como se não estivessem se preparando para esse *exato* momento há *anos*. Quero dizer, vão *realmente* ficar lá parados e nos dizer que esse cometa só foi descoberto no ano *passado*? Um dos maiores e mais brilhantes eventos astronômicos *de nossas vidas* foi avistado há apenas *um ano*? *Papo furado,* meus amigos. Simplesmente *papo furado*. Eles já sabiam. Há *anos*. Ora, fontes até me informaram que eles sabiam há uma *década* sobre essa coisa. O cometa é *apenas fachada*. Não deixe ninguém dizer o contrário. É apenas fachada. Vocês verão. Amanhã a essa hora todos nós testemunharemos o maior evento da história humana, ou não me chamo Steven Cooper! Ouvinte, você está no ar. O que acha que o amanhã nos reserva?

O ouvinte era um homem estridente falando sobre versículos bíblicos, e Nate pigarreou enquanto Dolores assentia perto do rádio.

Ela se assustou um pouco, virando-se e levando o pano de prato molhado ao peito.

— Desculpe — pediu Nate, encolhendo-se um pouco. — Não queria te assustar.

Dolores riu, um som estranhamente zurrado.

— Ah, Nate. Está... tudo bem. É que... eu não esperava ninguém por aqui.

— Ah, sim. — Ele indicou o rádio com a cabeça. — Não deve ter me ouvido chegando.

Ela assentiu com veemência enquanto se esticava e desligava Steven Cooper.

— É que... são dias importantes, sabe? Eu queria ouvir o que o sr. Cooper tinha a dizer.

— Dias importantes?

Ela corou.

— O cometa e tudo o mais. É… um evento único na vida.

— Acho que sim. Cooper parece pensar assim.

Ela torceu o pano de prato com nervosismo.

— Eu sei que você acha que ele só fala besteiras e bobagens. Que eu provavelmente sou tola por ouvi-lo assim.

Nate deu de ombros.

— Não te julgo por isso de forma alguma. Quero dizer, com tudo que vi ultimamente, quem sou eu para dizer que aquilo não é algo mesmo?

Os olhos dela se arregalaram.

— Não é?! — Ela soou sem fôlego. — Só consigo imaginar o que… — Seu olhar desviou depressa para além do ombro de Nate antes que ela desse um passo em sua direção. — Posso… posso te fazer uma pergunta?

— Claro — concordou ele lentamente. — Embora eu me reserve o direito de não responder se eu não puder.

— Sim. Isso… eu entendo. Eu… não acreditava. Não como eu deveria ter acreditado. Não como ele queria que eu acreditasse. Não durante um bom tempo.

— Quem queria que você acreditasse? Peter?

Ela assentiu.

— Foi… você tem que entender. As coisas que ele alegou. Quão fantásticas elas soaram. Quero dizer, ouvir no rádio é uma coisa. Mas ouvir de alguém *pessoalmente*. Alguém que tinha *passado* por isso… bem. Foi algo completamente diferente.

Uma sirene disparou na cabeça de Nate.

— Foi assim que você conheceu Peter?

Ela levou o polegar direito à boca e começou a roer a unha.

— Sim. Ele disse *coisas*. E eu queria acreditar nelas, acreditar *nele*. Mas foi difícil. Minha filha, ela… ela achou que era tudo um monte de baboseira. Falou que eu estava agindo como louca. — Ela riu um pouco sem controle. — Eu disse a ela que todos nós acreditávamos em alguma coisa.

— Você comentou algo sobre netos ontem. Como gostava de cozinhar para eles.

Seu sorriso vacilou.

— Sim. Ah, sim. É verdade. E eu era muito boa nisso. Eu fazia tortas para eles. De maçã e de cereja. E bolo de carne. Do tipo com ketchup no recheio. Era o que eles mais gostavam. Sempre comiam muito rápido.

— Você nem sempre foi vegana, então?

— Ai, por Deus, não. Isso foi só depois que viemos para cá. Pra fazenda. Peter diz que é melhor assim. Que deixa o corpo mais saudável. Mais limpo. Precisávamos nos libertar de todas as restrições da vida que costumávamos viver. — Ela empalideceu. — Ah, olha só eu tagarelando. Peço desculpas. Você não quer ouvir nada disso. Peter sempre diz que eu falo sem parar, e se ninguém me impedir, posso simplesmente falar até a morte.

— Não tem problema — disse Nate. — Provavelmente sou igual.

Ela o estudou freneticamente.

— Você é, não é? Igual. Peter diz que sim. Que você *acredita*.

— Bem, quero dizer... vi coisas que não me deixaram *não* acreditar, se é isso que está perguntando.

— Milagres — sussurrou com fervor. — Você viu o milagre que eles são.

Nate franziu a testa.

— Não sei se eu os chamaria de *milagres* em si. Mas as últimas semanas têm... têm sido bem estranhas.

Os olhos dela estavam úmidos e arregalados.

— Ela é tudo o que você achou que seria?

— Eu não... eu nunca tinha *pensado* nela antes de conhecê-la. Eu nem sabia que ela *existia* até vê-la pela primeira vez. — Ele soltou o ar. — No começo, eles me disseram que ela tinha sido sequestrada e que ele estava tentando devolvê-la.

Dolores assentiu.

— Sim. Sim. Devolver. Deixá-la retornar. Para longe. — Seus olhos dispararam para a bolsa pendurada no ombro dele. — Você está... Tá tudo bem?

— O quê? É... ah, isso? Não, tá tudo bem. Eu só gostaria de usar sua lavanderia. Estamos ficando sem roupas limpas, e não sei quando teremos a chance de lavá-las novamente depois que sairmos daqui.

— Não entendi — comentou ela. — Depois que forem embora?

— Quando Art precisar seguir em frente — falou Nate. — Precisaremos levá-la para onde ela precisa ir.

— Ah, certo — respondeu Dolores. — Claro. Acho que eu não estava... pensando nisso. — Ela deu mais um passo em direção a ele. — Posso lavar a roupa pra você. É uma das minhas tarefas aqui na fazenda. Mantenho a casa em ordem.

Nate forçou um sorriso.

— Não, está tudo bem. Você já fez tanto por nós. Posso cuidar disso. Mas se puder me dizer qual o caminho certo, eu agradeceria. Além disso, a maioria é roupa suja do Alex, e ele transpira muito nas cuecas.

— Jesus — disse Dolores. — Ele é terrivelmente grande. Acredito nisso.

— Pois é. Então, a lavanderia...?

— No final do corredor. Última porta à direita. O sabão está na prateleira.

Ele deu um último sorriso tenso e saiu da cozinha. Quando ela tornou a aumentar o volume do rádio, Nate ouviu Steven Cooper dizendo a todos os ouvintes que seria um futuro brilhante e *glorioso*, meus amigos.

Nate parou por um momento perto das escadas, olhando para cima e se perguntando quantos cômodos havia no primeiro andar. A casa era grande, mas não o suficiente para que cada pessoa da fazendo pudesse ter seu próprio quarto. Ele se perguntou se dividiam os dormitórios. Ou se Peter tinha seu próprio aposento.

À frente, depois das escadas, havia quatro portas.

A primeira ficava à esquerda. Estava aberta. Dentro havia um lavabo com uma janela aberta. Era possível ouvir pássaros nas árvores lá fora. O ladrilho interno era de um branco hospitalar. Havia um sabonete em um pratinho na borda da pia. Tudo estava imaculadamente limpo.

Mais três portas.

Outra à esquerda, perto do final do corredor.

Uma à direita.

E uma porta bem no final.

Foi essa última que chamou a atenção de Nate. Não era como as outras.

As portas da casa, pelo que ele tinha percebido, eram de madeira. A porta no final do corredor era de metal.

E havia um cadeado nela.

Ele ouviu uma voz vindo da última porta à esquerda. Não conseguia distinguir as palavras, mas eram faladas em tons baixos e suaves. Talvez fosse uma TV. Ou um rádio.

Atravessou o corredor.

De cada lado dele, penduradas nas paredes, havia fotografias emolduradas.

Não entendeu o que eram a princípio.

A maioria era em preto-e-branco. Embaçadas e um pouquinho desfocadas. Algumas tinham números gravados no próprio papel fotográfico, na parte inferior; números longos demais para serem datas. Quase como coordenadas.

Em cada uma delas, misturadas ao cinza borrado, havia descolorações.

Ele conseguia ver nuvens.

Eram fotos do céu.

E os objetos que estavam nele.

Objetos no céu.

Luzes. Formas.

Ele já tinha visto fotos assim antes. Claro que sim. Todo mundo já vira. Eram fotografias publicadas como prova de objetos voadores não identificados.

E havia pelo menos uma dúzia delas nas paredes.

Isso era... esperado, se parasse para pensar.

Ele se perguntou se Peter — ou Oren — quisera se separar de Art quando o rompimento acontecera. Ou, para começo de conversa, o quão consciente ele tinha ficado durante as duas décadas. Artemis havia insinuado que fora como um sonho.

Mas Nate sabia o quão reais sonhos podiam parecer.

As tábuas do assoalho rangiam sob seus pés.

A voz ficou mais nítida.

Era Peter.

Peter falava.

— ...e há potencial para renascer. Acontece. O tempo é circular. Já estivemos neste momento antes. Talvez não exatamente como estamos agora. Pode ser que houvesse uma civilização completamente diferente da que conhecemos agora. É uma *limpeza*. E nos encontramos no limiar dela.

Nate deu mais um passo. A porta estava quase fechada. Ele mal conseguia ver através da frestinha. Havia prateleiras de livros. Um telescópio. As bordas de uma mesa com uma tela azul. Achou que era capaz de distinguir os contornos de um braço, como se Peter estivesse sentado em frente ao monitor.

— Muitos podem não acreditar em minhas palavras — prosseguiu Peter. — Não posso forçar essa crença. Você e eu somos pessoas diferentes. Eu já... vi coisas. Coisas que parecem desafiar a imaginação. Não é justo da minha parte pensar que você consiga entender, sendo que não foi iluminado como eu. Há momentos em que até eu pareço perder a paciência, em que gostaria de poder pegá-lo pelos ombros e sacudi-lo até que abra os olhos para ver o que está bem na sua frente. Não é... Somos mais do que o mundo nos fez ser. Há *mais* além das estrelas. Mais do que poderia imaginar. E quando falo dessa mudança maravilhosa, faço isso apenas porque existem aqueles que podem nos salvar de nós mesmos. Aqueles que nos mostram que há mais. Esse é o propósito da Luz de Eva e...

Peter ficou em silêncio.

Nate deu um passo para trás.

Ouviu o que parecia uma cadeira se afastando de uma mesa, como se alguém estivesse se colocando de pé.

Ele se virou, relanceando uma última vez a porta de metal antes de alcançar a maçaneta que levava à lavanderia. Já estava lá dentro, ligando o interruptor, quando a porta do escritório se abriu atrás dele.

— Nate?

Ele olhou por cima do ombro, fingindo surpresa.

— E aí, Peter. Tudo bem?

Peter o olhou com curiosidade.

— Estou bem. O que está fazendo?

Nate indicou a mochila com a cabeça.

— Lavando roupas, se não tiver problema. Perguntei pra Dolores, e ela me indicou o caminho.

Peter cruzou os braços sobre o peito.

— Sem... problemas, claro. Enquanto estiverem conosco, tudo o que eu tiver é de vocês.

— É muita generosidade da sua parte. Nós realmente agradecemos. Sei que Art agradece.

— Sim — disse Peter, a voz carregada de desdém. — *Art*. Uma versão encurtada, porque apelidos são sempre necessários nos dias de hoje.

— É como ela gosta de ser chamada.

— Foi o que deduzi. Ela se... adaptou. Mais do que eu esperava. Em dez anos, ela se tornou mais humana do que jamais foi comigo.

— Aquilo... foi algo diferente, não?

Peter inclinou a cabeça.

— Como assim?

— Ela estava... — Nate procurou a palavra certa. — Compartilhando. Com você.

— Compartilhando — repetiu Peter devagar.

— Você estava lá. Com ela.

— Sim.

— Ela está sozinha agora.

— Não sei se isso é bem verdade — comentou Peter. — Ela tem o fuzileiro. — Olhou Nate de cima a baixo. — Ela tem você.

— Eu quis dizer dentro. Ela está... A garota já tinha partido. Antes.

— A consciência dela tinha ido embora.

— Isso.

Peter assentiu.

— O corpo não é tudo, nem o fim de tudo, Nate. Sabia disso?

— Parece-me bem importante.

— Tenho certeza de que sim. Mas é apenas uma casca. A *alma* é o que nos torna humanos. Não a carne.

— Não sei se acredito em almas — falou Nate com sinceridade, sem saber o rumo que aquela conversa tomava. Não gostava do jeito que Peter estava olhando para ele.

— Em que você acredita?

Ele deu de ombros.

— Sei lá…

— Um poder superior? Uma crença em algo além?

— Tenho a impressão que se de fato algo existe, nós ficamos com a pior parte.

Peter franziu o cenho.

— Como assim?

— Nós sofremos. Nós sofremos o tempo todo.

— Através da dor, aprendemos as lições que a alma deve saber para atingir o mais elevado estado de consciência.

— Pra ser honesto, minha preocupação é simplesmente sobreviver.

— Sobreviver a quê?

Nate deu uma risadinha de desdém.

— Tentaram atirar em mim mais vezes nas últimas semanas do que na minha vida inteira. Tipo, o cara que religou minha *água* acabou se revelando um agente de um setor governamental do qual eu não deveria saber.

— Executores.

— É. Isso aí. Ele era intrometido, mas, quero dizer, pensei que era só a vida em uma cidade pequena. Como raios eu ia saber que ele estava nos espionando?

Peter mal piscava. Era enervante.

— Você é muito estranho.

— Falou o cara que teve o corpo sequestrado por um ser alienígena durante vinte anos e, ainda assim, parece pouco mais velho que eu. — Nate se encolheu. — Merda. Desculpa. Isso provavelmente não saiu como eu queria.

— Acho que saiu exatamente como você queria — respondeu Peter, com calma. — Mas não me ofendo. Entendo seu ponto. Você é muito… direto.

— Ótimo — disse Nate, ignorando o rastro de suor que escorria pela nuca. — Não quero dificultar as coisas. Você tem sido muito gentil conosco desde que chegamos.

— Posso te fazer uma pergunta, Nate?

— Si-sim…

— Quem você perdeu?

Nate pestanejou.

— Perdão?

— Você é muito… cínico para alguém da sua idade. Isso sugere que passou por uma perda bem jovem.

— Eu não… O que isso tem a ver com a conversa?

Peter se recostou no batente da porta que levava ao seu escritório. Por cima do ombro dele, Nate podia ver uma câmera de vídeo montada em um tripé no meio do cômodo. Estava apontada para a mesa onde o homem estivera sentado. A câmera parecia deslocada em uma fazenda que supostamente se mantinha fora do radar.

— Estou apenas tentando descobrir com quem Artemis se alinhou.

— Alinhou — repetiu Nate, olhando para ele. — O que isso significa?

— Ela gosta de você.

— Também gosto bastante dela.

— E do fuzileiro. Aquele tal… Alex.

Nate se irritou um pouco com o tom de escárnio de Peter.

— Ele a ajudou quando ninguém mais o faria. Salvou a vida dela.

— Salvou? E como ele fez isso?

— Ela está aqui, não está? Não está mais na Montanha. Está *segura*.

— Está. Provavelmente mais do que em qualquer outro lugar do mundo. Fico feliz que veja dessa forma.

Não foi isso que ele quis dizer de jeito nenhum.

— E isso é por causa do Alex.

— É mesmo?

— Sim — rosnou Nate. — Ele a resgatou. Arriscou a vida por ela. Caramba, ele quase *morreu* por ela. Art significa o mundo pra ele.

— Claro que sim — disse Peter suavemente. — É quase como se ela fosse algum tipo de substituição para ele, não é?

Nate abriu a boca, então fechou. Afinal, isso *não estava* muito longe da realidade, né? Não foi quase *exatamente* o que aconteceu? Era… ah, inferno, qual era o psicologuês praquilo? Transferência. É, algo assim. Transferir os sentimentos que se tem de uma pessoa para outra. Não era algo... inesperado. As pessoas que comandavam a Montanha foram inteligentes (e bastante cruéis) ao escolherem Alex.

— Ah — falou Peter. — Consigo ver na sua cara. Estou certo, não estou? Ela é uma substituta. — Suspirou. — Que pena. Quero dizer, os níveis a que eles chegariam... Eu me pergunto se ela sabe. Isso pode acabar partindo seu coração. Isto é, se ela for capaz de ter o coração partido. Eles não são... eles não têm emoções como nós. Não da mesma forma.

Essa era uma mentira deslavada. Nate tinha visto com seus próprios olhos. Ou Peter estava mentindo, ou ele não fazia a mínima ideia de quem Art era de verdade.

— Não é isso — retrucou Nate. — Você não sabe nada sobre eles.

— Não? De todos nós, Nate, quem você acha que entenderia melhor o que eles têm, o que eles *são*? Você? Ou eu? Porque *eu* sei como é ser *engolido* por tudo o que ela é, por tudo o que *aquilo* é. Você enxerga uma garotinha. Vê seus olhões, seu sorriso torto e o jeito que ela dança sobre os pés de Alex. E até onde sabe, é exatamente isso que ela *quer* que você veja. Já pensou dessa forma? Claramente, você é inteligente. Nunca passou pela sua cabeça que ela está mostrando exatamente o que ela acha que você quer ver?

Bem... não. Ele não tinha pensado por esse ângulo. Ela era... ela era Artemis Darth Vader. Era curiosa, gentil e olhava para Alex com adoração. Ela gostava de ler, de garçonetes e de filmes sobre princesas do espaço. *Claro* que era quem ela era. Certo? Talvez, se Art fosse capaz de enganações, esse seria um jeito de lidar com a situação, de brincar com as emoções deles, de agir como uma garotinha sorridente e de olhos brilhantes até que ela se voltasse contra eles e...

Não. Ele a tinha visto. Ele a conhecia. Ela não era assim.

— Não — respondeu Nate. — Nunca.

Peter sorriu, como se aquela fosse a resposta que esperava.

— Quer saber o que eu vejo?

— Eu não...

— Eu vejo um deus. Vejo um ser que pode transmitir conhecimento muito além da capacidade da mente humana. Vejo, em parte, nossa salvação.

Nate estreitou os olhos.

— Ela não é sua.

Peter levantou as mãos num gesto de apaziguamento.

— Eu sei. Ela não pertence a nenhum de nós. No máximo, pertence às estrelas. É de lá que veio. E é para lá que deve retornar.

Ouvir isso fez ele se sentir... melhor? Peter achava que ela precisava voltar para onde viera. Isso... bem, na verdade não era reconfortante, não de fato. Nada nesse lugar era. Mas enquanto Peter entendesse qual era o objetivo final, nada mais importava. Talvez eles só continuassem ali por mais um ou dois dias. Artemis conseguiria o que precisava da fazenda. De Peter. De *Oren*. E então iriam embora. Era engraçado pensar nisso. No início, Nate se sentira aliviado por terem encontrado um lugar para parar durante alguns dias. Agora tudo o que queria era voltar para a estrada, deixar a fazenda para trás.

— Concordo — disse Nate. — É só que... você não sabe pelo que Alex passou. O que Art passou. Caramba, mesmo que não se compare, você não sabe pelo que *eu* passei.

— Não mesmo — anuiu Peter. — Mas você conhece a perda tanto quanto eles. Tanto quanto todos aqui. Diga-me, Nate: sabe o que todos neste lugar têm em comum? Por que eles vieram pra cá?

Nate negou com a cabeça. Ele não conseguia nem começar a adivinhar.

Peter soltou um muxoxo, como se estivesse desapontado.

— Tudo se resume a *l'appel du vide*. É uma frase francesa. Significa, literalmente, o chamado do vazio. — Ele descruzou os braços e se endireitou. — É um desejo de... destruição. Já aconteceu de você estar dirigindo na estrada e pensar consigo mesmo: o que aconteceria se eu fosse para a contramão? Ou já esteve na beira de um penhasco encarando o nada e pensou: o que aconteceria se eu desse *mais um passo*? Não é ideação suicida. É um impulso. Uma necessidade de alguma forma embutida no nosso código genético. A maioria não age de acordo com tal impulso porque somos capazes de pensamento racional. Mas lá no fundo do nosso cérebro trino reside o constante *e se*. Suas mãos estão no volante e há um caminhão se aproximando. As pontas dos seus sapatos penduradas no nada. É estimulante. É debilitante.

— Não entendo — admitiu Nate, sentindo-se um pouco tonto.

— Eu sei — afirmou Peter. — E tudo bem. Talvez você não tenha passado por isso ainda. É muito jovem, afinal. Mas as pessoas na fazenda sabem do que estou falando. Todas já experienciaram *l'appel du vide* em um momento ou outro. Todas têm um desejo por algo... mais. Algo além.

— E você... o quê? Acha que pode dar isso a elas?

Peter riu.

— Você parece bem desdenhoso.

— Você parece o Jim Jones.

Peter não riu disso.

— Pareço?

— Já ouviu ele falar? — Nate enfatizou seu olhar por cima do ombro de Peter em direção à câmera de vídeo. — Ou ouviu as fitas? Porque eu já.

— Aqui não é Jonestown — respondeu Peter. — Eu não sou um demagogo.

— Não mesmo? — indagou Nate, repentinamente curioso. — Porque, meu Deus, você dá bons discursos, Oren. Desculpe, quis dizer *Peter*. Caramba, tem momentos em que até *eu* quase acredito em você.

— Crença — disse Peter. — É engraçado pensar nisso. Pode ser algo tão inconstante até se solidificar. E mesmo assim, há momentos tão extremos que podem quebrá-la em pedaços minúsculos. Eu tinha uma crença, por mais tênue que fosse. Achava que entendia a ordem do universo. Mas isso foi antes do meu corpo ser tomado por um ser das estrelas. Algo assim muda a gente, Nate. Se você nunca passou por isso, nunca poderá entender. Aquilo... me mostrou coisas. Expandiu minha mente de maneiras que nunca pensei ser possível. E quando foi tirado de mim, quando *arrancaram* o Sétimo Céu do meu corpo, fiquei desolado. Parecia que eu tinha sido abandonado. Senti a *perda*, Nate. Como você. Como Alex. Pode ter sua opinião sobre mim, mas eu sou como você. Entendo a dor. E o luto. Me senti sozinho enquanto meu coração se partia um pouco mais a cada batida. Embora nossos caminhos tenham sido diferentes, todos nós fomos trazidos até aqui. Até este momento. Essas pessoas, aquelas que sentiram o chamado do vazio, estão aqui por escolha, porque não queriam mais se *sentir* sozinhas. Você não pode dizer o mesmo?

Ele queria, de verdade, dizer a Peter que ele era louco pra caralho. Que já estava saturado dessa conversa. Se todos os outros quisessem acreditar, tudo bem. Era a escolha deles, mas Nate não faria parte dela.

O *problema* era que ele *podia* dizer o mesmo. Foi só quando encontrou Alex e Art que percebeu o quão solitário estivera. Afinal, o que lhe restava? Não tinha emprego. Seus amigos o abandonaram quando as notícias do escândalo estouraram. Seus pais estavam mortos. Seu irmão não falava com ele. Tudo o que lhe restava era uma cabana no meio da floresta nas montanhas do Oregon (e só Deus sabia se ela *ainda* existia).

E se ele *de fato* pensasse no assunto, se desse significado às palavras de Peter, já não tinha sentido o chamado do vazio antes? *L'appel du vide.* Tinha, não tinha? Houve um momento, meses antes. Depois que seu irmão lhe telefonou para contar que seus pais estavam mortos, mas antes da ligação sobre a cabana e a caminhonete. Ele estivera... atordoado. Havia deixado seu pequeno apartamento, sua mente quase toda em branco. Não conseguia nem se lembrar de como chegara ao bairro chinês. Em um momento estava sentado em seu sofá, encarando as paredes, e no seguinte, estava de pé sob o arco ornamentado, pessoas se aglomerando ao seu redor. Piscara devagar, como se estivesse acordando de um sono profundo, os restos de um sonho ainda agarrados a ele com dedos pegajosos.

Já era tarde e ele deveria estar no trabalho, mas, droga, *aquela* não era mais uma opção, era? Ele se sentira entorpecido. Tudo parecia entorpecido.

Virara-se a fim de voltar para casa.

E havia sido enquanto estivera na plataforma do metrô, esperando o trem, que pensara *e se*? Não tinha sido nada mais do que um sussurro no fundo de sua mente ao observar a luz do trem se aproximando pelo túnel ficar maior e mais brilhante.

E se.

E se?

E *se* ele desse um passo para fora da plataforma na frente do trem?

Seria rápido, não seria? Uma respiração, um passo, e então tudo acabaria, e, puta merda, aquilo o *chamara*, o sussurro se tornando um maldito *grito* em sua cabeça, breve e ensurdecedor; e ele levantara o pé. Levantara o pé, sua outra perna tensa quando começara a dar um passo para a frente e...

O trem havia passado *zunindo* na frente dele.

Dera um passo para trás, os olhos parecendo saltar de sua cabeça, o coração martelando no peito.

Ofegara em busca de ar ao esbarrar em uma mulher atrás dele. Nate havia se desculpado, a voz um murmúrio, e a mulher parecera preocupada, perguntando se ele estava bem. Ele tinha assentido.

— Sim, sim, estou bem, só... tudo certo. O trem me assustou. Sonhando acordado, sabe.

Ela sorrira com cautela.

Ele havia ficado sentado em um banco, com a cabeça entre as mãos, por quase uma hora.

Por fim, voltara para casa.

Algumas semanas depois, seu irmão tinha ligado. A cabana no lago Herschel. A velha caminhonete do papai. É isso, Nate. Foi tudo o que deixaram para você, então não peça mais nada. É tudo o que vai receber.

Tá, Ricky. Certo.

— Nate?

Levantou a cabeça bruscamente.

Peter parecia preocupado.

— Você está bem?

— Sim — respondeu. — Sim. Estou... bem. Olha, Peter. Eu agradeço tudo o que você fez por nós. Pela Art. E... sim. Você tem razão. Não entendo o que você passou com ela. Quando ela era... você. Mas ela está diferente agora. Ela mudou. Por causa do Alex.

— E por sua causa também, eu diria.

Nate balançou a cabeça.

— Não. Não é bem assim. Ela é...

— Você não percebe, não é?

— O quê?

— O jeito que ela olha para você. O jeito que os dois te olham. Vocês três, vocês são... Suspeito que estejam todos vinculados. De uma forma ou de outra.

Nate corou. Não conseguiu impedir.

— Passamos por muita coisa juntos — murmurou.

Peter sorriu.

— Eu sei. Acho que todos aqui podem dizer o mesmo. E embora você possa não concordar com nosso estilo de vida, espero que possa respeitá-lo. Somos todos viajantes, no fim das contas. Apenas tentando encontrar nossos caminhos.

Nate conseguia entender isso. Conseguia mesmo.

— Eu sei. E sinto muito se pareci, sei lá, rude. Ou algo assim. Você não tem sido nada além de legal conosco, e estou aqui acusando você de ser...

— Jim Jones?

Nate fez uma careta.

— É.

Peter fez um "deixa pra lá" com a mão.

— Consigo ver de onde veio essa conclusão, por mais absurda que seja.

— Para quem você estava gravando o vídeo, então?

Peter riu.

— Um pouco de autoindulgência, acredite ou não. Desde que fui libertado das amarras da Montanha, criei uma espécie de diário em vídeo. Para documentar minhas experiências para que um dia, se tudo isso vier à tona, as pessoas possam saber da verdade. Quantas pessoas neste mundo poderiam dizer que estiveram na minha posição?

— Não muitas — disse Nate. — Pelo menos, espero que não.

— Exatamente. Acho que é importante que o mundo inteiro saiba o que aconteceu. Comigo. Com a gente. Você sabe tão bem quanto eu que a Montanha fará tudo o que puder para encobrir isso. Para ocultar a verdade.

Nate acreditava nisso cem por cento.

— Não vamos deixar.

— Não — concordou Peter, seu sorriso se abrindo de um jeito que Nate nunca vira. — É o que espero. — Ele deu um passo para trás. — Vou te deixar lavar roupa em paz. Obrigado, Nate. Esta conversa foi muito... esclarecedora. Você é mesmo um indivíduo extraordinário.

Nate não sabia o que responder.

— Peter?

Peter Williams parou à porta de seu escritório. Olhou para Nate por cima do ombro.

— Pois não?

Nate indicou a porta de metal trancada com a cabeça.

— O que tem ali?

Peter riu.

— O porão. Nós armazenamos produtos químicos e fertilizantes lá embaixo, para os campos e jardins. Costumávamos guardar essas coisas no celeiro, mas alguém sempre nos roubava. Elas podem ser usadas para fabricar metanfetaminas, caso você não saiba. Não vou me envolver na destruição do corpo humano, principalmente para ganho financeiro. Era mais fácil trancar tudo. Mais alguma pergunta?

Nate negou com a cabeça.

Peter fechou a porta atrás de si.

Momentos depois, Peter voltou a falar, embora as palavras soassem abafadas agora.

Nate se virou para a lavanderia e foi fazer o que havia planejado.

Ele esperou até depois do almoço para puxar Art e Alex de canto no celeiro. Art tagarelava sobre os cavalos que tinha visto, eram *três*, e um deles havia comido um pedaço de maçã da *mão* dela, dava para acreditar nisso? Nate realmente conseguia acreditar?

Acontece que ele conseguia, sim.

Alex pareceu um pouco preocupado quando Nate olhou ao redor antes de indicar o celeiro com a cabeça. Peter já tinha voltado para dentro da casa, e os outros estavam se movendo letargicamente em direção às tarefas da tarde. Ninguém parecia estar com pressa de verdade.

O cometa era uma luz clara contra um céu azul brilhante.

— Está tudo bem? — perguntou Alex, depois que eles subiram para o outro andar. — Você estava... quieto durante o almoço.

Nate balançou a cabeça.

— Não sei. Sinceramente, não deve ser nada. Quero dizer... — Ele teve dificuldade para encontrar as palavras. — Tive uma conversa com Peter.

— Sobre o quê? — indagou Art, sentada em um fardo de feno, com os pés balançando.

— O quanto você o conhece?

— O quanto conhecemos alguém?

— Art — advertiu Alex.

Ela revirou os olhos.

— Não sei. Pra ele, fazia muito tempo que não nos víamos.

— Mas não pra você — falou Nate lentamente.

— É. Eu te disse. O tempo passa de forma diferente pra mim. É... difícil de explicar.

— Essa não pode ser sua resposta pra tudo. Isso é jogo sujo.

Ela bufou.

— Seu minúsculo cérebro humano não é capaz de entender as complexidades de tudo o que sou. Acredite.

— Seja gentil — pediu Alex.

— Eu não disse isso para ser *maldosa*. Estou sendo sincera. Seu cérebro poderia literalmente explodir se eu te mostrasse tudo.

— Tá... bom — disse Nate. — Mas você ainda não respondeu à minha pergunta.

Ela deu de ombros.

— Ele mudou.

— Para melhor?

— Talvez? Na época, ele era... bravo. Primeiro comigo. Depois com as pessoas na Montanha. Estava desiludido, acho, que seu próprio povo poderia trancafiá-lo. Depois de um tempo, a raiva desapareceu. Nós conversamos. Muito. Foi como um sonho.

— Você se vinculou a ele? Como fez com Alex?

— E com você — ela o lembrou. — Você também faz parte disso. E não. Não era a mesma coisa. Estávamos dividindo o mesmo espaço. Com vocês, dividi todo o resto.

Aquilo foi... vago como sempre.

— Por que estamos aqui?

Ela pareceu frustrada.

— Eu ainda não sei. Só sei que precisamos estar aqui.

— Como? — perguntou Alex. — Como sabe disso?

— Não... nós não temos mais um vínculo. Não de verdade. Ele foi quebrado quando me forçaram a sair dele. Mas acho que um pedaço de mim permaneceu nele, ou um pedaço dele em mim. Talvez ele tenha ficado gravado em mim, ou eu nele. Não sei. Nós só deveríamos ter observado vocês. — Seus ombros caíram. — O erro foi meu. Não é de se admirar que eles me deixaram para trás.

Nate suspirou.

— Não estou tentando fazer você se sentir mal, Art. Só estou tentando descobrir por que estamos aqui. Qual é o sentido disto. Deste lugar.

Ele deu a eles um resumo da conversa que tivera com Peter do lado de fora de seu escritório. Não comentou sobre o chamado do vazio. Não contou sobre estar na beira de uma plataforma de metrô, o grande *e se* da situação. Ele não conseguiu se obrigar a compartilhar essa parte. Mas mesmo *sem* isso, percebeu o quão louco soava. Estava ali, aquele instinto, mas que provas tinha para sustentar alguma coisa? E daí que Peter era estranho? Ele havia sido possuído por um *alienígena* durante vinte anos. *Claro* que seria estranho.

Alex parecia pensativo quando Nate terminou de falar.

— E então...? Você acha que Peter está à frente de algum tipo de seita?

Nate balançou a cabeça.

— Eu não... não. Eu não acho que ele seja líder de uma seita. Só... Talvez eu esteja pensando demais em tudo isso. — Olhou para Art e Alex. — Se pareço maluco, a culpa é de vocês dois.

— O quê? — Art pareceu indignada. — Por quê?

— Porque tudo o que *eu* queria fazer era ficar na minha cabana refletindo sobre a vida em paz! Mas não, vocês dois *tinham* que escolher invadir aquele lugar específico e apontar uma arma para mim, tipo, doze vezes.

— Drama queen — murmurou Alex.

— Alex não teria atirado em você de verdade — revelou Art. — Mesmo naquela época, ele já te achava bonitinho.

Alex ficou boquiaberto.

Ela piscou para ele.

— Isso *não* vem ao caso — disse Nate, embora fosse beijar Alex pra caramba mais tarde, quando nenhum olhar curioso observasse cada movimento deles. — Eu só... este lugar me dá arrepios, ok? E talvez não seja nada. Talvez esteja tudo bem. Mas não mataria ficar de olhos abertos enquanto ainda estamos aqui.

Alex assentiu devagar.

— É... uma boa ideia. Tenho certeza de que está tudo bem. Mas se não estiver, é melhor estarmos preparados. Vou voltar a andar armado. Só por precaução. Confiamos em você, Nate.

Definitivamente, Nate não se envaideceu disso.

— Por que você está corando? — perguntou Art. — Acho que nunca vi seu rosto ficar tão vermelho antes.

— Cala a boca.

— Uhum... — Ela olhou de um para o outro, com uma expressão analítica.

Naquela noite, o jantar foi realizado mais uma vez no jardim. As mesmas luzes estavam nos troncos das árvores. As mesmas tochas foram acesas. Havia os mesmos pratos, as mesmas toalhas de mesa. Era novamente outro ensopado, embora os ingredientes fossem diferentes.

Caramba, até Billie Holiday cantava para eles de novo.

Ainda assim. Algo parecia... diferente.

O ar estava carregado de alguma forma. Como se uma tempestade cheia de relâmpagos estivesse se aproximando.

O céu acima estava limpo conforme as estrelas começavam a despontar.

O cometa parecia enorme, quase tão brilhante quanto a Lua.

As pessoas da fazenda se mantinham quietas. Peter havia falado algumas palavras no início da refeição, mas sem a mesma seriedade da noite anterior. Ele parecia distraído. Seus olhos estavam arregalados, e Nate jurou que ele mal piscava.

Nate não comeu.

Quando a refeição terminou, todos se levantaram para dançar outra vez.

Eles não conversaram. Agarraram-se uns ao outros enquanto se moviam pela grama.

Peter ficou para uma única dança antes de desaparecer dentro da casa.

— A mente dele está cheia esta noite — disse Dolores a Nate, enquanto observava a porta mosquiteira se fechar.

— Por quê?

Ela olhou para o céu.

— Porque, às vezes, escolhas são dispostas diante de nós, esperando que uma decisão seja tomada.

Ele mal tinha cochilado quando sentiu uma mão sacudindo seu ombro.

Abriu os olhos.

Art roncava ao seu lado.

Alex estava de pé acima dele, olhando para baixo.

Nate se sentou depressa.

— O que…

Alex levou um dedo aos lábios.

Nate ficou em silêncio.

Alex balançou a cabeça em direção às escadas.

Nate assentiu e se levantou devagar, tomando cuidado para não balançar o colchão. Art estalou os lábios e continuou roncando.

Ele seguiu Alex escada abaixo. Observou o conjunto de músculos nas costas de Alex sob sua camisa na parca iluminação. Sua pele estava quente. Seus olhos, pesados.

Alex não o levou até a janela da noite anterior.

Em vez disso, quando chegaram ao térreo do celeiro, ele pegou a mão de Nate, puxando-o para a parte de trás. Contornaram os fardos de feno até um canto escuro, fora da vista de qualquer um que pudesse entrar. Estavam imersos em sombras. Nate mal conseguia distinguir Alex na sua frente quando se virou, os olhos brilhando fracamente no breu.

— O que foi? — perguntou Nate.

Alex o empurrou gentilmente contra a parede do celeiro. A madeira rangeu sob suas costas. Uma coxa grossa foi pressionada entre suas pernas, um pé afastando uma da outra. Ele arfou baixinho quando Alex aplicou pressão em sua virilha, o calor preenchendo seu estômago.

Ele inclinou a cabeça para trás contra a parede do celeiro.

Lábios e dentes percorreram seu pescoço. Alex não se barbeava há alguns dias, e Art descobriria sobre esse lance deles mais cedo ou mais tarde, pois a sensação era de que a pele de Nate estava sendo raspada até ficar em carne viva.

— Você vai precisar ficar quieto — sussurrou Alex em seu ouvido. — Acha que consegue?

— Por quê? — perguntou Nate. — O que você pensa que vai fazer?

Ele sentiu o sorriso de Alex contra sua bochecha.

— O que você acha?

— Art...

— Está dormindo. E vai continuar assim, se você ficar quieto.

— Quanta segurança da sua parte — sussurrou Nate, mordendo o lábio para reprimir um gemido quando a coxa encostada no seu pau e nas suas bolas pressionou ainda mais. — Soldadinho de merda, hein? Acha que é tão bom assim?

Então Alex o beijou, e foi mais do que na noite anterior. Na janela, sob as estrelas, ele estava hesitante. Inseguro. Quase tímido. Não estava assim agora.

Agora havia dentes e língua e uma mãozorra em volta de sua

garganta com gentileza, segurando sua cabeça no lugar enquanto Alex focava sua boca. Nate se sentia pequeno e frágil, sabendo que Alex provavelmente poderia parti-lo em dois se quisesse. Ele não resistiu quando sentiu pressão de um polegar em sua mandíbula, e Alex interrompeu o beijo ao virar a cabeça de Nate, os dentes encontrando seu pescoço, mordendo de leve.

Ele não conseguia acreditar que estavam fazendo isso agora. Ali, de todos os lugares. Cercado pelas pessoas mais estranhas que já havia conhecido em sua vida. Não sabia o que tinha dado em Alex.

Mas ele com certeza não estava reclamando, especialmente quando a pressão diminuiu um pouco, o suficiente para Alex colocar a mão livre entre eles. Esfregou o pau de Nate através dos jeans, a vontade quase insuportável. Nate gemeu de novo, Alex sibilou em seu ouvido para ele ficar *quieto*. Nate estava prestes a dar uma resposta sarcástica, mandá-lo ir a merda e continuar logo, mas dois dedos foram colocados em sua boca e uma voz mandou ele *chupar*.

Ele obedeceu. Passou a língua ao redor dos dedos de Alex, sua pele tinha um gostinho salgado. As pontas dos dedos estavam quase pressionadas contra o fundo da garganta dele, e os olhos de Nate reviraram levemente. Alex abriu seu jeans, e uma mão quente foi colocada ali, apalpando-o com força. Nate tentou falar entre os dedos de Alex, querendo dizer que estava tudo certo, que ele aguentava, que Alex poderia ir com mais firmeza, mas tudo o que conseguiu fazer foi se babar.

Alex puxou o jeans de Nate para baixo de suas coxas, efetivamente prendendo suas pernas. Ele se pressionou contra Nate outra vez, ainda totalmente vestido, seus dedos apertando a língua do outro. Alex esfregou seus quadris contra ele. A sensação da pele contra o jeans fez Nate sentir como se estivesse em chamas.

Nate mordeu gentilmente, seus dentes pressionando a pele de Alex.

Alex grunhiu perto da sua orelha.

— Não tenho nada aqui — murmurou. — Nada que fosse funcionar sem te machucar. Mas vamos fazer uma coisa. Confia em mim?

Nate assentiu, balbuciando incoerentemente em volta dos dedos de Alex.

— Ótimo — prosseguiu. — Eu vou tirar meus dedos da sua boca. Quero que molhe minha mão o máximo que puder. Faz isso pra mim, e prometo que farei valer a pena. Parece uma boa?

Sim, respondeu Nate, com os olhos arregalados e úmidos. *Sim. Sim. Sim.*

Alex tirou os dedos da boca dele com um estalo molhado. Segurou a mão na frente do rosto de Nate.

— Vamos lá, então.

Nate juntou saliva na boca e cuspiu na mão de Alex antes de lamber sua palma, espalhando a baba o melhor que pôde. Alex gemeu baixinho, esticando o braço para torcer o mamilo de Nate através da camisa. Os quadris de Nate ficaram tensos com a explosão de *prazer-dor* que o percorreu.

— Você gosta, hein? — sussurrou Alex. Ele fez de novo. Nate gemeu contra a mão dele. — É. Gosta mesmo, né?

Nate gostava.

— Não estou molhado o suficiente. Mais.

Levou apenas um minuto para Alex puxar a mão e dar um passo para trás. A pele aquecida de Nate esfriou de repente. Observou enquanto Alex desabotoava seu próprio jeans e o empurrava quadril abaixo. Ele usou a mão seca para tirar o próprio pau pra fora. Nate não conseguiu distingui-lo direito no escuro, mas viu a cabeça no punho de Alex. Continuou observando enquanto Alex enganchava um dedo sob a camisa e a levantava até as axilas, expondo o torso peludo. Alex cuspiu. A saliva caiu em seu pau. Ele usou a mão que Nate molhou para espalhar as salivas no comprimento.

— Vira — grunhiu.

Nate o fez. Virou a cabeça, sua bochecha pressionando contra a parede áspera do celeiro.

— Empina a bunda.

Nate sentiu um lampejo de *vergonha*, ou algo parecido. Sentiu-se exposto, mais do que já se sentira na vida. Fez o que Alex pediu. Ele sentiu dedos traçando as extremidades da sua bunda, roçando seu ânus. Empurrou a bunda na direção do toque. Os dedos continuaram passando por entre suas pernas até chegarem às suas bolas. Alex as pegou, primeiro uma e depois a outra. Isso continuou por um longo minuto, Alex *puxando*, esticando suas bolas. Nate estava suando, e mais duro do que nunca.

— Puxa suas bolas pra frente — instruiu Alex.

Nate obedeceu. Seu polegar pressionou a base do pau, e ele agarrou suas bolas, puxando-as para a frente.

— Pressione suas coxas uma na outra. Com firmeza.

Ele entendeu onde aquilo iria parar. Gostava da ideia, sim, senhor. Pressionou as coxas, deixando as bolas na parte da frente do corpo. Seu pau balançava à frente, a cabeça batendo contra a parede. Afastou um pouco os quadris da madeira. Não precisava da porcaria de uma farpa.

Sentiu a pressão do pau de Alex contra a parte de trás de suas coxas. Houve um breve momento de resistência, mas então o pau estava entre suas pernas, preso no meio das coxas de Nate. A cabeça do pau de Alex bateu na parte de trás das bolas de Nate.

Ambos gemeram com a sensação. Alex deu uma estocada experimental, então outra, e os pelos das pernas de Nate foram repuxados, picadinhas de agulha que fizeram seus olhos revirarem. Sentiu Alex se afastar quase completamente e o ouviu cuspir outra vez. A saliva caiu entre suas nádegas, escorrendo. Um dedo esfregou até chegar em suas coxas, acima do pau de Alex, molhando-o mais.

— Aqui está — exalou Alex enquanto fazia pressão de novo até seus quadris encontrarem a bunda de Nate. — Bem aqui. — Ele se afastou e deu outra estocada, seu pau se esfregando no períneo de Nate.

Ele apertou as coxas ainda mais, ouvindo Alex grunhir atrás dele. As mãos de Nate estavam apoiadas na parede do celeiro, e tudo o que ele podia fazer era se segurar. Alex agarrou seus quadris, o som de pele nua se chocando acompanhada por exalações bruscas.

Alex pressionou a mão contra o estômago de Nate antes de puxá-lo contra seu peito. Para manter o ângulo certo, Nate estava na ponta dos pés. Ele apoiou a cabeça no ombro de Alex enquanto este chupava seu pescoço. Fechou os olhos quando a mão de Alex envolveu seu pau e começou a masturbá-lo no mesmo ritmo das estocadas.

Nate envolveu um braço em volta da nuca de Alex, deixando-o segurar seu peso.

Alex lhe mordeu ao gozar, um esguicho quente contra a parte de trás de suas bolas.

Seus quadris pararam enquanto ele ofegava contra o pescoço de Nate, seu orgasmo deixando-o trêmulo.

— Continua — Nate conseguiu dizer. — Continua.

Alex riu com malícia antes de passar o polegar na cabeça do pau de Nate. Ele apertou seu pau e voltou a masturbá-lo, a pegada firme. Nate estocou o punho de Alex até suas coxas tremerem. Gemeu quando gozou, jatos atingindo a parede do celeiro à frente.

Eles ficaram ali parados, Nate agarrado com firmeza a Alex. Nate virou a cabeça até que seus lábios tocaram o maxilar de Alex. O ângulo era estranho, mas Alex foi ao seu encontro.

— Porra — Nate murmurou ao interromper o beijo. — Caralho. Onde você aprendeu a fazer isso?

— Você se vira quando precisa — respondeu Alex, sorrindo contra a lateral da cabeça de Nate. — E eu precisava.

— Sim. Se virou mesmo. — Nate o beijou de novo.

Eles se limparam o melhor que conseguiram. Havia uma cisterna do lado de fora, na frente do celeiro. Molharam-se, livrando-se das evidências. Não era o ideal, mas teria que servir por ora, até Nate poder tomar banho mais tarde. A água da casa da fazenda tinha uma pressão surpreendentemente forte, embora Nate não tivesse passado muito tempo lá naquela manhã, não queria desperdiçar água quente quando havia tantas pessoas morando ali.

Antes que ele pudesse voltar ao celeiro, Alex o parou.

Olhou para trás.

— Eu... Obrigado — disse Alex.

Nate arqueou uma sobrancelha.

— Acho que eu é quem deveria estar *te* agradecendo.

Alex balançou a cabeça.

— Não... por isso. Mas é, por isso também, acho. Quero dizer, por... tudo. Não sei o que teríamos feito sem você.

Nate sorriu. Esticou a mão e segurou a nuca de Alex.

— Vocês teriam ficado bem.

Alex se inclinou, pressionando sua testa contra a de Nate.

— Talvez. Mas assim... é melhor. Assim. Com você.

— É?

— É.

— Que bom. Porque tenho quase certeza de que você não pode se livrar de mim.

Algo complicado cruzou o rosto de Alex quando ele se afastou, mas Nate estava ficando melhor em lê-lo. Era descrença guerreando com esperança.

— Isso vai ser difícil.

Nate sabia o que ele queria dizer. Eles estavam se aproximando do fim. Ou pelo menos de *um* fim. O que quer que viesse depois, ainda pertencia ao além. Esse futuro era nebuloso, embora, em algum momento, fosse precisar ser esclarecido.

— Vamos dar um jeito.

Alex assentiu, o cenho franzido.

— Há pessoas que podem nos acolher. Depois. Enquanto descobrimos o que fazer a seguir.

— Pessoas?

Ele desviou o olhar.

— Amigos. Contatos. E eu acho que essa história precisa ser contada. A de Art. Da Montanha. Para que todos saibam. E acho que precisa ser você a contá-la.

Nate ficou chocado.

— Tem certeza?

— Sim. Pode ser nossa única chance. Conhece alguém que vai ouvir?

Ele pensou em Ruth, um cigarro pendurado entre os lábios.

— Talvez.

— Ótimo. Vamos nos preocupar com isso quando for a hora. Vai levar um tempo até que possamos falar. Talvez muito tempo. E isso pode nos tornar um alvo ainda maior, mas há maneiras de sumir do radar quando necessário. — Ele suspirou e virou o rosto para o céu. Então: — Dá uma olhada nisso.

Nate olhou para cima.

Acima dele, o cometa estava brilhando, mais do que qualquer outra coisa no céu.

— Uau — sussurrou Nate em admiração. — Isso é... Aquele maluco. Steven Cooper. Ele disse que amanhã será o dia mais brilhante do cometa, antes dele começar a se afastar.

— Ele não está errado.

— Isso faz a gente se questionar se ele sabe outras coisas que não sabemos.

Alex deu um risinho de desdém.

— Talvez. Deveríamos dormir um pouco. Amanhã precisamos decidir nossos próximos passos.

— Certo.

Permitiu que Alex segurasse sua mão e o guiasse de volta para dentro e escada acima. Art não tinha saído do lugar, o cabelo espalhado ao redor dela no casaco enrolado de Alex. O homem se agachou ao lado dela, acariciando sua testa. Ela se aconchegou ao toque, mas continuou roncando.

Estava bem ali, claro como o dia.

O quanto ele a amava.

Nate não sabia por que Peter não conseguia ver.

Talvez tivesse começado como uma transferência. Mas já era mais do que isso agora.

Um coração se partindo de pertinho. Sim. Não importava o que acontecesse, aquilo se tornaria uma realidade.

Nate se acomodou no colchão. Alex fez o mesmo do outro lado. Art suspirou em seu sono, virando-se na direção de Nate. Os dois se observavam por cima da cabeça dela.

— Boa noite — sussurrou Nate.

Alex sorriu.

E então dormiram.

Ele acordou com uma mão pressionando sua boca com firmeza.

Seus olhos se abriram rapidamente.

Estava escuro.

Havia pessoas à sua volta.

Ele tentou gritar, mas o som saiu abafado.

Algo ganhou vida em sua cabeça, uma corda conectando-o às duas pessoas deitadas ao seu lado. Imagens voaram, cobertas de raiva e medo. Ele ouviu o rosnado de eletricidade, e Art estava *gritando* entre eles e…

Uma picadinha no braço direito.

Imediatamente, o mundo começou a derreter ao seu redor.

Ele não conseguia mover os braços.

Nem as pernas.

— Xiu — Oren Schraeder/Peter Williams sussurrou acima dele. — Está na hora, Nate. Está na hora. Está na hora de deixarmos este mundo e reivindicarmos nosso lugar entre as estrelas.

Nate teve dificuldade para manter os olhos abertos, mesmo quando Alex gritou sem muita força em algum lugar à sua esquerda.

Mas não adiantou.

Tudo derretia ao redor, até que ele se foi

se foi

se foi

DEZESSETE

Nate

Ele estava em uma rua de um belo subúrbio. Os gramados estavam cortados e as sebes recém-aparadas. Flores desabrochavam e as pessoas andavam pelas calçadas. Acenavam umas para as outras enquanto cachorros puxavam seus donos e crianças gritavam em suas bicicletas.

Uma casa em particular chamou sua atenção.

Era feita de tijolos. Possuía uma varanda grande com duas cadeiras de balanço. A caixa de correio era verde e tinha joaninhas pintadas nela.

Ele conhecia aquela casa.

Crescera ali.

Aquela era sua casa antes de…

Nate.

Ele olhou para cima.

Ali, ao lado do Sol, havia um cometa.

Ele olhou outra vez para a casa.

O verão se fora de repente. Agora o céu estava nublado e cinza. As sebes, finas e mortas. As flores tinham sumido. O ar estava frio. Havia montinhos de neve suja ao longo das calçadas. A grama estava marrom. As ruas, vazias.

— Espera — disse ele, dando um passo em direção à casa.

Um ronco baixo veio da sua direita.

Virou a cabeça.

Uma caminhonete antiga vinha pela estrada. Seus faróis estavam acesos, mas fracos. Ele reconhecia a caminhonete, não reconhecia? Sim. A última vez que a vira tinha sido no fundo de uma ravina, depois…

Ela parou no meio-fio em frente à sua antiga casa.

Seu pai estava na cabine.

Ele parecia… mais velho. Muito mais velho do que quando Nate o vira pela última vez, gritando na cabana que *nunca* teria um filho viado, que ele precisava dar o fora e nunca mais voltar. O tempo não tinha sido gentil com seu pai. Seu rosto estava áspero e cansado. As bolsas sob seus olhos eram roxas, como hematomas. Observou o pai olhar para a casa, os dedos apertando o volante.

E então ele saiu da caminhonete.

Nate entendeu o que acontecia. Tentou avançar, mas era como se estivesse debaixo d'água. Seus membros estavam pesados. Doía respirar.

— Não — falou. — Não, não, não faz isso, pai, não *faz isso*…

— Ele não consegue te ouvir.

Uma garotinha estava ao seu lado, olhando-o com tristeza.

Artemis Darth Vader.

— Ele não consegue te ouvir — repetiu. — Porque isso não é real.

— Não — disse Nate. — Estamos aqui. Ele está *bem ali*.

E estava mesmo. Seu pai fechou a porta da caminhonete antes de atravessar a curta entrada para veículos até a casa. Havia uma luz acesa lá dentro que Nate não tinha notado antes. Seu pai levantou a gola do casaco enquanto chegava à varanda.

Dava cada passo lentamente.

Nate gritou para ele parar.

Ele não parou.

Tentou abrir a porta da frente.

Estava trancada.

Ele bateu. E esperou.

A porta se abriu.

Nate não conseguia ver além do pai, mas sabia que a mãe tinha atendido a porta.

Seu pai começou a balançar as mãos freneticamente.

Ele gritava, mas Nate não conseguia distinguir suas palavras.

Sua mãe tentou fechar a porta.

Seu pai impediu com a mão.

— Precisamos ir — afirmou Artemis, puxando sua mão. — Temos que encontrar o Alex. Nate, temos que encontrar o Alex antes que seja tarde demais.

Nate se desvencilhou dela. Conseguiu dar outro passo à frente, porém o pavimento sob seus pés começou a sugá-lo para baixo, como areia movediça. Lutou, mas só piorou a situação.

Na casa, sua mãe conseguiu fechar a porta.

Seu pai estava voltando para a caminhonete.

Nate sabia o que viria a seguir.

Gritou com o pai. Implorou. Suplicou. Pediu para ele parar, não faça isso, por favor, não faça isso, não é tarde demais para impedir isso, pai, por favor.

Seu pai o ignorou.

Nate afundou ainda mais no asfalto; até os joelhos agora.

— Temos que nos apressar. Peter vai… — disse Artemis.

Seu pai abriu a porta da caminhonete.

Puxou uma espingarda.

E por um momento, por um breve e incrível momento, ele *hesitou*. Nate podia *ver*. Aquele olhar em seu rosto. Aquele olhar de compreensão. De *horror*. Como se tivesse entendido naquele instante o que estava prestes a fazer. Do que era realmente capaz. E Nate teve esperança. Teve esperança de que as coisas pudessem mudar.

Nate, consegue me ouvir?

Ele ignorou a voz do cometa. Não poderia ajudá-lo agora.

— É! — gritou. — É isso aí. É isso *aí*, pai. Isso não pode acontecer. Isso *não pode acontecer*.

Então o olhar desapareceu do rosto do pai. Seu maxilar se afrouxou, a boca se abrindo ligeiramente.

Ele se virou para a casa de novo.

Deixou a porta da caminhonete aberta.

Portava a espingarda em uma mão.

Lá na casa, Nate viu cortinas se abrirem. Viu sua mãe na janela. Ela chorava. Um telefone pressionado contra o ouvido. Ela desapareceu, e a cortina voltou ao lugar.

A porta estava trancada outra vez quando Mitchell Cartwright parou na varanda. Sua ex-esposa, agora Linda Cook, a havia trancado antes de ligar para a polícia. Seu irmão, Ricky, lhe contara tudo isso... depois.

Seu pai tirou cartuchos do bolso. Carregou a arma.

Mirou na porta.

Houve uma explosão violenta. Um lampejo.

A porta se escancarou.

Seu pai entrou.

Nate estava afundado até a cintura. Art estava ao seu lado, olhando para o cometa irrompendo através da cobertura de nuvens. Ela falou que não poderia ajudá-lo. Não com isso. O tempo não anda para trás, ela disse. Para a frente, sim. Até mesmo de um lado para o outro. Mas nunca para trás.

Dentro da casa, no andar de cima, ouviu-se outro tiro de espingarda, ele ecoou por toda a vizinhança, e Nate *sabia* que aquele era o momento em que seu pai assassinou sua mãe.

Uivou para o céu cinza acima, o cometa indo direto até eles.

Na casa, a espingarda disparou novamente.

Era seu pai, estourando a própria cabeça.

Ele fez isso mesmo, Ricky lhe contara com a voz carregada. Não deixou um bilhete. Não disse o *porquê*. Apenas a matou. E então se matou.

Nate, preciso que ouça o som da minha voz, disse o cometa.

— Não — falou Art com um tom urgente. — Nate, preciso de você aqui comigo. Por favor. Preciso que me ajude. A ajudar o Alex. Ele precisa da nossa ajuda. Precisa de *você*. Ele te ama, não consegue perceber? Ele te ama, e eu também preciso de você ...

— Sim — respondeu Nate. — Sim, sim, sim.

— Ótimo — afirmou Artemis Darth Vader, e havia uma nuvem grande e clara de *alguma coisa* flutuando ao redor dela. Aquilo pulsava intensamente como um caleidoscópio, e algumas cores Nate não tinha certeza se existiam em seu mundo. Sua mente não era capaz de compreender o que estava à sua frente, e quando Art estendeu a mão, envolta no lindo brilho que a engolia por inteiro, ele entendeu que aquela era sua *verdadeira* aparência. Era assim que ela *realmente* era, e era mais do que ele esperava, mais do que sequer pensava ser possível, e quando suas mãos se tocaram, foi como se um Sol em miniatura tivesse se tornado uma supernova em seu peito. Ele foi *engolfado* por aquilo e...

Estavam em uma estrada escorregadia por causa da chuva.

Havia um emaranhado de metal à frente, ao redor de uma árvore. Demorou um momento para Nate entender que o que estava vendo já tinha sido um *carro*. Estava quase irreconhecível, com exceção do único pneu que permanecia intacto de alguma forma, girando preguiçosamente.

Alex Weir estava de joelhos na frente deles, batendo os punhos contra o asfalto.

Ele gritava.

Art puxou a mão de Nate.

Ele olhou para ela.

— Lembra do que eu te disse? — perguntou ela. — Sobre como ele vai precisar de você depois que eu for embora?

— Por que você tem que ir embora? — indagou Nate. — Por que não pode...

A árvore rachou e caiu.

Houve um *baque* surdo quando fogo começou a se espalhar pelo carro.

Alex tentou rastejar em direção ao veículo.

Suas mãos afundaram no asfalto.

Nate deu um passo...

— Aí está você — falou Peter, com um sorriso no rosto. — Olá, Nate. Estou feliz que...

A chuva caía forte. Alex rosnava enquanto tentava chegar ao carro.

O pavimento sob os pés de Nate começou a sugá-lo.

Nate. Nate. *Abra os olhos. Preciso que abra os olhos.*

— Alex — chamou Nate.

Alex se virou e olhou por cima do ombro. O coração de Nate se partiu com a angústia estampada em seu rosto.

— Nate?

Nate assentiu.

— Escuta. Isso não é real. Nada disso é real. Tá bom? Eu sei que dói. Sei que você se sente impotente. Mas não podemos voltar pro passado. Não podemos mudar o que já aconteceu. Você tem que se lembrar disso. Isso não é real, mas eu sou. E Artemis também é.

Reconhecimento cruzou os olhos de Alex.

— Artemis.

— É. *É.* Artemis. Art. Ela precisa de você. Certo? *Eu* preciso de você. Tem alguma coisa errada. Tem alguma coisa errada e nós precisamos...

A cabeça de Nate foi jogada para o lado como se ele tivesse levado um tapa.

Ele abriu os olhos.

Oren Schraeder estava na frente dele. Não sorria.

— Você vai me ouvir — falou, a voz monótona. — Acorde. Acorde. *Acorde.* — Ele levantou a mão e deu outro tapa no rosto de Nate e...

Alex tentava alcançar Nate. O carro queimava atrás deles na chuva. Nate olhou por cima do ombro, querendo pedir para Art ajudá-los. Ela se fora.

— Porra — sussurrou ele.

*Nate. Nate. NateNateNate*NATENATENATE...

Alex soltou as mãos do asfalto com um rosnado raivoso. Levantou-se. A estrada estava sólida sob seus pés. Correu em direção a Nate.

Nate inclinou a cabeça para trás em direção à chuva. Água escorreu por seu rosto.

— Estou aqui. — Ouviu Alex dizer. — Estou aqui, e nós vamos sair daqui. Nós vamos...

O mundo explodiu em um clarão.

Nathaniel Cartwright abriu os olhos.

Seus pensamentos estavam confusos e desencontrados. Sua cabeça parecia estar cheia de algodão. Ele piscou, tentando fazer os olhos voltarem ao foco. Quase funcionou. Enxergava através de uma névoa suave, as bordas ao redor de seu mundo borradas.

Havia uma mesa de metal à sua frente.

Do outro lado da mesa estava Alex.

— Alex — disse. Ou pelo menos *tentou*. No fim das contas, o que saiu foi um som distorcido que não se parecia em nada com a palavra *Alex*.

Alex estava acordado, embora seus olhos estivessem vazios.

Nate tentou levantar os braços.

Não conseguiu.

Olhou para baixo.

Estava sentado em uma cadeira, seus braços nos apoios. Ele não estava preso à cadeira. Não havia algemas em seus pulsos. Nem amarras em suas pernas. Ele estava livre. Tinha liberdade para se mover.

Tentou se levantar.

Ele entendeu o conceito. Mandou seu corpo se mover. As sinapses entraram em ação. Seus braços deram suaves espasmos. Seus dedos se moveram em suas botas.

Mas só isso.

— Você está aqui? — perguntou uma voz.

Devagar, olhou para cima.

Peter estava parado à direita da mesa. Franzia o cenho. Nate não gostou.

— Que porra você fez comigo? — quis saber.

O que saiu foi apenas um gemido baixo.

Saliva escorreu de seu queixo.

— É complicado — começou Peter, balançando a cabeça lentamente. — Ou pelo menos foi o que ouvi. Escopolamina. Também conhecida como "Sopro do Diabo". É derivada de uma flor que cresce em um arbusto. Uma plantinha estranha, encontrada apenas na Colômbia. Os nativos a usaram em seus rituais durante séculos. Envenenamento por burundanga. Às vezes é um pó que pode ser soprado no seu rosto. Outras vezes, pode ser transformado em um líquido e injetado.

Nate não entendia o que Peter estava falando. Tentou se levantar novamente. Tentou esticar os braços para poder envolver as mãos em volta do pescoço de Peter e sufocá-lo até a *morte*. Mas a mera *ideia* de atacá-lo parecia tão irrelevante, tão distante, que era mais fácil deixar pra lá.

— Causa alucinações — continuou Peter. — E por isso, peço desculpas. Sei que elas podem ser... bem realistas. Ver coisas que você não quer ver. Só posso imaginar como foi para você. Nunca gosto de ver sofrimento se puder evitar. Mas isso... acho que isso era inevitável.

Peter estava usando o que parecia ser um vestido branco ou um lençol. Nate não sabia por que isso importava. Por que ele se concentrou nesse fato. Talvez fosse porque só tivesse visto Peter de jeans e camisa branca. Como todo mundo na fazenda. Mas agora, o tecido branco estava solto em seus ombros e ondulava ao redor de seu corpo.

Era... estranho.

Tentou perguntar a Peter por que ele estava vestindo algo tão ridículo, mas sua boca apenas se contorceu e sua língua mal se moveu.

— Está quase na hora — anunciou Peter. — Não espero que entenda. Como poderia? Você não viu as coisas que eu vi. Não teve aquilo dentro de você. Argumentei no começo. Lutei contra aquilo. Levei muito tempo para descobrir que não estava sonhando. E quando entendi, *me opus* àquela... àquela *coisa* dentro de mim. Ah, disse que veio em paz. Que não iria me machucar. A coisa tinha acabado de se *separar* dos outros e estava assustada. Era quase... infantil. Aquele espírito. Aquele fantasma. Eu estava assombrado. E não tinha escolha.

Ele sorriu com tristeza.

— Mas... uma hora parei e comecei a ouvir. E foi só então que entendi que tinha sido escolhido. De todas as pessoas do mundo, de todas as *bilhões de pessoas*, a coisa *me* escolheu para ser seu receptáculo. *Me* escolheu para trazer iluminação ao mundo. Eu me senti... poderoso. Me senti amado. Senti *alegria*. E prometi a mim mesmo que nunca me esqueceria das lições que aprendi. Que eu faria o possível para espalhar o evangelho do Sétimo Céu. E quando a coisa foi arrancada de mim, quando eles a *tiraram* de mim e então me *descartaram* como se eu fosse um nada, eu sabia o que precisava fazer. Sabia o que ela estava me pedindo. É por isso que fiz isso. Este lugar. Estas pessoas. A Luz de Eva. Era minha maneira de espalhar o evangelho do Sétimo Céu, de tentar fazer as massas entenderem que não estamos sozinhos. Que *mentiram* pra gente, e que há *deuses* entre nós.

— Alex — Nate tentou dizer. — Alex. Alex. Alex.

Alex piscou lentamente, a boca mole. Ele também não parecia estar amarrado.

— Nate — falou Peter. — Vire a cabeça para a esquerda.

— Vai se foder.

Mas, na realidade, o que disse mesmo foi um "hum", e lentamente virou a cabeça para a esquerda, assim como Peter havia pedido. Na verdade, obedecê-lo parecia a melhor coisa a se fazer. A sensação de fazer o que ele pedia era *boa*. A sensação de ter Peter lhe dando instruções era *boa*.

E não importava o quanto ele tentasse, não conseguia lutar contra isso.

À sua esquerda, perto da mesa, havia uma câmera em um tripé. Parecia ser a mesma que Nate tinha visto no escritório de Peter no dia anterior. Uma luz vermelha no topo piscava, acendia e apagava, acendia e apagava.

Estava gravando o sermão de Peter.

Mas a câmera perdeu importância quando ele viu onde estava. E o que havia perto das paredes.

O chão era uma grande laje de concreto. Luzes fluorescentes expostas piscavam acima. As paredes eram de madeira.

E ao longo dessas paredes, em toda sua extensão, beliches de metal branco.

Em cada uma das camas havia uma pessoa deitada, vestida de forma semelhante a Peter. Todas de branco. Todas descalças.

No entanto, havia uma diferença entre elas e Peter.

As pessoas nas camas tinham panos de veludo preto cobrindo seus rostos.

Nenhuma delas se mexia.

— Eles escolheram — disse Peter tranquilamente — depositar sua confiança em mim, me dar a honra de libertá-los dos grilhões de sua humanidade. Eles se erguerão deste plano existencial, suas almas como *gás*, e seguirão o Sétimo Céu, que os levará para a cauda do Markham-Tripp. Nós nos entregaremos aos deuses que estão vindo até nós. Seremos regozijados. Seremos *reverenciados*. Você pode voltar a olhar para mim. Nate, olhe para mim.

Nate virou a cabeça. Sentiu como se os músculos do pescoço estivessem se contraindo.

— O que... você... *fez*? — Nate conseguiu perguntar.

— O vazio, Nate — respondeu Peter. — O chamado do vazio. *L'appel du vide*. Eles sentiram isso. Eram almas perdidas. Não tinham *nada*. Eram usuários de drogas, prostitutas e degenerados. Lá fora se *aproveitavam* deles. Eram os descartados. Os esquecidos. Todos chegaram à beira daquele penhasco, olharam e pensaram em *pular*. Mas para quê? A que propósito isso teria servido? O que teria feito? A vida deles não teria tido sentido.

Peter circulou a mesa por trás de Alex. Nate acompanhou cada passo. Ele parou ao lado de uma cama. A pessoa sobre ela era menor e mais rechonchuda do que as outras. Era uma mulher, e ainda respirava, embora de forma rápida e superficial. Peter sorriu para ela de modo carinhoso. Ele caiu de joelhos ao lado da cama. As solas dos pés estavam sujas.

— Eu os acolhi. Dei a eles um propósito. Mostrei a eles que havia... mais neste mundo do que seriam capazes de entender por conta própria. Eu lhes disse que os levaria à salvação, e a única coisa que exigi em troca foi sua confiança. A única coisa, Nate. Prometi a eles que nunca os machucaria. Que nunca os xingaria. Que os amaria como se fossem meus. Porque na Luz de Eva, eles *são* meus. Meu povo. E, em breve, desfrutarão da devida recompensa. — Ele colocou uma mão debaixo da cama.

E sacou uma arma.

Um revólver antigo de seis tiros. Parecido com todas as armas clichês que Nate já tinha visto em filmes de faroeste. Art adoraria. Seguindo por aquela velha estrada empoeirada, parceiro.

Dolores respirou fundo. Seus dedos tremiam.

— Xiu — acalmou Peter. — Está tudo bem. Você colherá sua recompensa em breve. Xiu. — Ele pressionou uma mão contra a testa dela. — Um coquetel. Cetamina com fentanil. Eles tomaram voluntariamente. Dormiram e sonharam com as estrelas, sabendo que eu lhes daria paz. Preciso que você se lembre disso. Eu não os forcei. No final, eles escolheram isso.

Nate não pôde fazer nada quando Peter levantou a arma e a pressionou contra a têmpora de Dolores. Puxou o gatilho. Houve um estalo abafado quando a cabeça dela se virou bruscamente. Ela não respirou de novo. Nate mal conseguia ver sangue.

— Pronto — disse Peter calmamente, enquanto abaixava a arma. — Pronto. Quase lá. Ela… ela foi uma das primeiras a se juntar a mim. Em sua vida anterior, era uma professora aposentada. Uma avó. Estava sendo usada, é claro. Seus filhos só vinham até ela quando precisavam de algo. Seus netos só diziam que a amavam quando ela lhes presenteava. Ela estava sozinha, Nate. Estava muito sozinha e ouvindo o chamado do vazio. Não sei quanto tempo mais ela teria durado se eu não a tivesse encontrado. Mas encontrei, e dei a ela um propósito outra vez. Contei sobre as coisas que testemunhei. Sobre o deus que me habitou. Falei que iria compartilhar isso com ela, e a única coisa que eu exigia era que viesse comigo. Que desistisse de sua vida vazia e sem sentido e me acompanhasse. — Ele se inclinou e beijou o que parecia ser a ponta do nariz dela sob o tecido preto. — Você sabe o que ela me disse? "Obrigada". Nunca vou esquecer isso.

Peter se levantou. Olhou ao redor dos beliches. Ninguém mais respirava. Devia ter matado todo mundo enquanto Nate estava preso no sonho. Ele sentiu uma lágrima escorrer por sua bochecha. Não conseguia levantar as mãos para enxugá-la.

— Está quase na hora — continuou Peter. — Hora de cumprir minhas promessas feitas ao meu povo. Nós ascenderemos até a nave espacial no Markham-Tripp, e estaremos livres deste lugar. Só falta uma coisa para garantir nosso sucesso.

Ele caminhou de volta para a mesa, abrindo o tambor da arma. Girou-o. Fez um clique e ecoou pela sala. O porão. Eles só podiam estar no porão. Atrás daquela porta de metal com o cadeado.

Peter mostrou a Nate o conteúdo do tambor. Cinco câmaras estavam vazias. Uma tinha um projétil. Ele fez o mesmo para Alex, embora os olhos deste ainda estivessem sem foco. Peter girou o tambor mais uma vez antes de fechá-lo. Colocou a arma na mesa entre Nate e Alex.

— Não toquem nela — instruiu Peter.

E então se afastou em direção a uma porta à direita.

Pegue a arma.

Pegue a arma.

Pegue a arma.

Pegue a arma pegue a arma pegue a arma PEGUE A ARMA PEGUE A...

Ele não se moveu.

Encarou-a.

Ele a queria mais do que tudo.

Mas não se moveu.

— Nate — disse Peter. — Alex. Podem olhar pra mim, por favor?

Ambos viraram a cabeça.

Na porta aberta, de pé ao lado de Peter, encontrava-se Artemis Darth Vader.

Seus olhos estavam arregalados. Seu rosto, molhado. E ela parecia *furiosa*.

Ótimo, pensou Nate. *Ótimo. Ótimo. Ótimo.*

Mas sobre a cabeça dela havia uma espécie de auréola. Era preta e metálica, e fios presos a ela desciam por seus braços, as pontas terminando em eletrodos brancos e transparentes grudados à pele nua.

E ela *tremia*, suas mãos como garras, seus dedos espasmando no formato de ganchos.

Ela estava sendo eletrocutada.

Ele sabia o que era aquilo.

Já vira algo parecido antes, embora tivesse sido mais sofisticado.

— Um truque — explicou Peter, sua fala meio arrastada. — Algo que aprendi na Montanha. É bruto, mas eficaz. Isso... a contém. Sua telecinese. Ela está, em todos os sentidos da palavra, presa. Mas em breve estará livre. Nos levará pra casa.

Ele a forçou a dar um passo à frente. Sua boca se contorceu, suas perninhas tremiam. Seus olhos começaram a rolar para trás, e ela deu um grito de tamanha *dor* e *fúria* que Nate pegou a arma, levantou-a, atirou e matou Peter bem ali e...

A arma continuava no meio da mesa, intocada.

Peter trouxe Art até a lateral da mesa. A câmera focava todos eles.

— Eu quero ir pra casa — afirmou Peter com tranquilidade. — Isso é tudo que eu sempre quis. Eu quero ir pra casa. Leve-nos, Artemis. Leve-nos para longe daqui.

— Não consigo — falou Artemis entredentes. — Não consigo.

Peter suspirou.

— Isso pode acontecer do jeito fácil. Te prometo. Por favor, não me obrigue a fazer o que você sabe que sou capaz de fazer.

— Não existe nave — disparou ela.

— Está *mentindo* — rosnou ele. — Eu *vi*. Eu *vi* o que está na sua cabeça porque você a misturou com a *minha*. O Markham-Tripp é um *prenúncio*. É um *sinal*. Sei que está na hora. Sei que eles estão vindo te buscar. Por que mais você estaria aqui? Por que mais me procuraria se não fosse para nos levar pra casa?

Os músculos no pescoço de Art se tensionaram quando ela inclinou a cabeça para trás, os fios presos a ela repuxando os eletrodos.

— Eu vim aqui — respondeu, as mãos tremendo — porque era a coisa certa a se fazer. Porque eu tirei tanto de você. Vim aqui para dizer que sinto muito. Para dizer que me importo com você. Que seu mundo é cruel e implacável, mas há muita beleza nele se souber onde olhar. Eu senti. Sua dor. Sua incerteza. Mesmo muito depois de você ter partido. Não vim aqui para te levar pra casa. Vim aqui para te mostrar que você já *está* em casa.

— Não — disse Peter, a cabeça balançando de um lado para o outro com violência. — Não. Não. *Não*. Não é verdade. *Não é verdade*. Eu sei o que está acontecendo. Sei de tudo. É um teste. Outro teste para comprovar minha fé. Para te mostrar o que estou disposto a fazer. Eu aceito. Vou te provar o quão longe estou disposto a ir. — Ele olhou para a câmera. — Vou mostrar a todos vocês. — Então: — Alex. Olhe para mim, por favor.

Alex obedeceu, o olhar anuviado.

— Há uma arma na sua frente. Concorde com a cabeça se você entendeu.

Alex assentiu.

— Há uma bala nela. Vamos jogar um jogo. Alex, quero que pegue a arma. Quero que a aponte para a cabeça de Nate. Agora.

— Alex! — gritou Art. — Não. Por favor, não faça isso. *Por favor*.

Nate sentiu choquinhos na cabeça, como se algo estivesse tentando romper a névoa que encobria sua consciência. Pensou ter ouvido Art gritando em algum lugar nas profundezas de sua mente, mas era muito irrelevante para ele.

Alex colocou a mão na mesa.

Ele a deslizou até seus dedos esbarrarem na arma.

Pegou-a.

Apontou-a para Nate. Bem para a cabeça dele.

— Leve-nos para sua nave — disse Peter a Art.

— Não existe nave! Não existe nave! Não existe nave!

Peter suspirou.

— Alex, puxe o gatilho.

Alex obedeceu.

Houve um clique seco. Nate mal se encolheu.

— Um já foi — falou Peter. — Faltam cinco. Alex. Dê a arma para Nate. Nate, pegue a arma de Alex.

A mão de Alex tremia ao esticar a arma na direção de Nate. Sua boca era uma linha fina, rígida. Seus olhos estavam estreitos.

Nate pegou a arma.

— Nate, aponte a arma para Alex.

— Não — Nate conseguiu dizer, mas não foi capaz de impedir que seu braço se levantasse. Não foi capaz de impedir que seu dedo envolvesse o gatilho.

— Sopro do Diabo — explicou Peter. — É realmente fascinante. Ele tira suas escolhas. Seu livre-arbítrio. Enquanto estiver em seu sistema, você fará o que lhe for dito. Nate, atire em Alex.

Alex o encarava.

O dedo de Nate se enrijeceu ao redor do gatilho.

Art disse o nome dele, mas se perdeu sob o estalo elétrico do choque que a atravessou.

Nate puxou o gatilho.

O mecanismo foi acionado.

clique

— Fascinante — comentou Peter. — Nate, coloque a arma na mesa.

Nate o fez.

— Entende agora? — Peter perguntou a Art, uma mão em seu cabelo. — O que estou disposto a fazer por você? Do que sou capaz? Por favor, nos leve pra casa.

— Não há nada lá — respondeu Art, com a voz embargada. — Peter… *Oren*… eu não mentiria para você. Eu te levaria se pudesse. Mas não há *nada lá*.

Ele esbofeteou o rosto dela com as costas da mão.

A cabeça de Art foi jogada para trás.

— Está *mentindo* — ele sussurrou roucamente. — Eu vi. Vi, sim. As luzes no céu. Na noite em que você veio me buscar. Na noite em que *me escolheu*. Eu vi. Você disse que eles voltariam por sua causa. Disse que voltariam. E eu sei que está quase na hora. Consigo *sentir*.

— Não existe nave! — gritou ela. — Não é assim que funciona. Não é assim que *nada* disso funciona. Aquelas luzes? Não eram a porra de uma *nave*.

— Alex — falou Peter com frieza. — Pegue a arma e atire em Nate.

Alex fez o que lhe foi pedido. A arma foi apontada para a cabeça de Nate quase mais rápido do que um piscar de olhos. Ele puxou o gatilho.

clique

— Faltam três — disse Peter. — Um deles vai *morrer* a menos que você entre em ação *agora*. É isso o que você quer? Quer ver um deles com uma bala na cabeça? Como pôde fazer isso? Como pôde deixar isso *acontecer*?

— Alex — implorou Art. — Lute. Por favor, lute contra isso…

Sua cabeça deu outro tranco quando Peter apertou um botão na lateral da auréola. Seus olhos se reviraram. Uma linha fina de saliva escorreu por seu queixo.

— Arma na mesa, Alex.

A arma foi para a mesa.

— Nate, pegue a arma.

Nate pegou a arma.

Através da névoa, havia uma imagem de flores desabrochando em um campo. De pedras sendo jogadas em um lago. De dormir na caçamba de uma caminhonete sob um mar de estrelas.

De Alex. Suas mãozorras. De pé atrás de Art, trançando seu cabelo.

A névoa estava desvanecendo.

— Atire em Alex — disse Peter.

O dedo de Nate envolveu o gatilho.

E ele pensou: *E se eu não quiser?*

O que estou fazendo?

Por que estou…

Nate estava sentado à mesa na cabana. Art, ao seu lado, tinha um prato com uma montanha de bacon. Alex colocou uma xícara de café na frente de Nate, preparado do jeitinho que ele gostava. Sentiu Alex se inclinar e dar um beijo na lateral da sua cabeça.

— Está tudo bem — Alex sussurrou em seu ouvido. — Eu prometo. Está tudo bem. Eu te perdoo.

Ele puxou o gatilho.

clique

Alex se sentou do outro lado da mesa.

— O que devemos fazer hoje? — questionou Art, com a boca cheia de bacon.

Alex deu de ombros enquanto tomava um gole de café.

— O que quisermos.

— Sério? — perguntou ela, os olhos arregalados. — O *que* quisermos?

— Claro. Tudo bem por você, Nate?

Nate assentiu. Ele estava chorando, mas isso não importava.

— Tudo bem por mim.

Alex esticou-se sobre a mesa para agarrar a mão de Nate.

— Caso… você tem que saber. Eu… não sou muito bom… nisso. Com você. Mas você tem que saber. Nate, eu…

— Alex, pegue a arma de Nate — interrompeu Peter.

Alex obedeceu.

— Aponte para a cabeça de Nate.

Alex obedeceu.

— Vamos partir para uma aventura? — perguntou Art, da mesa da cozinha, olhando com alegria para as mãos entrelaçadas deles.

— Sim — confirmou Alex, com um sorriso suave no rosto. — Sim, acho que vamos.

— E vamos juntos, certo?

— Juntos — concordou Nate.

— Alex — disse Peter. — Puxe o...

— *Espera.*

Nate piscou devagar no porão da casa de fazenda.

— O que foi? — perguntou Peter, olhando para Art.

— Tá bom — falou ela. — Vou levar vocês. Só... por favor. Não os machuque. Por favor, não os machuque.

A névoa estava se dissipando.

Ele viu o quão vermelha sua pele ficou quando a barba por fazer de Alex roçou nela.

Ele os viu sentados em uma lanchonete no meio do nada, Art abrindo um sorrisão para a garçonete.

Havia bisões vagando por campos, maiores do que qualquer um deles esperava.

E eles estavam *juntos*. Os três juntos. Nate e Art e Alex; e estavam cantando com o rádio, estavam no cais do lago, estavam correndo para salvar suas *vidas*, mas estavam juntos, sempre juntos, os três.

— É por isso que escolhi vocês — disse Art através das memórias que mudavam. — É por isso que escolhi vocês dois. Vocês criaram um lar para mim onde não deveria existir nenhum. De um lugar onde ninguém deveria existir. Vocês carregaram um ao outro até que seus joelhos cedessem e tropeçassem. Não entendi no começo. Acho que ninguém conseguiria. Não até que saibam o que significa ser humano. Não somos parecidos. Não mesmo. Estamos separados pelo tempo e espaço. Ainda assim, de alguma forma, somos todos feitos de poeira e estrelas. Nunca me esquecerei disso. Nunca estarão sozinhos porque eu sempre estarei com vocês.

No porão, Art afirmou a Peter:

— Levarei vocês para a nave. Levarei vocês para a nave na cauda do cometa.

— Vai? — indagou Peter, os olhos brilhantes. — Eu sabia que me entenderia. Eu sabia que você...

— Eu sei — interrompeu ela, esticando a mão e pegando a dele. — Sei que sim. E sinto muito por ter deixado isso chegar tão longe. Por favor, Peter. Tire esta coisa de mim, e eu os levarei para casa.

Ele assentiu. Puxou os eletrodos dos braços. Eles penderam ao redor dos ombros dela, ainda pendurados. Ele girou o parafuso que prendia a auréola à cabeça dela. O metal rangeu, mas afrouxou. Peter o tirou e o deixou cair no chão.

— Tudo o que eu sempre quis — falou ele, enquanto caía de joelhos na frente dela — era sair deste lugar.

— E você vai — disse ela, uma mão no rosto dele. — Sinto muito por ter demorado tanto. Eu não entendia do que eu era capaz. Mas entendo agora.

Ele se inclinou para o toque dela.

— Tudo bem.

A névoa se dissipou com raios de sol muito, muito brilhantes.

Nate viu os olhos de Alex desanuviarem à frente.

O cano da arma vacilou.

E de cima deles veio um som que Nate não conseguiu identificar.

Um zumbido, como uma corrente elétrica.

A casa de fazenda começou a tremer ao redor deles.

— Quando tínhamos o vínculo — começou Art, calmamente —, eu podia te ouvir. E você podia me ouvir. Lembra?

Peter assentiu.

— E eu sabia seus pensamentos. Quando fui tirada de você, não conseguia mais ouvi-los. Tudo ficou muito quieto por um tempão. Mas eu te entendi, Oren. Mesmo agora, sei o que você está pensando.

Ele deu um suspiro de alívio.

— Diga-me. Diga-me o que estou pensando.

— Nada — rosnou Alex, ao pressionar o cano da arma na lateral da cabeça de Peter.

Ele puxou o gatilho.

A arma disparou.

Peter foi jogado para o lado, um pequeno rastro de sangue se formando.

Caiu no chão, o olhar sem vida encarando o teto.

— Sinto muito que tenha chegado a esse ponto — comentou Art, baixinho. — Mas eu nunca deixaria você machucá-los.

— Nate — chamou Alex de repente, levantando-se. Cambaleou

um pouco antes de se recompor. — Nate.

Nate levantou o olhar para ele.

— Você está bem?

— Aham. Sim. É... estou bem.

— Ótimo. Temos que ir. Agora.

As paredes tremiam.

— O que está acontecendo? — perguntou Nate, com a garganta seca. — É... é você que está fazendo isso?

Art balançou a cabeça devagar.

— Não. Não sou eu.

E de cima deles, ouviu-se o som de uma pequena explosão.

— Porra — murmurou Alex.

Ele se agachou ao lado de Peter, agarrou sua mão e colocou a arma nela, enrolando os dedos do homem ao redor do punho. Então se levantou e foi depressa em direção às escadas que levavam à porta de metal.

As estruturas dos beliches chacoalharam. A mão de Dolores escorregou do peito e ficou pendurada na lateral da cama.

— Eles nos encontraram — sussurrou Art.

— Quem? — perguntou Nate.

— O cara da água. O Executor. O...

Ela jogou a cabeça para trás.

Sua boca se abriu e se mexeu.

Seus olhos se tornaram opacos.

Ela estava rígida, como se levasse choques outra vez.

— Art? — murmurou Nate.

Ele a alcançou. Segurou sua mão. Sentiu os ossinhos sob sua pele e...

DEZOITO

Branco.

Tudo era branco.

Seus olhos estavam (*não estavam*) abertos.

Ele era (*não era*) humano.

Não estava entendendo.

Mas havia *vozes* em sua cabeça, sussurrando números e letras, linhas e cores. Elas *pulsavam*, e eram tantas, milhares, centenas de milhares. Era demais. Ele sentiu como se estivesse sendo dilacerado de dentro para fora. Podia ver tudo. Podia sentir *tudo*. Nate abriu a boca para gritar, mas o que saiu foi uma forma, um triângulo giratório que parecia ter raízes crescendo dele.

Ele não conseguia definir o que estava vendo. Ouvindo. Sentindo. Nada fazia sentido.

Ouviu outra voz, em algum lugar lá dentro. Ela dizia: "Nate", "Nate" e "Você tem que soltar, você tem que *soltar*", e ele...

Abriu os olhos de repente.

Ele estava pressionado contra o peito de Alex, braços grandes o envolvendo, mantendo-o perto. Art estava ao lado deles. O *tec-tec-tec* do helicóptero acima era fraco, mas ainda assim sacudia as paredes. Passos soavam no assoalho do andar de cima, pés batendo contra a madeira. Devia haver dezenas de pessoas na casa.

— O que raios foi aquilo? — sussurrou Nate.

— Casa — disse Art, seu rosto contraído. — Eles estão me chamando pra casa. Está quase na hora. — Ela balançou a cabeça. — Você poderia ter morrido.

— Eu não queria...

— Eu sei. Mas foi... coisa demais. Até para mim. — Ela olhou para o teto novamente. — Eles estão vindo.

— O que a gente faz? — perguntou Nate, fechando os olhos e respirando em Alex. Ele estava exausto.

— A porta está trancada por dentro — respondeu Alex. — É feita de aço reforçado. Vai levar um tempo para a Montanha entrar.

— Mas isso não vai segurá-los para sempre — falou Art. Ela suspirou. — Não há outra saída, há? Alguma outra porta?

— Não tem importância — falou Alex, segurando Nate com ainda mais força. — Contanto que seu povo te tire daqui, o resto não importa.

Nate abriu os olhos.

Art encarava Alex como se tivesse sido traída.

— O quê?

Alex apertou Nate mais uma vez antes de soltá-lo. Nate deu um passo para trás, as mãos tremendo.

Alex se agachou na frente de Art. Ela o olhou feio e com feracidade.

— Por que fizemos isso? — ele a questionou.

Houve um estrondo na porta de metal.

— Não — rosnou ela. — Não. Para. Para com isso agora mesmo. Tá me ouvindo? Você não tem...

— Art.

Ela balançou a cabeça e deu um passo para trás, saindo do alcance.

— Você precisa me ouvir — argumentou ele. — A razão pela qual fizemos isso, a razão pela qual viemos até aqui, foi para você encontrar um caminho de volta pra casa. Essa é a única coisa que importa.

Ela esfregou uma mão nos olhos.

— Não. Para com isso. Por favor, Alex, para.

— E eu disse que se algo acontecesse comigo, você precisaria continuar. Lembra? Você me prometeu.

— Bem, eu não quis dizer aquilo de verdade — retrucou ela. — Não vou deixar você para trás. Não farei isso. *Não*.

— Você precisa ir pra casa — afirmou ele, de maneira áspera. — Nate e eu. A gente consegue se cuidar. Tá bom? Apenas... vá.

— Cala a boca, Alex. Cala *a boca*. Cala *a boca*.

— Art...

— Não! E você acabou de *mentir* pra mim.

— Não estou mentindo sobre...

— Você *mentiu*. Mentiu, *sim*. Disse que a razão pela qual fizemos isso foi para me levar para casa. Que era só isso. Que é a única coisa que importa. Isso não é verdade.

— Eu não...

— Você me salvou porque me *ama* — gritou ela, com a voz embargada. — Você me ama como eu te amo. Como eu amo o Nate. Como *você* ama o Nate. Você me ama porque pertencemos um ao outro. Você é meu *amigo*. E amigos não deixam o outro para trás. Não agora. Não assim. — Incerteza cruzou seu rosto. — Você me ama. Certo?

— Sua garotinha idiota — falou Alex, abaixando a cabeça. Sua garotinha idiota. É claro que amo. Claro que sim. Vocês dois. Como poderia não amar?

Nate colocou uma mão em seu ombro, os dedos fazendo pressão.

— Ela está certa. Sobre tudo. Estamos juntos nessa.

— Até o fim — disse Art, com firmeza. Seus olhos brilharam de repente. — Uma última investida, não é mesmo, camaradas?

Por um momento, Nate pensou que Alex se oporia. Que gritaria para ela ir embora. Para sair da sua vista e nunca mais voltar para este maldito planeta.

Em vez disso, ele se levantou devagar. Olhou para Nate, depois de volta para Art. Esfregou a mão no rosto. Endireitou os ombros.

— Uma última investida — concordou.

Ela sorriu descontroladamente.

— Então se preparem, parceiros. É hora de pegar nossas terras de volta.

A história era a seguinte:

Nathaniel Cartwright tinha vinte e sete anos.

Seus pais estavam mortos.

A única família que lhe restava o abandonara.

Ele tinha ido para uma cabana no meio da floresta para lamentar a perda de tudo o que conhecia.

Em vez disso, uma arma fora pressionada contra a parte de trás de sua cabeça.

Em vez disso, tinha encontrado um homem e uma garotinha que era a pessoa mais estranha que já conhecera.

Ele tivera medo deles.

De quem eram.

E depois, do *que* eram.

Mas o medo pode ser uma coisa engraçada. Você pode temer o que não entende, e no final, ainda pode ser corajoso. Ainda pode defender o que é certo.

Nate não tinha entendido isso antes. Não de verdade.

Entendia agora.

— Fiquem atrás de mim — instruiu Artemis Darth Vader, seus olhos brilhando. — Não importa o que aconteça, fiquem atrás de mim. Prometo que vou tirar vocês daqui.

Eles a seguiram escada acima, Alex segurando a mão de Nate com tanta força que parecia que seus ossos estavam sendo moídos até virar pó.

Faíscas voavam da porta, e uma linha de vermelho derretido apareceu no topo.

Eles estavam queimando uma abertura.

Art parou na frente da porta, inclinando a cabeça.

Um momento depois, estendeu a mão e bateu à porta.

As faíscas pararam.

Houve um momento de silêncio. Então, do outro lado da porta, veio uma voz.

— Olá?

— Olá — respondeu Art através da porta. — É o cara da água?

— O quê? Que cara da água?

— Randy.

Silêncio. Então:

— Não.

— Ele tá aqui?

— Quem é?

— Ele. Tá. *Aqui*?

— Não dentro da casa. — Foi a resposta.

— Hum — disse Art. — Obrigada. Se eu pedisse para vocês saírem daí, vocês sairiam?

— Garota, temos ordens a seguir. Abra a porta ou vamos arrombá-la.

— Você não respondeu à minha pergunta.

— Não. Não vamos sair. Olha, você mora aqui? Estamos procurando...

Ela riu. Isso causou arrepios em Nate.

— Ah, eu sei quem estão procurando.

Vozes abafadas do outro lado.

— Sabe?

— Sei. Sétimo Céu, não é?

— Sim, nós estamos...

— Vocês a encontraram.

Silêncio. Que se estendeu pelo que pareceram *horas*. Então:

— Puta merda, corre, corre, *corre*...

O ar ao redor da garotinha pareceu se *dobrar*, as paredes e a porta se deformando. Nate sentiu uma pressão forte nos ouvidos antes que a porta de metal fosse arrancada das dobradiças com um gemido pesado, rachaduras irregulares surgindo ao redor. A porta começou a flutuar na frente deles, movendo-se para o corredor da casa da fazenda, raspando no gesso das paredes.

Ele ouviu homens gritando, o som de pés no chão tentando fugir.

Art não hesitou. Deu o último passo para fora do porão, então houve uma espécie de empurrão que Nate sentiu até os ossos. A porta de metal atravessou rapidamente o corredor, arranhando as paredes e derrubando todos que não tinham conseguido chegar à frente da casa.

— Está na hora de ir — disse ela por cima do ombro, o cabelo esvoaçando.

Começou a atravessar o corredor.

Eles a seguiram.

Um homem totalmente uniformizado e com equipamento

tático irrompeu de uma porta à direita. Do escritório de Peter. Ele levantou o rifle na direção deles, os olhos arregalados por trás da máscara cobrindo o nariz e a boca. Art mal se mexeu e o homem foi jogado no teto com um estrondo alto, gesso chovendo ao redor dele enquanto caía no chão, aterrissando de bruços. Ele não se levantou.

Alex se abaixou e pegou o rifle, soltando-o do cinto do homem. Nate pegou um bastão de metal caído.

— Você sabe como usar isso? — perguntou Alex.

— É um bastão — respondeu Nate. — Você bate nas pessoas com ele.

Alex bufou, mas não disse mais nada. Seguiram Art pelo corredor.

Soldados se encontravam esparramados no chão onde foram derrubados pela porta do porão, que caíra perto da escada. A porta da frente da casa de fazenda havia sido explodida, a madeira ao redor do batente carbonizada. Dois homens desceram as escadas correndo quando os três passaram, mas antes que Alex pudesse levantar o rifle na direção deles, Nate enfiou o bastão entre um dos vãos do corrimão, fazendo o homem na dianteira tropeçar. Os dois caíram até o último degrau. Foram parar no chão e imediatamente tentaram se levantar. Art mal olhou na direção deles antes que fossem lançados voando para a cozinha, batendo no fogão e no forno. Não se levantaram.

— Quer trocar? — Nate perguntou a Alex, sentindo-se estranhamente atordoado. Ele provavelmente estava prestes a morrer, mas não conseguia se lembrar de se sentir tão vivo.

— Seu merdinha — disse Alex, mas seu sorriso em resposta era desvairado e lindo. Ele se abaixou e pegou um walkie-talkie de um dos soldados caídos.

Rumaram para a porta explodida.

O jardim da frente tinha dezenas de soldados, os rifles pretos apontados para eles assim que saíram para a varanda. Havia veículos blindados e um helicóptero acima. Estava tão perto que Nate podia ver o piloto lá dentro, a boca se movendo sem som.

A força das pás giratórias achatava a grama.

Art inclinou a cabeça para eles.

Ele deveria estar assustado. Sabia que deveria temer por sua vida.

Eram altas as chances de estar prestes a morrer bem ali, na varanda de uma casa de fazenda pertencente ao falecido líder de uma seita. Ele não havia feito metade das coisas que queria. Nunca escalara Machu Picchu. Não havia nadado nas águas cristalinas das Maldivas. Nunca tinha ido em uma montanha-russa. Sempre quisera aprender a dançar swing. Nunca experimentara lula, embora provavelmente fosse algo nojento.

E, estranhamente, de alguma forma, estava tranquilo quanto a isso.

Estava tranquilo quanto a tudo isso.

Antes, era solitário. Era triste.

Mas encontrara um propósito.

Encontrara uma razão. Duas, na verdade.

Se morresse ali, naquele momento, havia uma possibilidade muito real de que fizera algo bom. De que sua vida importara. De que amara e fora amado de volta.

E claro, havia o *medo* por causa de todas aquelas armas apontadas para ele, seu cérebro humano se perguntando se aquilo doeria. Mas era *insignificante*. Não era *importante*.

Já tinha lido sobre últimas resistências antes. De um grupo de pessoas, derrotado e cansado, se opondo a uma força muito maior. Em menor número. Com menos armas.

Ele sabia o que significava.

Sua mão apertou o bastão. Não faria muita diferença.

Um homem abriu caminho entre os soldados. Carregava um megafone.

Ele não estava nada parecido com quando havia chegado à cabana se passando por um funcionário dos serviços públicos. Aquele homem, o cara da água, antes exibia um sorriso um pouco grande demais, com um quê de "carambolas" e "puxa vida!". Mesmo quando se encontraram na loja (que coincidência, hein?, pensou Nate secamente), ele fora estranhamente intimidador, mas na época não tinha significado muito.

Era diferente agora.

O cara da água, Randy, usava calças pretas com um coldre em volta da coxa. Uma pistola escura com cabo prateado presa a ele. Vestia uma camisa branca por baixo de uma jaqueta de couro preta. Em seu rosto, óculos escuros espelhados refletiam a luz do sol matinal.

Nate olhou para o céu.

Lá, entre as nuvens e estrelas murchas, estava o Markham-Tripp.

Queimava contra o azul muito, muito profundo.

Era um bom dia para morrer.

Nate voltou a abaixar o olhar quando Randy levou o megafone aos lábios e disse:

— Acabou. Precisam entender isso. — Sua voz ecoou pelo gramado, audível mesmo acima do *tec-tec-tec* do Black Hawk.

Art olhou para Alex e estendeu a mão. Por um momento, Nate pensou que ela estava pedindo o rifle, mas Alex entregou o walkie-talkie.

Ela franziu a testa para o aparelho enquanto se virava para os soldados novamente, ajustando os botões na parte superior. Depois de se dar por satisfeita, o estendeu à frente, balançando-o para o cara da água. Com a mão livre, ela levantou dois dedos.

Os soldados acompanhavam cada movimento dela com atenção.

Por um momento, Randy não se moveu.

Então olhou por cima do ombro e ladrou algo que Nate não conseguiu entender.

Um dos soldados se aproximou, entregando-lhe outro walkie-talkie.

Randy ajustou o botão na parte superior antes de assentir para Art e segurá-lo contra o ouvido.

— Consegue me ouvir? — perguntou Art no walkie-talkie.

— Sim — respondeu ele pelo megafone.

— Ótimo. Há pessoas lá dentro. Elas viviam aqui. Estão mortas.

— Você as matou?

— Não.

— E Oren Schraeder?

— Morto.

Randy afastou a cabeça do megafone e disse algo para o soldado ao seu lado. O soldado não reagiu. Ele voltou para o megafone.

— Que pena. Ele era... Nunca houve alguém como ele.

— Ele disse que nunca poderiam encontrá-lo aqui.

Randy sorriu quase com tristeza.

— É. Aposto que disse. Ele tinha razão, por mais que me doa admitir. Nós não... não fazíamos ideia de para onde ele foi depois que deixou a Montanha. Ele *deveria* permanecer sob vigilância, mas conseguiu nos dar um perdido. Eu nunca acreditei que ele havia tirado mesmo a própria vida, mas não consegui encontrar uma maneira de provar. Ele era bom. Melhor do que tinha o direito de ser. Me faz pensar se você teve algo a ver com isso.

— Não tive.

— Espera que eu acredite nisso? Eu vi do que você é capaz. O que pode fazer com a mente de alguém. Tivemos sorte que viram seu veículo passando pela última cidade. Imagina nossa surpresa quando descobrimos quem você veio visitar.

— Você vai nos deixar ir.

Randy riu silenciosamente.

— Sabe que não posso fazer isso. Olha, isso tem sido... divertido. Você se virou por muito mais tempo do que qualquer um esperava. Poderíamos ter te pegado de volta lá na cabana a qualquer momento, mas *deixamos* você ficar. *Deixamos* você viver com Alex lá. Entendemos que talvez uma mudança fosse necessária. Para expandir os parâmetros do experimento. Mudar as variáveis, por assim dizer. Para ver o que poderíamos ver. — Ele olhou para Nate. — E então as variáveis mudaram ainda mais com a introdução do sr. Cartwright aí. Não previmos isso. Mas estávamos curiosos para ver o que você faria. O que vocês dois fariam. O resultado final foi inesperado.

— Ele é meu.

— Você entende, sr. Cartwright, o que essa coisa é? — perguntou Randy. — Do que é capaz? Ela infectou sua mente. Apossou-se de você. Está te *controlando*. É assim que fazem. É assim que trabalham. Elas te infectam até que não possa fazer nada além de obedecer. Estamos tentando impedir isso. Estamos tentando proteger o mundo de coisas como elas. Porque virão atrás de nós outra vez. E precisamos estar prontos. Veja o que aconteceu com Oren. Encontramos uma maneira de remover a coisa dele, mas ela *ainda* foi capaz de encontrá-lo mesmo depois de todo esse tempo. Não podemos deixar que ela faça isso com mais ninguém. Não é uma garota. É uma *coisa*. Deve ficar em uma gaiola, trancada para que possamos encontrar uma maneira de pará-la antes que seja tarde demais.

— Uau — falou Nate. — Ele é bem exagerado, hein?

— Os Executores geralmente são assim — murmurou Alex.

Nate pegou o walkie-talkie da mão de Art. Encontrou o botão na lateral. Houve um chiado de estática quando ele aproximou o aparelho do rosto.

— Acho que estou bem aqui, obrigado.

— E o seu irmão? — perguntou Randy. — Nate, e o Rick? Você não acha que ele gostaria que você voltasse para casa? Não acha que ele quer te ver de novo? Você o chama de Ricky, certo? Nate, eu sei que ele quer te ver. Caramba, ele me disse isso. Conversei com ele, Nate. Pessoalmente. Ele é um cara legal. Não entende por que você não volta pra casa.

E aquilo... aquilo foi *bem jogado*. Nate não esperava. Deveria ter esperado.

— Rick?

Randy assentiu.

— Sim, Nate. Rick. Ele está te esperando, ok? Tudo o que precisa fazer é vir até mim. Lute contra isso, Nate. Lute contra o que quer que esteja acontecendo na sua cabeça. O que quer que *a coisa* esteja te obrigando a fazer. Eu sei que você consegue. É provavelmente tarde demais para o Alex. Mas pra você? Nate, pense no Rick. Pense no seu irmão.

Art olhou para ele, um sorriso triste no rosto.

— Eu entendo — afirmou ela. — Talvez não entendesse antes, quando cheguei aqui. Mas agora sim. Família é importante. É tudo, Nate.

Ela tinha razão, claro. Família *era* tudo. Foi por isso que ele disse:

— Minha família está bem aqui.

Os olhos de Alex se arregalaram.

Nate devolveu o walkie-talkie para Art. Ela beijou as pontas dos dedos dele depois de pegar o objeto. Em sua cabeça, ele a sentiu. Sentiu seu toque. Havia imagens de flores desabrochando nos campos. Ela estava feliz.

— Nate mandou lembranças — disse ela no walkie-talkie. — Você ainda pode ir embora. Todos vocês.

— Sabe que não posso fazer isso — falou Randy, a voz mais

dura do que antes. — Como vê isso aqui acabando? Certamente não é capaz de parar todos nós. Eu sei o que você consegue fazer. Mas não pode estar em todos os lugares ao mesmo tempo. Vou matar Alex Weir aqui e agora. Vou tirá-lo de você, a menos que se entregue. Vou tirar os dois.

Antes mesmo de terminar de falar, Nate se encolheu quando uma luz forte atingiu seus olhos. Demorou apenas uma fração de segundo para desaparecer. Ele piscou contra a imagem residual. E olhou para baixo. Em seu peito havia pontos vermelhos oscilando ligeiramente.

Engoliu em seco enquanto se virava para Alex, que tinha os mesmos pontinhos.

Seguiu o olhar de Alex e viu um grupo de homens alinhados no andar superior do celeiro, parados nas janelas abertas, rifles apontados na direção deles, miras laser agrupadas sobre seus corações.

— Por quê? — perguntou Art.

— Porque eu posso — respondeu Randy simplesmente. — Porque farei tudo o que for preciso para proteger este país. Este planeta. Não há nada que eu não faria para manter meu povo seguro.

— Não queremos causar mal nenhum. Nunca quisemos.

— Não acredito em você. Complacência significa a morte.

— Atire primeiro, pergunte depois.

— Sim.

— Vocês descobrem que não estão sozinhos — começou Art. Ela quase parecia estar suplicando para ele. As imagens na cabeça de Nate se tornavam mais vívidas. — Que há mais neste universo do que apenas vocês, e a primeira reação não é receber esse ser de braços abertos, mas prendê-lo. Estudá-lo. *Machucá-lo*. E quando ele não faz o que vocês mandam, vocês o ameaçam com destruição. Ameaçam tirar dele o que ele ama.

— Você não sabe amar — disse Randy friamente. Ele tirou os óculos escuros, atrapalhando-se antes de derrubá-los no chão. — Isso é inerentemente humano. Coisa que você não é. Você não é capaz de tal coisa.

— Mesmo depois de todo esse tempo, após tudo o que fizeram comigo, tudo o que viram, ainda sabem tão pouco sobre mim. Sobre o que eu posso fazer. Você está certo. Não sou humana. Não sou como vocês. Mas sei o que significa ser amada. Ter amigos. Ter pessoas por quem eu faria qualquer coisa. E sei como me sinto quando essas pessoas são ameaçadas. — Ela olhou para os soldados no celeiro, depois para o helicóptero, e por fim voltou a encarar Randy. — Você realmente deveria nos deixar ir.

— Eu não posso fazer isso.

Art assentiu.

— Então que seja.

Nate pôde ver o momento em que Randy absorveu as palavras. Seus olhos se estreitaram. Sua boca era uma linha fina. Ele abaixou o megafone. Os homens ao redor dele ficaram tensos.

E quando Randy gritou "*Não acertem a garota!*", Nate soube que foi importante.

No fim das contas, ele foi importante.

Fechou os olhos, o som de tiros ressoando pelo gramado da fazenda. Em sua cabeça, flashes de imagens: sua mãe na cozinha, andando de um lado para o outro enquanto assava um bolo para seu décimo segundo aniversário. Seu pai colocando uma mão em seu ombro e apertando-o gentilmente no dia em que Nate se formou. Ele e Ricky sob um forte feito de travesseiros e cobertores, usando lanternas para ler histórias em quadrinhos até tarde da noite.

Mas havia outras imagens também. Flashes que não lhe pertenciam.

Ele viu Alex andando de mãos dadas com um garotinho de risada discreta.

Alex parado na frente de um homem de terno, nervoso enquanto olhava para uma mulher com um sorriso travesso no rosto.

Alex diante de uma menina em uma gaiola, vendo-a pela primeira vez.

Alex, a lateral do corpo queimando, observando pela janela um jovem estacionando uma caminhonete antiga na frente da cabana.

Então eles estavam se *fundindo*, e lá estava, não é? Aquele primeiro beijo, estranho, doce e *arrebatador* pra caralho. Ele sentiu o nervosismo de Alex, seu *desejo* feroz. Ele se irritara no começo, até quase se convencera de que Nate tinha vindo da Montanha, tinha vindo para tentar tirar Art dele.

Mas ele aprendeu, lenta, mas seguramente, que Nate era muito mais do que havia imaginado. Os dois eram.

E então havia Art, e Nate estava vendo coisas que não conseguia compreender. *Estruturas* sob sóis triplos que queimavam em tons *rosados*, estruturas que eram tão próximas de serem familiares, mas distantes o suficiente para que ele não conseguisse entendê-las, nem as distinguir. E havia esses *seres*, esses seres feitos de luz branca iridescente, e *giravam* ao redor, falando de uma forma que Nate não conseguia assimilar. Não eram nem sequer *palavras*, mas tinha intenção, e uma dessas luzes, uma dessas coisas gasosas brilhantes era quase... familiar. Ela se movia por um caminho feito de algum tipo de metal brilhante, e era *jovem*, e estava *triste*, embora não entendesse o que era tristeza propriamente dita. Mas havia uma sensação tão penetrante de solidão vindo dela que Nate sentiu como se estivesse se *afogando* nela.

Não era como as outras.

Era como Nate. Era como Alex.

E estava *aqui*. Estava em uma floresta, e havia um homem parado na frente dela, e a luz pensava *você pode me ajudar? Por favor, pode me ajudar?*, embora não *exatamente* com essas palavras. E Nate viu o momento em que um Oren Schraeder mais jovem entendeu o que estava acontecendo com ele, entendeu o que via bem ali na sua frente.

Os tiros ao redor deles cessaram.

Nate não sentiu dor.

Abriu os olhos.

Ao redor deles havia centenas de balas, flutuando no ar.

Os olhos de Art estavam injetados e raivosos.

Houve um momento, um breve e terrível momento em que Nate *sentiu* aquela raiva, sentiu o que ela queria fazer. Art queria simplesmente mandar aquelas balas de volta para onde tinham vindo, mandá-las para as cabeças e corações dos homens que achavam que poderiam tirá-los dela. Antes daquele lugar, antes de ir para a Terra, ela nunca tinha entendido o conceito de violência. De vingança. Randy havia chegado bem perto quando dissera que ela não era humana, que ela não podia experimentar algo como o *amor*. Mas isso tinha sido antes. Antes de Cisco Grove. Antes da Montanha.

Ela conhecia o amor. Conhecia a raiva. Conhecia a violência.

E ela queria vingança.

— Não. Art. Não — disse Alex.

E então ela deixou pra lá.

As balas caíram, estalando na varanda de madeira, quicando escada abaixo e na grama em frente à casa de fazenda.

O único som vinha do *tec-tec-tec* do Black Hawk no céu.

E então Artemis Darth Vader entrou em ação.

Ela deu o primeiro passo e começou a descer as escadas da varanda.

Os soldados começaram a gritar.

Alguns atiraram.

As balas ricocheteavam como se atingissem uma grande barreira ao redor dela.

Ela olhou para o helicóptero.

Ele sacudiu.

Art balançou a cabeça em direção ao celeiro.

Ele foi arremessado na direção dos atiradores.

Eles gritaram ao recuar.

O helicóptero caiu no celeiro, as pás ainda girando, atravessando a madeira, fazendo com que se estilhaçasse e quebrasse. A frente do celeiro desmoronou *para dentro* sob o peso do helicóptero. Nate meio que esperava que ele explodisse, mas de alguma forma, isso não aconteceu. Caiu no segundo andar com um ranger de metal se retorcendo e pousou no chão, uma grande nuvem de poeira se erguendo ao redor dele enquanto as pás quebradas do rotor paravam.

Os homens no jardim pareciam atordoados.

Randy, não.

Ele levou a mão à arma no coldre em sua coxa.

Nate estava correndo antes mesmo de entender o que fazia.

Chegou à grama assim que Randy sacou a arma do coldre.

Estava quase chegando em Art quando Randy apontou a arma para a cabeça dela.

Ele quase parecia... arrependido.

Nate alcançou Art e a envolveu com o próprio corpo, protegendo-a de Randy.

— Obrigado — sussurrou para ela. — Por tudo.

Uma arma disparou.

E...

Nada aconteceu.

Ele abriu os olhos.

Alex estava na varanda, o rifle em riste.

Nate se virou a tempo de ver Randy caindo de joelhos, um buraco no meio da testa. Seus olhos já não enxergavam. Uma gota de sangue escorreu por seu nariz. Ele caiu de cara na grama.

Houve silêncio no gramado da fazenda.

Então os soldados levantaram suas armas novamente.

E Artemis Darth Vader disse:

— Não.

Mais tarde, quando a polícia chegasse, as sirenes soando, rádios chiando com a perplexidade dos homens, haveria confusão. Eles encontrariam os restos de um helicóptero em um celeiro, soldados atarantados se levantando lentamente do chão onde foram derrubados, veículos virados e de cabeça para baixo. O sol estaria alto no céu, e quando os corpos fossem descobertos dentro da casa de fazenda meio queimada, tecidos pretos cobrindo seus rostos, um homem caído no chão com uma bala na cabeça, uma pistola ao lado dele, o quebra-cabeça lentamente começaria a se encaixar.

Nos dias seguintes, falariam disso em todos os noticiários, repórteres exclamando sem fôlego como uma seita havia enfrentado os militares antes de recuar para dentro da casa de fazenda, onde encontraram seu fim nas mãos de seu líder. Os comentaristas diriam que era como no caso de David Koresh e Waco. Os chamados especialistas opinariam, tentando explicar que as pessoas em *seitas* (a palavra proferida com desdém) eram com frequência ingênuas, facilmente arrebatadas por um grande plano proselitizado por um homem com quantidades aparentemente infinitas de carisma e um desejo de caçar aqueles mais fracos do que ele. Era provavelmente um sociopata, diriam. Era possível que se considerasse um profeta.

E então haveria as fitas. As fitas onde Peter Williams daria sermões sobre sua visão do mundo, de uma mudança que recairia sobre a Terra. Ele falaria sobre seu tempo em uma base chamada Montanha (para a qual haveria um sonoro "*claro que não é real*", quando aqueles que sabiam sobre tal lugar fossem questionados), e embora houvessem admitido que ele se alistara, estava claramente documentado que Peter Williams fora dispensado com honra anos antes devido a problemas de saúde mental. O fato de que ele alegava ser Oren Schraeder, um soldado que nasceu em 1940 e morreu em combate, consolidou a visão do mundo sobre a falta de sanidade de Peter Williams. Adicione ainda as alegações dele sobre estar possuído por um ser *alienígena*, de todas as coisas, e… bem.

Ele era apenas um líder maluco de uma seita, disseram.

Só mais um doido.

As histórias que saíam sobre a fazenda tendiam a se concentrar nos membros da seita e na indignação com uma intervenção militar que possivelmente forçara a ação daqueles que morreram. Membros das famílias surgiram, contando histórias tristes sobre entes queridos que um dia simplesmente largaram tudo e desapareceram. Uma mulher chamada Rachel chorou em muitas entrevistas, com os filhos ao lado, falando sobre sua mãe, Dolores, sobre como elas eram muito próximas, e como seus filhos, que amavam muito a avó, não conseguiam entender por que ela tivera que ir embora.

— Como eu deveria explicar isso a eles? — perguntava Rachel em meio às lágrimas. — Quero dizer, como eles poderiam entender?

Outros concordaram com ela, dizendo que seus entes queridos não eram loucos, não eram assim, aquilo não era típico deles, por que fariam uma coisa daquelas?

Tinha que ser culpa dele.

Tinha que ser por causa do Peter Williams.

Alguns enterraram seus entes queridos.

Outros, como Dolores, foram cremados.

Rachel disse que espalhou suas cinzas, mas se recusou a responder onde.

Quando questionaram sobre o que aconteceria com Peter Williams, os repórteres foram informados de que sua família havia reivindicado o corpo, mas pediram privacidade, então nenhum outro detalhe foi fornecido.

Foi divulgado um comunicado sobre o helicóptero abatido. Tratava-se de uma avaria inoportuna. Era semelhante ao incidente que ocorrera em março, quando um Black Hawk caíra do lado de fora do Centro de Treinamento do Corpo de Fuzileiros Navais da Montanha. Toda a frota seria verificada para evitar que algo assim acontecesse de novo.

Além dos corpos no porão da casa de fazenda, houve apenas mais uma vítima na incursão à Fazenda Williams, como o lugar viria a ser conhecido.

Um soldado chamado Randy Forks.

Ele tinha sido baleado por Peter Williams antes deste voltar à casa e tirar a própria vida.

Recebeu um funeral militar completo.

Uma bandeira dobrada foi entregue ao seu irmão.

Mais tarde, quando foi entrevistado, o irmão informou que não tivera notícias de Randy por quase uma década antes de sua morte.

— É triste — falou. — Muito triste. Randy e eu nunca nos demos bem. Mas ele era minha família, sabe? Triste que terminou assim, assassinado por um maldito louco que acreditava em alienígenas. Qual o problema das pessoas?

Uma câmera foi encontrada no porão onde os corpos dos membros da Luz de Eva estavam.

Mas Peter Williams devia ter se esquecido de colocar uma fita dentro, porque a câmera estava vazia.

É óbvio que não havia nave espacial coisa nenhuma no Markham--Tripp. O cometa começou a perder o brilho à medida que se afastava da Terra. Em algum momento, desapareceu do céu. Não retornaria até o impossível ano de 4380.

Houve uma estranha sensação de tristeza. Como tantas pessoas puderam ser levadas a acreditar que tal coisa aconteceria e então a tirar suas vidas por causa disso?

— É uma verdadeira tragédia — opinou um homem chamado Steven Cooper em seu programa de rádio diário, transmitido para todo o país. — Uma verdadeira tragédia. Não era a hora. Eles vieram. Eu sei que vieram. Mas não deve ter sido a nossa hora. Devem ter achado que não estamos prontos ainda. Mas vão, meus amigos. Anotem minhas palavras. Um dia eles voltarão, e vocês verão que estou certo. Aquelas pobres almas da Luz de Eva foram enganadas. Encararam isso da maneira errada. Não sei como ou por que colocaram na cabeça que precisavam se matar para ver o que estava claro como o dia para o resto de nós. Aquele Peter Williams deve ter mexido com a cabeça deles. Convenhamos, meus amigos. Vocês *ouviram* os discursos dele? Ele alegou ter sido possuído por um extraterrestre. *Possuído*. Todos nós sabemos que não é assim que funciona. Os greys não nos *possuem*. Não são capazes de tais coisas. É por isso que a ufologia é vista com tanto desdém! Quando temos birutas como *Peter Williams* entre nós, acaba descredibilizando nossa *ciência*. Peter Williams não passou de uma farsa. Um falso profeta. Não duvido que nosso governo seja escuso. Eu sei disso. *Vocês* sabem disso. Por qual razão estavam envolvidos no cerco na Fazenda Williams, pra começo de conversa? Estavam tentando evitar outra Waco? Por que isso não foi deixado para a polícia estadual e local? Tenho minhas teorias. Sabem que tenho. Sabem que *sempre* tenho. Peter Williams sofria de TEPT. Muitas concussões. Acontece. Ele serviu à nação, Deus o abençoe. Cumpriu seu dever. Mas ele se *perdeu* depois. E colocou na cabeça atordoada que era algo além do que era de fato. Ele merece nossa pena, meus amigos. Todos eles. Acho que é por isso que foram atrás dele. Por isso a polícia não estava envolvida. Ele foi um militar, e esperavam levá-lo de volta ao grupo. Mas não se enganem, meus amigos: ao tirar suas vidas daquela maneira, podem muito bem ter feito aqueles de nós que acreditam retrocederem cinquenta anos. Eles virão, meus amigos. Eu garanto. Talvez não hoje. Talvez nem amanhã. Mas virão. Ouvinte, você está no ar. O que acha de toda essa loucura...

Depois de um tempo, deixaram Rick Cartwright e sua família em paz.

Os homens uniformizados pararam de bater à porta, embora carros pretos sem identificação continuaram seguindo-o durante meses.

Eles não lhe contavam muita coisa, apenas que seu irmão tinha sido um traidor, que isso lhe custara o emprego no *Post* e que ele estava envolvido em algo que Rick nunca saberia os detalhes.

Ficara curioso, é claro, mas ele não era como Nate. Não sentia a necessidade urgente de fazer perguntas sem parar.

Ele deixou pra lá.

Havia dias em que nem sequer pensava no irmão. Era um homem muito ocupado e tinha uma família para sustentar.

Mas de vez em quando, ele parava e pensava em jogar pedras na superfície de um lago, a voz de seu irmão mais novo ecoando em seus ouvidos. Ele pensava em como Nate soara ao telefone naquela madrugada e em como o chamara de *Ricky*.

Uma mulher chamada Ruth, que morava em Washington, D.C., assistia às notícias da Pensilvânia com um cigarro pendurado nos lábios. Ela estava em um longo período sabático, uma decisão que havia tomado depois que os homens da "Segurança Nacional" a ameaçaram de maneira velada. Ela não sabia o que tinha acontecido, não sabia onde Nate estava, mas, de alguma forma, *sabia* que a Fazenda Williams tinha a ver com ele. Com eles. Com o homem e a garota.

— Continue fugindo, garoto — murmurou para a TV, a fumaça espiralando em volta da sua cabeça. — Continue fugindo mesmo. Nunca pare.

Ela morreria sete anos depois, de um ataque cardíaco, sem nunca mais ter notícias de Nathaniel Cartwright.

Não houve menção a dois homens e uma garotinha na fazenda. Emitiram um comunicado de busca para eles, suas fotos divulgadas antes que a Fazenda Williams fosse invadida pelos militares. Uma garotinha levada contra sua vontade. Dois homens com quem ela supostamente estava. Mas na primavera de 1995 ainda não existiam Alertas AMBER; na verdade, a garotinha que daria nome aos Alertas AMBER não desapareceria até janeiro de 1996.

Depois de um tempo, o comunicado foi revogado. Nenhuma conexão entre ele e a Fazenda Williams jamais foi feita.

Era como se eles nunca tivessem existido.

DEZENOVE

Mas eles *existiram.*

Eles *estiveram* na fazenda.

— Esperem aqui — resmungou Alex antes de entrar no celeiro, escalando uma parte do helicóptero caído.

A varanda da casa de fazenda estava em chamas.

Nate se perguntou quanto tempo levaria para queimar tudo.

O gramado ao redor deles estava destruído. Veículos blindados capotados. Homens jaziam inconscientes no chão. Ou a maioria, pelo menos. Todos tinham sido derrubados por Artemis Darth Vader, com uma explosão invisível que fizera a terra ao redor da casa rachar e se mover. Havia sido algo quase "tornádico", como se um tornado tivesse atingido o solo bem ali em frente à residência e, de alguma forma, conseguido salvá-los.

Art encarou o que seu poder fizera.

Suas mãos tremiam.

Ela estava pálida.

— Você quase morreu. Se não fosse pelo Alex, você teria morrido. Por quê?

Nate colocou a mão no cabelo dela.

— Por você. Sempre por você.

Ela o encarou. Seu lábio inferior tremia e seus olhos estavam úmidos. Uma lágrima escorreu pela bochecha.

— Você me ama.

— Amo.

— Você o ama.

— *Amo.*

— Agora eu sei… o que significa ser humano.

Ele enxugou as lágrimas dela.

— O quê?

— Significa ter o coração partido. Não há nada mais humano do que um coração partido. Como vou deixá-los?

Ele a pegou no colo.

Ela chorou em seu ombro.

Por fim, Alex saiu do celeiro. Carregava as mochilas dos três nos ombros. Ele os viu e parou, com uma expressão que Nate não conseguiu decifrar.

Nate deu de ombros, impotente.

— Precisamos ir — disse ele, asperamente. — Enquanto ainda podemos.

Milagrosamente, a caminhonete em que chegaram havia sobrevivido ao ataque no gramado. Alex jogou as mochilas na caçamba enquanto Nate entrava, com Art ainda agarrada a ele.

Alex também entrou, batendo a porta atrás de si. Suspirou aliviado quando a caminhonete ligou de imediato.

Colocou o braço sobre o encosto do banco, passando a mão por Nate e Art enquanto dava ré lentamente para fora do gramado.

Nate sentiu os dedos de Alex em sua orelha.

Eles passaram por viaturas e caminhões de bombeiros com sirenes barulhentas.

Ninguém lhes deu atenção.

Nate olhou pelo retrovisor direito. Atrás deles, era possível ver uma coluna de fumaça se erguendo aos céus de um bosque ao longe.

Seguiram em frente.

Naquela noite, pararam em um hotel no meio do nada após saírem da Pensilvânia para a Virgínia Ocidental.

Art dormia encostada no peito de Nate.

Alex não disse uma palavra ao entrar na recepção.

Voltou cinco minutos depois com a mesma expressão tensa no rosto.

Estava com raiva, Nate percebera aos poucos. Mas não tinha certeza do quê.

Estacionou no fim do hotelzinho, mantendo a caminhonete o mais nas sombras possível.

Saiu novamente e bateu a porta atrás de si. Nate observou enquanto ele pegava as mochilas.

Caminhou em direção à porta do quarto no final do corredor, destrancou-a e entrou.

— Ele está sentindo coisas — falou Art baixinho, assustando Nate.

— Hã?

— É. Ele não costuma ser muito bom nisso.

— Acho que está irritado.

— Provavelmente.

Nate suspirou.

— Tá com fome?

Ela negou com a cabeça.

— Só cansada. Amanhã podemos comer bacon. Hoje à noite só quero dormir.

— Todo o bacon que quiser — concordou Nate.

Ele a carregou para dentro antes de colocá-la no chão.

Alex estava sentado em uma das camas, com o rosto entre as mãos e os ombros caídos.

Art foi até o homem, parando ao seu lado, colocando uma mão no seu braço, sussurrando em seu ouvido. Nate não ouviu. Não era da conta dele.

Foi até o banheiro e fechou a porta.

O lugar estava encardido, mas utilizável.

Jogou água no rosto antes de ousar se olhar no espelho.

Não reconheceu a pessoa que o encarava. Seu cabelo estava mais desgrenhado e precisava fazer a barba. Seus olhos pareciam mais endurecidos. Mais selvagens. Inspirou pelo nariz e expirou pela boca, tentando afastar o pânico que arranhava seu peito.

Art dormia quando ele saiu do banheiro, apenas o topo da cabeça visível sob o edredom, roncando alto.

Alex estava acordado, assistindo à velha TV à frente, com o volume baixo.

Imagens aéreas da fazenda passavam. A manchete na parte inferior da tela gritava que CONFRONTO ENTRE MILITARES E SEITA DO JUÍZO FINAL TERMINA EM MORTES.

Alex se levantou da beirada da cama e desligou a TV. Relanceou Nate, a mesma expressão contraída no rosto.

Ele indicou a porta com a cabeça.

Nate o seguiu depois de olhar outra vez para Art. Ela ainda dormia.

Alex contornou a lateral do hotelzinho, fora da vista da recepção e da rua. Estava escuro. As estrelas brilhavam. O cometa parecia mais opaco do que antes.

Nate mal conseguia distinguir Alex no breu. Grilos estridulavam e sapos coaxavam na mata atrás do hotel.

— O que está acontecendo… — começou Nate.

— Pare.

Nate obedeceu e esperou.

Não demorou muito.

— O que raios passou pela sua cabeça?

— Em relação…?

— Não seja babaca — rosnou Alex. — Sabe muito bem do que estou falando.

É, talvez ele soubesse.

— Fiz o que achei ser o certo.

— Você poderia ter *morrido* — disse Alex, dando um passo em sua direção. As mãos dele estavam cerradas ao lado do corpo, os ombros rígidos. — Se eu não tivesse… se Randy tivesse…

— Estou aqui — afirmou Nate, baixinho. — Agora. Com você. Estamos seguros.

— Você não entende — falou Alex, com a voz rouca. — Você... Nate. E se você... — Parou de falar, arfando.

— Obrigado. — Nate se aproximou de Alex devagar, as mãos erguidas como se estivesse apaziguando um animal acuado. — Por me salvar. Eu sei que foi...

— Você *não* sabe — disparou Alex. — *Não* sabe. Se eu não o tivesse visto, ou se ele tivesse sido um segundo mais rápido, você estaria *morto*. Não entende? Seu *babaca* do caralho. Como ousa? Como ousa tentar e...

Nate o beijou.

Alex não correspondeu, pelo menos não a princípio. Nate passou os braços pelo pescoço dele e o beijou com toda a vontade.

E então Alex basicamente *colapsou* sobre ele, como se as cordas que o seguravam tivessem acabado de se partir. Então grunhiu na boca de Nate, os braços subindo e passando por ele, mantendo-o próximo enquanto o beijava de volta, mais dentes do que qualquer outra coisa.

— Idiota — murmurou ao interromper o beijo. — Você é tão idiota. Não pode fazer isso. Não pode fazer isso comigo. Por favor, Nate. Por favor, não faz isso comigo. Não consigo seguir. Não sem você. Não...

Nate o silenciou, dizendo que estavam bem, ótimos, que tinham conseguido, que conseguiram, e que logo, logo, isso acabaria e eles poderiam enfrentar o que viesse a seguir.

Alex estremeceu junto a ele e, no escuro, os dois ficaram agarrados por um tempão.

Quando retornaram ao quarto, Artemis estava sentada na cama.

— Olá. — Ela sorriu com suavidade. — Está quase na hora.

Nate e Alex trocaram um olhar antes de Alex perguntar:

— Tem certeza?

Ela assentiu, mas seus olhos não encontraram os deles.

— Vou pra casa.

Naquela noite, dormiram na mesma cama. Era um pouco apertado, mas deram um jeito. Art se deitou em cima de Alex, aconchegada nele, roncando sob seu queixo.

Quando Nate sonhou, foi com números, códigos e flores desabrochando em um campo.

Na manhã seguinte, comeram bastante bacon.

Não conversaram muito.

O fim chegou dois dias depois, em Dingess, na Virgínia Ocidental.

Era um lugarzinho de nada. Não chegava nem a ser uma cidade. Era mais uma pausa na estrada. Passaram por uma agência dos correios. Uma placa desgastada — e com furos de balas — de um lugar chamado Restaurantes da Família Jamie.

Estava anoitecendo. O céu tinha tons alaranjados. O Markham-Tripp continuava a se distanciar. As estrelas começavam a aparecer.

As árvores balançavam ao vento.

Chegaram a um túnel antigo. Uma placa verde e branca ao lado da entrada.

O HISTÓRICO TÚNEL DINGESS
CONSTRUÍDO EM 1892

Uma estrada de faixa única atravessava o túnel. Parecia ser muito longo, a luz do outro lado um brilho fraco. Não havia mais ninguém no lugar. O ar que entrava pelas janelas abertas da caminhonete parecia pesado. Estático. Tornava-se cada vez mais difícil respirar.

— Aqui — disse Art. — Alex, acho que é aqui.

Alex diminuiu a velocidade da caminhonete até pararem.

Nate notou que não havia pássaros cantando nas árvores.

Sua mente estava cheia de flores.

Sua pele parecia vibrar.

Ele os sentia. Alex e Art. Os dois.

A caminhonete em marcha lenta, chacoalhando, até que os fios se soltaram, desligando o motor.

— Tem certeza? — perguntou ele, olhando pela janela. Sua voz não tinha emoção alguma. Seu rosto estava inexpressivo. Nate sabia o que ele estava fazendo. Preparando-se. Mantendo uma distância. Nate achava que Art também sabia e estava tentando disfarçar a dor.

— Sim — sussurrou. — Absoluta.

Alex assentiu, tenso, mas não se moveu. Os nós dos dedos no volante estavam brancos.

Ah, sim. Um coração se partindo de pertinho.

Nate se perguntou se sobrariam pedaços suficientes para formar algo parecido com o que um dia tinha sido.

Abriu a porta.

Alex virou a cabeça para encará-lo.

— Vamos partir para uma aventura? — perguntou Art, com olhos arregalados.

Nate assentiu.

— Vamos sim, camarada. Hora de selar os cavalos e pegar aquela velha estrada empoeirada.

Ela lhe lançou um sorriso trêmulo.

Ele desceu da caminhonete.

Seus joelhos estalaram. Fechou os olhos e respirou fundo.

Sim. Era ali. Aquele era o lugar. Ele podia sentir. Não sabia como. Não sabia o porquê. Mas sentia. Ali era *diferente*.

Art o seguiu para fora da caminhonete. Esticou a mão para pegar a dele. Ele a apertou. Caminharam em direção à frente do veículo.

Alex não se moveu.

— Vocês precisam um do outro — disse Art, baixinho. — Percebem isso agora, não é?

Havia um zumbido nos ouvidos de Nate.

— Ele precisa mais de você.

Ela pareceu abalada com isso.

— Eu não posso… Nate, eu quero… você não entende. O que sou. Quem deveria ser.

Ele olhou para ela.

— Princesa do espaço não era uma descrição muito distante, era?

Ela balançou a cabeça.

— Não. Não era. E eu… eu o amo.

— Sei que ama. E ele também sabe.

— Você vai cuidar dele pra mim?

— Se ele permitir, sim.

A expressão dela endureceu.

— Ele vai tentar te afastar. Vai tentar dizer que não precisa de você. Ele vai ser cruel. Vai ser frio. Você não pode acreditar nele. Nate, ele te ama, ok? Você não pode deixá-lo…

— Não vou — Nate a interrompeu antes que ela entrasse em pânico. — Nós… vamos dar um jeito, ok? Não sei como… de alguma forma. Tenho certeza.

— Contanto que estejam juntos, certo?

— Certo.

— Porque quando estão juntos, podem fazer qualquer coisa.

— É, Art. Qualquer coisa.

Ela puxou a mão dele, incitando-o para baixo. Os faróis da caminhonete brilhavam quando ele se inclinou para a frente. Ela segurou o rosto dele entre as mãozinhas, estudando-o. Ele não fechou os olhos. Não desviou o olhar. Ele se perdeu no olhar dela, assim como ela no dele. Tudo doía.

— Eu me perguntava como vocês seriam. Os humanos. Do que seriam capazes. Como suas mentes funcionariam. Como seus corações bateriam. Vocês são animais. Ferozes e selvagens. São severos, brutais e belos. Não há ninguém como vocês no universo inteiro. Vocês têm o poder para tremenda destruição dentro de si. E muita alegria. É uma dicotomia que não deveria existir, ainda assim, aí está. Dentro de vocês. Dentro de todos vocês. — Ela se inclinou e beijou sua testa. As bochechas. A ponta do nariz. — Estou feliz por termos te encontrado. Estou feliz que ele tenha você. Lembre-se disso quando olhar para as estrelas.

Uma lágrima escorreu pela bochecha de Nate. Não havia nada que ele pudesse fazer para impedir os acontecimentos.

Ela soltou o rosto dele.

Ele se levantou.

Alex permaneceu na caminhonete, as mãos ainda no volante.

Art assentiu com tristeza para ele.

— Tá tudo bem. Eu entendo. Tá... eu...

Então eles chegaram.

Apesar de tudo o que acontecera, após tudo o que Nate vira, ele não havia pensado naquele momento de fato. No que aconteceria. Como seria o fim. Se perguntado, teria dito que uma nave desceria do céu, lisa e prateada, com luzes piscando. Um feixe de luz azul incidiria sobre Artemis, e ela ascenderia para a nave antes que disparasse em direção às estrelas.

Não esperava por isso.

O tempo passava de forma diferente na Montanha. Passa de forma diferente em todos os lugares aqui. Nós não... marcamos a passagem do tempo. Não como vocês. Não com aniversários, festas, balões ou bolo. Tem um significado diferente. É... fluido. Pode ser dobrado. Não é a linha reta e rígida que vocês pensam que é. Tempo e espaço nunca são.

Na entrada do túnel, a eletricidade formava um arco contra a pedra lisa. Rochas e seixos de ambos os lados da estrada começaram lentamente a flutuar. Os pelos dos braços de Nate se arrepiaram. O ar cheirava a relâmpagos.

Houve um estrondo baixo e o ar na entrada do túnel começou a chiar. Nate levou um momento para compreender o que via. Era como se o mundo à sua frente estivesse se *abrindo*, se rasgando em pedaços e sendo engolido por um buraco que se abria do nada. Já aberto, o buraco cresceu até ficar quase tão grande quanto o túnel atrás dele. Nate não conseguia mais enxergar o outro lado da passagem. Em vez disso, encarava uma boca branca e escancarada. Era como se olhasse para o Sol.

— Há muito aprendemos a viajar sem a necessidade de naves — explicou Artemis ao lado dele. — Gasta uma enorme quantidade de energia e pode ser bem perigoso. Mas conseguimos atravessar o tempo e o espaço, cruzando distâncias nunca antes possíveis. É um portal.

E ele podia *ouvi-los* do outro lado. Sussurravam em sua cabeça, ruídos suaves e ininteligíveis que lhe causavam um aperto no peito. Ele sabia o que Art era. Acreditava nela. Mas ali, naquele momento, vendo aquela luz rodopiante à frente, a realidade o atingiu, e *com força*. Eles não estavam sozinhos. Havia outros. E talvez estivessem longe, e talvez ele nunca mais visse algo assim, mas não estavam sozinhos.

— Nunca — falou Art, com ferocidade.

— Achei que tivesse dito que não conseguia ler mentes — ele foi capaz de dizer com a voz embargada.

— Não consigo. Não de verdade. Mas você está transmitindo e estamos vinculados, nós dois.

— Eu te amo — disse Nate, finalmente desviando o olhar da maravilha à frente. Art sorria para ele, com os olhos marejados. — Eu te amo.

— Eu sei — respondeu ela, o sorriso se abrindo ainda mais.

Ele riu. É claro que sim. Não era capaz de fazer mais nada.

Ela deu um passo em direção à luz.

Nate olhou para a caminhonete.

Alex Weir ainda estava sentado ao volante. Branco como papel.

Nate forçou as imagens.

Mãozorras ásperas trançando cabelos.

Pedras sendo jogadas na superfície de um lago.

Bocas cheias de bacon.

Acho que é melhor a gente seguir em frente, certo, parceiro?

E amor. Tanto amor que Nate sentiu como se estivesse se *afogando* no sentimento.

Observou o rosto de Alex se contorcer.

Um coração se partindo. De pertinho.

E então Alex abriu a porta da caminhonete, gritando:

— Espera! Art. *Espera*.

Ele correu.

Ela o encontrou no meio do caminho, pulando os últimos centímetros que os separavam.

Ele a segurou com facilidade, puxando-a para perto. Ela envolveu as pernas na cintura dele, os braços em volta do seu pescoço. A mão de Alex foi para a nuca de Art, e ele a abraçou enquanto ela chorava e falava que não queria ir, que não queria deixá-lo, que estava sofrendo.

— Alex, tá doendo porque nunca pensei que pudesse ser assim. Nunca pensei que pudesse me sentir assim. Nunca achei que poderia ser você. Mas é. *É* você.

E Alex a acalmou:

— Xiu, xiu, amorzinho, xiu, está me ouvindo? Está tudo bem. Tudo bem. Preciso que me escute. Consegue fazer isso? Pronto. Pronto. Escute. — Continuou: — Não importa aonde vá. Não importa o quão longe esteja, sempre estarei com você. Eu te amo. Eu te amo. Eu te amo.

Ele a embalou para a frente e para trás.

Ela soluçou em seu pescoço.

Alex olhou impotente para Nate, seu rosto úmido.

E não havia nada que Nate pudesse fazer.

Por fim, ela se acalmou.

Por fim, ele a colocou no chão.

Enxugou as bochechas dela.

Ela fungou enquanto olhava para ele.

— Vá em frente — disse ele, rouco. — Você precisa ir.

Ela assentiu devagar.

— Uma aventura, certo?

— É, amorzinho. Uma aventura.

Ela deu um passo para longe deles.

E outro.

E outro.

Ela olhou para Nate. Depois para Alex.

Virou-se.

Artemis Darth Vader respirou fundo.

Aprumou-se.

Caminhou em direção ao portal que brilhava à sua frente.

Então…

Ela parou.

Inclinou a cabeça.

Os sussurros se tornaram mais altos. Nate não entendia o que via em sua cabeça. O que sentia. Era como se dedos esguios estivessem percorrendo a superfície de sua mente, puxando memórias. Eles não pareciam se importar com… o antes. Voltaram apenas o suficiente para o momento em que Nate sentira uma arma pressionada contra a parte de trás da cabeça, em frente ao gerador no galpão. Quando a encontraram, ao acharem aquela imagem, os sussurros se intensificaram, os dedos a envolvendo e *puxando*. Nate sentiu como se tivesse tomado um choque, sua cabeça caiu para trás, as mãos se espalmaram, os dedos dos pés se curvaram. Era como se estivesse tendo uma *convulsão*, mas não havia dor, e ainda podia *sentir* tudo, ainda podia *ouvir* tudo, e aqueles dedos *puxavam*. Eles acariciavam as flores desabrochando em um campo. Beliscavam um helicóptero sendo derrubado do céu. Eles se curvavam de raiva diante de homens armados. E eles eram suaves, muito suaves quando Artemis e Alex se sentaram à sua frente, ambos rindo, a boca de Art cheia de bacon.

Eles cutucaram.

Furaram.

E quando chegaram à imagem de Alex parado atrás dele, com os dentes em seu pescoço, a pele quente e o corpo tenso, Nate pensou: *Não, isso não é de vocês, não é para verem*; e eles o *ouviram*. Deixaram a imagem para lá e se afastaram.

Acima de todos esses acontecimentos, ouviu Art dizer:

— Sim. Os dois. Eles são meus. E eu sou deles. Por quê?

Houve uma resposta, mas Nate não conseguiu entender.

— Eles têm defeitos. Cometem erros. Mas eles me amam. E eu os amo.

Os sussurros ficaram mais altos. Mais ásperos, como o zumbido de abelhas.

— Pode até ser, mas eu faria de novo. E de novo. E de novo. Talvez você não os entenda. Talvez não veja o propósito deles, mas eu vi seus corações. Vi suas almas. São estrelas. São poeiras. E me lembrarei deles. Para sempre.

Uma única voz respondeu. Parecia sinos soando. Artemis disse:

— Eu… eu posso? Mas e…

Os sinos soaram mais alto.

Ela os encarou com uma expressão estranha no rosto. Virou-se outra vez para a luz.

— Então sim. Ah, sim. Mais do que qualquer coisa em todos os mundos.

A luz explodiu ao redor deles, e Nate foi derrubado. Desmaiou antes mesmo de atingir o chão.

Quando acordaram, estava escuro.

As estrelas brilhavam lá no alto.

O cometa parecia preso no céu.

O túnel era apenas um túnel.

Levantaram-se devagar.

Estavam sozinhos.

Alex segurou a mão de Nate e eles se viraram para a caminhonete.

Algo se moveu atrás deles. Ambos deram meia-volta e…

EPÍLOGO

Ele cantou com o rádio.

Algo sobre pegar uma música triste e melhorá-la.

Depois, riu até mal conseguir respirar.

Coincidência, né? Só podia ser coincidência.

O engraçado era que ele não acreditava em coincidências.

Não mais.

Ele se perguntou se aquele seria o dia.

Ele estava na metade do caminho para casa quando seu velho amigo Steven Cooper entrou ao vivo no rádio. Sua voz enrouquecera, e talvez ele divagasse mais do que no passado, mas não havia mudado muita coisa. Dizia:

— …e por que eles não pensariam que simplesmente *acreditaríamos* neles? Pessoal, vocês estavam presentes quando divulgamos a história sobre os rastros químicos. Vocês estavam *lá* quando o governo tentou nos convencer de que o ano 2000 traria o fim da civilização. E sim, meus amigos, estávamos todos lá quando aquelas torres caíram em Nova York. E todos sabemos do que *aquilo* se trata, não é? Que aquelas torres não foram derrubadas por um maldito avião, não. Foi uma demolição *controlada*, meus amigos. Foi feita de *propósito*. E o motivo era claro como o dia. Colocar a culpa nos árabes! Nos muçulmanos! Nos iraquianos e afegãos! *Assim*, quando invadíssemos o Iraque e o Afeganistão, teríamos apoio *popular* na guerra, quando, na verdade, tudo o que queríamos era abrir caminho pra oleodutos! Meus amigos, houve *centenas* de casos assim, maiores e menores, todas essas pecinhas de um quebra-cabeça que, uma vez montadas, mostram um panorama claro do rumo do nosso mundo. Tivemos o Katrina. O tsunami na Indonésia. Virginia Tech. Caramba, também aquela cidadezinha no Oregon. Roseland. Ela foi *destruída* por uma tempestade que aparentemente circulou *apenas* sobre aquela região *específica*? E esperam que eu *acredite* nisso? Foi um *teste*, meus amigos. O governo estava realizando *experimentos*. Ouvintes antigos saberão que já comprovei várias vezes que somos cobaias e temos sido desde os anos 1950. Desde que fizemos *contato*. Truman fez um acordo. Sabem que sim. De que outra forma conseguiriam explicar a revolução tecnológica que se seguiu ao seu mandato? Nos últimos sessenta anos, avançamos mais do que em toda a existência da raça humana. E *realmente* esperam que acreditemos que isso foi feito *sem* orientação? O que estaremos devendo a eles quando a conta chegar, meus amigos? Em seis meses, este ano acabará. E os *maias* sabiam. Eles *sabiam*. É por isso que o calendário deles *termina* este ano. Eles sabiam que não haveria *nada* depois. Meus amigos, acredito que agora, neste ano, em 2012, veremos tudo o que venho falando se concretizar. Por alguma razão, eles escolheram não voltar em 1995 com aquele maldito cometa. Ou talvez tenham voltado e Peter Williams e seu grupo estejam agora muito, muito longe daqui...

Nolan desligou o rádio via satélite.

Às vezes era melhor não ouvir nada.

Estavam em meados de junho e a neve já havia praticamente desaparecido quando ele deixou Nain, em Terra Nova, para trás. Tinha sido um bom inverno, mas Nolan estava feliz em ver o verde da primavera. Quando o degelo começou em abril, ele sentiu como se tivesse sido despertado de uma hibernação. Não foi de forma alguma o pior que tiveram desde que se instalaram na cabana, dez anos atrás. O inverno de 2007 fora terrível, e ele tinha certeza de que não sobreviveriam.

Sobreviveram, é claro, e pensaram seriamente em fazer as malas e partir em busca de um lugar novo. Mas então chegou a primavera, e o verão, e Aaron foi contratado por um barco pesqueiro da cidade, e estavam *felizes*. Eles ficaram. A essa altura, as pessoas em Nain já os conheciam, e eram amigáveis. Nolan ajudava nas lojas durante o verão, quando os navios de cruzeiro atracavam, trazendo centenas de turistas que se maravilhavam com uma cidadezinha litorânea tão pitoresca antes de embarcarem de volta e desaparecerem.

De alguma forma, construíram um lar.

Nolan ouviu gaivotas grasnando pela janela aberta. O ar ainda carregava um friozinho, mas já estava acostumado. Levara um tempo, mas acabou descobrindo que quanto mais camadas de roupa usasse, melhor. Até aprendeu a andar de raquetes de neve mais habilmente que Aaron, para o desgosto dele.

Ele sorriu com gentileza para o anel de ouro em seu dedo, lascado e gasto. Nolan e Aaron Callahan, juntos há quase dezoito anos e seguindo firmes.

Assobiava ao virar na velha estrada de terra que levava à cabana na floresta, feliz por estar em casa depois da ida ao supermercado. Aaron tinha se oferecido para acompanhá-lo, mas Nolan o havia dispensado. Aaron retornara havia apenas alguns dias, após passar quase um mês no barco pesqueiro. Ele merecia um descanso.

A cabana não era grande coisa, sendo sincero. Único andar. Três quartos. Um banheiro com chuveiro e um lavabo. Havia uma varanda nos fundos, onde podiam se sentar e sentir o cheiro do oceano, embora estivessem a quase dezesseis quilômetros da costa. Tinha um telhado sólido e uma boa fundação. Era o lar deles há muito tempo. Talvez não fosse para sempre. Ele achava que estavam se aproximando de um fim, à beira de um novo começo.

Não importava.

O lar nem sempre precisava ser um lugar.

Também podia ser uma pessoa.

Sadie foi a primeira a ouvir a caminhonete, saindo correndo da casa, latindo e quase tropeçando nos degraus da varanda da entrada. Ela fora um presente de Aaron, alguns Natais atrás, uma filhote de malamute-do-alasca preta e branca com olhos brilhantes e um andar arrogante. Ela tinha crescido (e crescido e crescido) desde então, até se tornar essa fera.

A referida fera pulou na caminhonete, as patas dianteiras penduradas na porta, choramingando freneticamente enquanto tentava alcançar Nolan para lamber seu rosto.

— Ei — disse Nolan, rindo. — Eu só saí por algumas horas. Se acalma.

— Ela ficou sentada à porta desde que você saiu. — Nolan ouviu uma voz grave dizer. — Chorando e tal. Como se achasse que você não voltaria.

Mesmo depois de todo esse tempo, seu coração ainda acelerava.

Aaron Callahan estava na varanda, a presença imponente de sempre. Ele tinha cinquenta e sete anos, e Nolan quarenta e quatro — e esperando ter uma aparência tão boa quanto aquela quando beirasse os sessenta. Aaron sempre fora um sujeito grande. Estava mais magro do que aos quarenta, mas ainda era forte. Seu cabelo estava branco, assim como a barba cheia, que começara a deixar crescer anos atrás, para o deleite de Nolan.

Nolan também não estava nada mal, ou pelo menos era o que Aaron dizia. Estavam mais velhos, talvez só um pouquinho mais sábios, mas há muito tempo não precisavam mais fugir para se salvar.

— Precisamos curá-la disso — falou Nolan, saindo da caminhonete. — Ansiedade de separação é uma coisa horrível. Eu sei bem. Também fico sentado à porta chorando até você voltar pra casa.

Aaron riu ao descer os degraus, uma risada rouca que ainda maravilhava Nolan. Sadie lambeu as mãos dele antes de latir e correr em círculos ao seu redor.

Foram apenas algumas horas, mas Aaron o abraçou com a mesma força de quando Nolan fora buscá-lo no cais alguns dias antes. Nolan sentiu seus ossos estalarem, já não era mais tão jovem.

— Fico feliz que voltou — murmurou no ombro de Aaron.

— Eu também — respondeu Aaron.

Nolan se afastou e Aaron o beijou. Sua barba estava áspera, seus lábios levemente rachados, mas ainda assim era a melhor sensação do mundo.

Nolan suspirou e se derreteu no beijo.

— As compras podem esperar, né? — murmurou contra os lábios de Aaron. — Que tal entrarmos, trancarmos a porta do quarto e vermos no que dá?

— Como estão suas costas? — perguntou Aaron, um brilho travesso no olhar.

Nolan revirou os olhos.

— *Ótimas*.

— Tem certeza? Você estava reclamando bastante ontem.

— Não consigo mais me *curvar* daquele jeito — lembrou Nolan. — Não que você possa falar muito, né? Ou se esqueceu do que aconteceu da última vez que tentou me comer contra a parede?

As sobrancelhas de Aaron se arquearam, como costumava acontecer quando ele se emburrava.

— Eu estava em um dia ruim.

Nolan deu um risinho.

— Claro. Continue tentando se convencer, amigão.

Aaron o beijou mais uma vez, rápida e docemente.

— Fica pra próxima, ok?

Foi aí que Nolan percebeu. Em sua voz. Na maneira como ele se portava. E talvez, se parasse para pensar *de verdade*, teria sabido que esse dia estava chegando. Há semanas. Talvez não conseguisse apontar que seria naquele exato momento, mas não se surpreendeu.

— Está na hora, não é? — perguntou baixinho.

Aaron assentiu.

— Acho que sim.

Ele não sabia como se sentir. Haviam construído aquele lugar para eles. Construído um lar, escondido do resto do mundo. Aquilo poderia mudar tudo. Que nada. De fato *mudaria* tudo. Uma hora ou outra. Levaria tempo, mas uma vez que a decisão fosse tomada, não haveria como voltar atrás.

Nolan assentiu, tenso.

— Tá. Certo.

Aaron pareceu preocupado.

— Ei. Ei. O que está se passando nessa sua cabeça?

Nolan deu de ombros.

— Eu não... acho que estou pensando demais. É que... tudo vai mudar.

Aaron acariciou sua bochecha.

— Vai mesmo.

— Talvez nunca mais tenhamos isso. Este momento. Esta calmaria. Este... lugar.

— Talvez — disse Aaron. — Mas você sempre terá a mim. Não importa o que aconteça. Não importa onde estejamos, estarei ao seu lado.

Nolan sorriu.

— Bobo.

— Seu bobo.

— É. Eu só... estou com medo.

— Não vou mentir — começou Aaron. — As coisas podem ficar difíceis. Muita gente não vai entender. Pessoas que não vão acreditar. Algumas que não sentirão nada além de medo. Mas será nosso trabalho ajudá-las. Mostrar o caminho. Fazer com que saibam que não há nada a temer. É apenas o próximo passo. Para todos nós.

— Tem certeza disso?

Aaron hesitou. Então:

— Você confia em mim?

— Claro.

— Você... você se arrepende... disso? De alguma coisa disso tudo?

— Não — respondeu Nolan com o máximo de sinceridade possível. — Nunca. Nunca me arrependi. — E era a verdade. Por muito tempo, Aaron se culpara por... tudo. A vida que eles deixaram para trás. Ter cortado todos os laços. Ter envolvido Nolan em tudo aquilo. Demorou um pouco para Nolan convencê-lo, mas de vez em quando, a incerteza de Aaron ainda dava as caras. — Nem por um segundo. — Ele pausou, refletindo. — Bem. Retiro o que disse. Eu dispensaria a parte da fazenda.

Aaron balançou a cabeça com uma expressão de exasperação afetuosa.

— Acho que todos nós dispensaríamos.

— E depois teve os seus supostos *amigos*. Me arrependi bastante daquilo.

Aaron se encolheu.

— É, provavelmente foi minha culpa.

— Hippies, Aaron. Seus amigos eram *hippies*. E tivemos que ficar com eles. Durante *meses*.

— Você nunca vai deixar isso pra lá?

Nolan fungou com altivez.

— Provavelmente não.

Eles estavam rindo quando se beijaram outra vez. Nolan gostava muito desse tipo de beijo.

— A gente se tranca no quarto mais tarde — prometeu Aaron em voz baixa, esticando o braço e apertando a bunda de Nolan por cima da calça jeans.

— Vou te cobrar, meu velho. Me ajuda com as compras?

Aaron ajudou.

Os hippies lhe disseram que seria difícil, mas que ele precisava parar de se considerar Nathaniel Cartwright.

— Mesmo quando não percebe — falara uma mulher com olhos anuviados e dreadlocks —, você se considera Nate. É tudo o que sempre conheceu. Acontece inconscientemente. Você não pode mais fazer isso. Precisa se tornar consciente. Precisa racionalizar isso. Precisa *viver* isso. Nathaniel Cartwright não existe mais. Você é Nolan Callahan agora.

— E ele? — perguntara Nate (*Nolan*), indicando Alex com a cabeça, com o cenho franzido enquanto seu *amigo* o acomodava em frente a uma tela azul, preparando-se para tirar uma foto. — Quem ele vai ser?

A mulher abrira um sorrisão.

— Aaron.

— Ah, é...

— Aaron Callahan.

Nate engasgara.

— Tipo... irmãos?

— Ah, acho que ele não quis dizer "tipo irmãos" quando deu a sugestão. Nem um pouco tipo irmãos.

Alex se recusou a encará-lo por um tempo depois daquilo.

Foi difícil. Ele nunca soubera o quanto sua identidade se entrelaçava nas duas palavras *Nathaniel Cartwright*. A mulher tinha razão;

mesmo que ele não *pensasse* nessas palavras, ele *era* Nate. Havia sido assim por quase trinta anos.

Então não aconteceu da noite para o dia.

Caramba, nem mesmo nos primeiros anos.

Houve alguns momentos estranhos, como quando conhecia gente nova e se enrolava com o próprio nome, arrastando o *N* e o *A* até se corrigir e falar *Nolan*, fazendo com que seu nome soasse como *Nnnnaaa-olan. Nolan. Me chamo Nolan.*

Ele recebeu alguns olhares estranhos ao longo dos anos.

Mas chegou um dia em que percebeu que não era mais Nate.

Nathaniel Cartwright tinha sido uma boa pessoa, na maior parte do tempo. Cometera erros, claro, mas sempre tentara fazer as coisas certas. Sentira-se solitário e perdido. Sem rumo. Foi só no final de sua vida como Nate Cartwright que realmente se deu conta.

Não tinha sido fácil se lembrar de ser Nolan Callahan.

Mas tinha sido fácil concordar em se tornar ele.

Tudo o que precisou fazer foi olhar para Alex Weir.

Ele entrou na cabana logo atrás de Aaron, com os braços cheios de sacolas de compras; Sadie seguia seu humano favorito de perto, para que ele não decidisse deixá-la novamente.

Colocaram as sacolas na cozinha, e Nolan inclinou a cabeça, ouvindo. Era possível escutar os sons habituais da floresta entrando pelas janelas abertas, e a cabana rangendo, mas nada além disso.

Eles não começaram a desempacotar as compras. Nolan sabia que Aaron estava esperando que ele perguntasse. Não tinham telepatia. Não conseguiam ler a mente um do outro. Mas a intuição sempre se fazia presente, graças a Artemis Darth Vader. Mesmo depois do túnel Dingess, continuaram vinculados de maneiras que os demais não estavam.

Nolan pensou no que era mais importante. O que precisava ser perguntado.

— Por que agora? Por que depois de todo esse tempo?

Aaron olhou pela janela. Linhas de expressão marcavam seu rosto. Ele parecia cansado, como se ainda não tivesse colocado o sono em dia depois do tempo no mar. Mas ainda era tão bonito quanto no dia em que se conheceram.

— Prometemos a ela que sua história seria contada. Que o mundo saberia o que aconteceu.

— Eu entendo — disse Nolan. — Mesmo. Mas já se passaram mais de dezessete anos. Eu pensei... quantas vezes a verdade deveria ter vindo à tona? Depois de tudo o que aconteceu no mundo. As mortes. A destruição. A doença e a fome. Somos compassivos, mas destruímos tudo o que tocamos. Como podemos merecer isso? Por que *agora*?

Aaron olhou para ele, as sobrancelhas franzidas.

— Eu nem sempre sei.

Nolan suspirou.

— Eu sei. Só estou... com medo, acho. Por nós.

— Vem cá — chamou Aaron, levantando um braço.

Nolan foi. Claro que foi.

Ele se encaixou perfeitamente sob o braço de Aaron, como sempre. Não era sentimental e piegas o suficiente para acreditar que foram feitos um para o outro. Que estavam destinados a ficar juntos. Mas ele se lembrava de quando ela o olhara, lá no lago Herschel. Um fuzileiro parado atrás dela, trançando seu cabelo, e ela perguntara a um homem chamado Nate Cartwright se ele acreditava em destino. Em predestinação.

Ele não acreditava naquela época.

Mas às vezes pensava naquilo. Em tudo aquilo.

Olhou pela janela.

Havia uma jovem sentada em uma pequena clareira do lado de fora da janela da cozinha, perto da cabana. Ela estava de costas para eles. Seu cabelo em um rabo de cavalo frouxo. Usava leggings pretas e uma camisa de flanela larga. Parecia uma das de Aaron. Estava de pernas cruzadas, os pés descalços, as mãos nos joelhos. Um par de óculos escuros roxos brilhantes repousava no topo de sua cabeça. Seus ombros se erguiam quando ela respirava fundo e se abaixavam quando expirava devagar.

Na grama ao redor dela, flores começavam a desabrochar.

Nolan Callahan não apenas viu, ele sentiu em sua mente também, como se a explosão de cores brilhantes ecoasse até seus ossos.

Quando a luz se apagara no túnel Dingess, Artemis ainda estava parada na estrada, com uma expressão incerta no rosto.

Alex Weir emitira um som ferido, caindo de joelhos e abrindo os braços.

Ela havia corrido até ele.

Mais tarde, contara que uma escolha lhe fora concedida.

E, no fim das contas, ela os escolhera — escolhera a humanidade — sem hesitar.

Eles não tinham entendido o que aquilo implicaria.

Não naquele momento.

Não até que ela perdesse o primeiro dente de leite, três dias depois.

Era... mais lento. Seu processo de envelhecimento. Ela ainda poderia se passar por uma estudante de ensino médio. Mas era alta, majestosa e incrivelmente inteligente.

Artemis Darth Vader.

Ou Ellie Callahan, como era chamada nos dias de hoje.

Dias que, ao que tudo indicava, se aproximavam do fim.

As flores estavam no auge da florada.

Ela se levantou devagar, erguendo-se do chão.

Olhou por cima do ombro, e o sorriso ao vê-los foi ofuscante.

Naquela noite, jantaram na varanda dos fundos. O ar noturno ainda tinha um quê gelado. A sopa estava morna, e o café, quente. Aaron o preparara exatamente como Nolan gostava.

— Você anda quieta — disse Nolan para Ellie, que mal tocara na comida.

Ela deu de ombros.

— Só ando pensativa, acho.

Mesmo sabendo, ele perguntou:

— Sobre o quê?

— Amanhã. — Ela olhou para as flores na clareira. Sadie estava deitada entre elas, roendo um osso. — Estou nervosa. Eu não achei que ficaria.

Aaron estendeu a mão para segurar a de Nolan.

— Por que está nervosa?

— Não sei. Só estou, acho. Sobre o que vai significar. O que acontecerá a seguir.

Às vezes, Nolan achava que ela era a mais humana dos três. A menina doce e feroz deles.

— Estaremos lá com você.

Ela abriu um sorriu tranquilo.

— Eu sei.

— E você tem certeza?

Ela assentiu.

— Está na hora. Eu consigo... ouvi-los.

Nolan e Aaron trocaram um olhar surpreso.

— Eles — começou Aaron lentamente. — Tipo...

— Tipo *eles*.

O coração de Nolan acelerou.

— Desde quando?

Ela cantarolou baixinho.

— Há algumas semanas.

A velha e familiar carranca adornou o rosto de Aaron.

— Por que não disse nada?

— Eu precisava de tempo... tempo para entender o que significava. Depois... depois do túnel, eu sabia que seria isolada. Fazia parte do acordo. Ouvi-los novamente, é... o tempo passa mais devagar para mim agora. Entendo melhor. Me pegou de surpresa. — Ela afastou a tigela. — Mas eles estão vindo. Eles têm muito a ensinar a este lugar. Muito a mostrar ao mundo.

Arrepios percorreram a nuca de Nolan.

— As pessoas não vão entender. Talvez muitas delas. E demorarão.

Ela riu. Ele adorava aquele som.

— Eu sei. Mas minha história precisa ser contada. *Nossa* história. O que aconteceu. — Ela olhou para o céu. Aaron e Nolan seguiram seu olhar. As estrelas estavam apenas começando a despontar. — Este mundo está à beira, acho, de algo maior. Algo melhor. Mas é uma linha tênue. A balança pode ser facilmente desequilibrada. E é nosso trabalho garantir que isso não aconteça. Garantir que eles não atendam ao chamado do vazio. — Fechou os olhos. — Começará aos poucos. A mensagem. Mas se espalhará em breve. Um dia, e logo, elas estarão prontas. As pessoas. E nós seremos quem lhes mostrará o caminho.

Ela os abraçou antes de ir para a cama, como sempre fazia. Tinha um livro em mãos, um Louis L'Amour com páginas dobradas. Nunca deixou de amar aquele gênero, mesmo após todo aquele tempo.

E mais tarde, depois que a louça foi lavada e Sadie foi solta pela última vez, Aaron guiou o marido pela mão até o quarto. Despiu Nolan lentamente, venerando cada centímetro de pele nua que conseguiu encontrar. Eles ofegavam na boca um do outro, as peles escorregadias de suor, e ao se separarem, as cores explodiram em suas mentes de novo, e de novo, e de novo.

Depois, Aaron se deitou atrás de Nolan, aconchegado, e passou o braço ao redor da cintura dele.

— Amanhã — sussurrou Nolan no escuro.

— Eu te amo.

— Eu sei.

— Eu nunca deveria ter mostrado aquele filme a ela — comentou Aaron com um suspiro.

Mas eles riram.

E então dormiram.

Aconteceu em uma manhã nublada de junho, em um dos cantos remotos da natureza canadense.

Uma câmera apontava para uma mesa com três cadeiras atrás. Estavam ao vivo, online para o mundo todo ver. Poucas pessoas veriam a transmissão simultânea, a maioria a encontraria por acaso. Mas, em dez meses, teria se espalhado pelo mundo, compartilhada por milhões de pessoas.

Alguns acreditariam.

A maioria não.

E aquilo mudaria. Uma hora ou outra.

Mas isso eram detalhes futuros.

O presente era:

Três pessoas surgiram na imagem. Dois homens. Uma jovem. Ela se acomodando entre eles, e qualquer um que estivesse assistindo perceberia o quanto a adoravam. O quanto se amavam. Moviam-se em conjunto. Sentaram-se próximos uns dos outros. Os homens pareciam nervosos. A jovem estava calma. Quase serena.

Um dos homens, o mais velho e mais áspero, pigarreou e indagou:

— Estão prontos?

A jovem olhou para ele, inclinando a cabeça.

— Vamos partir para uma aventura?

E que *sorriso* ele abriu.

— Sim, amorzinho. Acho que sim.

O outro homem segurou as mãos deles. Perguntou:

— Tudo certo?

A jovem assentiu.

— Tudo certo. — Ela olhou diretamente para a câmera. — Vocês não vão entender. Pelo menos, não imediatamente. E tudo bem. Podem até pensar que estou mentindo, e tudo bem também. Só peço que ouçam até o final antes de julgar. Tenho uma história para contar. De um lugar sob uma montanha. Das mentes dos homens. Do que significa ser humano, de fazer um lar onde não deveria existir nenhum. E do que o futuro reserva. Para vocês. Para mim. Para todos nós. — A jovem sorriu, seus olhos brilhando. — Sou amada. E amo de volta. Meu nome é Artemis Darth Vader. E venho em paz.

NOTA DO AUTOR

No passado (2017), enviei *Os Ossos Sob a Minha Pele* para minha editora independente na época. Meu relacionamento com essa editora estava um pouco tenso — eles atrasaram alguns pagamentos de royalties, e eu não estava feliz com isso. Mesmo assim, enviei o manuscrito porque não via muitas possibilidades. Afinal, apenas essa editora tinha me publicado, e por anos. Imaginei que eles se ajeitariam mais cedo ou mais tarde. Então enviei o livro e disse a mim mesmo para começar o que viria a seguir. Algumas semanas depois, a responsável editorial entrou em contato comigo e informou: "Recebi seu manuscrito. A editora disse que ele é *esquisito*."

E isso me incomodou. Não a responsável editorial — ela era, e é, uma pessoa adorável —, mas a ênfase em *esquisito* me disse muito, especialmente por se tratar de uma única palavra. Este livro, a editora havia decidido, não era como os meus anteriores, e isso não era bom. Queriam o mesmo tipo de história contada de uma maneira específica. Lembro-me até de ser questionado pela editora se este livro poderia ser classificado como um "romance", já que *só tinha uma cena de sexo*. Fiquei pasmo. Como o sexo é necessário para o romance? E quanto aos assexuais? Demissexuais? Pessoas que não gostam de sexo? Quando decidimos que escrever cenas de sexo é a *única* maneira de mostrar pessoas se apaixonando?

Eu... não fiquei feliz. Então, fiz algo meio idiota: peguei o livro de volta com uma grandiosidade apenas encontrada naqueles que acreditam de verdade que foram injustiçados, e decidi publicá-lo de forma independente. Olhando para trás, aquela foi a decisão certa, já que a editora decaiu ainda mais no ano seguinte, visto que não estavam pagando a muitas pessoas o que lhes era devido. Mas eu não sabia disso na época. Tudo o que eu sabia era que mergulharia no vasto e fascinante mundo da autopublicação.

Puta merda, meus amigos. Essa merda é *complicada*. Formatação, edição, arte, exemplares antecipados para a mídia, marketing... Tudo tendo que ser feito por uma única pessoa. Isso me fez apreciar muito mais o trabalho que autores independentes fazem. Pode ser humilhante descobrir que você, de fato, não faz ideia do que está fazendo.

Mas consegui, de alguma forma. Publiquei o livro de maneira independente em 2018, e ele foi lançado. As pessoas o leram (talvez não tantas quanto se eu tivesse permanecido com a editora, mas tudo bem). Eu tinha — e ainda tenho — orgulho deste livro. Nate, Alex e Artemis Darth Vader: os três formaram um lar no meu peito e eu os amei profundamente.

Dito isso, a antiga editora tinha razão: este livro *é* diferente. *É* esquisito. Mas também sou o cara que transformou um aspirador de pó com transtorno de ansiedade chamado Rambo em personagem principal. *Os Ossos Sob Minha Pele* é um filme de ação em formato de livro, talvez o livro que não envolve lobisomens com mais ação que já escrevi. Coisas explodem e helicópteros caem do céu enquanto uma garotinha (que pode nem ser uma garotinha) luta para proteger aqueles que ama. Ah, e bacon. Muito bacon.

Deem uma olhada na nova capa estilosa, graças a Chris Sickels, do Red Nose Studio. Fiquei imaginando como ele conseguiria, porque eu tinha uma imagem muito *específica* em mente. O túnel Dingess — um lugar real, aliás — no clímax do livro. Ele pegou minha ideia, trabalhou nela e a melhorou além do possível. Chris é bom nesse nível. Obrigado, Chris.

A Tor pegou este romance para relançá-lo, e sou muito grato por isso. É primavera de 2024 enquanto escrevo isto, e estou me preparando para lançar a sequência de *A Casa no Mar Cerúleo*. Estou com a Tor há cinco anos. Publiquei (até agora) seis romances inéditos e quatro relançamentos com eles. Não se importam que eu seja esquisito. Na verdade, defendem ativamente a minha esquisitice. Sério, não há editora melhor. Sou muito grato a todos na Tor. Eles realizaram meus sonhos mais loucos, e me sinto muito, muito honrado por fazer parte da empresa.

E a você, leitor, como sempre: obrigado por me seguir aqui, acolá e para todos os lugares que meu cérebro me leva. Às vezes, vamos a ilhas para ver monstrinhos e seus pais. Outras vezes, morremos e encontramos uma casa de chá na floresta. Ou o mundo acaba e cabe a nós salvar nosso pai-robô. Ou somos super-heróis que escrevem fanfics. Ou lobisomens com problemas paternos que lutam por nossas famílias. Obrigado por embarcarem nessas jornadas comigo. Mal posso esperar para mostrar o quão esquisito posso ser.

TJ "Esquisitão" Klune
29 de abril de 2024

SOBRE O AUTOR:

TJ KLUNE é um autor best-seller do *New York Times* e do *USA Today*, vencedor do prêmio Lambda. Escreveu a série As Crônicas Cerúleas, *Além da Porta Sussurrante*, *A Vida Entre Marionetes*, a série Green Creek (para adultos) e a série Extraordinaries (para adolescentes), entre outras obras. Como parte da comunidade LGBTQIA+, Klune acredita que é importante — agora mais do que nunca — ter representações queer precisas e positivas nas histórias.

tjklunebooks.com
Instagram: @tjklunebooks